Anthony Powell · Tendenz: steigend

Ein Tanz zur Musik der Zeit

Ein Tanz zur Musik der Zeit · Band 2

Anthony Powell

Tendenz: steigend

Roman

Aus dem Englischen übersetzt
von Heinz Feldmann

Elfenbein

Die Originalausgabe erschien 1952 unter dem Titel
»A Buyer's Market« bei William Heinemann, London.

Band 2 des Romanzyklus »A Dance to the Music of Time«

Dritte Auflage 2016

Einbandgestaltung: Oda Ruthe

Druck: Finidr, s.r.o.
Printed in the Czech Republic
ISBN 978-3-941184-37-4
Gesamtausgabe:
ISBN 978-3-941184-48-0

I

DAS LETZTE MAL, dass ich einige von Mr. Deacons Arbeiten sah, war auf einer Auktion, die aus unerfindlichen Gründen in der Nachbarschaft der Euston Road stattfand, viele Jahre nach seinem Tod. Keines der Bilder war mir vertraut, aber sie riefen, neben vielen anderen Dingen, besonders das Abendessen bei den Walpole-Wilsons in mein Gedächtnis zurück und belebten schlagartig die Erinnerung an jene Phase meiner Jugend. Sie weckten Gedanken an lang vergessene Konflikte und Kompromisse zwischen der Vorstellung und dem Willen, der Vernunft und dem Gefühl, der Macht und der Sinnlichkeit; aber auch an viele ganz persönliche Empfindungen der Freude und des Schmerzes, die ich in der Vergangenheit durchlebt hatte. Das Frühlingswetter draußen war kühl und sonnig: Mr. Deacons bevorzugte Jahreszeit. Die Ölgemälde im Innern, gegen drei Seiten eines Waschtisches gelehnt, schienen irgendwie in diese staubige, aber nicht unangenehme Umgebung zu passen, die auf ihre Weise auch an die Art von Wohnung erinnerte, die Mr. Deacon für sich selbst und seine Habe bevorzugte: an das Wohnzimmer über dem Geschäft zum Beispiel, formlos, nicht zu dauerhaft, ziemlich heruntergekommen. Seine Lieblingslokale, so erinnerte ich mich, lagen in diesen nördlichen Grenzbereichen Londons.

Ansammlungen beziehungsloser Objekte, die für eine Auktion zusammengetragen worden sind, nehmen, in der wahllosen Art ihrer Anhäufung, eine gewisse eigene Würde an: Gegenstände, die in einer bewohnten Behausung nicht zu ertragen sind, finden alle ihren eigenen Platz in diesen weitläufigen, anonymen Höhlen, wo diese Belanglosigkeiten, ohne Anspruch auf individuellen Wert zu erheben, still miteinander und mit der allgemeinen Nüchternheit des Hintergrundes harmonieren. Solche Lokalitäten haben etwas von Museen an sich, und die umherziehende Menge begutachtet gewöhnlich die angesammelten Überreste mit sachkundiger, unbefangener

Intensität, die keineswegs nur auf kommerziellen Gewinn oder Erwerb ausgerichtet ist.

Hier in diesen Räumlichkeiten schien fast jedes von Menschen gemachte Ding vertreten zu sein: verhältnismäßig neue Rasenmäher; scheidenlose und rostige Kavalleriesäbel; Bruchstücke eines afrikanischen Fetischs aus Ebenholz; eine Schreibmaschine aus dem neunzehnten Jahrhundert, auf langen Metallfüßen unsicher platziert inmitten eines Teeservice aus Liverpooler Steingut, dessen schwarzweißes Landschaftsdessin irreparabel beschädigt war. Mehrere mit der englischen Flagge bezogene Kissen und Kopfpolster legten den bestürzenden Schluss nahe, dass irgendwo tief unter ihnen ein Leichnam auf sein Begräbnis mit militärischen Ehren wartete. Weiter hinten waren hohe Rollen blauen, grünen und rosafarbenen Linoleums wie Säulen gegen die Wand gestellt, eine minoische Kolonnade, von der aus Korbsessel und stark abgenutzte Gepäckstücke einen Halbkreis bildeten. In der Mitte dieses offenen Raumes stand, fast wie ein für den Gottesdienst dort aufgestellter Altar, der Waschtisch, um den die Bilder gruppiert waren. Auf seiner Marmorplatte hatten ein leerer Vogelkäfig, zwei vermutlich deutsche Zinnsoldaten und ein Stapel stark zerlesener Walzer-Noten ihren Platz gefunden. Vor einem Streifen eines maschinengewebten noppigen Teppichs, der wie ein verblichener Wandbehang an der Seite eines Kleiderschranks aus Kiefernholz herabhing, stand, mit dem Kopf nach unten, ein viertes Gemälde.

Alle vier Bilder gehörten zu der gleichen Schule großer, unordentlich angelegter Kompositionen ausschließlich männlicher Figuren, hell im Ton und mythologisch in der Thematik: dem Einfluss, nicht aber genau auch dem Geist nach präraffaelitisch – ein Kompromiss zwischen, etwa, Burne-Jones und Alma-Tameda, mit vielleicht einer Spur von Watts in der Methode des Farbauftrags. Eines von ihnen, das sich oben aus dem Keilrahmen gelöst hatte, datierte von 1903. Eine offenkundige Schwäche im Zeichnen wurde noch betont durch die absolute Gewissheit – die allerdings auch einige der größten Maler einholt –, dass keines von Mr. Deacons Bildern in einer anderen als seiner eigenen Epoche hätte gemalt werden können. Dieses Kennzeichen der Zeitlichkeit war hier besonders der Vorliebe des Malers für große, leere Flächen oft verwegen aufgetragener Farbe zuzuschreiben. Doch trotz ihrer augenscheinlichen Mängel hatten die Bilder, wie ich schon sagte, in dieser Situation etwas Ansprechendes und Passendes. Selbst der Wald von umgekehrten Beinen, die sich, offenbar in einem Laufwettbewerb bei den Olympischen Spielen, wild auf ihr Ziel zubewegten, zeigte sich zu seinem größeren Vorteil, wahrscheinlich wegen dieser verkehrten Stellung, in der er ein immenses Gefühl nervöser Dringlichkeit vermittelte, wobei die Fleischtöne der angestrengten Glieder der Athleten seltsam mit den rosafarbenen und gelben Konturen von drei Amoretten aus nachgemachtem Meißner Porzellan kontrastierten, die nebeneinander auf einem Nachtschränkchen dahertrippelten.

Nach einiger Zeit hielten zwei bukolische Gestalten in Sportmützen, Hemdsärmeln und Schürzen aus grünem Fries Mr. Deacons Bilder nacheinander hoch, damit sie von einer kleinen Schar von Händlern – einer deprimierten Gruppe von Männern, die aussahen, als ob sie sich zwischen zwei ihnen mehr zusagenden Ereignissen auf dem Rennplatz in die Auktion verirrt hätten – begutachtet werden konnten. Ich war mir nicht sicher, welchen Eindruck diese Zurschaustellung auf andere Leute machen mochte, und war froh, dass es während der Vorführung keine unfreundlichen Kommentare gab. Die ungeheure Größe der dargestellten Szenen hätte an sich schon sehr wohl zum Lachen reizen können; und obwohl ich damals schon genug über Mr. Deacon wusste, um seine Malerei nicht für ernsthafter zu halten als eine Reihe anderer in ihm im Widerstreit liegender Elemente, hätte mich die offene Verspottung seines Werkes doch betrübt. Alle vier Bilder trafen jedoch, als sie so eins nach dem anderen hochgehalten wurden, nur auf apathisches Schweigen; und obwohl sie alle zusammen schließlich jemandem für nur ein paar Pfund zugeschlagen wurden, war das Bieten selbst ziemlich lebhaft – möglicherweise wegen der Rahmen, die aus einem schwarzen Material gemacht waren, das ein goldenes Blumenmuster schmückte, wohl ein Entwurf des Malers selbst.

Mr. Deacon muss unser Haus während meiner Kindheit wenigstens ein halbes Dutzend Mal besucht haben, und bei diesen Gelegenheiten hatte ich ihn dann ganz zufälligerweise mehr als einmal gesehen und gesprochen. Ich weiß jedoch nicht, warum sich unsere Wege damals kreuzten, denn man sagte von ihm immer, er könne »Kinder nicht leiden«, so dass unsere Begegnungen, wenn man sie so nennen konnte, wohl kaum von meinen Eltern absichtlich arrangiert worden waren. Mein Vater, den die Unterhaltungen mit Mr. Deacon amüsierten, sprach gewöhnlich ohne Enthusiasmus von seiner Malerei; und wenn Mr. Deacon, wie er es manchmal tat, behauptete, er ziehe es vor, seine Bilder selbst zu behalten, statt sie zu verkaufen, rief diese Bemerkung bei uns zu Hause immer einen mild-ironischen Kommentar hervor, nachdem er gegangen war. Es wäre jedoch nicht fair, damit sagen zu wollen, dass Mr. Deacon, professionell gesehen, unfähig gewesen sei, einen Absatzmarkt für seine klassischen Sujets zu finden. Im Gegenteil, er konnte immer mehrere treue Käufer aufzählen, zumeist Geschäftsleute aus Mittelengland. Besonders einer unter ihnen, von ihm der »große Eisen-Mann« genannt – den ich mir immer als physisch aus *dem* Metall konstruiert vorstellte, von dem sein Einkommen herrührte –, pflegte zum Beispiel einmal im Jahr aus Lancashire nach London herunterzukommen und jedes Mal im Besitze einer Ölskizze des Antinous oder eines Bündels von Kohlestudien trainierender junger Spartaner in den Norden zurückzukehren. Mr. Deacon zufolge hatte eine dieser kleineren Arbeiten sogar ihren Weg in die örtliche Kunstgalerie des Eisenfabrikanten gefunden – eine Auszeichnung, die dem Maler offensichtlich große Befriedigung bereitete; doch pflegte Mr. Deacon von dieser Sache in einem missbilligenden Ton zu sprechen, denn er verurteilte die »offizielle Kunst«, wie er sie nannte, und sprach immer mit großer Bitterkeit von der Royal Academy. Als ich ihn später im Leben wiedertraf, entdeckte ich, dass er den Impressionisten und den Nachimpressionisten fast die gleiche Abneigung entgegenbrachte und, natürlicherweise, spätere Trends wie den Kubismus oder die Werke der Surrealisten sogar noch stärker ablehnte. Ja, Puvis de Chavannes und Simeon Solomon, von denen er den letzteren, glaube ich, als seinen Meister betrachtete, waren die einzigen Maler, von denen ich ihn je mit uneingeschränktem Beifall habe sprechen hören. Die Natur hatte ihn zweifellos dazu bestimmt, so etwas wie ein zweitrangiger Vertreter der Kunstbewegung der neunziger Jahre des vorigen Jahrhunderts zu sein; doch irgendwie hatte Mr. Deacon in seiner Jugend diesen Geist verfehlt – ein moralisches Getrenntsein, das vielleicht einen späteren Mangel an Einordnung erklärte.

Er war nicht reich, doch erlaubte ihm sein damaliges Einkommen die Bewahrung einer ziemlich unabhängigen Haltung im Hinblick auf die mehr materielle Seite der Existenz eines Malers. So hatte er einmal die Gelegenheit zurückgewiesen, das Innere eines Fischrestaurants in Brighton – wo er damals lebte – auszumalen, weil die gebotene Summe in keinem Verhältnis zu der erniedrigenden Natur der verlangten Arbeit gestanden habe. Seine Mittel hatten es ihm auch ermöglicht, eine, wie es hieß, exzellente kleine Sammlung von Sanduhren, Schattenrissen und Nippsachen der verschiedensten Art zusammenzutragen. Gleichwohl beschrieb er gelegentlich gern, wie er, um die Ausgaben und die Verantwortung für Dienstboten zu vermeiden, es willentlich auf sich nahm, über lange Zeitabschnitte für sich selbst zu kochen. »Ich könnte immer meinen Lebensunterhalt als Koch verdienen«, pflegte er zu sagen und scherzhaft hinzuzufügen, dass er in einer weißen Mütze »enorm dekorativ« aussehen würde. Wenn er das europäische Festland bereiste, tat er das gewöhnlich zu Fuß, mit dem Rucksack auf dem Rücken, statt mit der Eisenbahn, die er »stickig« fand und »unendlich voll von langweiligen Leuten«. Er war sorgsam, ja fast übertrieben ängstlich auf seine Gesundheit bedacht, besonders in Bezug auf die persönliche Reinlichkeit und gute sanitäre Einrichtungen; so dass einige der unappetitlicheren Seiten dieser vorgeblichen *Terre-à-terre*-Ausflüge ins Ausland für ihn manchmal eine harte Prüfung gewesen sein mussten. Vielleicht waren seine Besuche auf dem Festland aber in Wirklichkeit quälender für die Geschäftsführer der Hotels und Restaurants, die er frequentierte, denn für ihn war es von großer Wichtigkeit, absolut darauf zu bestehen, dass andere seinen Wünschen bis ins Einzelne nachkamen. Ohne Zweifel waren solche Reisegewohnheiten, soweit er sie wirklich freiwillig annahm und nicht durch finanzielle Erwägungen in einem gewissen Maße dazu gezwungen wurde, in seiner Vorstellung auch mit seiner eigenen, besonderen Auffassung von gesellschaftlichem Verhalten verknüpft, in der er von einer oft geäußerten Abneigung gegenüber einem Betragen geleitet wurde, das auch nur den Anschein erweckte, entweder konventionell oder konservativ zu sein.

In dieser letzteren Hinsicht ging Mr. Deacon weiter als mein Onkel Giles, der mit seinem Bekenntnis, »so etwas wie ein Radikaler« zu sein, im Kreise seiner eigenen Familie, ja, wo immer er sich befinden mochte, auch nie hinter dem Berg hielt. Aber mein Onkel bezog sich dabei auf eine Materie, die er kannte und die er, obwohl er das nie zugegeben hätte, sogar bis zu einem gewissen Grade verehrte; er wünschte nur, dass die meisten Seiten dieser vertrauten Welt besser seinem eigenen Geschmack angepasst seien. Mr. Deacon dagegen trat dafür ein, die existierende Welt gänzlich abzuschaffen oder zu ignorieren, um dann mit einer Welt ganz anderer Ordnung experimentieren zu können. Er beschäftigte sich mit Esperanto (oder, möglicherweise, einer der weniger bekannten künstlichen Sprachen), war, mit Unterbrechungen, Vegetarier und verfocht das Dezimalsystem für Münzen. Gleichzeitig bekämpfte er entschieden die Einführung einer Rechtschreibreform des Englischen (mit der Begründung, dass solche Veränderungen für ihn John Miltons »Verlorenes Paradies« ruinieren würden), und ich kann mich erinnern, dass gesagt wurde, er hasse »Frauenrechtlerinnen«.

Solche Auffassungen wären, mit der möglichen Ausnahme des Dezimalsystems für Münzen, bei meinem Onkel als bloße Marotten angesehen worden; aber da Mr. Deacon sie fast immer in einer leicht amüsanten Art darlegte, waren meine Eltern hier weit duldsamer als gegenüber ähnlichen Vorurteilen, die mein Onkel verbreitete, dessen herzlich bedauerte Ansichten von den meisten seiner Verwandten automatisch mit der gegen sie gerichteten Gefahr bevorstehender finanzieller Sorge verbunden wurden – von möglichen Skandalen innerhalb der Familie ganz zu schweigen. Wie auch immer, aggressive persönliche Meinungen, welcher Art sie auch seien, werden wohl zu Recht als unerwünscht betrachtet, oder es wird ihnen bestenfalls geringes Gewicht beigemessen, wenn sie von einem Menschen ausgesprochen werden, dessen Lebensverlauf so konstant erfolglos ist, wie es der von meinem Onkel gewesen war. Mr. Deacons Überzeugungen dagegen konnte man tolerant als Teil des Rüstzeugs eines professionellen Malers – der auch keineswegs ein Versager war – ansehen und sie, wie widerwillig auch immer, als unvermeidliches Zubehör eines Boheme-Berufes hinnehmen, ja sogar als etwas auf ihre Art Wertvolles, da sie eine andere Seite menschlicher Erfahrung veranschaulichten.

Gleichwohl betrachteten ihn meine Eltern, obschon sie sich zweifellos über seine gelegentlichen Besuche freuten, mit Recht als einen Exzentriker, der sich, wenn man nicht sehr aufpasste, leicht zu einem langweiligen Schwätzer entwickeln konnte; und es würde nicht ganz der Wahrheit entsprechen, wenn ich behauptete, dass sie ihn mochten. Mr. Deacon seinerseits aber mochte sie beide, glaube ich. Die Umstände, unter denen sie sich kennengelernt hatten, sind nicht überliefert. Vielleicht wurden sie einander bei einem der Konzerte im »Pavilion« von

Brighton vorgestellt, die meine Eltern manchmal besuchten, als mein Vater in den Jahren vor dem Krieg in der Nähe stationiert war. Es steht fest, dass sie Mr. Deacon während dieser Zeit einen Besuch in seinem Studio abstatteten: einer Reihe von kleinen Räumen, die zu diesem Zweck in dem Dachgeschoss eines Hauses umgebaut worden waren, das an einem der ruhigen Plätze weit weg von der Strandpromenade lag. Er hatte diese abgeschiedene Lage gewählt, weil ihn der Anblick des Meeres bei seiner Arbeit störte – eine Befangenheit, für die sich jetzt sicher leicht eine psychologische Erklärung finden ließe.

Ich selbst habe das Studio nie gesehen, aber meine Eltern oft davon sprechen gehört, dass es mit verschiedenen Raritäten angefüllt gewesen sei. Wir sind aus dieser Gegend noch vor dem Ausbruch des Krieges im Jahre 1914 weggezogen und haben wohl die Verbindung mit Mr. Deacon verloren; aber noch lange danach erinnerte ich mich an den Eindruck, den seine Körpergröße auf mich machte, als er mir eines Tages nach dem Tee einen hölzernen Farbkasten, dessen Farben in Tuben waren, schenkte, wobei der schwere Duft seines Tabaks um die Falten und den Gürtel seiner Norfolkjacke hing – eines Kleidungsstücks, das schon ein wenig altmodisch auszusehen begann –, und an den Klang seiner tiefen, ernsten Stimme, während er mir die Skala der Farben in dem Kasten erklärte und von den Prinzipien des Lichtes und des Schattens sprach: Prinzipien, so konnte ich nicht umhin zu denken, während ich die Gemälde in dem Auktionsraum betrachtete, die sein Pinsel so oft und so heftig verletzt haben musste.

Vor jenem Abschnitt in meinem Leben, in dem ich zufälligerweise auf diese vier Bilder stieß, hatte ich während unserer kurzen späteren Bekanntschaft natürlich Gelegenheit gehabt, Mr. Deacon in einer Umgebung zu beobachten, die ganz anders war als die häusliche Privatheit meiner Eltern, wo ich zuerst Gespräche über seine Eigenarten gehört hatte; und ich hatte auch – vor der Zeit, in der ich mich in dem Auktionsraum befand – seinen Charakter mit Personen wie Barnby diskutiert, die ihn viel näher gekannt hatten, als das bei mir je der Fall gewesen war. Wie dem auch sei, ich verfiel wieder einmal in Grübeleien über die Diskrepanz zwischen einem Malstil, der selbst zu Mr. Deacons Frühzeit unmodern und, bestenfalls, trocken-formalistisch gewesen sein muss, und den revolutionären Prinzipien, die er predigte und – außer auf dem Gebiet der Ästhetik – auch in einem beträchtlichen Maße praktizierte. Ich fragte mich wieder, ob dieser offensichtliche Widerspruch in seiner Einstellung, der mich einmal beunruhigt hatte, widerstrebende Seiten seines Charakters symbolisierte oder ob sein Leben, sein Werk und seine Ansichten an irgendeinem Punkt miteinander verschmolzen und so einen Standpunkt ergaben, der in Wirklichkeit aus einem Guss war oder, wie er es selbst ausgedrückt hätte, »ein Kunstwerk darstellte«.

Natürlich konnte ich dieses Problem nicht an Ort und Stelle in dem Auktionsraum lösen, zwischen den Möbelstücken und dem Linoleum, bei dem Lärm des Bietens und des Zuschlagens des Hammers, auch nicht in dem Licht späterer Umstände, in denen ich ihn gekannt hatte; und es ist mir nie wirklich gelungen, zu einem eindeutigen Schluss in dieser Frage zu kommen. Ohne Zweifel stellte Mr. Deacons Malerei, in ihrer eigenen Weise, den extremsten Punkt seines Romantizismus dar, und ich glaube, man könnte mit einigem Recht behaupten, dass auf solchen Trümmern klassischer Bildmotive die Fundamente zumindest bestimmter Elemente der Kunst des zwanzigsten Jahrhunderts errichtet wurden.

Wie dem auch sei, der fast gänzliche Mangel an Fantasie in Mr. Deacons Malerei resultierte letztlich in einem Werk, das nicht an die ›Romantik‹ und schon gar nicht an den ›Klassizismus‹ denken ließ, sondern an ein unendlich banales Muster des täglichen Lebens; denn man verband die griechischen und römischen Episoden, die er darstellte, unwillkürlich mit der Welt der gemütlichen Kneipen und Teestuben – »wenigstens, wenn man sie sich«, wie Barnby zu sagen pflegte, »als Bildreproduktionen, etwa in Fotogravüre, vorstellt«, obwohl Barnby selbst, wenn er in einer bestimmten Stimmung war, immer wenigstens einige Aspekte von Mr. Deacons Kunst zu verteidigen versuchte. Kurz gesagt, die Bilder erinnerten eher an Zugaben zur Weihnachtsnummer einer Zeitschrift als an die Pracht von Sunions marmorner Höhe oder jene blaue sizilianische See, die als Hintergrund zu dem viktorianischen Hellenismus diente, der an unserer Schule von Le Bas, meinem Hausdirektor, propagiert wurde. In der Tat hätte man, allerdings auf einer sehr viel niedrigeren Ebene der Fantasie, Mr. Deacons Malerei mit Le Bas' Tagträumen von Hellas vergleichen können; und vielleicht hätte auch Mr. Deacon letzten Endes besser daran getan, den Beruf eines Lehrers zu wählen. Unbestreitbar hatte er etwas Schulmeisterliches an sich, obwohl ich natürlich als Kind nie über seine Eigenheiten, die ich nur aus Gesprächen meiner Eltern und des Dienstpersonals kannte, nachgedacht hatte.

Dieser Anflug von Pedanterie war mir erst zu einem späteren Zeitpunkt aufgefallen, als wir in den Sommerferien bald nach Beendigung des Krieges, während mein Vater noch in Paris Dienst tat, Mr. Deacon zufällig im Louvre begegneten. Ich hatte mich an diesem Nachmittag schon gefragt, wer die große, hagere, ziemlich gebeugte Gestalt sein mochte, die am hinteren Ende der Galerie rastlos hin und her ging, ihn aber nicht sofort erkannt; als jedoch, nach so vielen Jahren, sein Name wieder fiel, wusste ich augenblicklich, wer er war. Während wir zu ihm herankamen, betrachtete er gerade mit großer Aufmerksamkeit Peruginos »Heiligen Sebastian« und hatte, um, leicht vorgebeugt, das Bild besser untersuchen zu können, soeben ein kleines Vergrößerungsglas mit Goldrand hervorgeholt. Er trug einen festen Anzug in Pfeffer und Salz – diesmal ohne Gürtel und Seitenfalten – und hielt einen breitrandigen, pelzartigen Hut in der Hand. Seine ganze Aufmachung war von einer vielleicht beabsichtigten leichten Schäbigkeit, und zu diesem allgemeinen Eindruck kam noch die beunruhigende Vermutung hinzu, dass sein leicht gekrümmter Rumpf vielleicht in einer Art Korsett steckte, das nur unvollkommen passte. Sein graues Haar, das er zu lang trug, war glatt nach hinten gebürstet und unterstrich ein ziemlich bemerkenswertes Profil: ein wenig wie das eines Schauspielers, der für die Rolle des Prospero zurechtgemacht worden ist, mit stark zerfurchtem, ernstem Gesicht, ohne aber irgendeinen Eindruck von Niedergeschlagenheit zu vermitteln.

Er erkannte meine Eltern sofort und begrüßte sie mit einer seltsamen, gespreizten Förmlichkeit, wieder wie ein altmodischer Schauspieler. Mein Vater, der nicht in Uniform war, erklärte ihm, dass er zu der Delegation für die Konferenz abkommandiert sei. Mr. Deacon hörte mit einem Ausdruck größter Aufmerksamkeit zu, verstand jedoch nicht – oder es wäre vielleicht richtiger zu sagen: gab aus nur ihm bekannten Gründen vor, nicht zu verstehen –, um welche Art von Tätigkeit es sich dabei handelte. In seiner volltönenden, leicht ironischen Stimme fragte er: »Und worüber bitte konferieren Sie?«

Zu dieser Zeit war Paris voll von Gesandtschaften und Delegierten, Emissären und bevollmächtigten Ministern der verschiedensten Art, die alle wegen der Verhandlungen zum Friedensvertrag dorthin gekommen waren; und wahrscheinlich konnte sich mein Vater nicht vorstellen, dass Mr. Deacon wirklich weitere Einzelheiten über seine Arbeit, die, glaube ich, etwas mit Abrüstung zu tun hatte, zu hören wünschte. Es war schließlich eine Sache, die, wenigstens in den Details, nur von professionellem Interesse sein konnte. Sicher kam mein Vater nicht auf den Gedanken, dass Mr. Deacon zu dem Entschluss gekommen sein musste, für den Moment seine Augen vor der Konferenz und vor vielem – wenn nicht allem –, das zu ihrer Existenz geführt hatte, zu verschließen, oder es wenigstens vorzog, zumindest zu diesem Zeitpunkt alle ihre gegenwärtigen Umstände zu ignorieren. Die Antwort meines Vaters war deshalb, zweifellos mit Absicht, in vorsichtige, allgemeine Worte gefasst; und die Erklärung brachte, soweit man sehen konnte, Mr. Deacon nicht weiter in der Erkenntnis, warum wir uns zu dieser Stunde im Louvre aufhielten.

»In Verbindung mit jenen *expositions,* die die Franzosen so lieben?«, fragte er. »Sie sind also nicht mehr *militaire?*«

»Eigentlich haben sie nicht entfernt so viel Ärger gemacht, wie Sie vielleicht annehmen«, sagte mein Vater, der diese Frage als eine absonderliche Form von Anspielung auf vermutete Unnachgiebigkeiten auf Seiten des französischen Stabsoffiziers aufgefasst haben musste, der bei den Verhandlungen sein ›Gegenüber‹ bildete.

»Ich weiß nicht viel von diesen Dingen«, gab Mr. Deacon zu.

Man ließ es dabei bewenden, und das Gespräch wandte sich der Darstellung des Heiligen Sebastian zu. Hier stellte Mr. Deacon plötzlich eine ganz unerwartete Kenntnis der militärischen Rangordnung – zumindest einer etwas veralteten Form – zur Schau, indem er darauf hinwies, dass der Heilige, da er den Rang eines Zenturios innegehabt habe und folglich ein Feldwebel oder Hauptfeldwebel mit verhältnismäßig hohem Dienstalter gewesen sei, wahrscheinlich ein weniger jugendliches und insgesamt weit gröberes Aussehen besessen habe, als es ihm von Perugino und ja auch gewöhnlich von den meisten anderen Malern hagiografischer Themen verliehen worden sei. Allgemein auf die Peruginos, die sich sonst noch in der Galerie befanden, zu sprechen kommend, erklärte Mr. Deacon, dass mehr als einer von ihnen als »Raphael« bezeichnet sei. Wir zweifelten diese Behauptung nicht an. Auf die Frage, wie lange er selbst schon in Paris lebe, gab Mr. Deacon eine vage Antwort; und es wurde auch nicht deutlich, was er während des Krieges, dessen Verlauf er kaum wahrgenommen zu haben schien, getrieben hatte. Er ließ anklingen, dass er sich mehr oder weniger für immer, zumindest aber für eine lange Zeit »im Ausland niedergelassen« habe.

»Es gibt wirklich Augenblicke, in denen fühle ich, dass ich mehr Gemeinsamkeiten mit den Franzosen habe als mit meinen eigenen Landsleuten«, sagte er. »Ihre praktische Art, die Dinge zu betrachten, spricht eine bestimmte Seite von mir an – wenn vielleicht auch nicht die beste Seite. Wenn man hier etwas will, lautet die Frage: Hast du das Geld, um dafür zu bezahlen? Wenn sie bejaht wird, ist alles in Ordnung. Wenn nicht, muss man darauf verzichten. Außerdem, die Atmosphäre ist freier hier. Das ist etwas, das Revolutionen bewirken. Paris ist wirklich ohne Vergleich in der Welt.«

Er lebe, so sagte er uns, »in einer kleinen Wohnung in einer der Seitenstraßen des Boul' Mich'«.

»Ich fürchte, in dem Zustand, in dem sie sich im Augenblick befindet, kann ich Sie unmöglich dahin einladen. Es dauert immer eine Ewigkeit, wenn man irgendwo einzieht. Und ich habe so viele Schätze.«

Auf die Frage nach seiner Malerei schüttelte er den Kopf.

»Ich bin jetzt mehr an meinen Sammlungen interessiert«, sagte er. »Einer der Gründe, warum ich hier bin, ist, hier gelegentlich etwas für Freunde und für mich selbst anzukaufen.«

»Aber ich nehme an, Sie machen noch hin und wieder mit Ihrer Arbeit weiter.«

»Warum soll man schließlich den Müll in dieser vergänglichen Welt weiter vermehren?«, fragte Mr. Deacon und zog die Schultern hoch und lächelte. »Dennoch, manchmal nehme ich mein Skizzenbuch mit in ein Café – am liebsten in irgendein kleines *estaminet* in einem der Arbeiterviertel. Man sieht einen guten Kopf hier, eine kraftvolle Pose dort. Ich sammle Köpfe – und Hälse –, wie Sie sich vielleicht erinnern.«

Er selbst lehnte eine Einladung zum Lunch im Interallié, einem Club, von dem er offensichtlich noch nie gehört hatte, höflich, aber ziemlich bestimmt ab. Doch beschwerte er sich darüber, dass Paris teurer sei als früher, und beklagte gleichzeitig die ›Amerikanisierung‹ des Quartier Latin.

»Manchmal überlege ich mir, ob ich nicht auf den Montmartre ziehen soll wie die Maler zur Zeit Whistlers«, sagte er.

Das Gespräch fand danach bald ein Ende. Er fragte noch, wie lange wir in Frankreich blieben, und es schien fast so, als sei er erleichtert darüber, dass wir bald wieder in England sein würden. Beim Abschied konnte man leicht den Eindruck gewinnen, dass die Begegnung, ohne dass man dafür augenfällige Gründe hätte nennen können, eine gewisse Unbehaglichkeit erzeugt hatte. In dieser Hinsicht war sie nicht unbedingt schlechter, als sich solche Treffen häufig erweisen, wenn Personen, die nicht viele Gemeinsamkeiten haben, sich nach langer Trennung plötzlich wiedersehen und auf gemeinsame Interessen zurückgreifen müssen, die sie inzwischen halb vergessen haben. Dieses leise Gefühl der Spannung war vielleicht auch ein wenig auf Mr. Deacons offensichtliche Weigerung zurückzuführen, beim Austausch autobiografischer Neuigkeiten auch nur bis zu jenem Punkt zu gehen, wo das sicher noch als frei von dem schwächsten Hauch einer ungebührlichen Zurschaustellung von Egoismus angesehen werden durfte – besonders da das Gespräch sich hauptsächlich deshalb in so engen Grenzen bewegte, weil eine Seite nicht die geringste Vorstellung davon besaß, was die andere während einer Reihe von Jahren getrieben hatte.

»Ich hab mich gefreut, Deacon wiederzusehen«, sagte mein Vater später an diesem Nachmittag, als wir auf dem Weg zum Tee in der Wohnung der Walpole-Wilsons in Passy waren. »Er sah sehr viel älter aus.«

Das muss wohl das letzte Mal gewesen sein, dass ich meinen Vater oder meine Mutter von Mr. Deacon oder seinen Angelegenheiten habe sprechen hören.

Die Begegnung im Louvre blieb aber, neben anderen Erfahrungen auf dieser meiner ersten Auslandsreise, als etwas ziemlich Wichtiges in meiner Erinnerung. Mr. Deacons erneutes Auftauchen in diesem Sommer schien nicht nur die Trennung des Reifseins von der Kindheit zu markieren, sondern auch die Abhängigkeit dieser beiden Zustände voneinander besonders zu betonen. Mr. Deacon war schon in der ›früheren Zeit‹ ›erwachsen‹ gewesen, und er war es noch immer. Ich selbst dagegen hatte mich verändert. Es musste noch eine Strecke zurückgelegt werden, aber ich war auf dem Wege, als Mit-

Erwachsener zu Mr. Deacon aufzuschließen; und er selbst war nicht mehr länger ein Fantasieprodukt aus der Erinnerung meiner Kindheit, sondern ein sichtbarer Beweis dafür, dass das Leben in ziemlich der gleichen Weise existiert hatte, ehe ich in einem ernst zu nehmenden Maße begann, an ihm teilzunehmen, und ohne Zweifel weiter so ablaufen würde, wenn er und ich schon lange nicht mehr dazugehörten. Zusätzlich zu dieser Würdigung seiner Bedeutung als so etwas wie ein Meilenstein auf der gewundenen, staubigen Straße des Seins entdeckte ich noch eine andere interessante – wenn auch nicht völlig angenehme – Seite an Mr. Deacons Persönlichkeit. Er hatte mich mit einem langen, abschätzenden Blick angesehen, als wir uns zur Begrüßung die Hände schüttelten – eine an sich schon irgendwie unerwartete Handlung –, und mich später mit der gleichen tiefen, ernsten Stimme, mit der er mir in früherer Zeit seine Ansichten über Farbtonwerte dargelegt hatte, nach meinen Lieblingsbildern in der Galerie und anderswo gefragt und dann meiner Antwort zugehört, als ob die darin enthaltene Information für ihn selbst von beträchtlicher Bedeutung sein könnte.

Diese augenscheinliche Hochachtung meiner notwendigerweise noch unfertigen Meinung gegenüber war so schmeichelhaft, dass ich mich seiner noch deutlich erinnerte, nachdem wir schon lange nach England zurückgekehrt waren; und als ich sechs oder sieben Jahre später die Signatur ›E. Bosworth Deacon‹ in der Ecke eines Ölgemäldes sah, das hoch an der Wand im innersten Teil der Eingangshalle des Hauses der Walpole-Wilsons am Eaton Square hing, kam mir plötzlich die Atmosphäre jener Begegnung im Louvre – das Gespräch über die Konferenz und den »Heiligen Sebastian«, das Gefühl des Befangenseins (fast der Verlegenheit), der Besuch bei eben diesen Walpole-Wilsons später am Nachmittag – sehr klar wieder ins Bewusstsein zurück; und mit alldem auch die Illusion einer allgemeinen Erleichterung, die Teil jener historischen Epoche war: darüber, dass der Krieg, so überraschend, zu Ende sei und dass nun eine ›schöne Zeit‹ bevorstünde; und auch jenes seltsame Gefühl der intellektuellen Emanzipation, die zu der Kunst jener Epoche gehörte oder, wohl fälschlicherweise, zumindest zu ihr zu gehören schien; und auch, wie sich die Erregtheit und Melancholie dieser Kunst mit den kaleidoskopischen Eindrücken meiner ersten Erfahrung von Paris gemischt hatten. All diese Gedanken drängten sich mir kurz und schnell auf, während ich bei meinem ersten Besuch in dem Haus am Eaton Square – ich war inzwischen nach London gezogen – meinen Mantel ablegte und dabei Mr. Deacons Bild wahrnahm. Das Gemälde – vergleichsweise klein für einen ›Deacon‹ und offensichtlich von seinen Besitzern nicht sehr geschätzt – hatte jenseits der Treppe seinen Platz gefunden, über einem Barometer in einem Mahagonigehäuse. In Thema und Stil war es den Bildern in dem Auktionsraum ähnlich. Das Goldtäfelchen am Fuße des Rahmens besagte knapp und ohne den Namen des Malers zu nennen: »Kyros als Knabe«. Dies war nun das allererste Mal, dass ich einen ›Deacon‹ erblickte.

Die Bedeutung, die »Kyros als Knabe« schließlich für mich annahm, hatte jedoch nichts mit dem Maler oder dem künstlerischen Wert des Bildes selbst zu tun – wenn es ihn besaß. Es erlangte Wichtigkeit einzig und allein als Symbol, das auf die physische Nähe von Barbara Goring, der Nichte von Lady Walpole-Wilson, hindeutete. Diese Assoziation der Vorstellungen war in der Tat so mächtig, dass ich selbst später, als ich schon seit Jahren nicht mehr Gast an der Tafel der Walpole-Wilsons war, nicht den Namen ›Kyros‹ hören konnte – ein, unter diesen Umständen, glücklicherweise im täglichen Leben seltenes Vorkommnis –, ohne an die Schmerzen früher Liebe erinnert zu werden; während zu der Zeit, über die ich schreibe, fast jedes Ölgemälde, das auch nur eine entfernt klassische Szene darstellte (wie man das gelegentlich auf Bildern in den Schaufenstern von Händlern um den St. James's Palace herum sieht, die sich normalerweise auf Genremalerei spezialisiert haben), gewöhnlich die Tatsache in mein Bewusstsein zurückrief (falls sie aus irgendeinem unwahrscheinlichen Zufall vergessen war), dass ich Barbara seit längerer oder kürzerer Zeit nicht gesehen hatte.

Ich muss zu dieser Zeit etwa einundzwanzig oder zweiundzwanzig gewesen sein, und ich hatte damals eine ganze Reihe ziemlich wilder Vorstellungen von Frauen. Sie waren größtenteils das Resultat davon, dass ich viel gelesen hatte, ohne gleichzeitig die Gelegenheit zu haben, die aufgezeichneten Urteile anderer auf diesem Gebiet durch persönliche Erfahrungen einzuschränken – Urteile, die, wenn richtig interpretiert, in ihren Schlussfolgerungen oft ausgezeichnet sind, die aber praktisches Wissen erfordern, wenn man sich ihres vollen Wertes bewusst sein soll.

Von der Schule her kannte ich Tom Goring, der später in das Sechzigste Regiment eingetreten war. Wir hatten zwar nie viel miteinander zu tun gehabt, aber ich erinnerte mich an eine von Stringhams Geschichten, wie sie beide Geld zusammengeworfen hatten, um einen Pons zu Horaz – oder einem anderen lateinischen Autor, dessen Werke sie ins Englische übertragen mussten – zu kaufen, und wie sie dann deswegen Ärger bekamen, weil die eingereichte Übersetzung Stellen enthielt, die das offizielle Schulbuch ausgelassen hatte. Vielleicht trug die Tatsache, dass ihr älterer Bruder gleichzeitig mit mir auf der Schule gewesen war – der jüngere Sohn, David, ging noch zur Schule –, dazu bei, dass ich mit Barbara unmittelbar nach unserer ersten Begegnung auf gutem Fuße stand – obwohl das Problem, sich mit jungen Männern gut zu verstehen, ihr unter keinen Umständen ernsthafte Schwierigkeiten bereitete.

»Beeilen Sie sich, wenn Sie mich um einen Tanz bitten wollen«, hatte sie gesagt, als ihre Kusine, Eleanor Walpole-Wilson, uns einander vorgestellt hatte. »Ich kann nicht den ganzen Abend warten, bis Sie zu einem Entschluss kommen.«

Ich war, muss ich zugeben, auf der Stelle bezaubert von diesem Gebaren, das ich natürlich in keiner Weise als entmutigend empfand. Bei einer früheren Gelegenheit hatte eine würdige ältere Dame Barbara in meiner Gegenwart »diese etwas laute kleine Goring« genannt, und diese Bezeichnung traf zu. Sie war klein und dunkelhaarig und trug einen eckigen Bubikopf, der, wie andere Mädchen häufig beklagten, sich immer in hoffnungsloser Unordnung befand. Ihre Ruhelosigkeit war von jener trügerischen Art, die gewöhnlich eher auf einen grundlegenden Mangel hindeutet als auf einen Überfluss an Energie; doch kann ich nicht beanspruchen, damals entweder allgemein oder in speziellem Bezug auf Barbara selbst über diese Diagnose nachgesonnen zu haben. Das geschah erst viele Jahre später. Ich erinnere mich jedoch, dass ich mir, als wir uns eine (wie es mir schien) ziemlich lange Zeit später zufällig an einem Sonntagnachmittag im Hyde Park trafen, noch einen gewissen Sinn für die richtigen Maßstäbe ihr gegenüber bewahrt hatte, obwohl wir einander inzwischen häufig gesehen hatten. Sie wurde auf dem Spaziergang im Park an jenem Nachmittag von Eleanor Walpole-Wilson begleitet, die offensichtlich vom Schicksal dazu ausersehen war, Zeugin der verschiedenen Stadien unserer Beziehung zu sein. Ich hatte es nicht geschafft, an diesem Wochenende von London wegzukommen, und dass ich den beiden so zufällig und unerwartet begegnete, schien ein wundervoller Glücksfall. Das war für viele Monate der letzte Tag, an dem ich morgens aufwachte, ohne sofort an Barbara zu denken.

»Ach, wie herrlich, dass wir uns so treffen«, hatte sie gesagt.

Ich empfand sofort ein ungewöhnliches Hochgefühl über diese harmlose Bemerkung. Es war Juni, und am Tag zuvor hatte es geregnet, so dass das Gras frisch und üppig roch. Das Wetter war warm, aber nicht unangenehm heiß. Wir trafen uns fast genau an der Statue des Achilles. Zu dritt schlenderten wir dann auf die Kensington Gardens zu. Der Reitweg war leer. Die Gruppe der plastischen weißen und vergoldeten knotenförmigen Spitztürmchen des Albert Memorials, dem wir uns stetig näherten, sandte funkelndes Licht in alle Richtungen. Eleanor Walpole-Wilson, ein stämmiges, breitschultriges, überdurchschnittlich großes Mädchen, trug ihr geflochtenes Haar hinten am Kopf zu einem Knoten zusammengesteckt, der immer aussah, als wolle er jeden Augenblick herunterrutschen – und in der Tat fiel er auch manchmal auseinander. Sie hatte Sultan, einen Labradorhund, mitgebracht und versuchte, ihn mit schrillen Signalen aus einer Pfeife, die sie mit barschen, einsilbigen Rufen unterstützte, abzurichten. Dieses Unterfangen, das Abrichten Sultans, stand in völligem Einklang mit Eleanors üblichem Verhalten, denn sie betrug sich prinzipiell immer so, als ob London das offene Land sei – eine Willensanstrengung, in der sie nur selten nachließ.

Wir gingen die Stufen des Albert Memorials hinauf und inspizierten die Figuren der Künste und Wissenschaften, die in hohem Relief den zentralen Sockel des Denkmals umgeben. Eleanor, die weiterhin sporadisch ihre Pfeife blies, machte irgendeine Bemerkung über die Muskeln einer bärtigen Männerfigur, die zu der »Handwerker« genannten Gruppe gehört, worauf Barbara laut loslachte. Das war auf unserem Weg die Treppe auf der Südseite hinunter, in Richtung auf die Statuen, die Asien symbolisieren, wo, neben einem knienden Elefanten, der Beduine hockt, auf immer, in hoffnungsloser Betrachtung der Bäume und Sträucher in den Kensington Gardens, mit Augen in den geschwärzten Höhlen, die endlos über das reiche Blattwerk dieser Oasen seiner Fata Morgana gleiten.

Aus irgendeinem Grund schienen Eleanors Worte in diesem Moment immens komisch zu sein. Barbara stolperte und nahm für eine kurze Sekunde meinen Arm. Es geschah vielleicht in diesem Augenblick, dass eine Kraft freigesetzt wurde – eine Kraft, die keineswegs weniger mächtig war, weil ihre Wirkung etwas verspätet einsetzte. Gefühle dieser Art begreift man ja nicht immer sofort. Wir setzten uns für einige Zeit auf Stühle und spazierten dann zu der Nordseite des Parks, in Richtung auf das Haus der Budds am Sussex Square, wo die Mädchen zum Tee eingeladen waren. Als wir uns an den Toren verabschiedeten, überkam mich ein Gefühl unerklärlichen Verlustes, das in seiner Plötzlichkeit jener Hochstimmung bei unserer Begegnung zuvor ähnlich war. Der Rest des Tages schleppte sich dahin. Ein Gefühl der inneren Unruhe – von dem die Jugend so viel mehr heimgesucht wird als die längst Erwachsenen – befiel mich, und mit ihm kam eine fast unerträgliche nervöse Erschöpfung. Ich aß allein zu Abend und ging früh zu Bett.

Die – nicht sehr enge – Bekanntschaft meiner Eltern mit den Walpole-Wilsons datierte aus dem gleichen Zeitabschnitt der Friedenskonferenz, in dem wir im Louvre zufällig Mr. Deacon begegnet waren. Sir Gavin Walpole-Wilson hatte zu dieser Zeit auch in Paris gearbeitet. Er gehörte damals schon nicht mehr dem diplomatischen Dienst an, sondern hatte sich einer freiwilligen Hilfsorganisation – von fragwürdiger praktischer Bedeutung, wie mein Vater öfter bemerkte – angeschlossen, die sich der Unterstützung einer besonderen Gruppe von Flüchtlingen widmete. Sir Gavins Karriere war nämlich kurz nach Verleihung einer hohen Auszeichnung – seiner Ernennung zum ›Knight Commander of the Order of St. Michael and St. George‹ – zu einem plötzlichen Ende gekommen; er war Botschafter in einer südamerikanischen Republik gewesen. Es hatte Ärger im Zusammenhang mit der Entsendung einer Depesche gegeben. Die britische Regierung hatte, so stellte sich später heraus, bereits den Führer der Opposition anstelle der Junta, die zuvor für einige Jahre an der Macht gewesen war, als Staatsoberhaupt anerkannt. Man stimmte allgemein darin überein, dass, wenn es überhaupt ein Fehlverhalten darstellte, Sir Gavin sich keiner schlimmeren Sache schuldig gemacht hatte als der völlig korrekten Bemühung, sich mit beiden Seiten »gutzustellen«, zu der vielleicht eine gewisse geistige Schwerfälligkeit im Hinblick auf die mögliche Fehlbarkeit von Außenministern und auf die einige Zeit zuvor erkennbaren Veränderungen in der politischen Bedeutung von General Gomez hinzukam. Aber er hatte sich die Sache zu Herzen genommen und seinen Abschied eingereicht. Es mag sein, dass er diesen Schritt auf Druck von oben und unfreiwillig tat – ein Punkt, über den die Meinungen auseinandergingen.

Obwohl Sir Gavin keineswegs dazu neigte, seine persönliche Rolle, die er in den Kabinettsälen Europas, ja: der Welt, gespielt hatte, zu gering zu bewerten, gewann man bei ihm leicht den Eindruck, er sei ständig darauf bedacht, sich auch bei den unbedeutendsten Angelegenheiten zu rechtfertigen. Und so umgab ihn die Atmosphäre einer fast sicheren Gewissheit, vom Leben weniger großzügig behandelt worden zu sein, als es seine Talente verdienten – eine Atmosphäre, die ihn, obwohl er eine viel eindrucksvollere Persönlichkeit war, manchmal meinem Onkel Giles gleichen ließ. Zum Beispiel behauptete auch er gerne, dass er gesellschaftlichem Rang – zumindest im Gegensatz zu Fähigkeiten – wenig Bedeutung beimesse; und diese Auffassung teilte er mit meinem Onkel. Es ist auch möglich, dass Sir Gavin in der Zeit vor seiner Ehe von ähnlichen finanziellen Sorgen geplagt wurde, denn ich glaube, seine eigene Familie war alles andere als reich und hatte nur mit Mühe das Geld zusammenkratzen können, das damals notwendig war, um in den diplomatischen Dienst einzutreten. Nach seinem Ausscheiden aus dem Dienst – ich hatte ihn natürlich vorher nicht gekannt – trug er sein Haar ziemlich lang und bevorzugte lose sitzende Anzüge aus grobem Stoff. Die feste Überzeugung, dass alles immer eher schlecht ausgehe als gut, war eine weitere charakteristische Seite in Sir Gavins Haltung dem Leben gegenüber – ohne Zweifel durch seine eigenen schmerzlichen Enttäuschungen hervorgerufen. Ja, man konnte ihn nicht völlig von dem Verdacht freisprechen, dass es ihn freute, wenn das Schlimmste wirklich eintrat, und dass er Unheil von einer rein gesellschaftlichen Art manchmal fast absichtlich in die Wege leitete.

»Aus Gier zu wissen, was zu wissen uns nicht ansteht«, so rezitierte er gerne, »wähl'n wir die Gold'ne Straß' nach Samarkand.«

Dieses Zitat mag seinem Geist vielleicht eine Erklärung

für menschliches Unglück geboten haben, ließ sich aber wohl kaum auf seinen eigenen Fall anwenden, denn er war ein Mann von einzigartigem Mangel an intellektueller Neugier; und es wurde allgemein angenommen, dass jener unglückliche Schritt in seiner Karriere eher das Ergebnis zu großer Vorsicht gewesen war als einer Neigung, auf dem Gebiete jener moralischen oder faktischen Erkundungen zu experimentieren, auf welche die Zeilen anzuspielen scheinen. Ein solcher Charakterzug trat dagegen mehr bei seiner Frau zutage. Sie war eine der beiden Töchter von Lord Aberavon, einem damals schon verstorbenen Schiffsmagnaten, dem, wie ich später entdeckte, »Kyros als Knabe« gehört hatte. Mr. Deacons Bild blieb aus einem unerklärlichen Grund fast als einziges übrig, als nach dem Tod des Besitzers seine Sammlung von Gemälden, die nicht mehr im Einklang mit dem Geschmack einer späteren Generation standen, in ihrer Gesamtheit veräußert worden war. Lady Walpole-Wilson litt an ›Nerven‹, jedoch weniger bedrückend als ihre Schwester, Barbaras Mutter, die sich aus diesem Grunde sogar für eine Halbinvalidin hielt. Ich habe in der Tat weder Lady Goring noch ihren Mann kaum je zu Gesicht bekommen, denn wie seine Nichte Eleanor hielt sich Lord Goring, wenn irgend möglich, von London fern. Er galt als Experte auf dem Gebiet landwirtschaftlicher Kultivierungsmethoden und besaß eine Obstplantage, auf der er experimentierte und die, glaube ich, wegen ihrer gewagten Methoden ziemlich berühmt war.

Onkel Giles nannte Leute, die reicher oder ganz allgemein in einer besseren Lage waren als er und gegen die er sonst keinen besonders herabsetzenden Vorwurf erheben konnte, gerne »zweifellos mit guten Verbindungen gesegnet« – eine anschauliche Beschreibung, die er manchmal unterschiedslos anwandte; aber ich glaube, die Gorings wären so wohl wahrheitsgemäß charakterisiert gewesen. Sie mieteten immer ein Haus in der Upper Berkeley Street für den ersten Teil des Sommers, aber Abendgesellschaften fanden dort nur selten statt und waren in der Regel nicht gesellig. Der größte Teil der Verantwortung für Barbaras ›Saison‹ fiel auf ihre Tante, die wahrscheinlich die lebhafte Veranlagung ihrer Nichte eher als eine Erleichterung der durch ihre eigene Tochter verursachten Schwierigkeiten denn als eine zusätzliche Bürde für ihren Haushalt auffasste.

Lady Walpole-Wilson, für die ich eine entschiedene Zuneigung empfand, war eine große, dunkelhaarige, vornehm aussehende Frau mit Rehaugen, für deren Äußeres eine Ehe mit einem Vizekönig oder Botschafter der passende Rahmen zu sein schien. Ihre verhältnismäßige Unfähigkeit, die eigenen Abendgesellschaften, auf denen sie fast immer besonders verwirrt war, unter Kontrolle zu halten, erschien mir als eine Art stummer persönlicher Protest gegen die Umstände – in der Gestalt des Ausscheidens ihres Mannes aus dem diplomatischen Dienst –, die sie des Glanzes (wenn man das so nennen kann) dieser Position, den das Leben ihrer stattlichen Erscheinung eigentlich schuldete, beraubt hatten. Damals nämlich hegte ich noch äußerst romantische Ansichten – nicht nur von der Liebe, sondern auch von Dingen wie Politik und Regierung – und glaubte zum Beispiel, dass Verschrobenheit und Unfähigkeit in jenen Zirkeln völlig unbekannt seien, wo sie doch in Wirklichkeit – zumindest was die offiziellen Gesellschaften aller Länder betrifft – eher die Regel als die Ausnahme sein dürften. Heute aber verstehe ich, dass sich Lady Walpole-Wilson durch ihre frühere Erfahrung vielleicht bewusst war, dass Frauen hochgestellter Persönlichkeiten des öffentlichen Lebens oft nicht fähig oder willens sind, angemessene Gastgeberinnen abzugeben – ein Bewusstsein, das zusammen mit ihrer angeborenen Schüchternheit sie manchmal den Eindruck erwecken ließ, dass sie am liebsten um jeden Preis aus ihrem eigenen Hause entkommen würde: nicht etwa, weil ihr das Erweisen von Gastlichkeit an sich im Geringsten unangenehm gewesen wäre, als vielmehr wegen der Erinnerungen an verletzte Gefühle in der Vergangenheit, als häufig etwas ›schiefgelaufen‹ war.

Zu diesen Empfindungen kam ohne Zweifel noch die sich selbst auferlegte Peinlichkeit hinzu, die zum Drum und

Dran der Einführung einer Tochter – und, wenn man das ohne Unfreundlichkeit sagen kann, ›welch einer Tochter‹ – in eine widerspenstige Welt gehört; von dem Ringen mit rein hypothetischen Fragen wie dem ewig unlösbaren Rätsel, was andere Mütter wohl über die Art denken mochten, wie sie selbst, als Mutter, diese Sorgenlast trug, ganz zu schweigen. Bei dieser letzteren Kümmernis war Sir Gavins Einstellung oft keine große Hilfe, und es ist schwer zu sagen, ob sie beide wirklich glaubten, dass Eleanor, die immer mehr oder weniger problematisch gewesen war – es gab endlose Geschichten über Nasenbluten und Kopfschmerzen –, je einen Ehemann finden würde. Eleanor hatte schon immer eine Abneigung gegen weibliche Betätigungen gehegt. Als wir uns, bevor wir beide erwachsen waren, in Paris kennenlernten, hatte sie mir gesagt, dass sie in diesem Augenblick viel lieber bei ihren Cousins auf dem Lande in Oxfordshire wäre. Und diese Geisteshaltung gipfelte dann schließlich in ihrer Abscheu vor Bällen. Da ich sie schon vorher gekannt hatte, erschien mir dieser Widerwille nicht so seltsam wie vielen der jungen Männer, die ihr zum ersten Mal auf den Abendgesellschaften begegneten, wo sie kurz angebunden und mürrisch sein konnte. Barbara sagte oft: »Eleanor hätte nie in die Stadt geschafft werden sollen. Das ist Tierquälerei.« Und sie machte auch gerne die Bemerkung: »Eleanor ist gar kein so schlechter Kerl, wenn man sie näher kennt« – eine zweifellos wahre Feststellung; aber da das Leben sich zum großen Teil auf einer oberflächlichen Ebene abspielt, erleichterte diese ermutigende Möglichkeit – ob nun wahr oder falsch – kaum die Last ihrer Partner.

Die Walpole-Wilsons legten also nicht nur die Grundlage, sondern ihr Haus war häufig auch die unmittelbare Örtlichkeit meiner Beziehung zu Barbara, die ich, nach unserem gemeinsamen Spaziergang in dem Park, ziemlich häufig auf Bällen traf. Manchmal gingen wir sogar zusammen ins Kino oder zu einer Nachmittagsvorstellung ins Theater. Das war im Sommer; und als sie vor Weihnachten für wenige Wochen nach London kam, trafen wir uns wieder. Bis dann im darauffolgenden Mai die neue Saison begann, fragte ich mich, wie die Situation entschieden werden könne. Jene kleinen Handgemenge, die manchmal während der verhältnismäßig seltenen Gelegenheiten, bei denen wir allein waren, zwischen uns stattfanden, wurden von ihr nicht gerade ermutigt; ja, sie schien meine gelegentlichen Attacken nur zu mögen, weil es ihr Vergnügen bereitete, sie zurückzuweisen. Jedenfalls brachten solche Angriffe keinen von uns irgendwie weiter. Sie liebte Neckereien, aber Neckereien und sonst nichts blieben diese Geplänkel auch. »Werd nur nicht sentimental«, sagte sie immer; und was tiefere Gefühle anging, so schien ihr Wunsch, sie zu vermeiden, ebenso echt wie ihr Ausweichen vor der Sentimentalität.

Diese Geschichte mit Barbara schien, obwohl sie weniger als ein Jahr währte, schon einen beträchtlichen Teil meines Lebens in Anspruch zu nehmen. Nichts nämlich bestimmt so sehr die Zeitlosigkeit der Zeit wie jene Episoden unserer frühen Erfahrung, die wir bei einer Rückschau von einem späteren Lebensabschnitt aus zu einer solch unglaublichen Dichte zusammengedrängt sehen und die uns doch, während der Monate, in denen wir sie wirklich durchleben, die Illusion vermitteln, sich endlos hinzuziehen. Meine Geistesverfassung – vielleicht sollte ich sagen: der Zustand meines Herzens – blieb unverändert; und Bälle erschienen mir freudlos, wenn Barbara nicht anwesend war. Während dieses Sommers entwickelte »Kyros als Knabe« seine mystische Bedeutung, indem es, wenn ich bei meiner Ankunft dort vor ihm stand, die Chance von zwei zu eins symbolisierte, dass ich Barbara beim Abendessen sehen würde. Wenn wir beide bei den Walpole-Wilsons speisten, hatte ich sie wenigstens unter meinen Augen. Sie selbst war sich nie der sentimentalen Bedeutung bewusst, die Mr. Deacons Bild angenommen hatte. Als ich sie zuerst auf das Gemälde ansprach, dauerte es lange, bis sie wusste, wovon ich redete; und als wir uns einmal beide zur gleichen Zeit in der Eingangshalle aufhielten und ich ihr zeigte, wo es hing, versicherte sie mir, dass sie vorher seine Existenz nicht bemerkt habe. Eleanor nahm zu diesem Thema eine ebenso unbestimmte Haltung ein.

»Gehen die baden?«, hatte sie gefragt. »Ich mag es nicht.«

Diese Möglichkeit, für bestimmte Stunden zu wissen, wo Barbara sich aufhielt, brachte mir wenigstens für die begrenzte Zeit Erleichterung von der Pein der Unwissenheit hinsichtlich ihres Tuns und Treibens und der sich daraus ergebenden Unfähigkeit, auch nur ein geringes Maß an Kontrolle über sie auszuüben; denn Liebe dieser Art – Liebe, in der das sinnliche Element zu einem Minimum reduziert ist – muss sich wohl, wenn nicht völlig, so doch zu einem großen Teil, in ein Verlangen nach Ausübung von Macht verwandeln: eine Tatsache, derer sich Barbara natürlich besser bewusst war als ich.

Diese Qualen zogen sich, wie gesagt, über eine Reihe von Monaten hin, und sie waren manchmal von großer Heftigkeit; aber dann rief mich Barbara an einem Nachmittag, als ich gerade Korrekturfahnen las, im Büro an und fragte mich, ob ich an diesem Tag vor dem Ball der Huntercombes bei ihnen am Eaton Square zu Abend essen wolle. Ich entschloss mich sofort, Short, einem Bekannten aus meiner Studienzeit, der jetzt in einem Ministerium arbeitete und mit dem ich mich am Anfang der Woche verabredet hatte, abzusagen, und ich versprach ihr zu kommen. Ich hatte das übliche Gefühl der Erregung verspürt, während ich mit ihr am Telefon sprach; aber als ich den Hörer einhängte und dabei dachte, dass ich Short an diesem Abend vielleicht ein wenig rücksichtslos versetzte, stieg in mir plötzlich die Frage auf, ob ich noch verliebt sei. Barbaras Stimme hatte so herrisch geklungen, und es war klar, dass ihr jemand im letzten Augenblick abgesagt hatte. Daran war natürlich nichts, was man vernünftigerweise übelnehmen konnte. Schließlich durfte ich ja wohl nicht erwarten, an jedem Abend unseres Lebens beim Essen neben ihr zu sitzen – außer wir wären verheiratet, und vielleicht nicht einmal dann. Und doch schien mein Herz um eine Spur leichter. Ließ das Fieber jetzt nach? Ich selbst war mir noch kaum bewusst, dass es schwächer wurde. Ich kannte Barnby damals noch nicht und hatte noch keine Gelegenheit gehabt, über seine Lieblingsmaxime nachzudenken: »Eine Frau überspannt immer den Bogen.«

Ich hatte im Verlauf der Zeit natürlich oft über das Problem Liebe nachgegrübelt. Barbara stellte nicht die erste Attacke dar. Es hatte zum Beispiel Peter Templers Schwester Jean gegeben und Madame Leroys Nichte Suzette; aber Jean und Suzette schienen nun bloß schwache – wenn auch angenehme – Erinnerungen, und ich fühlte mich jetzt – ohne einen besonderen Grund – reifer in meiner Haltung diesen Dingen gegenüber. Andererseits gab es sicher nur wenig Anlass, mit der Art zu prahlen, wie ich das Problem Barbara anging. Ich konnte mir nicht einmal klar darüber werden, ob ich sie – falls das überhaupt durchführbar gewesen wäre – wirklich zu heiraten wünschte. Die Ehe schien mir etwas Fernes und Gefährliches, mit dem mein Verlangen nach Barbara keine oder nur eine geringe Verbindung hatte. Sie schien nur zu existieren, um meine Ruhe zu stören: Ich konnte sie weder durch erlaubte noch durch unerlaubte Mittel besitzen; sie war aus Träumen gemacht, doch nur durch die Realität zu erobern. Das jedenfalls war der Rahmen, in dem sich meine Gedanken über sie bewegten, als ich an jenem Abend zum Hause der Walpole-Wilsons kam.

Taxis fuhren in der Abendsonne vor mehreren der Häuser am Eaton Square vor, und junge Männer in Fräcken und Mädchen in Abendkleidern, eher ein wenig schüchtern aussehend in dem hellen Licht, bezahlten die Fahrten oder zogen die Klingeln an den Haustüren. Es herrschte jenes bewegungslose Londoner Wetter, kein Lufthauch war zu spüren. Man hätte fast in den Tropen sein können. Selbst Archie Gilbert, der unmittelbar vor mir die Eingangshalle betrat – niemand hatte je erlebt, dass er zu spät zu einem Dinner gekommen wäre –, sah an diesem Abend aus, als leide er vielleicht ein wenig unter der Hitze. Sein fast unsichtbarer blonder Schnurrbart schien aus dem gleichen Pikee-Material gemacht zu sein wie sein

Frackhemd; und wie gewöhnlich strahlte er eine ganz unnatürliche Reinlichkeit aus, so als seien in Vorbereitung auf die Abendgesellschaft sowohl er als auch seine Kleidung einem geheimen chemischen Prozess unterzogen worden, der die blendende Hülle seines Körpers nachtschwarz und silbern anstatt bloß schwarz und weiß gemacht hatte, gefeit gegen Schmutz und Staub. Hemd, Kragen, Schleife, Weste, Taschentuch und Handschuhe waren wie Schnee, und wie immer schien es, als trüge er all diese Dinge zum ersten Mal. Selbst er jedoch war wegen der drückend heißen klimatischen Umstände eine Spur rötlicher im Gesicht als gewöhnlich.

Sein ganzes Leben schien so unwiderruflich auf Debütantinnenbälle ausgerichtet, dass man sich unmöglich vorzustellen vermochte, wie Archie eine erträgliche Existenz außerhalb seines Fracks zu finden in der Lage war. Ich konnte mich nicht erinnern, je einen Ball in London besucht zu haben, der auch nur entfernt unter die erwähnte Kategorie fiel und auf dem nicht auch er für zumindest ein paar Minuten zugegen war; und wenn zwei oder drei Bälle an dem gleichen Abend stattfanden, so erwies es sich immer, dass es ihm gelang, bei jedem von ihnen hereinzuschauen. Tagsüber, so sagte man, sei er »in der Londoner Finanzwelt beschäftigt« – das Wort ›Edelmetalle‹ war in meiner Gegenwart einmal zögernd als die wahrscheinlich entfernt richtige Bezeichnung für seine Tätigkeiten während des Tages genannt worden. Er selbst erwähnte nie solche Unwichtigkeiten, und ich fragte mich manchmal, ob dieser mutmaßliche Job nicht in Wirklichkeit eine höfliche Fiktion sei, von ihm selbst aus echter Bescheidenheit – von der er sicher eine Menge besaß – erfunden, um als eine weniger bemerkenswerte Persönlichkeit zu erscheinen, als er tatsächlich war: selbst eine Art übermenschlicher Gewöhnlichkeit für vielleicht nicht wünschenswert haltend im Hinblick auf die wirkliche Vollkommenheit in dieser Rolle absoluter Normalität, die er mit einem solchen Eklat zu spielen gewählt hatte. Man konnte sich ihn unmöglich in Alltagskleidung vorstellen, und jedenfalls muss er sich während der Stunden des Tages die Ruhe und den Schlaf verschafft haben, die ihm seine nächtlichen Pflichten nur selten, wenn überhaupt, erlaubt haben konnten. Er schien keine bestimmte Frau – ob Debütantin oder sie begleitende Anstandsdame – einer anderen vorzuziehen, und obwohl er nicht viel Konversation trieb, machte er immer den Eindruck, als sei er in Gesprächen und auch sonst frei und gelöst und als habe er wenigstens einmal mit jedem der drei- oder vierhundert Mädchen getanzt, die, genau genommen, den Endzweck und die einzig mögliche Rechtfertigung jenes gesellschaftlichen Organismus bildeten. Die Mutter eines jeden dieser Mädchen schien ihn auch dem Namen nach zu kennen und ihn mit Wohlwollen zu betrachten. Ganz allgemein kam er, wie gesagt, mit den Müttern und den Töchtern gleich gut zurecht.

Selbst Eleanors gleichbleibend strenge Art im Umgang mit jungen Männern war Archie Gilbert gegenüber merklich gemildert; und wir hatten kaum den Salon betreten, als sie ihn darum bat, ihr zu helfen, Sultan in den großen, eine ganze Ecke jenes Zimmers einnehmenden Weidenkorb, in dem der Labrador seinen Platz hatte, zurückzuzwingen. Gemeinsam zerrten Archie Gilbert und Eleanor den Hund dorthin, wobei Sultan laut mit seinem Schweif auf den Teppich schlug und Lady Walpole-Wilson ein paar schwache Einwände machte, dass durch die Anstrengung die Schönheit von Archie Gilberts Kleidung ruiniert würde.

Ihre eigene Eifrigkeit deutete immer darauf hin, dass Lady Walpole-Wilson gerne ihr geistesverwandte Menschen zu ihren Gesellschaften eingeladen hätte, wenn sie nur solche Menschen auch hätte finden können; und sie war natürlich nicht die einzige Gastgeberin, die von Zeit zu Zeit unter bösen Zweifeln hinsichtlich mehr als einer der jungen Leute, die die wechselnde männliche Bevölkerung der Londoner Ballsäle bildeten, gelitten haben musste. Da sie annahm, dass die meisten anderen Menschen ein amüsanteres Leben führten als sie selbst, war ihre Bedrücktheit in dieser Hinsicht mit dem nie völlig aufgegebenen Vertrauen darauf gepaart, dass mit einer anderen Auswahl von Gästen in ihrem Haus sich die Dinge vielleicht zum Besseren wenden würden. Dieser innere Zustand, in dem Hoffnung und Verzweiflung ständig miteinander wechselten, trug unbestreitbar zu einer gewissen Gezwungenheit in ihrem Salon bei.

Sir Gavin ging dramatisch, ja: ein wenig tragisch im Hintergrund auf und ab. Wie ich schon andeutete, neigte er dazu, in seiner Kleidung einige milde Verschrobenheiten zur Schau zu stellen. An diesem Abend zum Beispiel trug er eine altmodische Schleife mit geraden Enden, wie die eines Butlers; seine große, fast quadratische Hornbrille, seine sonnengebräunten Gesichtszüge und sein borstiger, doch gleichzeitig seidiger Schnurrbart gaben ihm ein eher wildes Aussehen, ähnlich dem eines ärgerlichen indischen Radschas. Obwohl er eine gewölbtere Brust hatte und eine wetterhärtere Erscheinung war, erinnerte er entschieden an Onkel Giles. Er ging, wie er es manchmal tat, mit einem leichten Hinken, dessen Ursache mir unbekannt war – möglicherweise nahm er es an, um einen bestimmten Gemütszustand anzudeuten –, auf mich zu, ergriff fast wild meinen Arm – ein wenig so, als spiele er in einer Shakespeareaufführung einer Amateurbühne – und lenkte, ohne Zweifel, weil er stolz darauf war, jungen Männern ihre Befangenheit zu nehmen, meine Aufmerksamkeit auf einen anderen Besucher, der den Raum schon vor Archie Gilbert und mir betreten hatte. Diese Person stand unter Laverys Porträt von Lady Walpole-Wilson, das zur Zeit ihrer Hochzeit gemalt worden war und sie in einem weißen Kleid mit blauer Schärpe zeigte, und betrachtete das Bild eher wie jemand, der die Sekunden, bevor er vorgestellt wird, zu überbrücken versucht, als aus tiefem Interesse an der Kunst.

»Kennen Sie schon Mr. Widmerpool?«, fragte Sir Gavin freudlos, plötzlich seine energische Haltung aufgebend, so als sei er hinsichtlich der gesamten Abendgesellschaft ganz unerwartet von einer unerklärlichen bösen Vorahnung ergriffen.

In Widmerpools Erscheinen am Eaton Square an jenem Abend sah ich damals nichts anderes als einen Zufall. Er war schon vorher in meinem Leben aufgetaucht, und wenn ich ihn überhaupt für ein wiederkehrendes Moment gehalten hätte, wäre ich bereit gewesen zuzugeben, dass er wohl wiederauftauchen würde. Ich betrachtete ihn jedoch noch nicht als eine jener symbolischen Gestalten, von denen die meisten Menschen wenigstens ein Beispiel – und häufig mehrere – besitzen, um die die Vergangenheit und die Zukunft sich eigenartig gruppieren. Wir hatten uns jahrelang nicht gesehen, seit jenem Sommer nach meinem Abgang von der Schule, als wir beide während unseres Aufenthaltes bei den Leroys in der Touraine versuchten, Französisch zu lernen – an genau dem Ort, wo ich angenommen hatte, in Suzette verliebt zu sein. Seit dem Augenblick, als er schwerfällig in das Taxi der *grognard* geklettert und in einer Wolke weißen Staubs von La Grenadière aus den Hügel hinuntergerollt war, hatte ich kaum mehr an ihn gedacht. Jetzt hatte er seine Metallbrille gegen einen Rahmen aus Schildpatt getauscht, der, obwohl von geringerem Ausmaß, dem ähnelte, den sein Gastgeber trug; und er hatte seine Erscheinung ganz allgemein verbessert. Doch getreu seinem früheren Selbst war da etwas undefinierbar Seltsames an dem Schnitt seiner weißen Weste, und er hatte auch jenen eigentümlich fischartigen Gesichtsausdruck behalten, der immer den Eindruck vermittelte, dass er durch die Räume, die er heimsuchte, eher schwamm als ging.

Genauso wie »Kyros als Knabe«, als ich es zum ersten Mal sah, durch seine Assoziationen mit Mr. Deacon und dem Leben vor dem Krieg Erinnerungen an die Kindheit in mir wachgerufen hatte, so rief nun der Anblick Widmerpools in einer ähnlichen Weise – fast wie ein Parallelgemälde mit dem Titel »Widmerpool als Knabe« von Mr. Deacons Pinsel – die verschiedensten Szenen aus der Schulzeit in mein Gedächtnis zurück. Ich erinnerte mich an das Interesse, das Widmerpools Entschlossenheit, im Leben erfolgreich zu sein, einst in mir erregt hatte, und an die brillante Art Stringhams, seine Bewegungen und seine Sprechweise zu imitieren. Ja, Widmerpools leibhaftige Gegenwart schien weniger wirklich als Stringhams frühere Nachahmungen von ihm – ein Gedanke, der mir vorher oft gekommen war und der sich jetzt in dem Salon der Walpole-Wilsons so unerwartet erneuerte. Widmerpool symbolisierte für mich noch immer so etwas wie ungedankte Mühen und unbefriedigten Ehrgeiz. Als wir zusammen in La Grenadière gewesen waren, hatte er von seinen Tätigkeiten in London erzählt, aber irgendwie hatte ich ihn mir nie als einen Erwachsenen vorstellen können; vielmehr sah ihn meine Fantasie, wenn ich überhaupt an ihn dachte, achtlos als jenen Jungen, der sich auf immer dem Zielband entgegenquält in Rennen, die er nie gewinnt. Ich hatte sicher nicht erwartet, ihn bei einem Dinner wiederzusehen, das anlässlich eines Balles gegeben wurde, doch erinnerte ich mich jetzt, dass er damals von Bällen gesprochen hatte; und wenn ich darüber nachdachte, gab es eigentlich nicht den geringsten Grund, warum er nicht bei Gelegenheiten dieser Art erscheinen sollte – ob im Hause der Walpole-Wilsons oder sonstwo. Das musste ohne weiteres zugegeben werden. Er schien in äußerst guter Laune. Sir Gavin ließ uns sofort allein, im Weggehen etwas über irgendwelche unergründlichen eigenen Angelegenheiten in einem verdrießlichen Unterton vor sich hin murmelnd.

»Lieber Himmel, Jenkins«, sagte Widmerpool mit seiner dicken Stimme, die ganz unverändert geblieben war, »ich hatte keine Ahnung, dass du auf Bälle gehst.«

»Ich hatte den gleichen falschen Eindruck von dir.«

»Aber ich hab dich bisher nie irgendwo gesehen.« Seine Stimme klang ein wenig verletzt.

»Wir werden wohl immer zu verschiedenen Gesellschaften eingeladen.«

Diese Antwort, die ich spontan und ohne eine Spur von Ernsthaftigkeit gab und mit der ich sicher nicht beabsichtigte, die von Widmerpool besuchten Bälle herabzusetzen, muss in seinen Ohren aus irgendeinem Grund sarkastisch geklungen haben. Vielleicht hatte ich mein Erstaunen, als ich aus seinem Betragen ablas, dass er sich offensichtlich für jemanden hielt, mit dem Gesellschaften gerne ›aufgefüllt‹ werden – kurz, für jemanden wie Archie Gilbert –, nur unzulänglich verborgen. Was auch immer die Ursache war, meine Worte hatten ihn offensichtlich gekränkt. Er wurde rot im Gesicht, und sein Körper machte wieder eine jener linkischen Zuckungen, die Stringham häufig so geschickt nachgeahmt hatte.

»Um die Wahrheit zu sagen, ich bin in diesem Sommer nur wenig auf Gesellschaften gewesen«, sagte er und runzelte die Stirn. »Ich fand, ich hatte eine Spur zu hart gearbeitet und sollte mir – nun ja – ein wenig Ruhe gönnen.«

Ich erinnerte mich, welche Besorgnis er selbst schon als Junge in der Schule immer um seine Gesundheit und ihre täglichen Schwankungen gezeigt hatte. In Frankreich war es genauso gewesen. Einmal hatte er einen ganzen Nachmittag in Tours verbracht, um nach der richtigen Arznei gegen die Wirkung des Weins der Gegend zu suchen, dessen bei den Leroys ausgeschenkte Variante, am Abend zuvor getrunken, sich als verhängnisvoll junger Jahrgang erwiesen hatte.

»Und im vorigen Jahr habe ich mitten in der Saison Gelbsucht gekriegt.«

»Bist du jetzt wieder gesund?«

»Mir geht es besser.«

Seine Stimme nahm einen gewichtigen Ton an.

»Aber ich will jetzt mehr auf mich achtgeben«, fügte er hinzu. »Meine Mutter sagt mir oft, dass ich alles zu genau nehme. Außerdem kriege ich bestimmt nicht genug frische Luft und Bewegung, und ohne die kann man nie wirklich robust sein.«

»Fährst du noch nach Barnes hinunter und schlägst Golfbälle ins Netz?«

»Wann immer es sich einrichten lässt.«

Er zeigte nicht die geringste Anerkennung für die Gedächtnisleistung (auf die ich persönlich ziemlich stolz war), mit der ich mich an dieses Jahre zuvor bei den Leroys erwähnte Detail seiner sportlichen Betätigungen in einem der Außenbezirke Londons erinnerte. Die irrige Vorstellung, dass Egoisten sich freuen oder geschmeichelt fühlen, wenn man Interesse an ihren Gewohnheiten bekundet, erhält sich das ganze Leben hindurch; in Wahrheit jedoch kommen Menschen wie Widmerpool, die ihr Leben völlig auf das Selbst ausgerichtet haben, wegen der Natur dieser Schwäche gar nicht auf den Gedanken, dass sich der Geist anderer überhaupt mit einem Thema beschäftigen könnte, das weit von ihren – der Egoisten – eigenen Angelegenheiten entfernt ist.

»Weißt du, man kann zu viel Zeit auf den Sport verwenden, wenn man im Leben wirklich erfolgreich sein will«, sagte Widmerpool. »Und dann habe ich noch meine Landwehr.«

»Du wolltest doch Rechtsanwalt werden, als wir uns das letzte Mal sahen.«

»Das würde doch wohl kaum ausschließen, dass ich auch Offizier in der Landwehr bin«, sagte Widmerpool mit einem Lächeln, so breit, wie es sein kleiner Mund nur erlaubte, als sei diese Antwort von einer ungewöhnlichen Schlagfertigkeit gewesen.

»Natürlich nicht.«

Seine Bemerkung schien mir äußerst töricht.

»Ich arbeite in einem Anwaltsbüro – genauer gesagt bei Turnbull, Welford und Puckering«, sagte er. »Aber du kannst sicher sein, dass ich auch noch andere Interessen habe, einige von ihnen nicht unbedeutend, wie ich hinzufügen darf.«

Er lächelte selbstzufrieden, wünschte aber offensichtlich nicht, weiter über seine beruflichen Tätigkeiten befragt zu werden, wenigstens nicht an Ort und Stelle. Das war unter diesen Umständen auch ganz vernünftig. Doch seine folgenden Worte überraschten mich. Er zog kurz den Atem ein und sagte dann mit leiserer Stimme, in einem jener unerwarteten Ausbrüche von Freimütigkeit, an die ich mich noch von La Grenadière her erinnerte: »Kennst du unseren Gastgeber und unsere Gastgeberin gut? Ich unterhalte seit einer Reihe von Jahren ausgezeichnete Beziehungen zu der Familie, aber dies ist das erste Mal, dass ich zum Abendessen eingeladen werde. Natürlich kenne ich die Gorings wirklich besser.«

Was er jetzt hinsichtlich seiner Einladung zum Dinner am Eaton Square zugab, war offenbar als Andeutung – oder Geständnis – früheren Misserfolgs intendiert; doch seinem Ton zufolge schien Widmerpool gleichzeitig auch halb geneigt, die Neuigkeit seiner besseren Bekanntschaft mit den Gorings als etwas mitteilen zu wollen, für das er zu beglückwünschen sei. Ja, augenscheinlich konnte er sich selbst nicht entscheiden, ob die behauptete lange Vertrautheit mit den Walpole-Wilsons angesichts der Tatsache, dass dies sein erstes Erscheinen in dem Hause war, etwas bedeutete, mit dem man prahlen konnte oder das man besser verbarg.

Unser Gespräch fand nur in Abständen statt, denn es wurde, während immer mehr Leute in das Zimmer traten, mehrere Male unterbrochen, wenn wir anderen Gästen vorgestellt wurden oder mit ihnen kurz sprachen. Zwei der anwesenden Mädchen hatte ich vorher noch nicht kennengelernt. Die größere von ihnen, Lady Anne Stepney, trug ein Abendkleid, das schon bessere Tage gesehen hatte; ja, es sah aus, als sei es ein altes, für diese Gelegenheit aufgeputztes Nachthemd. Sie schien ganz unbekümmert über ihr ausgesprochen unordentliches Aussehen, und ihr Auftreten ähnelte in gewisser Hinsicht dem von Eleanor; doch war sie, mit ihren großen dunklen Augen und ihrem rötlichen Haar, viel hübscher als diese. Ihr Name klang mir vertraut, ohne dass ich mich zuerst an den Grund dafür erinnern konnte. Die lebhafte, schimmernde kleine Jüdin in einem scharlachroten Kleid, die unmittelbar nach Lady Anne den Salon betrat, wurde als ›Miss Manasch‹ angekündigt und von den Walpole-Wilsons als ›Rosie‹ begrüßt. Archie Gilbert, der zufälligerweise in dem Moment frei war, als sie ins Zimmer kamen, nahm die beiden Mädchen sofort und gleichzeitig in Beschlag.

Beim Fenster auf der anderen Seite sprach Margaret Budd, eine Schönheit, mit Pardoe, der bei den Grenadieren war. Sie lachte, während er ihr mit einer kleinen vom Kamin geholten Schaufel einen erfolgreichen, oder misslungenen, Schlenzer demonstrierte, den er oder ein Bekannter von ihm kürzlich auf dem Golfplatz ausgeführt hatte. Als sie lachte, sah Margaret aus wie ein enorm – fast lächerlich – hübsches Kind. Sie war sozusagen das weibliche Gegenstück zu Archie Gilbert: auf jedem Ball zugegen, immer schön, immer frisch und doch irgendwie unwirklich. Sie sprach überhaupt nur selten und hätte eine dieser großen Puppen sein können, die, wenn man sie zurückneigt, ›Mama‹ oder ›Papa‹ sagen; doch konnte man sie sich unmöglich in einer so würdelosen Stellung vorstellen, wie sie der Mechanismus erfordert, um solche Silben hervorzubringen; und es war ebenso schwer, sie sich mit zerzausten Haaren zu denken oder schlechter Laune, oder auch der körperlichen Leidenschaft fähig – obwohl der Anschein vielleicht nirgendwo so sehr trügt wie auf dem letzteren Gebiet. Sie war nie ohne einen Partner und gewöhnlich für die nächsten sechs oder sieben Tänze ausgebucht. Dies war ihre dritte oder vierte Saison – wie Barbara betont hatte –, und es gab soweit noch kein Anzeichen dafür, dass sie sich bald verloben würde. »Margaret ist ein Mädchen, das bei den Gardeoffizieren großen Erfolg hat«, hatte Barbara hinzugefügt und offensichtlich damit sagen wollen, dass in ihren eigenen Augen eine solche Charakterisierung kein großes Kompliment darstellte.

Widmerpools Gegenwart erinnerte mich daran, dass Margaret die Kusine jenes Budd war, der für ein Jahr Kapitän der Kricketelf an der Schule gewesen war; und mir fiel wieder die Geschichte ein, die Stringham mir vor Jahren über Widmerpools erfreutes Hinnehmen – ja fast Entzücken – erzählt hatte, als er von einer Banane im Gesicht getroffen wurde, die jener relativ bemerkenswerte Kricketspieler geworfen hatte. Ich konnte nicht umhin, mit dem Gedanken zu spielen, dass ein tiefsitzender atavistischer Zug in der Familie der Budds Margaret dazu hinreißen könnte, Widmerpool in einer ähnlichen Weise zu attackieren, vielleicht später am Abend, wenn das Dessert, verführerisch als Wurfgeschoss, an der Tafel der Walpole-Wilsons erscheinen würde. Solch eine Vorstellung schien in einem fast unendlichen Maße unwahrscheinlich, denn Margaret war das denkbar freundlichste und ruhigste Geschöpf und sich in ihrer sanften Konzentration auf sich selbst in Wirklichkeit kaum der Gegenwart der meisten Menschen um sie herum bewusst. Selbst ihr Lachen war selten, und es an diesem Abend vor dem Essen durch seine Luftschläge mit der Schaufel so hörbar hervorgerufen zu haben gereichte Pardoe zur Ehre.

Vom Standpunkt eines Mädchens aus gesehen sprach ohne Zweifel einiges dafür, Pardoe an diesem Abend für die interessanteste Person unter den Anwesenden zu halten. Er hatte kürzlich ein Haus an der Grenze zu Wales geerbt (erbaut in der Zeit Jakobs I., doch mit noch älteren geschichtlichen Bezügen, die bis auf die Rosenkriege zurückgingen) und mit dem Schloss auch genug Geld, so sagte man, um das Anwesen ›unterhalten‹ zu können. Er war ein sympathischer Fähnrich mit rötlichem Gesicht, sehr klein, stämmig und breitschultrig und trug einen riesigen schwarzen Schnurrbart, den er so kräftig ausgebürstet hatte, dass er unecht und wie zum Scherz angeklebt wirkte. So wohlhabende junge Leute wie er neigten gewöhnlich dazu, den Besuch von Bällen aufzugeben und in Nachtclubs zu gehen. Pardoe aber war offensichtlich noch verfügbar, doch niemand konnte sagen, für wie lange. Anders als Archie Gilbert sprach er selbst sehr viel – obwohl seine ihm kürzlich zugefallenen Besitzungen Smalltalk fast überflüssig sein ließen –, und da er seine eigene Erscheinung bescheiden als einen Anlass zum Lachen behandelte, erwies sich sein Schnurrbart als ein beträchtlicher Gewinn für seine Anekdoten. Er hatte endlich die Schaufel zurückgelegt und war, da er sich etwas für Musik interessierte, mit Miss Manasch in einen Streit über Opern verwickelt. In diese Diskussion mischte sich jetzt von dem Hintergrund aus, in dem er sich – mit mehr als je sich sträubendem Schnurrbart – bisher gehalten hatte, Sir Gavin mit den emphatischen Worten ein:

»Niemand könnte es wie Slezak singen.«

»Haben Sie ihn mal in ›Lohengrin‹ gehört?«, fragte Pardoe und nahm die Spitzen seines eigenen Schnurrbarts in beide Hände, so als ob er ihn abreißen und sich selbst in einer neuen Identität zeigen wolle.

»Sehr, sehr oft«, sagte Sir Gavin herausfordernd. »Aber wie war das, was Sie gerade über ›Idomeneo‹ gesagt haben?«

Alle drei ließen sich nun lautstark auf einen neuen Disput über Musik ein. Die Übrigen von uns plauderten ziellos dahin. Barbara kam spät. Sie trug ihr goldfarbenes Kleid, das ihr, wie ich von früher wusste, nicht gut stand; und jener Widerspruchsgeist, der besonders die Angelegenheiten des Herzens beherrscht, war wohl der Grund dafür, dass die Tatsache, dass sie nicht so vorteilhaft wie möglich aussah, ein jähes Gefühl der Zuneigung in mir weckte. Trotzdem aber war ich noch imstande, mich zu fragen, ob denn die Situation zwischen uns – es wäre vielleicht genauer zu sagen: zwischen mir und ihr – ganz unverändert bleiben würde; und während ich die kleine Ansammlung ihrer Finger – von denen mir jeder einzelne als selbständiges Wesen bewusst war, als ich ihre Hand hielt – losließ, dachte ich, dass ich vielleicht an diesem Abend nicht wie in den Monaten zuvor die gleichen wiederkehrenden Martern empfinden würde, wenn sie mit anderen Männern tanzte. Sobald sie das Zimmer betreten hatte, ging Widmerpool um das Sofa herum auf sie zu, mich mit dem Eindruck zurücklassend, dass ich nach unserer relativen Vertrautheit in Frankreich jetzt ihm gegenüber vielleicht ein wenig unfreundlich erschienen sein mochte. Ich entschloss mich zu versuchen, diese Ansicht, sollte sie bestehen, später am Abend, wenn sich dazu eine passende Gelegenheit böte, zu korrigieren.

Die Minuten vergingen, die Gespräche erlahmten. Die Louis-seize-Uhr, die auf einer Wandkonsole stand, sandte ihr bedrohliches Tick-Tack in das Zimmer. Einer der männlichen

Gäste war immer noch nicht eingetroffen. Damals wurden bei solchen Gesellschaften vor dem Abendessen keine Getränke gereicht; und während Eleanor mir von ihren Pfadfinderinnen erzählte, warf die Abendsonne große goldene Quadrate phosphoreszierender Farbe (in dem formalen Nebeneinander von Licht und Schatten ein wenig in der Art ausgebreitet, wie sie Mr. Deacon befürwortete) gegen die pfauengrün changierenden Schattierungen der seidenen Sofakissen. Draußen waren die Detonationen laut zuschlagender Taxitüren, die an den Beginn einer Kanonade erinnerten, abgeklungen. Anstelle dieser Geräusche hörte man jetzt einige Katzen, die in den Gärten entlang des Eaton Square in Streitereien oder Liebesspiele verwickelt waren. Ich erwartete sehnlichst den Beginn des Essens. Nachdem sich zum zweiten Mal eine totale Stille über das Zimmer gelegt hatte, kam Lady Walpole-Wilson – offensichtlich mit einiger Mühe, denn ihre Lippen zuckten ein wenig – zu dem Entschluss, nicht länger auf den Zuspätkommenden zu warten.

»Lassen Sie uns geschlossen hinuntergehen«, sagte sie, »und, da Mr. Tompsitt so unpünktlich ist, darauf verzichten, die Damen zu Tisch zu führen. Ich glaube, wir können wirklich nicht länger mit dem Essen warten.«

Wenn die Walpole-Wilsons miteinander sprachen, neigten sie dazu, den Eindruck zu erwecken, sie seien sich relativ fremd und hätten sich erst ein oder zwei Wochen zuvor kennengelernt. Doch auf diese Bemerkung antwortete ihr Mann, den es ohne Zweifel ebenso sehr – vielleicht sogar noch stärker – nach Essen verlangte wie die übrigen Anwesenden, in ziemlich barschem Ton: »Natürlich, Daisy, natürlich.«

Ohne eine Spur von Beschwerde – im Gegenteil, eher beifällig – fügte er hinzu: »Der junge Herr Tompsitt kommt immer zu spät.«

Die Neuigkeit, dass Tompsitt eingeladen war, hätte mich zuvor noch mit Bestürzung erfüllt. Selbst in diesem Moment weckte die plötzliche Nennung seines Namens in mir die instinktive Hoffnung, dass seine Abwesenheit auf eine Krankheit oder einen Unfall zurückzuführen sei: auf etwas, das ihn vielleicht daran hindern würde, überhaupt zu erscheinen, und, besser noch, ernsthaft genug war, ihn für viele Monate, vielleicht für immer, von den Bällen fernzuhalten. Er gehörte zu der Gruppe junger Männer im Umkreis Barbaras, deren Beziehungen zu ihr, obwohl unmöglich genau einzuschätzen, dennoch in einer allgemeinen Weise beunruhigend auf jemand wirkten, der in diesem Bereich vielleicht eigene Ansprüche geltend zu machen wünschte. In dieser Hinsicht war Tompsitts Verbindung zu ihr von einer besonders widerwärtigen Art, weil Barbara ihn offensichtlich für nicht unattraktiv hielt, während seine eigene Haltung ihr gegenüber völlig, jedenfalls schien es mir so, von dem ständigen Auf und Ab seiner eigenen Eitelkeit beeinflusst wurde – kein unbeträchtliches Element, wenn man es zu irgendeinem beliebigen Augenblick abzuschätzen versucht, jedoch eines, das einen Kurs verfolgt, den ein unfreundlich gesinnter Beobachter nur schwer bestimmen kann. Was ich sagen will, ist, dass er sich offensichtlich dadurch geschmeichelt fühlte, dass Barbara ihn augenscheinlich ziemlich anziehend fand, er aber gleichzeitig innerlich nicht genügend berührt schien, um mehr als nur relativ kurze Zeitabschnitte in ihrer Gegenwart zu verbringen – besonders wenn noch andere Mädchen zugegen waren, die aus dem einen oder anderen Grunde in seinen Augen wohl überlegene Vorzüge besitzen mochten.

Das waren meine, vielleicht ungerechtfertigten, Gedanken damals; gleichzeitig musste ich mir selbst gegenüber zugeben, dass, von meinem eigenen Standpunkt aus gesehen, Tompsitts Haltung zu Barbara das Dilemma darstellte, was denn, abgesehen von seiner eigenen körperlichen Entfernung, als ein Wandel zum Besseren angesehen werden könne. Sein relativer Mangel an Begeisterung für sie war, obgleich nur mit allen möglichen unangenehmen Vorbehalten hinnehmbar, an sich wohl als etwas Gutes zu betrachten; während die ängstliche

Erwartung, dass seine Gefühle für Barbara vielleicht ein wildes Aufflammen erfahren könnten, eine stets gegenwärtige Besorgnis darstellte – oder bis zu diesem Abend sicherlich dargestellt hatte. Endlich jedoch war es mir, zumindest bei weiterem Nachdenken, ziemlich gleichgültig, ob nun Tompsitt kommen würde oder nicht. Im Innern wurde ich mehr und mehr von dieser Tatsache überzeugt; und mir wäre Tompsitts Ankunft vielleicht sogar angenehm gewesen, wenn anders die ernsthafte Gefahr bestanden hätte, dass seinetwegen das Abendessen noch weiter verzögert werden musste.

An dem ovalen Tisch im Esszimmer kam ich zwischen Barbara und Anne Stepney zu sitzen, von denen die letztere ihren Platz zur Rechten von Sir Gavin fand. Die Walpole-Wilsons setzten sich über die herrschende Mode hinweg und legten weiterhin ein Tischtuch auf – eine Vorliebe Sir Gavins, der stolz darauf war, in seinem eigenen Haus die Geschmacksrichtungen ›der alten Schule‹ mit progressiven Anschauungen in Weltangelegenheiten zu verbinden. Das parfümierte Geranienblatt, das gewöhnlich in jeder Fingerschale schwamm, war der Neigung seiner Frau zu einem exotischeren Lebensstil zuzuschreiben. Auf der anderen Seite von Barbara saß Archie Gilbert, wahrscheinlich als Ausgleich dafür zur Linken von Lady Walpole-Wilson platziert, dass diese Tompsitt – oder besser, den leeren Stuhl, auf dem er bald sitzen würde, falls er die Einladung nicht vergessen hatte – zu ihrer Rechten hatte. Weder bei Eleanor noch ihrer Mutter war Tompsitt, ein Protegé Sir Gavins, besonders beliebt.

Die von Tompsitt gelassene Lücke trennte Margaret Budd, an deren anderer Seite Widmerpool saß, von der Gastgeberin. Der genaue Kanal, über den die Einladung zu dem Haus Widmerpool erreicht hatte, lag immer noch im Verborgenen; und die Tatsache, dass er allem Anschein nach selbst darüber erstaunt war, hier zu Abend zu essen, machte seine Anwesenheit nur noch rätselhafter. Er hatte seinen Platz neben Eleanor erhalten – die vermutlich wegen der Sitzordnung konsultiert worden war –, obwohl er sie, wie sich aus seinem Betragen ihr gegenüber zeigte, nur wenig zu kennen schien; während es bei ihr – mir von früheren Beobachtungen her vertraute – Anzeichen dafür gab, dass ihr seine Gesellschaft gleichgültig – wenn nicht unangenehm – war. Barbara war die Einzige unter den Anwesenden, die er als eine alte Bekannte begrüßt hatte; sie jedoch hatte nicht mehr getan, als ihm bei ihrer Ankunft ziemlich warm die Hand zu schütteln; und sie war dann schnell weiter zu jemand anderem gegangen, woraufhin er entmutigt dreingeschaut hatte. Pardoe saß zwischen Eleanor und Miss Manasch, welche – die Gesellschaft abrundend – an Sir Gavin anschloss. Die Sitzordnung war vielleicht nicht einfach zu arrangieren gewesen. Ihre Schwierigkeiten und Probleme boten wohl die Erklärung für Lady Walpole-Wilsons mehr als üblich erregten Zustand.

»Es scheint bisher noch keine besonders große Übereinstimmung hinsichtlich des Standbilds für Haig zu geben«, sagte Widmerpool, während er seine Serviette entfaltete. »Haben Sie St. John Clarkes Brief gelesen?«

Er sprach zu Eleanor, hatte aber gleichzeitig einen Blick in die Runde geworfen, so als hoffte er, ein größeres Publikum für seine Meinung über diese Angelegenheit zu finden. Zufälligerweise handelte es sich hier um ein Thema, zu dem, wie ich wusste, Eleanor einen entschiedenen Standpunkt vertrat und das man deshalb besser vermied – es sei denn, man befand sich in äußerster Gesprächsnot, denn sie gab viel lieber feste Erklärungen ab, als dass sie diskutierte. Dass Widmerpool es angeschnitten hatte, war ein weiteres Anzeichen dafür, dass er sie in letzter Zeit nicht häufig gesehen haben konnte.

»Es muss doch jemand zu finden sein, der ein Pferd meißeln kann, das auch wie ein Pferd aussieht.«

Selbst hier zu Beginn sprach sie in einem sehr aggressiven Ton.

»Meiner Meinung nach«, sagte Widmerpool, »handelt es sich um das Problem, ob in der modernen Zeit ein Standbild wirklich eine adäquate Form der Anerkennung für dem Staat erwiesene Dienste ist.«

»Glauben Sie nicht, dass große Männer geehrt werden sollten?«, fragte Eleanor in einem ziemlich angespannten Ton. »Ich bin dieser Meinung.«

Sie presste ihre Lippen eng zusammen, so als sei sie bereit, über diesen Punkt bis auf den Tod zu streiten – mit Widmerpool oder sonst jemandem.

»Niemand, und am wenigsten ich selbst, bestreitet, dass es wünschenswert ist, große Männer zu ehren«, gab er etwas scharf zurück, »aber einige Leute glauben, dass das Verkehrsproblem – das doch wahrlich schon ernst genug ist – nachteilig beeinflusst werden könnte, wenn noch mehr Raum in verkehrsreichen Durchgangsstraßen von Denkmälern eingenommen würde.«

»Ich seh nicht ein, warum man nicht ein Modell von einem wirklichen Pferd machen kann«, sagte Barbara. »Könnte man es nicht in Gips gießen oder so was. Meinst du nicht?«

Diese letzte, in einem versöhnlichen Ton und mit ziemlich leiser Stimme an mich gerichtete Frage konnte mich – aus völlig subjektiven Gründen – immer noch dazu bringen zu meinen, es spräche vielleicht doch einiges für diese unkonventionelle Lösungsmethode dessen, was zur fast bedeutendsten Streitfrage zeitgenössischer Ästhetik geworden war.

»Muss es denn überhaupt ein Pferd sein?«, fragte Lady Walpole-Wilson, sich tapfer der Diskussion stellend, obwohl sie sich offensichtlich ihrer mannigfaltigen Gefahren bewusst war – von Eleanors möglichen Erklärungen zu diesem Thema einmal ganz abgesehen.

»Man kann ihn ja wohl kaum an seinem Schreibtisch sitzend darstellen«, sagte Sir Gavin in einem abrupten, aber freundlichen Ton, »obwohl ich annehme, dass er da einen großen Teil seiner Zeit zugebracht hat. Als ich ihn während der Konferenz in Paris sah –«

»Warum soll er nicht auf einem Pferd sitzen?«, forderte Eleanor ärgerlich. »Er ritt doch immer eins, oder nicht?«

»Wir stimmen alle darin überein, dass er immer eins ritt«, sagte Widmerpool, diesmal nachsichtig. »Und auch darin, dass, wenn ihm ein Gedenken in der vorgeschlagenen Form bewahrt werden soll, der Feldmarschall sicher auf seinem Schlachtross dargestellt werden müsste. Ich hätte geglaubt, über diesen Punkt bestünden keine Zweifel.«

»Ach, ich weiß nicht«, sagte Pardoe und schnellte wieder einmal seinen Schnurrbart nach vorn. »Warum setzt man ihn nicht in ein Befehlsfahrzeug. Man könnte ein echtes Auto nehmen, mit seiner Standarte auf der Motorhaube.«

»Natürlich, wenn du dich darüber lustig machen willst ...«, sagte Eleanor und warf einen verachtungsvollen Blick in Pardoes Richtung.

Archie Gilbert und Margaret Budd schienen keine feste Meinung zu dem Standbild zu haben. Miss Manasch machte den praktischen Vorschlag, man solle den Bildhauer des fraglichen Werkes abfinden, wenn es – wie es doch so augenscheinlich der Fall sei – nicht allgemeinen Beifall gefunden habe, und mit einem anderen Bewerber, der vielleicht ein populäreres Werk liefern würde, einen Neubeginn machen.

»Meiner Ansicht nach hätte man von Anfang an Meštrović nehmen sollen«, sagte Lady Anne kalt in die Stille hinein, die auf Miss Manaschs Vorschlag folgte.

Diese unerwartete Meinung war eindeutig als eine Herausforderung vorgebracht worden, doch wurde die Kontroverse über das Denkmal jetzt durch das plötzliche Eintreten Tompsitts in das Esszimmer abgeschnitten.

Nach einer eher nichtssagenden Entschuldigung für sein Zuspätkommen nahm er zwischen Lady Walpole-Wilson und Margaret Budd Platz, ohne jedoch viel Notiz von beiden zu nehmen. Lady Walpole-Wilson schoss ihm einen Blick zu, der Übereinstimmung mit seiner offensichtlichen Annahme bekunden sollte, dass die Zeit für Bedauern und Rechtfertigungen verstrichen sei; doch lag in diesem Blick ohne Zweifel auch die Aufforderung, ja: die dringliche Bitte, am besten dadurch

Wiedergutmachung zu leisten, dass er sich seiner Nachbarin gegenüber liebenswürdig zeige. Eleanor war nämlich in einen weiteren Streit mit Widmerpool verfallen, der dessen ganze Aufmerksamkeit verlangte und Margaret Budd, was die persönliche Aufmerksamkeit anging, trotz all ihrer Schönheit auf dem Trockenen sitzenließ.

Doch jetzt, da er endlich gekommen war, schien formale Konversation das Letzte zu sein, wonach es Tompsitt verlangte. Er lächelte über den Tisch hinweg Barbara zu, die ihm mit einem Finger zugewinkt hatte, als er den Raum betrat. Dann nahm er die Speisekarte auf und studierte sie sorgfältig. Aus irgendeinem Grund – wahrscheinlich weil Barbara am Nachmittag hereingeschaut hatte und Eleanor diese Aufgabe hasste – war die Karte in Barbaras krakeliger, schwerfälliger Handschrift geschrieben, die ich so gut kannte: nicht weil ich im Verlauf unserer Beziehung je viele Briefe von ihr erhalten hätte, sondern weil die paar hingekritzelten Notizen, die ich von ihr besaß, immer monatelang in meiner Tasche fortlebten und in Papier und Tinte einen winzigen Bruchteil von Barbara selbst zu enthalten schienen, den es bis zu unserem nächsten Treffen zu bewahren und zu verbergen galt. Ich fragte mich, ob wohl diese Schulmädchen-Handschrift Tompsitt eine ähnliche Botschaft entgegenhauchte, während sie ihn mit der Neuigkeit vertraut machte, dass er im Begriffe war, genau das gleiche Mahl zu essen, das er bei jeder von ihm je besuchten Abendgesellschaft zu sich genommen haben musste, wenn sie speziell für einen Londoner Ball gegeben worden war.

Er war ein großer junger Mann mit ungepflegtem blonden Haar und einem grauen Fleck auf der linken Seite seines Frackhemdes. Er bereitete sich gegenwärtig auf die Aufnahmeprüfung für das Foreign Office vor – oder hatte sie vielleicht inzwischen auch schon erfolgreich bestanden. Sir Gavin vertrat entschieden die Ansicht, dass die Auswahl der Kandidaten für den Staatsdienst auf eine ›breitere Basis‹ gestellt werden müsse, und nahm Anteil an Tompsitt als dem Prototyp eines neueren, weniger beengten Vehikels zur Handhabung der Außenpolitik. Tompsitts äußere Erscheinung war sicherlich darauf angelegt, mit der von der breiten Öffentlichkeit so gern geglaubten Legende von dem ›makellos gekleideten Diplomaten‹ wirkungsvoll aufzuräumen; und er hatte seine Schulerziehung – deren Details unbestimmt blieben – auf eine nicht absolut konventionelle Weise erhalten; jedoch hätte ihm sein unhöfliches Gebaren, das Sir Gavin so sehr entzückte, mit wenigstens dem gleichen Erfolg ohne Zweifel auch von jeder beliebigen Privatschule eingeimpft werden können. Es war wohl fair, in ihm einen jungen Mann zu sehen, der sich ziemlich stark von jenen unterschied, die normalerweise für dieses Amt rekrutiert wurden; und als Gegenleistung für Sir Gavins Protektion erwies Tompsitt, der sich den meisten Menschen gegenüber hochmütig verhielt, dessen Äußerungen immer tiefen Respekt, obwohl diese Ehrerbietung manchmal die schmeichelhaftere Form scheinbaren Widerspruchs annahm – eine nicht ungewöhnliche Haltung in einer zweiseitigen Beziehung dieser Art. Sie hatten sich ein oder zwei Jahre zuvor bei einem Treffen des örtlichen Zweiges der ›Vereinigung zur Unterstützung des Völkerbundes‹ kennengelernt, auf dem Sir Gavin eine Rede über ›Kollektive Sicherheit‹ hielt.

Während der ganzen Zeit, in der er die Speisekarte las, lächelte Tompsitt vor sich hin, so als sei er äußerst zufrieden, in einer Welt zu leben, in der die meisten – wenn nicht alle – ihn umgebenden Ablenkungen gründlich beseitigt worden waren. Man musste zugeben, dass eine gewisse Kraft und Stärke in seiner völligen Missachtung der übrigen Gesellschaft lag. Lady Walpole-Wilsons Gesicht nahm einen verzweifelten Ausdruck an. Widmerpool dagegen schien, wohl instinktiv, Sir Gavins Wohlwollen für Tompsitt zu teilen, oder er empfand zumindest ein ausgesprochenes Interesse an seiner Persönlichkeit, denn nach einiger Zeit beendete er die Darlegung seiner Ansichten über das Pferd in der Bildhauerkunst und warf mehrere forschende Blicke über den Tisch hinweg. Sir Gavin, der seine Konversation gewohnheitsmäßig mit einem gemurmelten

»m'm … m'm … m'm …« variierte, das er immer leise wiederholte, während sein Gesprächspartner redete – eine Technik, die darauf angelegt war, die andere Seite von allzu langen Ausführungen abzuhalten –, nickte Tompsitt nur anerkennend zu. Während der ersten wenigen Minuten des Abendessens war es Sir Gavin gelungen, das Gespräch der beiden Mädchen, zwischen denen er saß, in Beschlag zu nehmen. Jetzt aber konzentrierte er sich besonders auf Miss Manasch, aus der er, mit viel Gelächter und Gestik seinerseits, offensichtlich bestimmte konkrete Ansichten, die ihr Vater vermutlich im Hinblick auf die Expansion der Firma Donners-Brebner auf dem Balkan hatte, herauszuholen versuchte. Sein Verhalten ließ darauf schließen, dass er Miss Manasch zudem physisch für wohl ungewöhnlich attraktiv hielt.

Jetzt, da die durch Tompsitts Ankunft verursachte kleine, aber doch spürbare Störung sich gelegt hatte, war der Moment für ein Konversations-Scharmützel zwischen Lady Anne Stepney und mir gekommen. Seitdem wir einander vorgestellt worden waren, hatte ich mich gefragt, warum ihr Name mich wohl an eine unbestimmte Episode der Vergangenheit erinnerte, an einen vage unbefriedigenden, beunruhigenden Zwischenfall. Die Erwähnung der Firma Donners-Brebner brachte mich dann darauf, dass diese unbehagliche Reminiszenz im Zusammenhang mit der Schwester des Mädchens, Peggy, stand, von der Jahre zuvor Stringham an jenem Abend im Gebäude von Donners-Brebner – vielleicht nicht ganz ernsthaft – gesagt hatte, dass er sie heiraten wolle. Ja, es fiel mir nun ein, dass er sich damals auf dem Wege zu einem Abendessen mit ihren Eltern, den Bridgnorths, befunden hatte. Das war das letzte Mal, dass ich Stringham gesehen hatte. Es musste – ich versuchte mich zu erinnern – vier oder fünf Jahre her gewesen sein. Diese Verbindung schien mir ein geeignetes Thema, um ein Gespräch zu beginnen.

»Haben Sie mal jemanden mit Namen Charles Stringham kennengelernt? Ich glaube, er ist mit Ihrer Schwester bekannt.«

»O ja«, sagte sie, »einer von Peggys pompösen Freunden, nicht wahr?«

Ich fand das ein umwerfendes Urteil. Man konnte sicher alles Mögliche gegen Stringhams Betragen vorbringen – er konnte unhöflich, ja sogar ausgesprochen ungezogen sein –, aber »pompös« war bestimmt das letzte Adjektiv, das ich im Zusammenhang mit ihm je zu hören erwartet hätte. Nach einer Sekunde kam mir der Gedanke, dass sie das Wort wohl mit einer besonderen Bedeutung gebrauche; oder vielleicht – und das war am wahrscheinlichsten – wollte sie nur damit sagen, dass ihre Schwester und Stringham zu vornehmeren Gesellschaften eingeladen wurden als sie. Möglicherweise spürte sie, dass mich ihre Bemerkung erstaunt hatte, denn sie fügte hinzu: »Ich hoffe, er ist nicht ein dicker Freund von Ihnen.«

Ich wollte gerade antworten, dass Stringham in der Tat ein »dicker Freund« von mir sei, als ich mich daran erinnerte, dass diese Bezeichnung inzwischen wohl kaum noch der Wahrheit entsprechen würde; denn ich hatte ihn sehr lange nicht gesehen und auch nichts von ihm gehört und hatte eigentlich keine Ahnung, was er jetzt trieb. Und er selbst mochte wohl meine eigene Existenz schon fast vergessen haben. Ich musste mir gegenüber zugeben, dass ich meinerseits auch nicht sehr häufig an ihn gedacht hatte, seit wir das letzte Mal zusammengewesen waren; doch ich empfand dieses plötzliche Gewahrwerden, dass wir jetzt einander kaum noch kannten, für einen Moment lang als seltsam schmerzlich. Wie auch immer, aus seiner Andeutung, er wolle Peggy Stepney heiraten, schien nichts geworden zu sein, und die Erwähnung seines Namens war unter diesen Umständen vielleicht taktlos.

»Ich hab ihn seit drei oder vier Jahren nicht mehr gesehen.«

»Ach, ich dachte, Sie wären vielleicht gut mit ihm bekannt.«

»Das war ich auch.«

»Wissen Sie, Peggy hat schon seit einer Ewigkeit nicht mehr von Charles Stringham gesprochen.«

Sie warf nicht wirklich den Kopf zurück – wie Mädchen

es manchmal in Büchern tun –, aber die Geste hätte gut zu dem Ton gepasst, in dem sie diesen Kommentar gab. Es war offensichtlich, dass Stringham keine Basis für ein Gespräch zwischen uns abgeben konnte. Ich suchte in meinem Gedächtnis nach anderen Themen. Lady Anne selbst ließ nicht erkennen, dass sie einen unmittelbaren Beitrag zu leisten gedachte. Sie wandte sich von dem Rest ihrer klaren Suppe ab und heftete ihre Augen auf Miss Manasch; ob sie das tat, um sich eines technischen Details in Bezug auf deren rotes Kleid zu vergewissern oder um zu sehen, wie gut diese mit Sir Gavins Fragen fertig wurde, die zwischen Flirt und der Erkundigung, wie er am besten seine Investitionen vornehmen könne, hin und her schwankten, war mir unmöglich zu entscheiden. Worauf auch immer ihr Interesse gerichtet gewesen sein mochte, sie konnte es in dem kurzen Zeitabschnitt zwischen dem Abräumen der Suppenteller und dem Servieren der gebratenen Seezunge ziemlich rasch befriedigen.

»Was ist Ihr Beruf?«, fragte sie. »Ich glaube, Männer sprechen immer gern über ihre Arbeit.«

Ich hatte den beunruhigenden Eindruck, dass sie Vorbereitungen für eine Art Krieg zwischen den Geschlechtern traf – hier repräsentiert durch sie selbst und mich –, der jeden Augenblick ausbrechen würde. In welcher leidenschaftlichen Rolle sie sich in dem Leben, das uns umgab, selbst sah, war ungewiss; irgendein tiefsitzender Unmut – vergleichbar mit dem Eleanors und doch auch sehr verschieden von ihm – ließ sich klar an ihr erkennen, und ihre Kleidung bildete ohne Zweifel das äußere, sichtbare Zeichen dieser Rebellion gegen die Umstände. Ich sagte ihr, dass meine Firma sich auf Kunstbücher spezialisiert habe, und versuchte – ohne Erfolg – an ihre Erwähnung von Meštrović anzuknüpfen. Wir sprachen eine Zeitlang über Botticelli, den einzigen Maler, für den sie sich lebhaft zu interessieren schien, und dieses Thema führte zu den Büchern von St. John Clarke, von denen eins im Italien der Renaissance spielte. Es war der Autor, den Widmerpool wegen seines Briefes an die »Times« über das Standbild für Haig erwähnt hatte.

»Und dann schrieb er eins über die Französische Revolution.«

»Ich war auf Seiten des Volkes«, sagte sie in einem entschiedenen Ton.

Diese Behauptung öffnete den Weg für eine tiefere und gründlichere Diskussion, als ich sie in diesem Stadium des Abendessens zu führen bereit gewesen wäre. Zufälligerweise gab es inzwischen überall am Tisch Anzeichen dafür, dass die Konversation zu versanden begann. Lady Walpole-Wilson musste das Abflauen bemerkt haben, denn sie sagte in die Runde hinein, dass an diesem Abend zwei Bälle gegeben würden.

»Und beide am Belgrave Square«, sagte Archie Gilbert.

Er klang erleichtert darüber, dass ihn seine sich selbst auferlegten Pflichten wenigstens dieses eine Mal nicht dazu zwangen, kreuz und quer durch London zu reisen; denn seine schlimmsten Abende waren ohne Zweifel jene, an denen, wie es sicher manchmal geschah, eine Gesellschaft in einem großen Haus in den Vororten Richmond oder Roehampton gegeben wurde, während er am gleichen Abend noch vielleicht mehr als einen Ball im Herzen Londons zu besuchen hatte.

»Die Spanier geben heute dort auch eine Art Empfang«, sagte Tompsitt, der jetzt, nachdem er seinen unmittelbaren Hunger gestillt hatte, geneigt schien, sich von einer freundlicheren Seite zu zeigen als zuvor. »In ihrer neuen Botschaft.«

»Ich bin eigentlich froh, dass wir nicht mehr länger verpflichtet sind, bei solch einem großen offiziellen Rummel anwesend zu sein«, sagte Lady Walpole-Wilson mit einem Seufzer. Wir mussten neulich abends zu Ehren von Prinz Theodoric an einem Empfang teilnehmen, und das war wirklich zu anstrengend. Jetzt, da wir kaum noch Verbindung haben mit jener Welt, sehen wir viel lieber nur noch unsere eigenen Freunde.«

»Ist Prinz Theodoric für länger hier?«, fragte Widmerpool und setzte eine gewichtige Miene auf. »Ich habe gehört, dass er hauptsächlich wegen wirtschaftlicher Fragen herübergekommen ist – ich glaube, Donners-Brebner erwägen große Expansionen in seinem Land.«

»Edelmetalle zum Beispiel«, sagte Tompsitt mit wenigstens dem gleichen *empressement.* »Man spricht auch von dem Bau einer Eisenbahn zur Küste. Hab ich recht, Sir Gavin?«

Bei dem Wort »Edelmetalle« glitt über Archie Gilberts Gesicht vielleicht ein kaum wahrnehmbarer Schimmer beruflichen Interesses, der aber fast augenblicklich erlosch, als er sich wieder Barbara zuwandte und mit ihr über Tanzorchester sprach.

»Ganz ohne Zweifel«, sagte Sir Gavin. Ich war viel mit Theodorics Vater zusammen, als ich dort Chargé d'affaires war. Wir sind oft zusammen fischen gegangen.«

»Der alte König war Gavin sehr zugetan«, sagte Lady Walpole-Wilson in einem Ton, als ob sie leicht erstaunt darüber sei, dass überhaupt jemand ihrem Mann zugetan sein könne. »Ich fürchte, Prinz Theodorics Bruder ist ein ganz anderer Mensch als der Vater. Erinnerst du dich an den peinlichen Zwischenfall, als Janet uns besuchte, und wie nett der König war?«

Sir Gavin warf seiner Frau über den Tisch hinweg einen Blick zu. Möglicherweise sorgte er sich einen Moment lang, sie wolle den Unterschied zwischen Vater und Sohn genauer darlegen, als es wohl hier am Esstisch angebracht erschien. Vielleicht wünschte er aber auch nicht, dass die Episode – was auch immer es gewesen sein mochte – zur Sprache gebracht wurde, in die ›Janet‹, seine Schwester, verwickelt gewesen war.

»Theodoric dagegen ist ein ernsthafter junger Mann«, sagte er. »Schade eigentlich, dass nicht er König ist. Der Empfang für ihn in ihrer Gesandtschaft war in der Tat sehr langweilig, obwohl ich persönlich solche Festivitäten mag, wie zum Beispiel den Hofball, als unser eigener König und unsere Königin 1913 Berlin besuchten.«

»Anlässlich der Hochzeit der Tochter des Kaisers?«, fragte Tompsitt forsch.

»Prinzessin Viktoria Luise«, sagte Sir Gavin und nickte beifallig über diesen Treffer seines Schützlings. »Ich ging ganz zufällig dahin, anstelle von Saltonstall, der –«

»Obwohl einen natürlich jetzt der Gedanke fast krank macht, mit einem Deutschen zu tanzen«, sagte Lady Walpole-Wilson mit beklommener Stimme.

Sie hatte sich den Krieg schwer zu Herzen genommen.

»Meinen Sie das wirklich, Lady Walpole-Wilson?«, sagte Widmerpool. »Wissen Sie, ich habe keine Vorurteile gegen die Deutschen. Nicht die geringsten. Die französische Politik halte ich dagegen im Moment für sehr verfehlt, ja für ausgesprochen verhängnisvoll.«

»Sie tanzten den Fackeltanz«, sagte Sir Gavin, der sich nicht so leicht von seinen nostalgischen Erinnerungen abbringen ließ. »Der König und der Zar tanzten, mit der Braut zwischen ihnen. Ein glänzender Anblick. Ach ja, wer hätte gedacht …«

»Ich fand die Schweizergarde so wunderbar, als wir im letzten Winter in Rom waren«, sagte Miss Manasch. »Und auch die Edelgarde war einfach himmlisch. Wir haben sie bei unserer Audienz gesehen.«

»Aber welch ein demoralisierendes Leben das doch ist für einen jungen Mann«, sagte Lady Walpole-Wilson. »Ich bin sicher, viele von ihnen gehen bestimmt unpassende Ehen ein.«

»Ich stelle mir gerade vor, wie ich bei einem päpstlichen Gardisten Waffen und Ausrüstung inspiziere«, sagte Pardoe. »Hauptfeldwebel, diese Hellebarde ist dreckig!«

»Ich würde dich gerne in diesen roten, gelben und blauen Streifen sehen, Johnny«, sagte Miss Manasch mit vielleicht einem Anflug von Unfreundlichkeit. »Sie würden dir stehen.«

Die Diskussion darüber, ob ein Zeremoniell etwas Wünschenswertes sei oder nicht, währte vom Servieren der Koteletts bis zum Eis. Lady Anne und Tompsitt waren gegen Prunk und Prachtentfaltung; Eleanor und Widmerpool fochten jetzt auf der gleichen Seite für ein vernünftiges Maß an Gepränge. Tompsitt freute sich sichtlich über die allgemeine Zustimmung, dass er in den Tropen als Folge seiner Weigerung, sich zum Dinner umzuziehen, total herunterkommen würde – und er setzte, was seinen Frack anging, augenscheinlich seine Prinzipien in die Praxis um.

»Ihr solltet mal unsere Regimentsfahne herumschleppen«, sagte Pardoe. »Dann wüsstet ihr alle, was ein ›feierliches Zeremoniell‹ bedeutet. Sie ist wie ein Banner der Heilsarmee.«

»Ich versuche dauernd, eine anständige Fahne für die Pfadfinderinnen zu kriegen«, sagte Eleanor, »um nicht weiter so etwas wie eine Staatsflagge für Kinder herumtragen zu müssen. Aber es kümmert ja niemanden.«

»Ihr macht nicht zu lange, Gavin, nicht wahr?«, sagte Lady Walpole-Wilson darauf und erhob sich hastig vom Tisch.

Bis zu diesem Zeitpunkt hatte ich nur ein paar Worte mit Barbara gewechselt; doch war das gewissermaßen eher ein Zeichen unserer Vertrautheit als ihres Unwillens, mit mir zu sprechen, oder schon eines bewussten Wandels in unseren Beziehungen. Während des größten Teils des Abends hatte sie Archie Gilbert eine ziemlich lange Geschichte über einen Ball erzählt. Jetzt aber, kurz bevor sie das Zimmer verließ, wandte sie sich zu mir und warf mir ein leichtes Lächeln zu, eine Art Lächeln, die ich immer mit jenen Augenblicken – seltenen Augenblicken – verband, in denen sie sich ihrer nicht ganz sicher war: ein Lächeln, dem zu widerstehen mir besonders schwerfiel, weil es eine weniger vertraute, geheimnisvollere Seite von ihr zu offenbaren schien, die sie durch ihr Lärmen und ihre Neckereien teilweise zu verbergen suchte. Hier, bei dieser Gelegenheit, sollte es mich vielleicht dafür versöhnen, dass sie mir während des gesamten Essens so wenig von ihrer Aufmerksamkeit gewidmet hatte. Sir Gavin versicherte seiner Frau, dass wir nicht ›zu lange machen‹ würden in unserer weiteren Inanspruchnahme des Esszimmers; und als sich die Tür geschlossen hatte, schob er den Portwein zu Pardoe hinüber.

»Ich höre, Sie wollen Ihre Jagd verpachten«, bemerkte er.

»Irgendwo muss ich ja die Sparschere ansetzen«, sagte Pardoe, »und das schien mir die beste Stelle, damit zu beginnen.«

»Sind die Ausgaben sehr hoch?«

»Es müssen viele Dinge modernisiert werden.«

Die beiden begannen ein Gespräch über Jagdgebiete in Shropshire, mit denen Sir Gavin ein wenig vertraut war, da sein Schwiegervater, Lord Aberavon, sich in seinem letzten Lebensabschnitt an der Grenze zu dieser Grafschaft niedergelassen hatte; doch war das Haus nach seinem Tod verkauft worden. Archie Gilbert kehrte, nachdem er das Unternehmen, den Damen beim Verlassen des Zimmers zu helfen, erfolgreich bestanden hatte, zu dem Stuhl neben mir zurück. Ich fragte ihn, wer den anderen Ball an diesem Abend gebe.

»Mrs. Samson.«

»Und wie wird der sein?«

»Wahrscheinlich besser als der bei den Huntercombes. Mrs. Samson hat Ambrose engagiert – obwohl natürlich ein Orchester nicht alles ist.«

»Gehst du auch zu dem von Mrs. Samson?«

Auf seinem Gesicht erschien der Hauch eines Lächelns über eine Frage, die er für völlig überflüssig gehalten haben muss.

»Ich werde wohl hereinschauen.«

»Wird er für Daphne gegeben?«

»Für Cynthia, die jüngste Tochter«, sagte er mit einem milden Tadel in der Stimme über die Gedankenlosigkeit, eine solche Frage gestellt zu haben, die einen großen Mangel an Ernsthaftigkeit in meiner Haltung der Welt der Bälle gegenüber verriet. »Daphne war schon vor einer Ewigkeit Debütantin.«

An der anderen Seite des Tisches schien Widmerpool aus irgendeinem Grunde entschlossen, einen guten Eindruck auf Tompsitt zu machen. Sie hatten ein Gespräch über Fragen des Fernen Ostens begonnen, und Tompsitt behandelte Widmerpools Ansichten zu diesem Thema mit mehr Respekt, als ich erwartet hätte.

»Ich sehe, die chinesischen Marschälle haben ihren Sieg

dem Geist des verstorbenen Dr. Sun Yat-sen verkündet«, sagte Widmerpool gerade.

Er sprach ein wenig so, als ob er selbst eine Einladung zu den Feierlichkeiten erwartet habe, aber für diesmal bereit sei, ihr Ausbleiben zu übersehen. Tompsitt schürzte seine Lippen in der Art Widmerpools und pflichtete diesem bei, dass feierliche Riten in der Tat stattgefunden hätten.

»Und die Nationalisten haben Peking erreicht«, führte Widmerpool das Thema fort.

»Aber wer sind die Nationalisten?«, fragte Tompsitt mit beherrschter Stimme und guckte mit einem Ausdruck gezügelter Aggression um den Tisch herum. »Kann mir das jemand sagen?«

Weder Archie Gilbert noch ich wagten einen Versuch, die verworrene Lage in China zu erklären; und selbst Widmerpool schien nicht geneigt, eine sofortige Interpretation der kollidierenden politischen Ziele dort zu riskieren. Es entstand eine Pause, die er mit den Worten beendete: »Ich wage zu sagen, dass wir eine Zollautonomie ins Auge fassen müssen – mit Vorbehalten natürlich.«

Tompsitt nickte und biss sich leicht auf die Lippe. Widmerpools Gesicht nahm einen dramatischen Ausdruck an, so dass er ein wenig einem großen Fisch glich, der sich schnell durch trübes Wasser bewegt, um einen kleineren zu verschlingen. Sir Gavin war unruhig geworden, als Bruchstücke dieses anregenden Dialogs zu ihm hinüberwehten; und er beendete jetzt das Gespräch über Fasane in Shropshire zugunsten einer scharfen Analyse chinesischer Politik.

»Von einer Vertragsrevision zu sprechen, ehe China sein eigenes Haus in Ordnung gebracht hat«, verkündete er ziemlich langsam zwischen Zügen an seiner Zigarette, »heißt – im Hinblick auf den Status quo – für einige im Wesentlichen nichts anderes, als das Pferd beim Schwanz aufzuzäumen. Die chinesische Generalität –«

»Ein Vetter von mir im Coldstream-Regiment ist letztes Jahr

dort draußen gewesen«, unterbrach ihn Pardoe. »Er sagte, es war nicht sehr schlimm.«

»War das in Kowloon?«, fragte Widmerpool mit einem leicht ehrerbietigen Ton in der Stimme. »Nebenbei bemerkt, ich höre, man schickt jetzt die Waliser Garde anstelle eines Linienregiments nach Ägypten.«

»Sie erwähnten die Vertragsrevision, Sir Gavin«, sagte Tompsitt, Widmerpools Anspielung auf eine Truppenverlegung ignorierend. »Es scheint mir aber, dass wir das Eisen schmieden sollten, während es heiß ist. Das Eisen ist nie heißer gewesen als in diesem Augenblick. Wir müssen einfach bestimmten Tatsachen ins Auge sehen. Zum Beispiel –«

»Einige von ihnen waren in Zelten auf dem Rennplatz untergebracht«, sagte Pardoe. »Nicht, dass es dort irgendwelche Rennen gegeben hat, möchte ich annehmen.« Und wahrscheinlich mit der Absicht, die Chinafrage endgültig abzutun, und um das Gespräch auf Themen von mehr lokalem Interesse zu lenken, fügte er hinzu: »Wissen Sie, die Legalisierung des Totalisators wird starke Veränderungen für die Rennen zur Folge haben.«

Sir Gavin war offensichtlich unzufrieden über die Wende, die das Gespräch genommen hatte – oder besser, die ihm aufgezwungen wurde; möglicherweise, nein: ganz sicher vertrat er weitere Ansichten über die internationale Lage im Fernen Osten, die er gerne zum Ausdruck gebracht hätte. Doch musste er zu dem Schluss gekommen sein, dass die Zeit es nicht erlaube, zu diesen Fragen zurückzukehren, denn er beschrieb mit der Karaffe sozusagen einen mystischen Kreis in der Luft, als ob er zeigen wolle, dass das Schicksal Chinas – und auch wohl der Pferderennen – im Schoße der Götter liege.

»Niemand möchte mehr Portwein?«, sagte er, und das war mehr eine Feststellung als eine Frage. »Ich vermute, wir werden Ärger kriegen, wenn wir uns jetzt nicht in Bewegung setzen. Muss jemand noch mal raus?«

»Ja«, sagte Tompsitt und verließ ungeduldig das Zimmer.

Während wir auf ihn warteten, erläuterte Sir Gavin Pardoe, dem er aus irgendeinem Grunde besonders gern Vorträge zu halten schien, welchen Gewinn der Staat dadurch habe, dass er junge Männer vom Schlage Tompsitts in Dienst nehme.

»Wir hatten diesen glatten Typ von Diplomaten schon zu lange«, bemerkte er und schüttelte mehrere Male seinen Kopf.

»Wir brauchen heutzutage etwas Forscheres, oder?«, fragte Pardoe, der, auf Zehenspitzen stehend, seine weiße Frackschleife geradezog, die von dem Glas des unter »Kyros als Knabe« hängenden Barometers reflektiert wurde.

»Vor einem Jahrhundert war es bestimmt sehr angebracht, einen Mann zu haben, der einem örtlichen Potentaten irgendwelche Höflichkeiten erweisen konnte«, erklärte Sir Gavin. »Heutzutage jedoch brauchen wir wohl etwas Realistischeres.«

»Jemand, der den einfachen Mann auf der Straße kennt?«

Sir Gavin verzog sein Gesicht zu einem Ausdruck, der andeuten sollte, dass genau das die Antwort sei.

»Woher kommt er?«, fragte Pardoe, der von diesen Argumenten nicht völlig überzeugt schien und noch immer an seiner Schleife herumfingerte.

Sir Gavin war offensichtlich ein wenig erfreut über diese Frage, die ihm eine weitere Gelegenheit bot, sein Vertrauen in Tompsitts fast angeborene *bona fides* kompromisslos zum Ausdruck zu bringen.

»Weiß der Himmel, wo er herkommt«, sagte er energisch. »Warum sollten Sie oder ich uns darum kümmern? Warum sollte sich überhaupt irgendjemand darum kümmern? Was wir brauchen, ist ein Mann, der eine solche Stelle ausfüllt.«

»Ich bin völlig Ihrer Meinung, Sir«, brach Widmerpool unerwartet in diese Unterhaltung ein. »Der Professionalismus in der Diplomatie ist schon schlimm genug ohne die Beschränkung der Auswahl für die diplomatische Vertretung unseres Landes auf eine Clique von Musterschülern, die einer kleinen Gruppe älterer Privatschulen entstammen.«

Sir Gavin war offensichtlich ziemlich verblüfft – und ich

selbst war es auch – über solch eine plötzliche Erklärung einer wohlerwogenen Meinung hinsichtlich der vorliegenden Frage – und auch darüber, dass er nur mit ›Sir‹ angeredet worden war –, obwohl Widmerpools Auffassungen so eng mit seinen eigenen übereinzustimmen schienen. Doch Widmerpool machte keinen Versuch, seine Behauptung weiter auszuführen, und die Umstände, in Gestalt des zurückkehrenden Tompsitt, verhinderten eine erschöpfendere Prüfung des Problems.

In seinem Misstrauen der ›Glätte‹ gegenüber und in seinem Verlangen nach ›Realismus‹ erinnerte mich Sir Gavin wieder an Onkel Giles; aber solche Gedanken wurden durch die Notwendigkeit unterbrochen, eine Entscheidung über die Transportmittel für den Weg zum Haus der Huntercombes zu treffen. Aus irgendeinem Grund waren beide Autos der Walpole-Wilsons außer Betrieb – eins hatte Eleanor gegen den Aufsteigeblock im Stallhof in Hinton Hoo gefahren –, und Pardoes zweisitziger Sportwagen eignete sich nicht gut für ein Mädchen im Ballkleid; obwohl ich mir vorstellen konnte, dass Barbara gerne darin gefahren wäre, wenn sie dazu die Gelegenheit gehabt hätte. Aber zufälligerweise akzeptierte Tompsitt sofort Pardoes an die Allgemeinheit gerichtetes Angebot, jemanden mitzunehmen. Was den Rest der Gesellschaft anging, war damit die Angelegenheit geklärt: Wir übrigen teilten uns auf zwei Taxis auf. Zusammen mit Barbara, Miss Manasch und Archie Gilbert gehörte ich zu Lady Walpole-Wilsons Fahrzeug. Eleanor, Anne Stepney, Margaret Budd und Widmerpool begleiteten Sir Gavin. Wir kletterten alle hinein; Archie Gilbert und ich nahmen auf den Klappsitzen Platz. Der Butler schlug die Taxitür zu, als wäre er froh darüber, uns los zu sein.

»Ich hoffe, bei den anderen ist alles in Ordnung«, sagte Lady Walpole-Wilson, als unser Fahrzeug unsicher anfuhr; doch ich konnte mir nicht denken, welches mögliche Übel, das die Gruppe unter dem Kommando ihres Mannes befallen könnte, sie wohl befürchtete.

»Werden wir nicht zu früh da sein, Tante Daisy?«, fragte

Barbara. »Es ist so fürchterlich, wenn man als Erste ankommt. Wir waren es bei den Cecils.«

Ich meinte ihren Fuß gegen den meinen zu fühlen, entdeckte aber einen Moment später, dass der fragliche Schuh zu Miss Manasch gehörte, die augenblicklich ihren eigenen Fuß wegzog. Ob sie es tat, weil sie einen, sicher völlig unbeabsichtigten, Druck spürte – wenn es überhaupt einer gewesen sein sollte –, oder ob sie ihn rein zufällig fortzog, war unmöglich zu sagen.

»Ich hoffe nur, Eleanor besteht nicht darauf, wieder nach Hause zu fahren, sobald wir angekommen sind«, sagte Lady Walpole-Wilson mehr zu sich selbst als zu uns anderen in dem Taxi.

Während unserer kurzen Fahrt zum Belgrave Square fiel ihre Handtasche zu Boden. Sie hob sie auf, ehe jemand ihr helfen konnte, öffnete den Verschluss und begann, in ihren Tiefen herumzuwühlen. Sie fand schließlich dort, wonach immer sie gesucht hatte. Archie Gilbert saß direkt neben der Tür, durch die wir aussteigen würden, und sie versuchte nun, ihm diesen Gegenstand, den sie verdeckt in der Hand hielt, zu geben. Es war zweifellos ein Geldstück, nach dem sie in der Handtasche gekramt hatte. Er verweigerte jedoch energisch die Annahme.

»Bitte«, sagte Lady Walpole-Wilson. »Sie müssen.«

»Im Gegenteil.«

»Ich bestehe darauf.«

»Nein, nein, das ist absurd.«

»Mr. Gilbert!«

»Wirklich.«

»Ich werde sehr böse.«

»Unmöglich.«

Dieser Wettstreit dauerte noch während der paar Sekunden an, ehe wir, etwas aufgehalten durch die Privatautos und anderen Taxis, die vor uns in einer Schlange warteten, schließlich vorfahren konnten, so dass ich zu dem Zeitpunkt, als unser Taxi endlich vor dem Haus der Huntercombes stoppte und

Archie Gilbert, die Tür mit einem Ruck öffnend, auf den Bürgersteig trat, immer noch nicht wusste, ob er kapituliert hatte oder nicht. Sicher war nur, dass er mit großer Schnelligkeit aus dem Auto gesprungen war und ohne Zögern den Taxifahrer bezahlt hatte, wobei er mit einer kurzen Handbewegung den von mir angebotenen Beitrag abwehrte.

Barbaras Vermutung, wir könnten vielleicht zu früh sein, schien ganz unbegründet. Im Gegenteil, wir stiegen die teppichbelegten Stufen hinauf und kamen in eine Eingangshalle voll von Menschen. Sir Gavin, dessen Taxi vor unserem angekommen war, wartete dort schon ungeduldig auf den Rest seiner Gesellschaft. Der Grund für sein persönliches Erscheinen auf dem Ball, den er normalerweise nicht besucht hätte, lag wahrscheinlich darin, dass die Huntercombes ihren Landsitz in der Nähe der Walpole-Wilsons hatten. Ja, ganz ohne Zweifel war eine beträchtliche Zahl der ländlichen Nachbarn eingeladen, denn selbst als wir die Treppe hinaufstiegen, auf der Mädchen und junge Männer, einige von ihnen schon ziemlich erhitzt und gerötet, dicht gedrängt standen, konnte man bei einigen Gästen jenen zwar schwachen, aber doch wahrnehmbaren Anflug von Reiterball-Atmosphäre beobachten. Während wir die Hüte ablegten, überkam mich die Neugier, und ich fragte Archie Gilbert, ob er denn Lady Walpole-Wilsons Geld zurückgewiesen oder angenommen habe. Als Antwort auf die Grobheit dieser Frage erschien wieder ein Ausdruck leichten Tadels in seinem Lächeln.

»Oh, ich hab's genommen«, sagte er. »Warum nicht? Es war nicht genug. Das ist es nie.«

Ich fragte mich nach diesen Worten, ob sich nicht doch tief unter dem Panzer aus schwarzweißem Stahl, der ihn einschloss, eine schwache Spur der Unzufriedenheit verberge; und für einen Moment drängte sich mir sogar der schreckliche Verdacht auf, dass er Abend für Abend sein Leben in den Ballsälen Londons vertanzte in der unerschütterlichen Gewissheit, dass alles nur leerer Schein sei. War er von stoischem Gleichmut wie der spartanische Junge – hier mit einer weißen Schleife um den Hals –, dem der Fuchs der Bitterkeit durch das Frackhemd hindurch das Innere zernagte? Es war ein so grässlicher Gedanke, dass ich ihn ohne weitere Prüfung verwerfen musste. Solch ein Zynismus war kaum möglich. Doch seine Bemerkung erinnerte mich irgendwie an jene Szene, als ich vom Haus der Templers abgefahren war und Mr. Farebrother seinen Schilling zu dem Trinkgeld für den Chauffeur hinzugetan hatte.

»Bist du mal jemandem mit Namen Sunny Farebrother begegnet?«, fragte ich.

»Natürlich kenne ich ihn. Er ist sehr am Markt für Metalle interessiert, nicht wahr? In der Londoner Finanzwelt ist er wegen seines Charmes ziemlich berühmt.«

Ich hatte also recht gehabt mit der Vermutung, dass es zwischen den beiden einige Übereinstimmungen gab. Ja, Archie Gilberts Stimme klang erstaunt darüber, dass ich je seine Bekanntschaft mit Farebrother bezweifelt haben konnte. Inzwischen waren wir fast oben am Treppenabsatz des ersten Stockwerks angekommen, wo ein dicker Diener mit einer gewaltigen Schnapsnase die Namen der Gäste mit einer geringschätzigen, rauen Stimme heraustrompetete, die klar das große Vergnügen verriet, das ihm diese Pflicht bereitete.

»... Sir Gavin und Lady Walpole-Wilson ... Miss Walpole-Wilson ... Captain Hackforth ... Mr. Cavendish ... Lady Anne Stepney ... Miss Budd ... Miss Manners ... Mr. Pardon ... Mr. Tompsey ... Lady Augusta Cutts ... Miss Cutts ... Lord Erridge ... Miss Mercy Cutts ... Lord and Lady Edward Wentworth ... Mr. Winterpool ...«

Es war eine fürchterliche Anstrengung, durch die Tür in den Ballsaal zu gelangen. Selbst der Mann mit der Schnapsnase, der doch bestimmt mit einem solchen Tumult vertraut war, musste einige Male innehalten und breit vor sich hin lächeln; ob ihn jedoch das Durcheinander der Menge amüsierte oder die Art, wie er selbst die einzelnen Namen verhunzte, war nicht auszumachen. Das Gewinsel des Orchesters schien das beängstigende Geschiebe auf der Treppe und dem Treppenabsatz nur noch zu verschlimmern.

Nur einen Blick auf dich,
Mehr, nein, mehr wollt' ich nicht.
Doch stand mein Herz dann still …

Am hinteren Ende des Ballsaals hing ein van Dyck – das einzige Bild von Interesse, das die Huntercombes in London behielten. Es zeigte Prinz Rupert im Gespräch mit einem Herold, der Persönlichkeit, glaube ich, von der der überlebende Zweig der Familie in direkter Linie abstammte. Die lichtdurchlässigen Kristalle der Lüster schwankten leicht, wenn unter ihnen die Tänzer dahinstampften. Eine Gruppe Mädchen stand nicht weit von der Tür, eines von ihnen war Eleanor, die sich gerade mit großer Konzentration ein Paar langer weißer Handschuhe anzog. Diese Handschuhe, die sie stets bevorzugte, waren augenscheinlich eine Art Symbol ihrer eigenen Haltung den Bällen gegenüber; sie hatten den Zweck, die Partner physisch weiter von ihr wegzuhalten; zugleich quietschten sie immer ominös, wenn sie ihre Arme bewegte, so als gäben sie der Missbilligung ihrer Trägerin hörbaren Ausdruck. Wir tanzten miteinander. Sie war eine gute, aber unversöhnliche Tänzerin. Ich fragte sie, wie lange sie Widmerpool kenne, und erwähnte dabei, dass wir zusammen auf der Schule gewesen seien.

»Onkel George bezog immer seine Jauche von Mr. Widmerpools Vater, als dieser noch lebte«, sagte Eleanor barsch. »Wir haben sie bei uns auch ausprobiert, aber es war nichts. Anderer Boden, nehme ich an.«

Widmerpools lange Bekanntschaft mit Barbaras Familie und seine eigene Gegenwart im Hause der Walpole-Wilsons an diesem Abend hatten nun eine zufriedenstellende Erklärung gefunden. Es konnte kein Zweifel daran bestehen, dass das von Eleanor erwähnte Düngemittel den tieferen Grund für die Geheimnistuerei bildete, mit der er immer die geschäftlichen Aktivitäten seines Vaters umgab; denn obwohl es natürlich nicht den geringsten Grad von Despektierlichkeit im Zusammenhang mit landwirtschaftlichen Methoden gab – Lord Goring selbst diente schließlich als Beweis dafür –, war ich doch lange genug mit Widmerpool bekannt, um zu wissen, dass er es nicht ertragen konnte, persönlich mit irgendjemandem oder irgendetwas in Verbindung gebracht zu werden, der oder das vielleicht, wenn auch nur entfernt, der Lächerlichkeit ausgesetzt sein mochte, die selbst nur in geringem Maße auf ihn zurückfallen konnte. Es war ihm zum Beispiel, wie ich viel später entdeckte, fast physisch unmöglich, einer Frau gegenüber liebenswürdig zu sein, die er weder für gutaussehend hielt noch aus einem sonstigen Grund seiner Aufmerksamkeit für wert erachtete: ein Charakterzug, der vielleicht seine Ursache in einer natürlichen Schüchternheit hatte und in einer Veranlagung, die des Gefühls der Unterstützung durch die erstrebenswerten Qualitäten der Gesellschaft bedurfte, in der er sich befand. Diese seine Eigentümlichkeit war, wie ich jetzt sehe, eine Art Drang nach stellvertretender Aneignung der Macht anderer. Entsprechend gab ihm jeder Eindruck von Versagen oder Unzulänglichkeit in seiner Umgebung ein Gefühl des Unbehagens. Das bloße Wort »Jauche« erklärte die ganze Geschichte.

Indes, als deutlich wurde, dass Eleanor ihn nicht besonders mochte, versicherte ich ihr – ich weiß kaum, warum –, dass Widmerpool sowohl in der Schule als auch in Frankreich stets ein ziemlich liebenswürdiger Exzentriker gewesen sei; ich hatte allerdings keine Erklärung dafür – und ich habe sie auch heute noch nicht –, warum ich es für meine Pflicht hielt, ihn zu verteidigen; und noch weniger kann ich mir erklären, warum ich ihn ganz willkürlich als eine Persönlichkeit beschrieb, die doch fast vollständig erfunden, ja in vieler Hinsicht ganz unzutreffend war. Damals hatte ich immer noch eine sehr geringe Vorstellung von Widmerpools wahrem Charakter, von seinen Vorzügen wie von seinen Fehlern.

»Sie hatten ein kleines Haus auf Gut Pembringham, während dort mit dem Dünger experimentiert wurde«, sagte Eleanor. »Tante Constance ist unheimlich nett, wenn sie sich nicht zu schlecht fühlt, weißt du, und sie lud sie ziemlich oft ein. Da habe ich ihn auch kennengelernt. Jetzt hat seine Mutter ein Häuschen in *unserer* Nähe in Hinton gemietet. Barbara findet Mr. Widmerpool ganz in Ordnung. Natürlich kennt sie ihn besser. Ich mag ihn eigentlich nicht besonders. Wir wussten einfach nicht, wo wir einen Mann für heute Abend hernehmen sollten, deshalb musste er kommen. Hast du schon mal seine Mutter gesehen?«

Ich hörte Eleanors Ansichten über Mrs. Widmerpool nicht mehr, denn in diesem Augenblick ging die Musik zu Ende; und nachdem das Klatschen abgeebbt war und sich die Paare um uns herum zerstreut hatten, waren Widmerpool und seine Familie schnell vergessen.

Der Ball nahm seinen Fortgang: Tanzmelodie folgte auf Tanzmelodie, Partnerin auf Partnerin. Im Verlaufe des Abends sah ich von Zeit zu Zeit, wie Widmerpool seinen Weg durch den Saal pflügte, als ob er ein Dingi durch die raue See rudere; dabei sprach er nachdrücklich mit dem jeweiligen Mädchen, das mir meistens unbekannt war; doch hatte er es zweifellos immer mit jener Sorgfalt ausgewählt, mit der er sich jedem Prinzip widmete, das ihn interessierte. Wie mir schien, tanzte er nicht häufig mit den Damen der Abendgesellschaft bei den Walpole-Wilsons, wohl weil er von ihnen, einzeln gesehen, nichts erwartete, das ihm zu seinem persönlichen Vorteil hätte ausschlagen können. Später am Abend, während ich zusammen mit Miss Manasch einen Tanz aussetzte, wurde ich dann seiner wieder gewahr, als er auf seinem Weg die Treppe hinauf über ihren Fuß stolperte.

»Ich weiß jetzt, wer er ist«, sagte sie, nachdem er sich entschuldigt hatte und mit seiner Partnerin aus unserem Blick verschwunden war. »Er ist der Froschdiener aus ›Alice im Wunderland‹. Er sollte Livree tragen. Hat er schon mit Anne getanzt?«

»Anne Stepney?«

»Sie würden komisch aussehen zusammen.«

»Ist sie eine Freundin von Ihnen?«

» Wir waren auf dem gleichen Mädchenpensionat in Paris, für den letzten Schliff.«

»Man hat ihr nicht viel Schliff mitgegeben dort, oder?«

»Sie hat es sich in den Kopf gesetzt, ganz anders zu sein als ihre bezaubernde Schwester.«

»Ist Peggy Stepney bezaubernd?«

»Sie müssen doch Bilder von ihr gesehen haben.«

»Ein Freund von mir, er heißt Charles Stringham, hat mal von ihr gesprochen.«

»Ach ja, Charles Stringham«, sagte Miss Manasch. »Das ist schon lange vorbei. Ich glaube, er ist ein ziemlich wilder junger Mann, nicht wahr? Ich meine, ich hätte so was gehört.«

Sie lachte und rollte ihre kleinen Perlenaugen und strich ihr Kleid glatt über ihren rundlichen, wohlgeformten kurzen Beinen. Von der Natur dazu bestimmt, verschleiert, oder vielleicht auch entschleiert, vor dem Thron eines orientalischen Potentaten zu tanzen – eines jener anspruchsvollen Herrscher vielleicht, bei denen Sir Gavins wohlerzogene Diplomaten der Vergangenheit Anklang gefunden haben mochten – oder sich hinter den Kulissen in dem reizvollen Labyrinth der Haremsintrigen zu tummeln, wirkte sie in dieser Umgebung ganz fehl am Platze. Auf ihrer Oberlippe zeigte sich die leiseste Andeutung blauer Härchen, die ihr das Aussehen einer Schönheit aus der Zeit Byrons gab.

»Anne Stepney sagte, er sei pompös. Ich hab ihn eigentlich eine Ewigkeit nicht mehr gesehen.«

»Anne hält Charles Stringham für pompös, ja?«, sagte Miss Manasch und lachte wieder still in sich hinein.

»Und was meinen Sie?«

»Ich kenne ihn nicht. Oder wenigstens nur vom Hörensagen. Aber ich habe seine Mutter kennengelernt, die natürlich einfach wundervoll ist. Man sagt, sie sei Korvettenkapitan Foxe ziemlich leid und denke wieder an eine Scheidung. Charles war einmal mit Annes Schwester Peggy mehr oder weniger verlobt, wie Sie wahrscheinlich wissen. Das ist jetzt zu Ende, wie ich schon sagte. Ich höre gelegentlich von Peggy durch einen Cousin von mir, Jimmy Klein, der für sie eine große Leidenschaft entwickelt hat.«

»Denkt Charles im Augenblick daran, jemanden zu heiraten?«

»Ich glaube nicht.«

Ich hatte den Eindruck, dass sie mehr über Stringham wusste, als sie preiszugeben bereit war, denn ihr Gesicht nahm einen Ausdruck an, der ihre Züge orientalischer erscheinen ließ als je zuvor. Offensichtlich hatte sie auch Verbindungen zu noch anderen Kreisen, die sich vielleicht völlig von denen der Walpole-Wilsons, Gorings oder Huntercombes unterschieden. Nur oberflächlich ausgestattet mit den Eigenschaften der Mädchen, die sich in dieser Welt bewegen, war sie zugleich von gröberer als auch von feinerer Beschaffenheit. Bis zu diesem Moment hatte sie voller Leben und Munterkeit gesteckt, doch jetzt wurde sie ganz plötzlich still und melancholisch.

»Ich glaube, ich werde gehen.«

»Haben Sie schon genug?«

»Die einzige Alternative zum Nachhausegehen ist wohl, dass ich in der Garderobe sitze.«

»Aber warum denn nur?«

»Ich kämme dort mein Haar.«

»Es braucht doch nicht gekämmt zu werden.«

»Und während ich an ihm ziehe, weine ich.«

»Ist doch sicher nicht nötig heute Abend?«

»Vielleicht nicht«, sagte sie.

Sie lachte wieder leicht in sich hinein; und ein oder zwei Minuten später verschwand sie dann mit einem Tanzpartner, der überzeugt zu sein schien, dass der Augenblick gekommen sei, sie aufzufordern. Ich begann nach Barbara zu suchen, mit der ich nur einmal zu Anfang des Abends getanzt hatte. Sie war in einem der Räume im Erdgeschoss, wo sie erregt mit zwei jungen Männern sprach; doch schien sie nicht ungern deren Gesellschaft zu verlassen.

»Lass uns diesen Tanz aussetzen«, sagte sie.

Wir gingen nach draußen in den Garten des Belgrave Square. Gäste wie Archie Gilbert, die zu beiden Bällen eingeladen waren, aber ohne Zweifel auch einige, die sich nicht dieses Privilegs erfreuten, gingen von einer Gesellschaft zur anderen hin und her. Der von Tompsitt erwähnte Empfang in der spanischen Botschaft war, soweit man sehen konnte, noch in vollem Gange. Hin und wieder erfrischte ein Lufthauch die drückende Nacht; einmal bewegte er sogar, fast zu einer Brise anwachsend, leicht die Zweige der Büsche. Die Fenster beider Ballsäle standen offen, und manchmal gerieten die Melodien der rivalisierenden Kapellen in Konflikt miteinander, schienen aber dann auch wieder von einem System von Massenorchestern zu kommen, die im Gleichklang zusammenspielten.

Dann krieg'n wir ein – *blau*es Zimmer, ein –
*neu*es Zimmer – ein für – *zwei* Zimmer –
und später dann ein – *Kin*derzimmer, kein –
*Rie*senzimmer – doch mit *Ba*dezimmer …

Ein ebenso penetrantes Gemurmel kam von der anderen Seite des Platzes herüber:

In der hohen Berge Grün,
Wo Gottes Wunder täglich blüh'n …
Tarum … Taru …

»Warum bist du so mürrisch?«, fragte Barbara und hob einige Kiesel auf und warf sie in die Büsche. »Ich muss dir erzählen, was letzte Woche in Ranelagh passiert ist.«

Entgegen kurz zuvor gefassten festen Vorsätzen versuchte ich, ihre Hand zu ergreifen. Sie entzog sie mir lachend und sagte, wie gewöhnlich in solchen Situationen: »Ach werd nicht sentimental.«

Dass ich hier so wunderbar – wenn auch unverdient – davongekommen war, ernüchterte mich. Wir gingen um den Rasen herum, und Barbara erzählte von Schottland, wohin sie im späteren Verlauf des Sommers gehen würde.

»Warum kommst du nicht auch dort rauf?«, fragte sie. »Du würdest doch sicher jemanden finden, bei dem du wohnen kannst.«

»Ich muss arbeiten.«

»Die brauchen dich doch bestimmt nicht die ganze Zeit im Büro.«

»Doch.«

»Hast du schon mal einen Reel getanzt? Johnny Pardoe wird auch dort sein. Er sagt, er will es mir beibringen.«

Sie machte einige Tanzsprünge auf dem Rasen. Schließlich hielt sie inne und untersuchte ihren Arm, den sie zu mir hingestreckt hielt. Sie sagte: »Wie blau meine Hand in dem Mondlicht aussieht.«

Ich fragte mich jetzt, ob ich – weit entfernt davon, sie zu lieben – sie nicht in Wirklichkeit hasste. Eine neue Melodie setzte ein, und wir schlenderten durch den Garten zurück. Am Tor tauchte Tompsitt irgendwoher aus dem Schatten auf.

»Das ist unser Tanz, meine ich.«

Mit seiner Art zu sprechen gelang es ihm, so schien es mir, gleichzeitig sowohl unhöflich als auch pedantisch zu sein. Barbara begann jetzt, auf dem Weg herumzuspringen, als hüpfe sie über imaginäre Pfützen, und sie rief dabei mit ihrer dünnen, aber doch schrillen Stimme beinahe so laut, wie sie konnte: »Ich kann nicht, wirklich, ich kann nicht. Ich muss was durcheinandergebracht haben. Ich tanze jetzt mit Mr. Widmerpool. Ich hab ihn bis jetzt vertröstet, ich muss wirklich.«

»Versetzen Sie ihn«, sagte Tompsitt.

Er klang, als ob es ihm noch mehr Freude mache, sie ihrem rechtmäßigen Partner wegzunehmen, als selbst mit ihr zu tanzen. Ich fragte mich, ob sie Mr. Widmerpool gesagt hatte, weil ihre Bekanntschaft mit ihm sich nie zu einem engeren Grad an Vertrautheit entwickelt hatte, oder ob sie ihn aus Spaß so titulierte. Nach dem, was Eleanor erzählt hatte, schien das Letztere wahrscheinlich. Es fiel mir plötzlich ein, dass ich nach all den Jahren, die ich ihn kannte, noch immer keine Ahnung hatte, wie Widmerpool mit Vornamen hieß.

»Soll ich?«, fragte Barbara. »Er würde sich schrecklich ärgern.«

Plötzlich nahm sie uns beide an die Hand und rannte mit uns über den Bürgersteig dahin. In dieser ungewöhnlichen Weise erreichten wir die Tür zum Haus der Huntercombes. Als wir wieder zum Stehen kamen, war selbst Tompsitt, wenn man genau hinsah, ziemlich verblüfft, denn das gemeinsame Rennen von uns dreien – das ein wenig dem der Pferde in einer Troika glich – kam wahrscheinlich für ihn genauso unerwartet wie für mich. Barbara dagegen war begeistert über ihre eigene ungestüme Zurschaustellung guter Laune. Sie riss sich los und stürzte vor uns die Stufen hinauf.

In der Eingangshalle trafen schon einige Leute Anstalten zu gehen, obwohl es noch nicht spät war. Zufälligerweise stand Widmerpool an der Treppe; er sah, so meinte ich, ein wenig unsicher aus und fingerte an einem zerschlissenen Paar weißer Handschuhe herum. Ich hatte ihn mit genau diesem Ausdruck im Gesicht gesehen, während er auf den Start eines jener Rennen wartete, für die er aus so unerklärlichen Gründen immer meldete und in denen er fast ohne Ausnahme als Letzter oder Vorletzter durchs Ziel ging. Als er Barbara sah, hellte sich sein Gesicht etwas auf, und er kam auf uns zu.

»Der Walzer aus der ›Lustigen Witwe‹«, sagte er. »Ich finde den immer gut. Du nicht auch? Ich wünschte, ich hätte Wien in der alten Zeit vor dem Krieg kennengelernt.«

Barbara ergriff erneut Tompsitt und mich an dem Arm, der ihr jeweils am nächsten war. Sie sagte zu Widmerpool: »Mein Lieber, ich hab wieder was durcheinandergebracht. Ich hab allen möglichen Leuten gesagt, dass ich diesen Tanz mit ihnen tanzen werde. Ich kann aber wohl nicht gut mit allen dreien von euch tanzen. Lasst uns statt dessen etwas essen.«

»Aber ich hab schon etwas gegessen –«, begann Widmerpool.

»Ich auch«, sagte Barbara. »Natürlich haben wir alle schon etwas gehabt. Wir werden eben noch ein wenig mehr essen.«

»Ich hab noch nichts gehabt«, sagte Tompsitt. Widmerpool schien über Barbaras Vorschlag gar nicht erfreut; das Gleiche galt wohl auch für Tompsitt, der inzwischen eingesehen haben musste, dass er, statt Barbara glorreich einem schneidigen Rivalen – er hatte wahrscheinlich Widmerpools Namen auf der Abendgesellschaft der Walpole-Wilsons nicht mitbekommen – zu entführen, nun selbst in ein kleines Spielchen verwickelt wurde, das Barbara zu ihrem eigenen Vergnügen veranstaltete. Vielleicht hielt er es aus diesem Grunde für würdevoller, den von ihm zuvor eingenommenen Imbiss zu verneinen, denn ich war ziemlich sicher, gesehen zu haben, wie er früher am Abend den Raum verließ, wo das Essen gereicht wurde. Ich konnte nicht umhin, mich darüber zu freuen, dass Barbara auch auf meiner Gesellschaft bestand; doch war ich mir gleichzeitig bewusst, dass selbst diese Freude ein Zeichen dafür war, dass ich mich inzwischen weniger ernsthaft für sie interessierte; Wochen vorher nämlich hätte ich in einer solchen Situation alle möglichen Qualen durchlitten. Widmerpool dagegen war keineswegs bereit, sofort nachzugeben; doch blieben seine Anstrengungen, Barbara für sich zu behalten, nur schwach und völlig wirkungslos.

»Aber sieh mal«, sagte er. »Du hast versprochen –«

»Kein Wort mehr.«

»Aber –«

»Kommt mit, alle drei.«

Sie wandte sich um und ging, Widmerpool fast mit sich zerrend, auf die Tür des Raumes zu, in dem das Essen gereicht wurde. Dort stieß sie heftig mit zwei würdevollen älteren Damen zusammen, die gerade heraustraten, und sagte nur: »Oh, Verzeihung«, ohne aber anzuhalten. Während ich an den Damen vorüberging, hörte ich, wie eine von ihnen, die noch den schwächeren Stoß abbekommen hatte, sagte: »Constance Gorings Tochter.« Sie versuchte offensichtlich, dieses Ungestüm mit Erbanlagen im Zusammenhang mit Barbaras Großvater zu erklären, wenn nicht zu entschuldigen. Ihrer älteren und schwächlicheren Begleiterin, die hart getroffen zu sein schien, bot diese historische, halbwissenschaftliche Interpretation von Barbaras gleichgültigem Betragen augenscheinlich wenig Trost. Sie gingen zusammen die Treppe hinauf, wobei die ältere der beiden immer noch ärgerlich vor sich hin murmelte, während Tompsitt und ich Barbara und Widmerpool zu einem der vielen Tische folgten, die mit blauen Hortensien in vergoldeten Körben geschmückt waren.

Der Raum war noch immer ziemlich voll von Menschen, aber wir fanden einen Platz in der Ecke unter einem Bild aus der Schule Murillos, auf dem Bauernjungen mit einem Kalb spielten. Am Nebentisch saß eine große Gesellschaft, die eine Menge Lärm machte. Zu ihr gehörte auch Pardoe, der gerade eine komplizierte Geschichte über etwas erzählte, das ihm – oder vielleicht einem Mit-Offizier – passiert war, als sie bei der Bank von England ›Wache hielten‹.

»Zuerst will ich mal Limonade«, sagte Barbara, die nie alkoholische Getränke anrührte, obwohl ihr Betragen oft das Gegenteil vermuten ließ.

Man konnte deutlich sehen, dass Widmerpool über den Verlust seines Tanzes empört war. Wie die Dinge lagen, schien dieser Ärger jedoch kaum berechtigt, denn zu diesem Zeitpunkt hatte das Orchester schon mehrere zusätzliche Stücke gespielt, so dass hinsichtlich der Nummerierung der Tänze Verwirrung bestand und es viele unangreifbare Entschuldigungsgründe für eventuelle Versehen gab; außerdem gehörte Barbara zu jenen Mädchen, von denen man erwarten musste, dass sie sich im Hinblick auf ihre Partner in einem Zustand dauernden Durcheinanders befanden. Solche Überlegungen schienen jedoch für Widmerpool, der schweigend dasaß, Speisen und Getränke ablehnte und finster dreinblickend ein Brötchen zerbröselte, nicht das geringste Gewicht zu haben. Barbara, die zu jeder Tages- und Nachtzeit über einen guten Appetit verfügte, bestellte Hummersalat. Tompsitt trank ein Glas Champagner, ein Glas »Witwe«, wie er sagte, und ich schloss mich ihm dabei an. Der Wein bewirkte, dass er uns einen Vortrag über Pferderennen hielt – ein Thema, von dem ich leider zu wenig wusste, um die sicherlich irrtümlichen Ansichten, die er vorbrachte, so kurz und bündig abzufertigen, wie ich es gewünscht hätte. Barbara begann dann einen Bericht über ihre eigenen Erfahrungen bei den Rennen in Ascot, die zwar nicht besonders interessant waren, doch wohl kaum den übellaunigen Starrblick rechtfertigten, mit dem Widmerpool sie fixierte, während sie eine Geschichte entfaltete, in der letzte Wettkurse vor dem Start des Gold-Cup-Rennens die Grundlage bildeten und die gleichzeitig die Frage behandelte, ob sie schließlich von ihrem Buchmacher betrogen worden war oder nicht.

Wie gewöhnlich sprach sie mit sehr lauter Stimme, so dass die Leute an den Nachbartischen das meiste von dem, was sie sagte, mitbekommen konnten. Als Folge davon, dass ihre Bemerkungen allgemein hörbar waren, wurde sie irgendwie in einen Streit mit Pardoe gezogen, der offensichtlich an der gleichen Gesellschaft in Ascot teilgenommen hatte wie sie. Obwohl Barbaras Stimme keineswegs durchdringende Qualitäten vermissen ließ und obwohl Pardoe, der sozusagen in einer Abfolge kräftiger Quiekser sprach, ohne Zweifel die Luft über den Exerzierplätzen der Wellington-Kaserne oder in Caterham mit seinem Gebrüll erfüllen konnte, gelang es ihnen nicht, bei ihren Versuchen, einander ihre jeweiligen Ansichten klarzumachen, ein gegenseitiges Einverständnis zu erzielen. Barbara sprang deshalb schließlich von ihrem Stuhl auf und sagte: »Ich gehe hinüber, um ihm zu sagen, was wirklich passiert ist.«

Direkt neben Pardoe war ein Platz frei, und es konnte kein Zweifel daran bestehen, dass sie, wenn sie ihn erreichen würde, den Rest ihrer Zeit in dem Essraum, vielleicht den Rest ihrer Zeit auf dem Ball, damit verbringen würde, mit Pardoe über

Wetten der Vergangenheit, der Gegenwart und der Zukunft zu diskutieren. Er nämlich hatte jede Bemühung aufgegeben, sich weiter mit dem Mädchen neben ihm zu unterhalten, das sich seinerseits auch inzwischen mit zwei oder drei jungen Männern in seiner Nähe gut amüsierte. Die Folge all dieser verschiedenen Umstände war, dass sich ein fraglos merkwürdiger Zwischenfall abspielte, der Widmerpool zu seiner zentralen Figur hatte – ein Zwischenfall, der wieder Erinnerungen an den Widmerpool, wie er in der Schule gewesen war, deutlich in mir wachrief. Diese Krisis, wie man wohl mit einigem Recht sagen kann, ereignete sich, weil Widmerpool selbst sofort eingesehen haben musste, dass, wenn Barbara in diesem Augenblick unseren Tisch verließ, sie ihm für den Rest der Zeit, die sie beide noch unter dem Dach der Huntercombes verbringen würden, verloren wäre. Das zumindest schien die einzig mögliche Erklärung dafür zu sein, dass er Barbara, gerade als sie aufstand, um uns zu verlassen, heftig am Handgelenk packte.

»Sieh mal, Barbara«, sagte er, und seine Stimme klang, als ob er wirkliche Schmerzen litte. »Du kannst mich nicht einfach so verlassen.«

Bestimmte Handlungen vollziehen sich auf eine so unerwartete Weise außerhalb des gewöhnlichen Verlaufs der Dinge, dass sie unsere normale Fähigkeit, Erstaunen zu empfinden, zu lähmen scheinen; und ich beobachtete, wie Widmerpool in der erwähnten Weise Barbara gewaltsam ergriff, ohne dass ich in demselben Augenblick, in dem das geschah, in jenen Zustand der Verblüffung versetzt wurde, den sein Verhalten später, beim Nachdenken darüber, schließlich bei mir hervorrief. Sein Tun bedeutete vor allem ein heftiges, unmittelbares Sichgeltendmachen seines Willens, das in keiner Weise mit dem Bild übereinstimmte, das ich mir damals von seinem Charakter machte; denn obwohl ich in ihm, wie ich schon sagte, nicht mehr genau jene unsichere, bedeutungslose Figur sah, die er gewesen zu sein schien, als wir beide noch auf der Schule waren, hatte sein Verhalten in Frankreich – selbst als eine unbestimmte verborgene Kraft in ihm zweifellos spürbar wurde – doch gleichermaßen vermuten lassen, dass er seine Ziele immer auf eine schwerfälligere, mühevollere Art zu erreichen versuchte.

Wie dem auch sei, er war immer vor körperlicher Berührung zurückgeschreckt. Ich erinnerte mich gut daran, wie Berthe, die Nichte von Madame Leroy, einmal in La Grenadière im Garten gestanden, auf den Fluss, der in der Ferne in der goldenen Glut des Abendlichtes leuchtete, gedeutet und ausgerufen hatte: *»Quel paysage féerique!«* Dabei hatte sie seinen Arm berührt. Widmerpool war augenblicklich heftig zusammengezuckt, fast so, als seien Berthes dicke Finger glühend heiß oder als hätten sich ihre spitzen Nägel in sein Fleisch gegraben. Das war mehrere Jahre zuvor gewesen, und es bestand kein Grund, dass er sich nicht auch in dieser Hinsicht, wie in gewissen Äußerlichkeiten, geändert haben sollte. Dennoch, es war völlig überraschend – und selbst in dem Licht der relativen Überwindung meiner Annahme, dass Barbara allein für mich bestimmt sei, vielleicht auch ein wenig irritierend – zu beobachten, wie er mit seinen stumpfen, knorrigen Fingern nach ihr griff. Tompsitt, der in diesem kritischen Augenblick gerade versuchte, ein weiteres Glas Champagner zu bekommen, nahm die Geste Widmerpools nicht wahr. Der ganze Greifvorgang hatte in der Tat nur den Bruchteil einer Sekunde gedauert, wobei Widmerpool Barbaras Handgelenk fast in dem gleichen Moment wieder losließ, in dem es von seinen Fingern umschlossen wurde.

Wäre Barbara in einer ruhigeren Stimmung gewesen, hätte sie wahrscheinlich, wie ich angesichts der mir ein wenig später gegebenen Information zu diesem Thema schließe, der Stärke und der offensichtlichen Ernsthaftigkeit von Widmerpools Gefühlen in diesem Augenblick mehr Aufmerksamkeit geschenkt. So aber sagte sie nur: »Warum bist du heute Abend so sauer? Ich muss dich mal etwas versüßen.«

Sie drehte sich zu dem Sideboard hin, das dicht neben unserem Tisch stand und auf das abgeräumte Teller, Schüsseln, Karaffen und Flaschen gestellt wurden, ehe man sie endgültig wegschaffte. Unter diesen Gegenständen befand sich ein enormer Zuckerstreuer, dessen Deckel einen schweren silbernen Schnabel bildete. Barbara muss plötzlich die Idee gekommen sein, ein paar Krümel dieses Zuckers über Widmerpool zu streuen – sozusagen als praktische Umsetzung ihrer Theorie, dass sie ihn »etwas versüßen« müsse –, denn sie griff nach diesem Gefäß und schüttelte es über ihm hin und her. Aus irgendeinem Grund, vielleicht weil es zu voll war, kam zunächst kein Zucker heraus. Barbara drehte dann den Streuer so, dass er senkrecht über Widmerpools Kopf schwebte wie das Schwert des Damokles über dem Tyrannen. Doch anders als die bloß drohende Ruhestellung jener ansonsten untätigen Waffe war in diesem Fall der Zustand der Schwebe nicht aufrechtzuerhalten, denn plötzlich und ohne die geringste Warnung löste sich der gewaltige Kopf des Streuers – so als sei er durch einen Schlag eines unsichtbaren Mechanismus abgetrennt worden – von seinem Unterteil und fiel schwer zu Boden, während sich der Zucker in einer dichten, alles bedeckenden Kaskade über Widmerpools Kopf ergoss.

Eher weil sie selbst überrascht war und nicht, um ihn noch zusätzlich zu quälen, beließ Barbara ihre Hand in dieser Stellung, bis sich der ganze Inhalt des Behälters, der sich im Nu entleerte, über seinen Kopf und seine Schultern verteilt hatte und ihn vollständiger mit Zucker bedeckte, als man das in einem so kurzen Zeitraum für möglich gehalten hätte. Widmerpool hatte sein ziemlich schütteres Haar großzügig mit einer Creme eingerieben, deren süßlicher Geruch, wie ich mich erinnerte, mir schon unangenehm gewesen war, als er sie in Frankreich benutzt hatte. An dieser Pomade nun blieben die Zuckerkörner haften und gaben ihm, wie sie so um seinen Schädel hingen, das Aussehen, als sei sein Haar durch einen Schock mit einem Schlag weiß geworden; und das mochte auch, nach dem wenigen zu urteilen, was man von seinem

Gesichtsausdruck sehen konnte, unter der glitzernden Kruste, die seinen Kopf und seine Schultern einhüllte, sehr wohl der Fall sein. Er hatte sich zur Seite gewunden, um der Sturzflut auszuweichen, und ein Strahl aus Zucker war in die Lücke zwischen Hals und Kragen eingedrungen, ein weiterer Guss schoss ihm zwischen Augen und Brille.

Barbara war ohne Zweifel über die Folgen dessen, was sie getan hatte, entsetzt; nicht, glaube ich, weil es ihr das Geringste ausmachte, Zucker über Widmerpool geschüttet zu haben – ein Vorfall, den man, wie bedauernswert er auch sein mochte, in diesem Augenblick mit dem besten Willen in der Welt schwerlich anders als lustig finden konnte. Es handelte sich hier jedoch um eine Art von Zwischenfall, die einem Mädchen einen schlechten Namen einbrachte. Der Ruf, man mache gern derbe Späße, hatte selbstverständlich nachteilige Folgen für Einladungen. Was alle anderen, die in unserer Nähe saßen, anging, so gab es unter ihnen eine Menge Gelächter. Selbst wenn einige der Leute, die lachten, Mitleid mit Widmerpool in seiner misslichen Lage haben mochten, so musste jeder doch einfach zugeben, dass es unbeschreiblich grotesk aussah. Der Zucker funkelte auf ihm wie Raureif, und wenn er sich bewegte, hörte man ein schwaches Rascheln, so als ob Schnee in einem winterlichen Wald sanft von den Blättern eines Baumes riesele.

Es war eine Situation, in der es jedem schwergefallen wäre, Würde und Haltung zu bewahren. Widmerpool versuchte nicht eigentlich, diese zwei Ideale zu erfüllen; in gewisser Hinsicht jedoch zeigte er – für einen aufmerksamen Beobachter – aber leichte Ansätze dieser Qualitäten. Seine Reaktion auf die Umstände war, auf ihre Art, besonders charakteristisch für ihn. Er stand auf, schüttelte sich wie ein Tier – wobei viele Personen in seiner unmittelbaren Nähe Zuckerkrümel abbekamen – und nahm, leicht, ja fast entschuldigend vor sich hin lächelnd, seine Brille ab und begann, die Gläser mit seinem Taschentuch zu reiben.

Zum zweiten Mal an diesem Abend fiel mir Stringhams Geschichte über Budd und die Banane wieder ein. Es musste, wie ich mir jetzt vorstellen konnte, gerade so ein Augenblick gewesen sein wie dieser. Ich erinnerte mich an den genauen Wortlaut von Stringhams Satz: »Weißt du, ein absolut sklavischer Blick erschien auf Widmerpools Gesicht.« Es gab keine bessere Beschreibung des Gesichtsausdrucks, mit dem er jetzt den Zucker von sich nach unten auf den Teppich schüttelte. Eine parallele Situation hatte sich wieder ergeben; und er zeigte genau die gleiche Hinnahme einer öffentlichen Demütigung, eine fast identische klare Befriedigung darüber, dass er vor jemandem kroch, den er bewunderte; denn dieses letzte Element wurde – wenn auch nur für einen Augenblick – offenbar, als er einen vorwurfsvollen Blick auf Barbara warf und dann wegsah. Diese Selbstaufopferung, falls das wirklich das richtige Wort ist, war bloß für einen so kurzen Bruchteil einer Sekunde bemerkbar, dass das, was diese sich sofort wandelnde Stimmung an Substanz besaß, nur von jemandem erfasst werden konnte, der, wie ich, bereits von dem Zwischenfall mit der Banane wusste; so dass Widmerpool, als er sich seinen Weg zwischen den Stühlen hindurch bahnte und eine Minute später durch die Tür des Speiseraums verschwand, den übrigen Anwesenden – vielleicht zu Recht – nur als ein Mann erschien, den eine fürchterliche Wut gepackt hatte.

Wie auch immer, die Reaktion trat ein, sobald er gegangen war. Plötzlich herrschte eine allgemeine Niedergeschlagenheit, ganz und gar jener vergleichbar, die, nach der Beschreibung Stringhams, Widmerpools frühere, anscheinend freudige Hinnahme des Treffers von Budds überreifer Frucht ausgelöst hatte. Diese fürchterliche Bedrückung schien jeden erfasst zu haben, der das Ereignis aus genügender Nähe beobachtet hatte, um sich mehr oder weniger in diese Angelegenheit hineingezogen zu fühlen. Was mich selbst anging, so konnte ich, seltsamerweise, dieses plötzliche Gefühl der Unbehaglichkeit, das wie ein Guss eiskalten Wassers wirkte, als meine augenblickliche

Einsicht identifizieren – die sich mir gleichzeitig und äußerst nachdrücklich in einer so objektiven Form vermittelte –, dass ich einen gewaltigen Fehler begangen hatte, als ich mich in Barbara verliebte. Bis zu diesem Augenblick schien es, dass sich unser Verhältnis – zumindest von meiner Seite her – ziemlich traurig, vielleicht nicht unwiderruflich, mit verzeihlich romantischer Melancholie langsam aufzulösen begann. Jetzt fühlte ich mit absoluter Sicherheit, dass Barbara, wenn sie so etwas hatte tun können, nicht für mich bestimmt war und es auch nie gewesen war. Dies mag eine pedantische oder feige Entscheidung gewesen sein. Zweifellos hatte es genügend Gelegenheiten gegeben, ähnliche Schlüsse aus weniger dramatischen Ereignissen zu ziehen. Sie war jedoch endgültig. Das Gefühl, das diese Entscheidung erzeugte, war schmerzlich, und es war völlig verschieden von den vergleichsweise angenehmen Empfindungen, an deren Stelle es trat.

Barbara selbst machte zunächst keine ernsthaften Anstrengungen, den von ihr angerichteten Schaden moralisch oder physisch wiedergutzumachen. Es war auch in der Tat nicht leicht zu sagen, was sie tun konnte. Dann ließ sie sich dazu herbei, den Deckel des Zuckerstreuers aufzuheben und, bevor sie sich wieder setzte, die obere und die untere Hälfte dieses Gegenstandes unvereinigt auf das Sideboard zurückzulegen.

»Es war wirklich nicht meine Schuld«, sagte sie. »Wie in aller Welt hätte ich wissen können, dass der Deckel dieses scheußlichen Stücks abfallen würde. Man sollte solche Dinge fest anschrauben, ehe man eine Gesellschaft gibt.«

Sie ließ den Plan fallen, sich neben Pardoe zu setzen, der noch rot im Gesicht war vor Lachen, und wechselte das Gesprächsthema. Statt über Pferderennen sprach sie jetzt von irgendwelchen guten Werken, mit denen sie, wie ich schon wusste, in unregelmäßigen Abständen in dem Londoner Vorort Bermondsey beschäftigt war. Es bestand nicht der geringste Grund, an der Wahrheit ihres Berichts zu zweifeln, dass sie einen großen Teil ihrer Zeit in dem Mädchenclub oder irgendeiner anderen Institution dort verbrachte; und auch nicht daran, wie beliebt sie bei denen war, die auf diese Weise in ihren Lebenskreis gerieten. Dennoch, dies schien nicht gerade der ideale Augenblick, von ihren philanthropischen Tätigkeiten zu erzählen. Barbara fühlte vielleicht selbst, dass sie den Stimmungswechsel zu rasch herbeigeführt hatte, denn sie sagte sehr bald: »Ich werde jetzt Tante Daisy erlösen. Es ist nicht fair zu verlangen, dass sie die ganze Nacht aufbleibt. Außerdem will Eleanor bestimmt schon seit Stunden nach Hause. Nein, nein, lasst es euch nicht einfallen, auch mitzukommen. Gute Nacht, ihr beiden, bis bald.«

Sie rannte davon, ehe Tompsitt oder ich auch nur aufstehen oder gute Nacht sagen konnte. Wir saßen noch einige Minuten zusammen, um unseren Wein auszutrinken, wobei Tompsitt ziemlich bitter vor sich hin lächelte: so als ob er die Antworten auf eine Menge von Fragen – und wichtigen zudem – wisse.

»Kennen Sie den Burschen, über den Barbara den Zucker geschüttet hat?«, fragte er schließlich.

»Wir waren zusammen auf der Schule.«

»Wie ist er so?«

»Etwa der Typ von Mann, über den Leute Zucker schütten.«

Tompsitt sah mich mit einem missbilligenden, fast verächtlichen Ausdruck an. Damals dachte ich, dass sich sein Blick auf Widmerpool bezog. Jetzt sehe ich, dass er fast sicher meiner Bemerkung galt, die Tompsitt – in gewisser Hinsicht zu Recht – für eine ganze unangemessene Antwort auf seine Frage gehalten haben muss. Wenn ich jetzt an dieses kurze Gespräch zurückdenke, dann bezweifle ich nicht, dass Tompsitt bereits gewisse Fähigkeiten in Widmerpool erkannt hatte, für die ich immer noch fast völlig blind war; und obwohl er Widmerpool vielleicht weder mochte noch bewunderte, war er sich dennoch einer gemeinsamen, sie verbindenden Haltung dem Leben gegenüber bewusst. Meine eigene Überzeugung, dass es ungerechtfertigt gewesen wäre, ihm die Anekdote über die Banane zu erzählen, da ich keine Sympathie für ihn empfand, aber Widmerpool, obwohl mich sein Betragen oft irritierte, eine gewisse Loyalität, ja sogar eine milde Zuneigung entgegenbrachte, verriet wahrscheinlich ein weit weniger instinktives und eher künstliches oder unwirkliches Einvernehmen zwischen zwei Menschen.

In der Tat ist das Ausmaß, in dem Menschen mit den gleichen Neigungen oft, ja fast immer, diese Vorlieben – Frauen, Geld, Macht oder wonach sie auch streben – in anderen wahrzunehmen vermögen, kaum zu überschätzen; wohingegen dieses Erkennen für jene, in denen solche Tendenzen weniger stark oder gar nicht entwickelt sind, ein Geheimnis bleibt. Entsprechend erschien mir Tompsitts Voreingenommenheit für Widmerpool und seine Gleichgültigkeit, ja Grobheit anderen gegenüber, die ich für offensichtlich geachtetere Persönlichkeiten hielt, als seltsam; aber das war hauptsächlich der Fall, weil ich damals noch nicht verstand, welche Grundlagen man benötigte, um Tompsitts Beifall zu erringen. Wie auch immer, es schien mir zu dieser Stunde wenig vorteilhaft, diese Frage weiterzuverfolgen, denn ich hatte mich schon entschlossen, so bald wie möglich nach Hause und ins Bett zu gehen. Auch Tompsitt hatte ohne Zweifel genug von dem Tête-à-Tête. Er stand, um genau zu sein, noch vor mir auf, und wir verließen zusammen das Zimmer und trennten uns, sobald wir durch die Tür getreten waren. Tompsitt schlenderte wieder die Treppe zum Ballsaal hinauf, während ich mich zur Garderobe begab. Eleanor kam quer durch die Halle auf mich zu.

»Ich hol mir gerade meinen Hut«, bemerkte sie, froh darüber, dass zumindest für sie ein Ball wieder einmal zu Ende war.

Ich gab meine Marke ab, und während ich auf meinen Hut wartete, tauchte Widmerpool aus den hinteren Bereichen des Hauses auf. Er und ohne Zweifel auch andere hatten seine Person und seine Kleidung einer gründlichen Reinigung unterzogen; der größte Teil des Zuckers war nun entfernt, doch einige wenige Krümel glitzerten noch immer am Knopfloch seines Seidenrevers. Er schien auch sein normales inneres Gleichgewicht –

wenn man das bei ihm so nennen konnte – wiedergefunden zu haben. Einer der Diener übergab ihm einen Klappzylinder, den er mit einem scharfen Knall öffnete und schräg aufsetzte, während wir zusammen die Eingangsstufen hinuntergingen. Die Nacht war ein wenig kühler, aber immer noch sehr mild.

»In welche Richtung gehst du?«, fragte er.

»Piccadilly.«

»Nimmst du ein Taxi?«

»Ich wollte eigentlich zu Fuß gehen.«

»Du scheinst in einer ziemlich teuren Gegend zu wohnen«, sagte Widmerpool und setzte wieder jene kritische Miene auf, an die ich mich von Frankreich her erinnerte.

»Am Shepherd's Market. Sehr billig, aber ziemlich laut.«

»Eine Wohnung?«

»Möblierte Zimmer – direkt neben einer Tag und Nacht geöffneten Großgarage und gegenüber einem Wohnblock, in dem fast ausschließlich Nutten wohnen.«

»Wie praktisch«, sagte Widmerpool, ziemlich unaufrichtig, wie ich vermutete.

»Eine von ihnen hat neulich nachts eine Lampe aus dem Fenster geworfen.«

»Ich gehe in Richtung Victoria«, sagte Widmerpool.

Er hatte augenscheinlich genug über ein Thema gehört, das man vielleicht mit gutem Grund für ein nicht besonders angenehmes halten konnte, denn die örtlichen Prostituierten waren rüpelhaft und aggressiv – völlig verschieden von der traurigen Schwesternschaft in unzähligen Romanen, deren Mitglieder durch Erzählungen von den Tagen ihrer Unschuld einsamen Männern Frieden schenken, die sich nur in solche kompromittierende Gesellschaft begeben haben, um ihr Herz zu erleichtern. Meine Nachbarinnen zankten und schrien die ganze Nacht hindurch, und wenn das Geschäft schlecht ging, scheuten sie sich auch nicht, nach Mitternacht an mein Parterrefenster zu klopfen.

»Die Wohnung meiner Mutter liegt in der Nähe des römisch-katholischen Doms«, fügte Widmerpool hinzu. »Später im Sommer vermieten wir sie gewöhnlich für ein oder zwei Monate, wenn wir einen Mieter finden können; und wir nehmen uns ein kleines Häuschen auf dem Lande. Im letzten Jahr hatten wir eins ganz nahe bei den Walpole-Wilsons in Hinton Hoo. Wir gehen im nächsten Monat wieder dorthin. Ich nehme dann meinen Urlaub, und wenn ich wieder arbeite, fahre ich jeden Tag rauf.«

Wir schlenderten in Richtung Grosvenor Place. Ich wusste nicht recht, ob ich ihm mein Mitgefühl wegen des Zwischenfalls mit dem Zucker aussprechen sollte oder nicht. Widmerpool schritt stramm dahin und atmete schwer, ein wenig so, als nehme er an einem Wettbewerb teil.

»Gehst du am Donnerstag zu den Whitneys?«, fragte er plötzlich.

»Nein.«

»Ich auch nicht.«

Er klang resigniert, vielleicht ein wenig erleichtert, dass er jemanden getroffen hatte, der auch nicht zu dem Ball der Whitneys eingeladen war.

»Wie steht es mit Mrs. Soundness? «

»Ich weiß nicht, warum, aber man hat mich nicht gebeten, zu dem Ball von Mrs. Soundness zu kommen«, sagte Widmerpool fast ärgerlich. »Vor nicht allzu langer Zeit war ich dort zum Abendessen eingeladen – ziemlich kurzfristig, gebe ich zu. Aber ich nehme an, ich sehe dich auf dem von Lady Bertha Drum und Mrs. Arthur Clinton.«

»Wahrscheinlich.«

»Vor dem Drum-Clinton-Ball diniere ich bei Lady Augusta Cutts«, sagte Widmerpool. »Man isst gut bei Lady Augusta. Aber ich bin verärgert – sogar ein wenig gekränkt – über Mrs. Soundness. Ich glaub nicht, dass ich während des Dinners irgendetwas getan oder gesagt habe, an dem man hätte Anstoß nehmen können.«

»Vielleicht ist die Karte in der Post verlorengegangen.«

»Um ehrlich zu sein«, sagte Widmerpool, »ich bin diese Bälle eigentlich sehr leid.«

Jeder sagte dauernd, dass ihn Bälle langweilten; besonders jene jungen Männer – Archie Gilbert bildete hier eine rühmliche Ausnahme –, die nie eine Einladung ablehnten und Nacht für Nacht bis zum bitteren Ende ausharrten. Solche Klagen ähnelten ein wenig denen von Leuten, die über die Unannehmlichkeiten murren, die sie erleiden müssen, weil andere sich in sie verliebt haben. Es lag natürlich nichts Außergewöhnliches darin, dass es bei Widmerpool, der offensichtlich schon seit mehreren Jahren Bälle besucht hatte, inzwischen Anzeichen der Ernüchterung gab, besonders angesichts seiner Erfahrung bei den Huntercombes; doch ließ die Art, wie er sprach, darauf schließen, dass er immer noch versessen darauf war, eingeladen zu werden. Diese Vorstellung von sich selbst als jemand, »der auf Bälle geht« – um seinen eigenen Ausdruck zu benutzen –, war mir ein Hinweis darauf (viele weitere waren noch notwendig, ehe ich die Lektion gelernt hatte), wie unzureichend man gewöhnlich eines anderen Einschätzung seiner eigenen Rolle im Leben erfasst. Widmerpools Anwesenheit im Hause der Walpole-Wilsons deutete ich – wohl unentschuldbar – zuerst als einen weiteren Beweis für die unüberwindlichen Schwierigkeiten, denen sich die Gastgeberinnen auf ihrer nimmermüden Suche nach jungen Männern um fast jeden Preis gegenübersahen. Es war mir nie eingefallen, dass Widmerpool, wenn er in La Grenadière über die Londoner Bälle gesprochen hatte, sich selbst zu den Stützen dieses Systems zählte.

»Du musst mich mal im Finanzviertel besuchen; wir gehen dann zusammen essen«, sagte er. »Hast du dein Büro in dieser Gegend?«

Da ich es für unwahrscheinlich hielt, dass er mich anrufen würde, gab ich ihm meine Telefonnummer und erklärte ihm, dass meine Arbeitsstelle nicht im Finanzviertel liege. Er stellte einige allgemeine Fragen über meine Firma, deren Zweck er nicht besonders zu billigen schien.

»Wer genau kauft ›Kunstbücher‹?«

Seine Fragen wurden konkreter, als ich ihm einen Bericht über diese Seite des Verlagswesens und meine Rolle darin gab. Nach weiteren Erklärungen sagte er: »Das klingt mir nicht nach einer sehr seriösen Tätigkeit.«

»Warum nicht?«

»Ich sehe keine Entwicklungsmöglichkeiten.«

»Wohin sollte sie sich entwickeln?«

»Du solltest dich nach etwas Aussichtsreicherem umsehen. Dem, was du sagst, entnehme ich, dass du nicht einmal eine feste Arbeitszeit hast.«

»Das ist der große Vorteil der Stelle.«

Widmerpool schüttelte den Kopf und schwieg eine Zeitlang. Ich nahm an, dass er über meine Angelegenheiten nachdachte – dass er einen Weg zu finden versuchte, wie meine tägliche Beschäftigung in ehrgeizigere Bahnen geleitet werden könnte –, und ich war dankbar, ja ein wenig gerührt über ein solches Interesse. Es zeigte sich jedoch, dass er entweder die Gedanken über meine Zukunft zeitweilig aufgegeben hatte, als er wieder sprach, oder dass ihn dieser Gedankengang irgendwie auf seine eigenen Probleme zurückgeführt haben musste, denn seine Worte kamen ganz unerwartet:

»Um die Wahrheit zu sagen«, sagte er, »ich war bestürzt, sehr bestürzt über das, was heute Abend passiert ist.«

»Das war dumm von Barbara.«

»Das war mehr als dumm«, sagte Widmerpool mit ungewöhnlichem Nachdruck und erhöhter Stimme. »Es war grausam, so etwas zu tun. Ich werde sie nicht wiedersehen.«

»Ich würde das nicht allzu ernst nehmen.«

»Ich werde es ganz sicher ernst nehmen. Du kennst wahrscheinlich die Zusammenhänge nicht.«

»Welche Zusammenhänge?«

»Ich hab dir, glaube ich, vor dem Abendessen bei den Walpole-Wilsons erzählt, dass Barbara und ich auf dem Lande enge Nachbarn waren. Sie weiß sehr wohl, was ich für sie empfinde, selbst wenn ich es vielleicht nicht deutlich zum Ausdruck gebracht habe. Natürlich sehe ich jetzt ein, dass es falsch war, sie so anzufassen.«

Diese Enthüllung war mir sehr peinlich, und zwar sowohl, weil sie ganz unerwartet kam, als auch angesichts meiner eigenen Gefühle, oder wenigstens: früheren Gefühle, für Barbara. Zu diesem Zeitpunkt meines Lebens gingen alle möglichen Dinge um mich herum vor, die erst später bestimmte Bedeutungen oder Strukturen annahmen. So unterhielten einige Leute Liebesbeziehungen in aller Öffentlichkeit, die oft schnell wieder vergessen waren, während andere sich verliebten, ohne dass irgendjemand, gelegentlich nicht einmal der Gegenstand ihrer Liebe selbst, von diesen verborgenen Zuneigungen wusste oder sich darum kümmerte. Manchmal konnten die Folgen solcher unterdrückten Gefühle erst nach Jahren, wenn überhaupt, richtig abgeschätzt werden; und weit öfter blieben sie natürlich völlig unbekannt. Im Falle Widmerpools zum Beispiel hatte ich keine Ahnung und konnte, glaube ich, auch gar keine Ahnung haben, dass er während der ganzen Zeit in Barbara verliebt war, in der ich selbst sie angebetet hatte. Zudem dachte ich damals, wie ich schon andeutete, dass Menschen, die wie Widmerpool aussahen und sich wie er betrugen, eigentlich kein Recht hätten, sich überhaupt zu verlieben, vom Erfolg bei Mädchen, und gar noch bei einem Mädchen wie Barbara, ganz abgesehen – ein Standpunkt, den ich dann später generell revidieren musste, und manchmal unter sehr schmerzlichen Umständen. Durch dieses Unvermögen, Widmerpools Leidenschaft zu erkennen, war natürlich mein Verständnis für sein Verhalten, als er an dem Tisch in dem Speiseraum nur wegen des Verlusts eines Tanzes so gereizt erschien, beeinträchtigt gewesen. Ich konnte mir jetzt vorstellen, dass er, während wir dort saßen, Höllenqualen gelitten haben musste.

»Natürlich ist mir bewusst, dass die Gorings eine Familie von gewissem Rang sind«, sagte Widmerpool, »aber ohne das

Geld der Gwatkins wären sie nie in der Lage, Pembringham Woodhouse so zu unterhalten, wie sie es tun.«

»Was hat es mit dem Geld der Gwatkins auf sich?«

»Gwatkin war der Familienname von Lord Aberavon. Seine Peerswürde war eine der letzten, die Königin Victoria verliehen hat. Ursprünglich waren die Gwatkins guter, solider Landadel, glaube ich. Und natürlich haben die Gorings seit ihrem Vorfahren aus dem achtzehnten Jahrhundert keinen Staatsmann ersten Ranges mehr hervorgebracht – und der ist völlig vergessen. Wie du wahrscheinlich weißt, besteht nicht die geringste Verbindung zu den Baronets gleichen Namens.«

Er legte diese erläuternden Fakten dar, als böte die Geschichte der Gorings und der Gwatkins in gewisser Weise einen Schlüssel zu seinem Problem.

»Und was ist mit Barbaras Vater?«

»Als junger Mann schien er eine glänzende Zukunft im Oberhaus vor sich zu haben«, sagte Widmerpool. »Aber in dieser Kammer ist es in den letzten Jahren zunehmend schwieriger geworden, Karriereaussichten zu verwirklichen. Er hat dort, so sagte man mir, eine Menge nützlicher Arbeit in Ausschüssen geleistet, hat aber nie ein Regierungsamt bekommen und ist dann in politische Bedeutungslosigkeit versunken. Es ist eben so, wie ich Sir Horrocks Rusby, den Königlichen Rat, neulich bei einem Abendessen sagen hörte: ›Es hat keinen Sinn, nützlich zu sein, wenn man es nicht erreicht, dafür auch Anerkennung zu finden.‹ Sir Horrocks fügte hinzu, dieser Grundsatz sei eine natürliche Folge der Maxime, dass der Anschein der Sünde ebenso schlimm ist wie die Sünde selbst. Andererseits ist der landwirtschaftliche Betrieb in Pembringham einer der modernsten des Landes, und das ist überall bekannt.«

»Wolltest du Barbara einen Heiratsantrag machen?«

»Glaubst du etwa, ich hätte das nötige Geld, um zu heiraten?«, sagte er heftig. »Das ist es doch, warum ich dir das alles erzähle.«

Er sprach, als müsse schon jeder mit seiner misslichen Gefühlslage vertraut sein, ja, als ob es nicht nur unachtsam, sondern auch ziemlich herzlos von mir sei, nicht die Hintergründe seiner vorhergehenden schlechten Stimmung erfasst zu haben. Durch eine seltsame Verdrehung unserer jeweiligen Position – ein Trick, der mir noch von unserer gemeinsamen Zeit bei den Leroys her im Gedächtnis war – gelang es ihm auf diese Weise auch, den Eindruck zu erwecken, dass ich hinsichtlich seiner privaten Angelegenheiten sowohl gleichgültig als auch unnötig neugierig sei. Diese Seiten seiner plötzlichen Enthüllungen über sich selbst und Barbara sah ich allerdings erst, als ich am folgenden Tag über die Dinge nachdachte. In diesem Moment dagegen war ich nicht einmal besonders überrascht über die erstaunliche Tatsache, dass Widmerpool sich plötzlich entschieden hatte, jemandem sein Herz über eine Liebesangelegenheit auszuschütten, dessen Beziehungen zu ihm weder die eines intimen Freundes waren noch jene genügend große Distanz besaßen, die die ›von Mann zu Mann‹ gemachten Mitteilungen von Vertraulichkeiten rechtfertigt, die man bei völlig Fremden erlebt, die ihre Lebensgeschichte in einem Eisenbahnabteil oder in einer Kneipe vor uns ausbreiten. Was mich jedoch zu diesem Zeitpunkt hauptsächlich beeindruckte, war die Tatsache, dass Widmerpool so genau mein eigenes, erst kürzlich überwundenes Dilemma beschrieben hatte: ein Problem, zu dem es vorher keine Lösung zu geben schien, von dem ich aber jetzt ebenso abrupt und vollständig befreit worden war, wie sich seine schwere Bürde Monate zuvor so geheimnisvoll auf mich gelegt hatte.

Inzwischen hatten wir den Grosvenor Place erreicht, in Höhe des Triumphbogens, auf dem sich die Pferde der Quadriga, wie ein gewaltiger Briefbeschwerer oder Kopfschmuck einer Empire-Uhr, vor einem Himmel aus Indigo und Silber verzweifelt dem Abgrund entgegenbäumten. Hier trennten sich unsere Wege. Es lag mir auf der Zunge, etwas über meine eigene Position Barbara gegenüber zu sagen, denn es fällt einem immer schwer, jemanden von seinen Liebesqualen reden zu hören, ohne selbst Ansprüche auf ähnliche Erfahrungen vorzubringen – besonders wenn es sich dabei um dieselbe Frau handelt. Ob irgendwelche Vertraulichkeiten dieser Art – seien sie nun ratsam oder nicht – schließlich zwischen uns ausgetauscht worden wären, ist schwer zu sagen. Wahrscheinlich hätte sich alles, was ich zu dem Thema beitragen konnte, für Widmerpool in seiner damaligen Stimmung als fast bedeutungslos oder, bestenfalls, als bloß lästig erwiesen. Das ist meine Auffassung angesichts meiner späteren Erfahrungen mit ihm. Wie dem auch sei, an diesem Punkt unseres gemeinsamen Weges vollzog sich eine jener seltsamen Veränderungen in den Umständen unseres Verhältnisses zueinander, die, wissenschaftlich gesprochen, fast damit zu vergleichen sind, dass in einem Labor eine chemische Substanz einer anderen hinzugefügt wird, wodurch sich die ganze Natur des Experiments verändert und sich vielleicht sogar eine Explosion ergibt.

Wir hatten einige Minuten lang am Rand des Bürgersteigs gestanden. Widmerpool war ohne Zweifel im Begriff, sich zu verabschieden, denn er trat einen plötzlichen Schritt zurück. Wie so viele seiner Bewegungen führte er auch diese linkisch aus, so dass er sich zwei Personen, die Seite an Seite in Richtung Hyde Park Corner gingen, in den Weg warf. Ja, es kam zu einem kleineren, aber heftigen Zusammenstoß, bei dem sich die andere Seite sofort als ein vergleichsweise älterer, ungewöhnlich großer Mann und eine kleine Frau oder ein Mädchen herausstellte. Widmerpool hatte die letztere offensichtlich hart getroffen, denn sie rief in einer heiseren Stimme aus: »He, Sie, können Sie nicht verdammt noch mal aufpassen, wo Sie hintreten!«

Die Art, in der sie diese Frage hervorstieß, war so aggressiv, dass ich zuerst dachte, die beiden seien wahrscheinlich betrunken – eine Vermutung, zu der auch, völlig unlogisch, der Unterschied in ihrer Größe irgendwie beitrug. Widmerpool begann sich zu entschuldigen, und der Mann antwortete sofort in einer tiefen Stimme: »Nein, nein. Natürlich war das ein

Versehen. Gypsy, ich hab dir schon mal gesagt, dass du dich zusammennehmen sollst, wenn du mit mir aus bist. Ich dulde keine unnötigen Grobheiten.«

Seine Worte hatten einen merkwürdig vertrauten Klang. Er war grauhaarig und ohne Hut und trug einen dicken Packen von Zeitungen oder ähnlichem unter seinem linken Arm. Seine Stimme erweckte Erinnerungen an längst vergangene Zeiten. Ihr Ton war befrachtet mit vergessenen Assoziationen der Kindheit, mit jenen seltsamen, angstvollen Widerklängen, auf denen ein Gefühl der Beschränkung und Beklemmung lastet. Dennoch umgab den Fremden gleichzeitig etwas, das zur unmittelbaren Gegenwart zu gehören schien; etwas, das mir den Eindruck gab, es hätte eine Sache, die mit ihm zusammenhing, sogar bereits im Verlaufe dieses Abends meine Aufmerksamkeit erregt. Ebenso aber vermittelte mir seine Gegenwart auch die momentane und schwindelerregende Empfindung, ›im Ausland‹ zu sein, und dieser letzte Eindruck nahm plötzlich die Gestalt eines weit zurückliegenden Besuches in Frankreich an. Es war die gleiche ungeordnete Palette von Bildern und Klängen, die »Kyros als Knabe« in mir wachgerufen hatte, als ich es zum ersten Mal bei den Walpole-Wilsons sah. Ich warf einen weiteren Blick auf das ergraute Haar und erkannte es als das von Mr. Deacon, den ich zuletzt viele Jahre zuvor an jenem Tag im Louvre inmitten der Peruginos gesehen hatte.

Er hatte sich kaum verändert, außer dass jetzt etwas Wilderes, sogar etwas Bedrohliches in seiner Erscheinung lag – eine Verkörperung von König Lear auf der Heide oder von Petrus dem Eremiten, wie er auf Historienbildern des neunzehnten Jahrhunderts zum Kreuzzug auffordert. Die über schwarzen Socken getragenen Sandalen gaben seinen Beinen einen Hauch mittelalterlicher Authentizität. An die erstere Rolle erinnerte er zudem wegen des unbestreitbar jungenhaften Äußeren seiner Gefährtin, die ihr Haar kurz, oder besser gesagt: in einem äußerst schludrig frisierten, damals als ›Eton-Kurzschnitt‹ bekannten Stil trug. Diese junge Frau hätte, was ihr Aussehen anging, auf der Bühne leicht als der Begleiter des alten Königs durchgehen können, denn sie schien, obwohl sie weit angriffslustiger war als der Narr, wegen der Kürze ihres Rocks und ihrer bloßen Knie mit einem Kittel oder einer Tunika von der Art bekleidet, in der diese Rolle manchmal gespielt wird.

Wenn ich an diese Begegnung am Grosvenor Place zurückdenke, so erscheint mir mein Versuch, mich Mr. Deacon unter solchen Umständen wieder bekannt zu machen, als seltsam, ja sogar als verwegen. Und die Tatsache, dass er fast sofort erfasste, wer ich war, kommt mir noch erstaunlicher vor. Es war dies eine Situation, die Mr. Deacons gesellschaftlicher Gewandtheit zweifellos mehr Ehre machte als meiner eigenen, denn ich war noch zu jung, um mir mehr als verschwommen bewusst zu sein, dass es Augenblicke gibt, in denen eine gegenseitige Bekanntschaft besser unbeachtet bleibt. Wenn zum Beispiel ein weißhaariger Herr nach Mitternacht in der Gesellschaft einer jungen Frau, die reichlich vom Lippenstift Gebrauch gemacht hat und ihre Strümpfe über die Knie heruntergerollt trägt, durch die Straßen wandert, so kann sich das leicht als eine Lage erweisen, in der man frühere Begegnungen in untadeliger Umgebung wohl, ohne Anstoß zu erregen, taktvoll übergehen könnte; doch lag, wie sich dann herausstellte, in diesem Augenblick nicht der Hauch eines Skandals über den beiden.

»Ich habe heute in einem Haus zu Abend gegessen, in dem eines Ihrer Bilder hängt«, sagte ich ihm, nachdem ich seine Erkundigungen über meine Familie beantwortet hatte.

»Du meine Güte«, sagte Mr. Deacon, »welches?«

»Kyros als Knabe.«

»Gehörte das nicht Aberavon? Ich dachte, der sei schon seit zwanzig Jahren tot.«

»Eine seiner Töchter heißt jetzt Lady Walpole-Wilson. Das Bild hängt in ihrem Haus am Eaton Square.«

»Nun, ich freue mich, dass ich weiß, wo es sich befindet«, sagte Mr. Deacon. »Ich war immer so frei, mir einzubilden, es sei eine ziemlich gelungene Arbeit von mir, innerhalb der

Grenzen der Größe einer Leinwand. Es ist ungewöhnlich, dass Leute dieser Art viel Kunstverständnis haben. Aberavon war die Ausnahme. Der hatte Augen im Kopf. Ich vermute, seine Nachfahren haben es an irgendeiner ganz unpassenden Stelle aufgehängt.«

Ich hielt es für klüger, keine weiteren Einzelheiten darüber zu geben, wo »Kyros als Knabe« jetzt hing. Hoch an der Wand in der Eingangshalle war ein Platz, den selbst der bescheidenste Maler kaum als schmeichelhaft empfinden konnte; doch beeindruckte mich der Scharfsinn, mit dem Mr. Deacon das Schicksal des Bildes erahnt hatte. Es ist in der Tat seltsam, wie oft Menschen, die in anderer Hinsicht ein ganz subjektiv befangenes Leben führen, bei einer Angelegenheit, die sie besonders betrifft, plötzlich ganz sachlich und unpersönlich werden können. Wie dem auch sei, eine Antwort war nicht notwendig, weil sich Widmerpool in diesem Augenblick in unser Gespräch mischte.

Zuerst, nach einer Art Entschuldigung für seine frühere Ungeschicklichkeit, hatte er nur dagestanden und Mr. Deacon und das Mädchen angestarrt, als seien sie Ausstellungsstücke in einem Kuriositätenkabinett – denen sie, wie man kaum zu weit gehen kann zu sagen, auch ein wenig ähnelten –, aber jetzt sah er sich wohl veranlasst, bestimmte Dinge zu erörtern, die durch Mr. Deacons Bemerkungen aufgeworfen worden waren. Unmittelbar nach meiner plötzlichen Geste des Wiedererkennens hatte ich geglaubt, dass Widmerpool, besonders in seiner gegenwärtigen Stimmung, wohl kaum Geschmack an dieser Gesellschaft finden würde. Ja, ich konnte nicht verstehen, warum er sich nicht sofort auf den Heimweg machte und uns in Ruhe unser Wiedersehen zu Ende bringen ließ – eine Pflicht, die mein, vielleicht unangebrachter, Eifer Mr. Deacon und mir auferlegt hatte. Zu meinem Erstaunen sagte Widmerpool jetzt plötzlich: »Ich glaube, Sie würden, wenn Sie ihr begegneten, feststellen, dass Lady Walpole-Wilson ein großes Kunstverständnis besitzt. Erst heute Abend sprach sie mit mir über die

Akademie – im Zusammenhang mit der Frage des Standbilds für Haig –, und ihre Bemerkungen waren eine Erleuchtung.«

Mr. Deacon war entzückt über diese freimütige Bekundung einer Meinung. Es gab natürlich keinen Grund anzunehmen, dass er schon irgendetwas über Widmerpool wusste, den er, wie ich bald entdecken sollte, in seiner vorgefassten Meinung und nach seinen eigenen Worten für einen ›typischen hohlköpfigen jungen Mann‹ hielt, der ›mehr Geld hat, als gut für ihn ist‹ und der jetzt einem älteren Mann und Maler erzählen will, ›wo es auf dem Gebiet der Kunst lang geht‹. Es handelte sich hier in der Tat um eine Situation, wie sie Mr. Deacon sein ganzes Leben lang Vergnügen bereitete; und was immer an Bedeutung er auch erlangte, schuldete er zu einem großen Teil seiner Gewohnheit, in einer anmaßenden und sarkastischen, ja manchmal beleidigenden Weise mit jener Kaste zu sprechen, die er in ihrer Gesamtheit als Leute beschrieb, ›die mehr Geld haben, als gut für sie ist‹. Er betrachtete sich selbst als auserwählte Geißel all dieser Menschen und hatte Widmerpool augenblicklich zu ihnen gezählt. Der Fehler war unter den gegebenen Umständen vielleicht unvermeidlich. Um Mr. Deacon Gerechtigkeit widerfahren zu lassen, sollte hinzugefügt werden, dass solche Attacken von den Opfern selbst – das wurde auch von Barnby bestätigt – fast ohne Ausnahme als in eklektischer Manier schmeichelhaft hingenommen wurden, so dass sie keinen Schaden anrichteten. Es entwickelte sich sogar Gutes aus ihnen – wenn man den Verkauf von Mr. Deacons Bildern als etwas Derartiges bezeichnen kann.

»Sollte ich je die Ehre haben, mit dieser Lady bekannt gemacht zu werden«, sagte Mr. Deacon mit einer Spur von Theatralik, »werde ich mich darauf freuen, mit ihr über jene *interessante* Institution, die Royal Academy of Arts, ein Gespräch zu führen. Was täte ich ohne dieses Thema, wenn ich ein Bedürfnis nach Heiterkeit verspüre! Ich vermute, Isbister, das Mitglied der Akademie, steht bei ihr in besonderer Gunst.«

»Ich habe sie nie seinen Namen erwähnen hören«, sagte

Widmerpool, ohne seine Ernsthaftigkeit im Geringsten aufzugeben. »Aber ich für meinen Teil war sehr angetan von Isbisters Porträt Kardinal Whelans in der Ausstellung im Burlington House im letzten Jahr. Ich fand es besser als das der – war es die Frau des Generalstaatsanwalts?, das so sehr gelobt wurde.«

Es zeugte von einer ziemlich bemerkenswerten Willensanstrengung seitens Widmerpools, dessen Interesse an solchen Dingen nicht sehr tief ging, diese beiden Beispiele spontan anführen zu können; und es ist nicht zu sagen, in welche unentwirrbaren Verwicklungen dieses Thema die beiden noch geführt hätte, wenn ihr Gespräch nicht glücklicherweise durch das Mädchen unterbrochen worden wäre, das jetzt sagte: »Sollen wir die ganze Nacht hier herumstehen? Mir tun die Füße weh.«

»Aber wie schändlich von mir«, sagte Mr. Deacon mit all seiner vorherigen Förmlichkeit. »Ich habe Sie noch gar nicht einander vorgestellt. Dies ist Miss Gypsy Jones. Vielleicht kennen Sie sich schon. Sie kommt viel herum.«

Ich nannte darauf Widmerpools Namen, und Miss Jones nickte uns ohne besondere Freundlichkeit zu. Ihr Gesicht war blass und von einem fast absurd unverschämten Ausdruck geprägt – teilweise das natürliche Ergebnis des Schnitts ihrer Züge, aber auch, wie fast augenblicklich offenbar wurde, in einem noch weit größeren Maße das Produkt ihres Temperaments. Sie sah aus wie ein völlig bösartiger Laufjunge. Auf ihrer Stirn hatte sie einen Schmutzfleck von Kohlenstaub oder Lampenruß, dunkler und intensiver als der Fleck auf Tompsitts Frackhemd, doch sonst mit diesem vergleichbar. Es schien, als sei er mit Absicht dort hingemacht worden, als Gegengewicht zu dem kräftigen Rot ihres Mundes. Wie Mr. Deacon trug sie einen Packen Zeitungen unter ihrem Arm, wodurch sie irgendwie an eines jener Insekten erinnerte, die Lasten tragen, die so groß sind wie ihre eigene winzige Gestalt oder sogar noch größer.

»Sie müssen sich fragen, warum wir zu so später Stunde auf

unserem Weg nach Hause sind«, sagte Mr. Deacon. »Wir haben auf unsere armselige Weise versucht, an der Victoria Station das Anliegen der Abrüstung zu unterstützen.«

Ich hatte mir eigentlich noch keine Gedanken darüber gemacht, welche Absichten Mr. Deacon an diesem Abend verfolgte – man beginnt sich ja erst später im Leben für die Tätigkeiten anderer Leute zu interessieren –, und sie wurden mir auch nicht unmittelbar dadurch deutlich, dass Gypsy Jones eine Art Flugblatt aus dem Bündel unter ihrem Arm herauszog und Widmerpool hinhielt.

»Kostet 'n Penny, ›Krieg zahlt sich niemals aus!‹«, sagte sie.

Mit einer fast genauen Nachahmung der verstohlenen Gesten, mit denen Lady Walpole-Wilson in dem Taxi Archie Gilbert Geld aufgedrängt hatte, fummelte Widmerpool nun in seiner Hosentasche herum und händigte ihr dann schließlich die Münze aus. Sie übergab ihm daraufhin das Blatt, das er, ohne einen Blick darauf zu werfen, zusammenfaltete und in einer inneren Tasche auf seiner Hüfte oder in seinen Frackschößen verschwinden ließ. Da ich kaum wusste, was ich zu den Aktivitäten, die Mr. Deacon und seine Gefährtin entfalteten, sagen sollte, erkundigte ich mich, ob der späte Abend die beste Zeit sei, diese Publikation an den Mann zu bringen.

»Es gibt dort das Depot«, sagte Mr. Deacon, »und dann kommen noch einige späte Züge vom Festland. Das ist kein allzu schlechter Standort, wissen Sie.«

»Und jetzt sind Sie auf dem Weg nach Hause?«

»Wir beschlossen, an dem Stand am Hyde Park Corner noch eine Tasse Kaffee zu trinken«, sagte Mr. Deacon, und unter dem Ausstoßen von Lauten, die man nur als dunkles Kichern bezeichnen kann, fügte er hinzu: »Ich hatte das Gefühl, in der Begleitung von Gypsy könnte ich mich wohl dorthin wagen. Kaffee kann sehr wohltuend sein zu dieser Stunde. Warum leisten Sie uns nicht auf eine Tasse Gesellschaft?«

Während er sprach, fuhr auf der anderen Straßenseite ein Taxi nahe am Bürgersteig entlang. Widmerpool starrte immer noch ziemlich wild auf Gypsy Jones. Er betrachtete sie scheinbar so, wie ein Arzt, der einen bösartigen Tumor vermutet, wohl den kranken Organismus unter dem Mikroskop untersucht; allerdings entdeckte ich später, dass eine solche Analyse seines Verhaltens weit entfernt davon war, die richtige zu sein. Da ich dachte, dass ihn eine physische Entfernung vielleicht aus seiner von mir vermuteten üblen Lage befreien würde, fragte ich ihn, ob er das vorbeifahrende Taxi herbeiwinken wolle. Er warf einen unsicheren Blick über die Straße. Eine Sekunde lang schien er ernsthaft zu erwägen, das Taxi zu nehmen, kam aber dann schließlich zu einer Entscheidung, die wichtig für ihn war.

»Ich werde euch beim Kaffee Gesellschaft leisten, wenn ich darf«, sagte er. »Ich habe darüber nachgedacht, Kaffee ist genau das, was ich jetzt brauche.«

Dieser Entschluss kam, gelinde gesagt, unerwartet. Wenn er jedoch die Nacht in solcher Gesellschaft verlängern wollte, war diese Absicht, so meinte ich, seine eigene Angelegenheit. Ich selbst war keineswegs abgeneigt, mehr über jemanden wie Mr. Deacon herauszufinden, der als eine geheimnisvolle Gestalt in meiner Erinnerung fortgelebt hatte – wie das mit allen Personen der Fall ist, über die Erwachsene in Gegenwart von Kindern sprechen.

Wir machten uns gemeinsam auf den Weg den Hügel hinauf, alle vier nebeneinander; Widmerpool und Gypsy Jones bildeten die Flanken. Auf der anderen Seite der Straße kam der Kaffeestand in Sicht, um den auch jetzt noch die scharlachroten Uniformröcke und die weißen Ausstattungen einiger Gardesoldaten aufleuchteten wie die glänzenden Flügel von Motten, die durch eine Flamme aus ihren nächtlichen Schatten gelockt worden sind. Vom Park her stieg der schwere Duft einer Londoner Sommernacht auf. Auch hier war das ferne Hämmern von Tanzkapellen zu hören. Wir überquerten die Straße an der Insel und gesellten uns zu der Traube von Menschen um den Stand. An einer Seite übte ein älterer Mann im Smoking, so als ob er sich die Zeit vertriebe, während er auf eine sich verspätende Freundin wartete, sehr langsam den Charleston, wobei er sein Gewicht immer von einem seiner Lackschuhe auf den anderen verlagerte, während er seine Fingerspitzen zierlich in seinen Jackentaschen hielt. Mr. Deacon warf ihm einen missbilligenden Blick zu, erwiderte aber, wenn auch ohne Wärme, den grinsenden Gruß eines jungen Mannes in einem hellgrünen Anzug, dessen schreiende Farbe noch durch das unregelmäßig gefärbte rotbraune Haar besonders betont wurde. Dies war vielleicht nicht gerade eine Lokalität, die man wählen würde, um Widmerpool nach seinem unglücklichen Erlebnis mit Barbara und dem Zucker zu trösten. Dennoch schien er an dem hinteren Ende der kleinen Theke ein Gesprächsthema gefunden zu haben, über das er sich mit Gypsy Jones unterhalten konnte – Aspekte des Problems um das Standbild für Haig vielleicht oder die Vorzüge von Isbisters Porträtmalerei –, und beide schienen ganz zufrieden. Mr. Deacon begann mir zu erklären, wieso das gegenwärtige Paris für seinen Geschmack »insgesamt zu turbulent« geworden sei.

»Das linke Ufer war in Ordnung, als ich Sie und Ihre Familie im Louvre traf«, sagte er. »Fand damals nicht gerade die Friedenskonferenz statt? In jenen Tagen habe ich mich nicht sehr für diese Dinge interessiert. Jetzt weiß ich es besser. Die Wahrheit ist, man wird mit zu vielen Leuten zu vertraut, wenn man zu lange in Montparnasse lebt. Ich bin nach England zurückgekommen, weil ich ein wenig Ruhe brauche. Außerdem, die Franzosen können auf ihre besondere Art sehr neugierig und lästig sein.«

Das Verteilen von »Krieg zahlt sich niemals aus!« um Mitternacht in der Gesellschaft von Gypsy Jones schien mir, auf den ersten Blick, eine sehr eigenwillige Art zu sein, Ruhe zu suchen; aber da ich nichts über das von Mr. Deacon aufgegebene Leben wusste, zu dem diese Tätigkeit die Alternative bildete, konnte ich das Ausmaß der Unterschiede und der möglicherweise geringeren Verführung unmöglich abschätzen. Vom konventionellen Standpunkt aus betrachtet, machte Mr. Deacon den Eindruck, dass es mit ihm seit der Zeit bergab gegangen war, als er regelmäßig meine Eltern besuchte, die er, von dem Ausdruck seiner frommen Hoffnung, dass es ihnen beiden gesundheitlich gutgehe, abgesehen, fast gar nicht erwähnte. Es stellte sich heraus, dass er jetzt in der Nachbarschaft der Charlotte Street einen Antiquitätenladen betrieb. Er drängte mich, bei der nächsten Gelegenheit mal dort ›hereinzuschauen‹, und schrieb mir die Adresse auf die Rückseite eines Briefumschlags. Obwohl sein Gebaren nahelegte, dass er irdischen Gütern ziemlich fernstand, sprach Mr. Deacon doch mit einer, wie es sich wenigstens anhörte, Menge gesunden Menschenverstands über das Geschäft mit Antiquitäten, die in dem Laden verbrachten Stunden, die auf das Einkaufen verwendete Zeit, Schließungsvereinbarungen und ähnliche materielle Dinge. Ich wusste nicht, in welcher finanziellen Situation er sich befand, aber das Geschäft warf offensichtlich für den Augenblick einen angemessenen Lebensunterhalt ab.

»Es gibt immer noch ein paar Leute, die bereit sind, gutes Geld für hübsche Dinge zu bezahlen«, bemerkte er.

Als er den Kaffee erhielt, gab er nach einer Untersuchung die Tasse mit der Beschwerde wieder zurück, auf ihrem Rand gebe es Risse und Sprünge, »in denen sich Gift ansammeln könnte.«

»Ich bin immer in Sorge darüber, ob das Geschirr in Läden wie diesem auch richtig gespült wird«, sagte er.

Gedankenvoll drehte er die Tasse, die die frühere ersetzt hatte, in seiner Hand und verbreitete sich weiter über die allgemeine Unzulänglichkeit gesundheitlicher Vorkehrungen in Geschäften und Restaurants.

»In London ist es genauso schlimm wie in den Pariser Cafés – in mancher Hinsicht noch schlimmer«, sagte er.

Er hatte gerade auch die zweite Tasse als ebenfalls unbefriedigend zurückgegeben, als jemand an meiner Seite fragte: »Kann man hier Streichhölzer bekommen?« Ich stand halb von der Theke abgewandt und hörte Mr. Deacon zu und sah so den Neuankömmling nicht. Irgendwie veranlasste mich diese Stimme, einen Blick zu Widmerpool hinüberzuwerfen; nicht weil ihr Ton die geringste Ähnlichkeit mit seiner ausgeprägten Art zu sprechen gehabt hätte, sondern weil die Worte seltsamerweise eher an Widmerpools fast ständige Gegenwart als einen unveränderlichen Bestandteil des täglichen Lebens erinnerten und nicht so sehr an ihn als ein unerwartetes Element eines Abends wie des heutigen. Einen Augenblick später berührte jemand meinen Arm, und die gleiche Stimme sagte: »Darf ich fragen, wohin du in diesem feinen Aufzug willst?« Neben mir stand ein großer, blasser junger Mann, ebenfalls im Frack, doch ohne Hut.

Auf den ersten Blick hatte sich Stringham überhaupt nicht verändert; ja, die Tatsache, dass er bei einer früheren Gelegenheit, so wie jetzt, die weiße Schleife getragen hatte, vermittelte mir irgendwie die Illusion, dass er in all den Jahren, seit wir uns das letzte Mal gesehen hatten, immer im Frack gewesen sei. Er sah müde aus, vielleicht ein wenig gereizt, freute sich aber offensichtlich, so unerwartet auf jemanden zu treffen, den er kannte. Ich war mir jenes seltsamen Gefühls der Zurückhaltung und Scheu bei dieser Begegnung mit einem Menschen bewusst, mit dem ich einst so eng zusammengelebt hatte und der jetzt völlig aus meinem täglichen Leben verschwunden war: eine erweiterte und vielleicht verfeinerte Form der Empfindung, die ohne Zweifel auch meine Eltern und Mr. Deacon an jenem Tag im Louvre erfahren hatten; weit heftiger jedoch, denn ich war viel enger mit Stringham verbunden gewesen als sie mit Mr. Deacon. Die Gegenwart von Widmerpool an dem Stand gab dem Erscheinen Stringhams an dieser Örtlichkeit noch einen Hauch des Fantastischen; denn es schien, als ob Widmerpools eigene Clownerien jetzt seinen Imitator ins Leben gerufen hätten, als unausweichliches Zubehör zu einer wirklichen Existenz, nach der Widmerpool vielleicht strebte. Ich stellte Mr. Deacon und Gypsy Jones vor.

»Ja, hallo Stringham«, sagte Widmerpool, setzte die Kaffeetasse mit Geklapper ab und blies seine Backen als große Demonstration lärmender Fröhlichkeit auf. »Wir haben uns nicht mehr gesehen, seit wir bei Le Bas waren.«

Zweifellos dachte er – wenn er überhaupt über diese Angelegenheit nachdachte –, dass Stringham und ich Freunde seien, die sich auch weiterhin oft sahen, und er konnte wohl nicht wissen, dass dies dagegen unsere erste Begegnung nach so langer Zeit war. Stringham wiederum vermutete offensichtlich, dass wir vier – Widmerpool, Mr. Deacon, Gypsy Jones und ich – den Abend zusammen verbracht hätten; doch fand er es augenscheinlich schwer, sich zu erklären, warum ich mich in Widmerpools Gesellschaft befand, und er hielt unser Zusammensein für äußerst komisch. Er lachte viel, als ich sagte, dass Widmerpool und ich auf dem Ball der Huntercombes gewesen seien.

»Ja, ja«, sagte er. »Es ist lange her, dass ich auf Bällen war. Wie meine arme Mutter sie immer hasste, als meine Schwester zuerst einer undankbaren Öffentlichkeit übergeben wurde! War es eine Qual?«

»Darf man fragen, warum Sie annehmen, dass ein glanzvoller Gesellschaftsball eine Qual gewesen sein soll?«, fragte Mr. Deacon ein wenig schalkhaft.

Es konnte kein Zweifel daran bestehen, dass er auf den ersten Blick großen Gefallen an Stringham gefunden hatte. Er sprach in seiner ironisch-humorvollen Stimme, die von tief unten in seiner Kehle kam.

»Erstens«, sagte Stringham, »mag ich es nicht, wenn es voll und ungemütlich ist – obwohl, weiß Gott, Bälle nicht die einzigen Anlässe sind, wo dies der Fall ist. Als ernsthaftere Kritik möchte ich vorbringen, dass, wenn man teilnimmt, von einem erwartet wird, dass man wenigstens leidlich nüchtern bleibt.«

Als er dies sagte, kam es mir plötzlich so vor, als habe Stringham vielleicht schon ein paar Gläser getrunken, ehe er uns begegnete.

»Und sich auch sonst relativ anständig aufführt?«, sagte Mr.

Deacon, entzückt über diese Antwort. »Ich glaube, ich verstehe Sie vollkommen.«

»Genau«, sagte Stringham. »Aus diesem Grunde bin ich jetzt – wie Sie wohl auch – auf dem Weg zu Milly Andriadis. Ich nehme an, es ist dort auch voll und ungemütlich, aber man kann sich da wenigstens aufführen, wie man will.«

»Fordert diese Frau noch immer ihren Tribut vom Leben?«, fragte Mr. Deacon.

»Sie gibt gerade heute Nacht eine Party in der Hill Street. Ich dachte, Sie gingen alle auch dorthin.«

»Dieser Kaffee schmeckt nach Klebstoff«, sagte Gypsy Jones in ihrer kleinen, schnarrenden, aber nicht völlig unattraktiven Stimme.

Sie war zweifellos unzufrieden darüber, dass ihr keine Aufmerksamkeit geschenkt wurde, aber möglicherweise auch stimuliert durch die Art, wie sich die Dinge nun entwickelten.

»In Paris ist viel von Mrs. Andriadis gesprochen worden«, sagte Mr. Deacon, keine Notiz von dieser Unterbrechung nehmend. »Ja, ich war sogar einmal auf einer ihrer Partys – wenigstens meine ich, sie sei zusammen mit einer der Murats die Gastgeberin gewesen. Sie ist eine Frau von bedauerlichem Einfluss, wenn man das so sagen darf.«

»Sicher darf man das«, sagte Stringham. »Sie könnte nicht schlimmer sein. Um die Wahrheit zu sagen, mein Name ist im Augenblick ziemlich intim mit dem ihrigen verbunden – obwohl wir einander natürlich auf unsere Weise untreu sind, wenn sich die Gelegenheit dazu ergibt, was bei mir, wie ich gestehen muss, nicht allzu häufig der Fall ist.«

Ich verstand eigentlich nicht recht, worum das Gespräch ging, und ich hatte noch nie von Mrs. Andriadis gehört. Ich war mir auch nicht sicher, ob Stringham wirklich annahm, dass wir uns alle auf dem Weg zu dieser Party befanden, oder ob er das einfach nur so dahingesagt hatte. Mr. Deacon dagegen schien die Situation völlig erfasst zu haben und lachte ständig in einer Serie tiefer Gluckser.

»Wo kommst du jetzt her?«, fragte ich.

»Ich habe hier ganz in der Nähe eine Wohnung«, sagte Stringham. »Zuerst wusste ich nicht, ob ich in der Stimmung für eine Party sei, und ich dachte, ein kleiner Spaziergang würde mir die Entscheidung erleichtern. Ehrlich gesagt, ich hab mich gerade erst von meinem Lager erhoben. In der letzten Woche ist es aus dem einen oder anderen Grunde häufig sehr spät geworden, und da ich, um die arme Milly nicht zu kränken (es ist gar nicht auszudrücken, wie empfindlich sie ist), unbedingt auf ihre Party wollte, bin ich heute Nachmittag gleich nach Hause und ins Bett gegangen, um für die Festivitäten in einer erträglichen Verfassung zu sein und mich nicht wie eine abgewrackte Leiche zu fühlen, wie das meistens der Fall ist. Es schien jetzt die richtige Zeit, zu ihr hinüberzuschlendern. Warum kommt ihr nicht alle mit? Milly wäre entzückt.«

»Ist es weit?«

»Gleich hinter jenen Sassoon-Häusern. Kommt doch! Das heißt, wenn keiner von euch etwas gegen gewöhnliche Partys hat.«

2

Onkel Giles' Wertesystem war in den meisten Fällen nur schlecht dazu geeignet, von jemand anderem als ihm selbst angewandt zu werden. Dennoch verstehe ich jetzt, dass er durch seine bedenkenlose Verachtung allen menschlichen Verhaltens außer seines eigenen – das unter seinen engen Verwandten für alles andere als untadelig gehalten wurde – einen Spiegel hochhielt, um die verborgenen Unzulänglichkeiten fast jeder Situation, die ein momentaner Enthusiasmus vielleicht zuerst übersehen hat, stärker hervorzuheben. Genauer gesagt, seine Ansichten dienten ihm als eine Art Maßstab, dessen Proportionen kein irdisches Maß gewachsen war. Diese blinde Verurteilung von allem und jedem hatte ihn zweifellos mit einem Schutzpanzer gegen einige der Enttäuschungen des Lebens versehen; doch welche philosophische Befriedigung auch immer er von einer solchen Haltung ableitete, sie hatte sicherlich in keiner Weise meines Onkels Fähigkeit vermindert, zu jeder Zeit über die Anomalien gesellschaftlichen Verhaltens zu nörgeln, die seiner Meinung nach besonders seit dem Kriege überall zu finden seien. Es wäre mir nie in den Sinn gekommen, die Dinge mit den Augen Onkel Giles' sehen zu wollen; aber einfach als außergewöhnliches Mittel bei dem Versuch, sich das Gefühl für die Proportionen zu bewahren – ein Geisteszustand, der, wie man sagen muss, nicht immer willkommen oder unmittelbar vorteilhaft ist –, sprach vielleicht doch einiges dafür, etwas von Onkel Giles' Methode zu übernehmen. Es ist natürlich kein besonders profunder Gedanke, seine eigenen Angelegenheiten durch das Medium eines Freundes oder Verwandten zu betrachten; aber im Falle meines Onkels nahm ein auf diese Weise ins Auge gefasstes Blickfeld wahrscheinlich immer eine in so großem Maße nur für ihn selbst geltende Form an, dass fast jede von diesem Punkt aus betrachtete Szene auf Seiten eines anderen Beobachters eine äußerst drastische Neueinstellung verlangte.

Den Ball bei den Huntercombes zum Beispiel hätte er als einen jener formellen Anlässe abgetan, die ihm selbst, sozusagen per Definition, völlig unsympathisch waren. Onkel Giles verurteilte aus Prinzip jeden, der es sich leisten konnte, am Belgrave Square zu wohnen (denn er wiederholte oft in fast identischer Form Mr. Deacons Worte über Leute, »die mehr Geld haben, als gut für sie ist«), besonders wenn sie zusätzlich noch »Träger von Titeln« waren, wie er sie nannte; doch pflegte er manchmal in demselben Zusammenhang mit gesprächiger Vertraulichkeit, mehr sorgenvoll als ärgerlich, ein paar Angehörige seiner eigenen Generation zu erwähnen, die er in der Vergangenheit mehr oder weniger gut gekannt hatte und die durch Vererbung in jene unglückselige Lage gebracht worden waren. Aus irgendwelchen Gründen hegte er eine viel weniger starke Abneigung gegen erst kürzlich erworbene Vermögen – aus deren Besitzern er, zugegebenermaßen, gelegentlich geringfügigen Nutzen gezogen hatte –, vorausgesetzt, das Geld war von diesen Leuten in einer Weise angehäuft worden, die er und jeder andere, zumindest privat, mit gutem Gewissen verachten konnte, und durch Methoden, die allgemein als unentschuldbar galten. Es war jede Form von lange bestehendem Reichtum, an der er den größten Anstoß nahm, besonders dann, wenn sich zu dem Besitz von Land noch irgendwelche Beweise von Diensten an der Allgemeinheit gesellten, selbst wenn diese Anstrengungen in einer ganz unauffälligen und offensichtlich harmlosen Form geleistet wurden wie etwa der Mitgliedschaft in einem Kreistag oder der Hilfe bei einem Schulfest. »Aufdringliche Wichtigtuer« pflegte er die Betreffenden zu nennen.

Meines Onkels natürlich ebenso stark ausgeprägte Abneigung gegen Partys wie die von Mrs. Andriadis hätte, wenn vermieden werden sollte, dass er sich als ein allzu negativ ausgerichteter Mitkämpfer in einer der rivalisierenden Gruppierungen engagierte, die Wahl einer vorsichtigeren Methode verlangt als jener, die er sich zu eigen gemacht hätte, um seine potentielle Missbilligung der Huntercombes zur Schau zu stellen; denn dadurch, dass er zu heftig Partei ergriffen hätte, wäre er möglicherweise leicht in eine Position geraten, in der er das eine oder andere System menschlicher Lebensführung verteidigte, das man ihn normalerweise in einem anderen Abschnitt des Schlachtfeldes attackieren sah. Andererseits wäre es falsch zu sagen, er sei ernsthaft um Folgerichtigkeit in seinen Argumentationen bemüht gewesen. Im Gegenteil, Mangel an Folgerichtigkeit in seiner eigenen Gedankenführung kümmerte ihn so gut wie gar nicht. Ja, er – oder auch jeder andere, der diesen Fall untersucht hätte – hätte vielleicht, wenn er absolut gezwungen worden wäre, eine Erklärung zu dem Thema abzugeben, den wohl vertretbaren Standpunkt eingenommen, dass die unmittelbaren Eindrücke bei Mrs. Andriadis schließlich nicht sehr verschieden gewesen seien von denen, die einem zuerst bei der Ankunft am Belgrave Square vermittelt wurden.

Das Haus, das den Eindruck erweckte, es sei nur für ein oder zwei Monate möbliert gemietet, war nur spärlich eingerichtet und etwas reizlos in einem anonymen Stil ausgestattet, der die zumindest bei Vorhängen und Tapeten vorhandenen Anklänge an die italienische Renaissance mit glatter Vertäfelung und Möbeln »modernistischer« Formgebung – quadratische, metallische Stücke, die insgesamt eher an Berlin als an Paris erinnerten – verband. Obwohl das Haus kleiner war als das der Huntercombes, hätte mein Onkel dort eine deutliche Spur von Reichtum und – etwas, gegen das sein Widerwille, wenn möglich, noch tiefer verwurzelt war – eine Atmosphäre der Frivolität entdeckt. Wie die meisten Menschen, die ihr Leben zum großen Teil im Zustand der Entkräftung oder gar der Krisis verbringen, rühmte sich mein Onkel einer ernsthaften Lebenshaltung und tadelte nichts so sehr wie das, was er »etwas mit einem Lachen abzutun versuchen« nannte; und es war wohl richtig, dass ein lebenslanges Gelächter kaum ausgereicht hätte, ihn von einigen seiner eigenen Fiaskos zu befreien.

Insgesamt gesehen, gehörten Mrs. Andriadis' Gäste zu einer Generation, die älter war als jene der Ballbesucher, und ihre

Stimmen schallten lauter durch die Räume. Die Herren trugen Fracks und die Damen, von denen einige ausgesprochene Schönheiten genannt werden mussten, allgemein prunkvollere Kleider als bei den Huntercombes. Einige wenige Personen beiderlei Geschlechts waren noch in ihrer Straßenkleidung und ließen Mr. Deacon und Gypsy Jones nicht ganz so fehl am Platze erscheinen, wie das sonst vielleicht der Fall gewesen wäre; und im Verlaufe des Abends bemerkte ich mit Erstaunen, wie leicht und unaufdringlich sich diese beiden (die ihre unverkauften Exemplare von »Krieg zahlt sich niemals aus!« in der Eingangshalle abgelegt hatten, unter einem hochlehnigen Stuhl in Rot und Gold, ausgeführt in einem etwas unglücklichen Kompromiss zwischen Motiven der Avantgarde und des spanischen siebzehnten Jahrhunderts) in die allgemeine Atmosphäre einfügten. Es gab dort in der Tat eine Reihe von Frauen, die, was Gesicht und Figur anging, Gypsy Jones keineswegs unähnlich waren; und auch Mr. Deacon hätte, hier und dort über die ganze Gesellschaft verstreut, mehrere Ebenbilder seiner selbst unter dem Kontingent sardonischer, gemäßigt distinguierter grauhaariger Männer gefunden, von denen einige nach Badesalzen rochen. Die relative Förmlichkeit der bei unserer Ankunft zu beobachtenden Szene warf einen dämpfenden Schatten auf meine – wie es nun schien zu bereitwillige – Hinnahme von Stringhams Versicherung, dass eine Einladung völlig überflüssig sei; denn das Element der Frivolität, das mein Onkel so unweigerlich verurteilt hätte, war, wie ich nicht umhin konnte zu fühlen, erfüllt von einer unterschwelligen Strömung äußerster Kühle, von einem eisigen Hauch miteinander kollidierender Egoismen, weit einschüchternder als alles, was einem normalerweise bei den Walpole-Wilsons, den Huntercombes oder anderen Leuten ›dieser Art‹ begegnen konnte.

Als dann jedoch das Auge einzelne Personen von der großen Menge absonderte, offenbarten sich Zeichen einer gewissen Exotik, die so eindeutig in der Szene am Belgrave Square gefehlt hatte; und diese Abweichungen von einer konventionelleren Verhaltensweise milderten irgendwie die vorherigen Eindrücke der Steifheit; doch waren diese hin und wieder ins Auge fallenden Formen der Ungewöhnlichkeit – wenn sie denn ungewöhnlich genannt werden konnten – wohl nicht unbedingt dazu geeignet, einem uneingeladenen Neuankömmling die Befangenheit zu nehmen; außer vielleicht in dem Sinne, dass, ganz allgemein gesagt, in dieser Umgebung ein informeller Akt als stillschweigende Entschuldigung für einen anderen gelten mochte.

Ein älterer Herr mit einem gepflegten weißen Schnurrbart und einem Monokel zum Beispiel, der augenscheinlich von einer offiziellen Gesellschaft kam – vielleicht von dem Empfang in der spanischen Botschaft –, denn er trug kleine Ordensschnallen und, unter den Spitzen seines Kragens, das Kreuz eines Ordens in weißem Email und Gold, sprach gerade mit einem Neger fast hellgelber Hautfarbe, ausstaffiert mit einem betont taillierten, breitschultrigen Frack mit übertrieben spitzen Revers. Es war eigentlich dieses Paar, das mich an Onkel Giles erinnerte, der, trotz seiner Befürwortung einer dringenden Auflösung des Britischen Empires wegen dessen despotischer Behandlung rückständiger Rassen, persönlich nicht viel von Farbigen hielt, welcher Herkunft sie auch sein mochten; und wenn nicht irgendein außergewöhnlicher Umstand diese Beimischung gutheißen ließ, hätte er sicher nicht gebilligt, dass Gäste afrikanischer Abstammung zu einer Party geladen wurden, zu der auch er selbst gebeten war. In diesem besonderen Fall hätte sich jedoch der frühere Schwung seiner Geringschätzung gegen den Mann mit dem Monokel gerichtet, denn mein Onkel konnte das Tragen von Orden nicht ausstehen. »Sollte mich nicht wundern, wenn der die an der Heimatfront errungen hätte«, pflegte er immer zu sagen, wenn sein Auge auf diese äußeren und sichtbaren Auszeichnungen fiel, wer immer ihr Empfänger und was immer ihr Anlass war.

Nicht weit entfernt von den gerade beschriebenen beiden Personen fand sich weiteres, für meines Onkels Kritik nicht weniger anfälliges Material, denn ein kräftig gebauter Mann mit einem ergrauenden Bart und dem Gebaren einer bedeutenden, einflussreichen Persönlichkeit bemühte sich dort gerade ohne Erfolg und unter beiderseitigem Gelächter, eine große Flasche Champagner einer betagten Matrone mit schwarzen Augenbrauen und einem Diadem oder irgendeinem anderen mit Juwelen besetzten Kopfschmuck zu entwinden, die jedoch mannhaft kämpfte, um im Besitz derselben zu bleiben. Hier also waren in einer einzigen Gruppe – sozusagen in einer plötzlich zum Leben erweckten Skulptur des Barock – drei Kategorien von Dingen versammelt, die Onkel Giles alle gleichermaßen abscheulich fand, nämlich Champagner, Bärte und Diademe; und jedes von ihnen stellte auf seine eigene Art eine Seite des Lebens dar, von der er nur Schlechtes zu sagen vermochte: Bärte implizierten für ihn die Weigerung der Bohemiens, jene Verantwortlichkeiten des täglichen Lebens zu übernehmen, mit denen er sich selbst immer belastet fühlte; und Diademe und Champagner riefen in ihm unweigerlich Vorstellungen einer schuldhaften Opulenz wach, die seinen ›radikalen‹ Prinzipien natürlicherweise feindlich gegenüberstand.

Obwohl diese relativ exotischen Verzierungen der Szene sich innerhalb eines Rahmens ereigneten, der insgesamt gesehen völlig alltäglich war, erweckten die sich wandelnden Gruppen der Party, als ein Schauspiel, die Illusion, als bewegten sie sich eigentlich innerhalb der Grenzen eines Gemäldes oder Wandteppichs, in dessen Tiefe die Persönlichkeit eines jeden Neuankömmlings automatisch eingepasst werden musste – selbst in jenen Fällen, in denen das Material so wenig assimilierbar erschien wie Mr. Deacon und Gypsy Jones, die, wie ich schon sagte, wenigstens visuell fast sogleich absorbiert wurden, nachdem sie Mrs. Andriadis' Schwelle überschritten hatten.

»Wer ist denn dieser komische alte Kauz, den du im Schlepptau hast?«, hatte Stringham gefragt, während er und ich den anderen ein wenig vorausgingen, nachdem wir den Kaffeestand verlassen hatten.

»Ein Bekannter meiner Eltern.«

»Meine kennen auch die seltsamsten Leute – besonders mein Vater. Und Miss Jones? Auch eine Bekannte? Oder eine Cousine?«

Er lachte nur, als ich versuchte, ihm die Umstände zu schildern, die mich mit Mr. Deacon zusammengebracht hatten, dessen Alter und Betragen auch sicher einige Erklärungen notwendig machten. Stringham gab vor zu glauben – oder weigerte sich zumindest, nicht zu glauben –, dass Gypsy Jones meine eigene Gefährtin sei und nicht die von Mr. Deacon. Er schien beide jedoch nicht für wesentlich merkwürdiger zu halten als sonst irgendwelche Leute, die man in einer Sommernacht trifft und meint zur Party einer Freundin mitnehmen zu können. Ich begann zu verstehen, dass es das Merkwürdige war, was Stringham nun vom Leben erwartete, ja forderte: ein Bedürfnis, das zu befriedigen schon schwer wurde. Der innere Abstand, den er immer besessen zu haben schien, zeigte sich jetzt deutlicher als je zuvor. Allerdings hatte er sich gegenüber der Person, die ich in der Schule gekannt hatte, in gewisser Weise verändert, so dass ich trotz des Gebarens der Erleichterung, das er an den Tag gelegt hatte, als er uns traf, eigentlich unsicher zu werden begann, ob nicht Anne Stepney den Begriff ›pompös‹ in dem gewöhnlichen und nicht in einem besonderen Sinne gebraucht hatte. Auch Peter Templer hatte, wie ich mich erinnerte, Jahre zuvor in der Schule dasselbe Wort benutzt, als er mich über Stringhams Familie befragte. »Nun, ich kann mir vorstellen, selbst beim Lunch war alles ziemlich pompös, nicht wahr?«, hatte er gesagt. Damals verband ich pompöses Verhalten mit Le Bas, oder auch mit Widmerpool, die sich beide gewisse Manieriertheiten angewöhnt hatten, die bei Stringham undenkbar waren. Dennoch konnte kein Zweifel daran bestehen, dass er nun eine persönliche Distanz besaß, ein völliges Eingenommensein von seinen eigenen Angelegenheiten, das zumindest einen unter dem ersten Eindruck erfolgten Gebrauch dieses Wortes entschuldigte. Seine etwas gewollte Freundlichkeit und die offensichtliche Dankbarkeit über unser Zusammentreffen – fast als ob es eine Gelegenheit böte, einer lästigen Verpflichtung zu entgehen – waren fraglos Teil einer Barriere, die er zwischen sich und der übrigen Welt aufgerichtet hatte. Ich versuchte, die Kluft zu ignorieren, die, wie ich mir sehr wohl bewusst war, jetzt zwischen uns gähnte, und erkundigte mich nach seiner Familie.

»Mein Vater sitzt in Kenia und streitet sich mit seiner französischen Frau.«

»Und deine Mutter?«

»Sie tut das Gleiche hier mit Buster.«

»In Glimber?«

»Glimber ist an einen Armenier vermietet. Buster hat das arrangiert. Sie wohnen jetzt in Sunningdale, in einem Haus mit vernünftigeren Ausmaßen. Du musst mal dorthin kommen – und wenn nur, um zu sehen, wie die Sonne über dem Steingarten aufgeht. Ich bin einmal früh am Morgen da angekommen und hatte dieses ganz unvergessliche Erlebnis.«

»Ist Buster noch in der Marine?«

»Nein.«

»Ein Gentleman, der nur noch der Muße lebt?«

»Aber lange nicht mehr so großartig. Er erwartet jetzt nicht länger, dass man sich an jeden einzelnen seiner Schläge erinnert, die er während der Polo-Saison ausgeführt hat.«

»Ihr beiden kommt also gut miteinander aus?«

»Bombig«, sagte Stringham. »Dennoch, du weißt, Eltern – und besonders Stiefeltern – sind manchmal eine ziemliche Enttäuschung für ihre Kinder. Sie erfüllen nicht die Erwartungen, die sie in ihren frühen Jahren geweckt haben. Übrigens, Buster kommt vielleicht zur Party, wenn er sich freimachen kann.«

»Und Miss Weedon?«

»Tuffy hat uns verlassen. Ich seh sie manchmal. Sie hat etwas Geld geerbt. Meine Mutter wechselt ihre Sekretärin jetzt jede

Woche. Sie kommt mit keiner zurecht, seit Tuffy gekündigt hat.«

»Wie steht's mit Peggy Stepney?«

»Ja, wie!«

»Ich habe heute beim Abendessen neben ihrer Schwester Anne gesessen.«

»Arme Anne; ich hoffe, du warst lieb zu ihr.«

Er ließ nicht erkennen, ob er noch mit Peggy Stepney verbunden war oder nicht. Ich vermutete, dass wenigstens die Frage einer Verlobung mit ihr nicht mehr bestand.

»Bist du noch Sekretär von Sir Magnus Donners?«

»Man kann mich von Zeit zu Zeit in dem Gebäude von Donners-Brebner herumgeistern sehen«, sagte Stringham und lachte wieder. »Es ist vielleicht nicht ganz leicht zu bestimmen, welchen Status ich dort genau habe.«

»Ein schöner Job, wenn man ihn kriegen kann.«

»›Ein flücht'ges und verlegenes Gespenst‹, wie Le Bas immer sagte, wenn man sich auf dem Gang an ihm vorbeidrücken wollte, ohne unnötige Aufmerksamkeit zu erregen. Übrigens, ich habe Le Bas vor gar nicht langer Zeit gesehen. Er tauchte letztes Jahr in Cowes auf. Nicht gerade mein Lieblingsort, wie ich sagen muss, aber Buster scheint das Leben dort zu mögen.«

»Hat Le Bas gesegelt?«

»Er hatte sich eher wie ein Parkwächter ausstaffiert. Es ist schon erstaunlich, dass Schullehrer nie älter werden. Sie haben sich früh im Leben auf eine mittlere Geschwindigkeit festgelegt und bleiben dann dabei. Le Bas hat mich mit Dicky Umfraville verwechselt, einem Freund meines Vaters in Kenia – du hast wahrscheinlich von ihm als einem Herrenreiter gehört –, der etwa fünfzehn oder zwanzig Jahre vor mir von der Schule abgegangen, oder genauer gesagt: geflogen ist.«

Es stimmte, dass sich Le Bas, wie die meisten Menschen seines Berufes, gewöhnlich so betrug, als ob er nie mit Sicherheit wisse, in welchem Jahrzehnt genau er sich gerade befinde; aber wenn man davon ausgeht, dass er Stringham nicht sofort erkannt hatte, dann kam seine Annahme, dass er um einiges älter sei als drei- oder vierundzwanzig – das war wohl sein Alter bei ihrer Begegnung in Cowes – nicht völlig überraschend, denn Stringham sah, wie es mir jetzt schien, wenigstens zehn Jahre älter aus als bei unserem letzten Zusammensein. Allerdings war es zweifellos unsinnig, Stringham mit Dicky Umfraville zu verwechseln, über dessen Aktivitäten in Kenia, so erinnere ich mich, Sillery gegen Ende meines ersten Jahres auf der Universität warnend gesprochen hatte. Wie dem auch sei, dieses Tête-à-Tête-Gespräch zwischen Stringham und mir musste nun zu Ende gehen, denn wir waren inzwischen in das Haus eingelassen worden, und die Gegenwart der vielen Leute, die uns umgaben, ließ eine solche Unterhaltung nicht weiter zu.

In einem Zimmer war der Teppich zurückgerollt worden, und ein Buckliger in einem Samtsmoking spielte auf einem Akkordeon, sich vorwärts und rückwärts windend, während er sein Instrument mit demiurgischer Ekstase bearbeitete.

Nur einen Blick auf dich,
Mehr, nein, mehr wollt' ich nicht.
Doch stand mein Herz dann still …

Zwei oder drei Paare tanzten Wange an Wange zu dieser Musik. Ähnlich wie bei den Huntercombes hatten sich die Partygäste über das ganze Haus verteilt, und sie standen auf Treppenabsätzen und in den Gängen ebenso dicht gedrängt wie in den Zimmern. Überall waren Menschen, und selbst von den oberen Stockwerken, wo sich die Schlafzimmer befanden, klangen Stimmen herunter. Stringham bahnte sich einen Weg durch diese wimmelnde Menge, und wir Übrigen folgten ihm. Im Salon war ein kaltes Büfett aufgebaut, an dem gemietete Butler Getränke servierten. Während wir uns durch die dichten Massen schoben, von denen ein kräftiges Aromagemisch aus Tabak, Alkohol und Kosmetika aufstieg wie der Duft von Pflanzen und Blumen in einem monströsen Garten, stießen wir plötzlich auf Mrs. Andriadis selbst, und es eröffnete sich mir sogleich ein weiteres, gewaltiges Feld von Mutmaßungen. Stringham nahm ihre Hand.

»Milly …«

»Liebling«, sagte sie und schlang einen Arm um seinen Hals und küsste ihn vehement. »Warum so fürchterlich spät?«

»Verschlafen.«

»Milly hätte dabei sein sollen.«

»Warum war sie es nicht?«

»Milly dachte, dies würde eine schreckliche Party und sie würde sie hassen.«

»Jetzt nicht?«

»Unmöglich.«

Ich kann mich nicht erinnern, welches Bild von Mrs. Andriadis' äußerer Erscheinung ich mir vor unserer Ankunft gemacht hatte. Vielleicht hegte ich den leisen Verdacht, sie gliche in Physiognomie und Kleidung einer jener formalistischen klassischen Figuren in Bronze und Keramik, die in Körperhaltungen dargestellt sind, wie sie Le Bas manchmal annahm; aber mein Fantasiegebilde war, obwohl möglicherweise in einer Hinsicht altgriechisch, in einer anderen sicherlich neugriechisch. Welche Gestalt das erdachte Porträt auch gehabt haben mag, sie war völlig verschieden von der kleinen Frau mit pudergrauem Haar, die die leise Spur des Cockney-Akzents – wie ihre Haarfarbe – offensichtlich bewusst beibehalten hatte, weil sie sie für etwas Anziehendes hielt. Sie war ohne Frage eine hübsche Frau, doch wurde die Wirkung auf eine indirekte, unaufdringliche Weise erzielt. Sie hatte stark ausgeprägte schwarze Augenbrauen.

Sie schmiegte sich an Stringhams Arm, während ihr Körper, als ob sie tanze, hin und her zuckte. Sie hatte braune, stark glänzende Augen, und die Juwelen, die sie in einer ziemlich herausfordernden Fülle trug, sahen aus, als ob sie sehr viel Geld gekostet hätten. Sie mochte etwa fünfunddreißig Jahre alt sein, vielleicht ein oder zwei Jahre älter. Zuerst hatte ich den Eindruck, sie müsse zehn oder fünfzehn Jahre zuvor eine große Schönheit gewesen sein; doch später hörte ich von Personen, die Mrs. Andriadis lange gekannt hatten, dass sie im Gegenteil während der Zeit, in der diese Party stattfand, wohl den Gipfel ihres Aussehens erreicht habe – wenn es überhaupt möglich war, bei ihrem Aussehen (oder auch dem irgendeines anderen Menschen) durch Anlegung eines rein hypothetischen Maßstabs zu einem objektiven Urteil zu kommen; denn, wie Barnby immer sagte: »Es nützt nichts, eine Schönheit zu sein, wenn man allein auf einer einsamen Insel ist.« Barnby selbst vertrat die Theorie, Mrs. Andriadis' Erscheinung habe sehr dadurch gewonnen, dass sie grau geworden sei; und er fügte dieser Ansicht gewöhnlich die Feststellung hinzu, der Wandel in ihrer Haarfarbe habe »nach ihrer ersten Nacht mit der ›Königlichen Persönlichkeit‹, wie Edgar ihn immer nennt« stattgefunden. Ihr Äußeres, so schien mir, erinnerte mich stark an eine andere Frau, doch an welche, konnte ich nicht genau sagen.

»Ich hab einige Freunde mitgebracht, Milly«, sagte Stringham. »Du hast doch nichts dagegen?«

»Ihr Schätzchen«, sagte Mrs. Andriadis. »Das wird jetzt eine wunderbare Party. Alles spontan arrangiert. Komm mit mir, Charles. Wir machen Pläne für Deauville.«

Obwohl sie es offensichtlich gewohnt war, dass in den meisten Fällen das getan wurde, was sie wollte, zeigte sie nicht die geringste Überraschung, Mr. Deacon, Gypsy-Jones, Widmerpool und mich zu sehen. Ja, es schien wahrscheinlich, dass sie von unserer kleinen Gruppe nur Mr. Deacon und mich als neu angekommene Personen zur Kenntnis nahm, da Widmerpool und Gypsy Jones, während wir uns durch den Raum schlängelten, ein wenig hinter uns Übrigen zurückgeblieben waren. Selbst Mr. Deacon gelang es trotz energischer Anstrengung kaum, Mrs. Andriadis die Hand zu schütteln, doch da er sich sehr tief verbeugte, mag er wohl ihre Fingerspitzen berührt haben. Es war während des Augenblicks dieses Hauchs einer Berührung, dass er ihr zu erklären versuchte, was er schon an dem Kaffeestand erwähnt hatte, nämlich dass er glaube, sie seien sich schon zuvor einmal begegnet, »in Paris bei den

Murats« – eine Behauptung, von der Mrs. Andriadis selbst nicht die geringste Notiz nahm.

Wie es sich dann ergab, wurde sie weder zu diesem noch – soweit ich weiß – zu irgendeinem anderen Zeitpunkt der Party von Widmerpool oder Gypsy Jones erreicht, denn sie nahm nun Stringham beim Arm und führte ihn fort, offensichtlich nicht länger willens, weitere Zeit auf die Begrüßung solcher gemischten Gäste zu verwenden. Widmerpool drängte sich mit einem starren Gesichtsausdruck seitwärts durch die Menge, immer noch von einer unverrückbaren Entschlossenheit – die, wenn möglich, noch stärker war als Mr. Deacons – erfüllt, sich seiner Gastgeberin um jeden Preis bekanntzumachen. In demselben Augenblick entfernte sich auch Gypsy Jones aus meinem Blickfeld, doch nicht mit dem gleichen Ziel, wie man wohl annehmen durfte. Ich war ziemlich erleichtert über das Verschwinden der beiden, denn ich hatte von Widmerpool lange Kommentare von einer Art befürchtet, für die ich mich ganz und gar nicht in der richtigen Stimmung befand; und ich wünschte gleichzeitig, ziemlich snobistisch, den Anschein zu vermeiden, ich sei, wie indirekt auch immer, der eigentlich Verantwortliche dafür, dass Mr. Deacon und Gypsy Jones ins Haus gebracht worden waren. Es war dies der Augenblick, in dem die von den Gästen geformten Tableaus um uns herum in meinen Augen zusammenhängende Formen annahmen, die ich aus der Ecke beim Flügel beobachtete, dort neben Mr. Deacon zurückgelassen, der mit einem spitzbübischen Ausdruck auf seinem Gesicht einen Kelch mit Champagner von dem Tablett eines Dieners akzeptierte.

»Ich kann eigentlich nicht behaupten, dass ich diese Art Partys mag«, sagte er. »Es scheint ja, dass davon jetzt viele gegeben werden. In Paris war es genauso. Ich hätte auch die Einladung Ihres hübschen Freundes nicht angenommen, wenn wir mit »Krieg zahlt sich niemals aus!« nicht einen solch mittelmäßigen Abend gehabt hätten. So aber dachte ich, ich hätte eine kleine Aufmunterung verdient – fürchte jedoch, dass ich hier nicht viel davon finden werde. Jedenfalls wahrscheinlich nicht in einer Form, die meine gegenwärtige Stimmung anspricht. Übrigens, ich weiß nicht, ob Sie vielleicht irgendwann bereit wären, uns bei ›Krieg zahlt sich niemals aus!‹, einen Penny das Stück, zu helfen? Wir sind immer froh, wenn wir einen Neuen anwerben können.«

Ich lehnte die Teilnahme an einer solchen Unternehmung mit der Begründung, mir fehle es an Talent für jede Art von Verkaufstätigkeit, entschieden ab.

»Nicht jeder fühlt sich in die Pflicht genommen«, sagte Mr. Deacon. »Ich brauche Ihnen nicht zu sagen, dass Gypsy kaum die Kollegin ist, die ich wählen würde, wenn ich freie Hand hätte; aber sie ist so eifrig, dass ich nicht sehr gut Einwände erheben kann. Ihre politischen Motive sind nicht mit meinen identisch, aber der Pazifismus ist jedem ein Bundesgenosse, der die Abrüstung dieses Landes wünscht. Wissen Sie, ich habe sie sogar in meiner Wohnung untergebracht. Schließlich kann man ja nicht erwarten, dass sie zu dieser Nachtzeit noch den ganzen Weg nach Bendon Central zurücklegt. Das wäre nicht korrekt.«

Seine Stimme nahm einen salbungsvollen Ton an, als er auf die Anständigkeit eines solchen Opfers zu sprechen kam. Er trank den Rest seines Champagners mit einem Schluck aus und wischte sich mit einem seidenen Taschentuch sorgfältig die Mundwinkel. Auf der gegenüberliegenden Wand war – möglicherweise in der Absicht, den ziemlich ›gewagten‹ Effekt zu erhöhen, auf den die Dekoration des Hauses offensichtlich abzielte – ein Teil der Täfelung durch quadratische Spiegel ersetzt worden, die die sich wandelnden, von den Leuten in dem Zimmer gebildeten Strukturen reflektierten.

Die Dame mit dem Diadem hatte die Champagnerflasche schließlich widerstrebend ihrem bärtigen Gegner (der jetzt mit einer jüngeren, doch weniger auffälligen Frau sprach) überlassen und nahm, offensichtlich sehr geschmeichelt durch die Aufmerksamkeit, gerade eine Zigarette aus dem langen Etui, das der Neger ihr hinhielt, das Metall im Ton fein abgestimmt, so schien es, mit der Farbe der Hand seines Besitzers, die auch den Schimmer von Altgold hatte. Jenseits dieses Paares sprach jetzt der Mann mit dem Monokel und den Orden mit einer Gestalt, deren – mir irgendwie vertraute – Hinteransicht einen äußerst abgetragenen alten Frack zeigte, mit zerknitterten Rockschößen, die dem Träger fast bis auf die Fersen hingen und ihm das Aussehen eines Komikers oder eines komischen Zauberkünstlers in einem Varietétheater gaben. Seine ausgebeulten Charlie-Chaplin-Hosen drohten jeden Augenblick herunterzufallen, um dann wahrscheinlich rote, grotesk gepunktete oder sonst traditionell komische Flanellunterhosen, oder ihr Fehlen, zu enthüllen. Verfilzte weiße Haare hingen über dem hinteren Kragen dieses Mannes, und abwechselnd rieb er seine Hände aneinander und steckte sie dann wieder zurück in die Taschen seiner riesengroßen Hose, während er mit dem Kopf nickte und die Knie leicht beugte. Ich wurde mir plötzlich und mit einigem Erstaunen bewusst, dass der Mann mit den Orden Oberst Budd war, Margaret Budds Vater, der eine nicht sehr bedeutende Stelle am Hofe bekleidete. Er war vielleicht auch von den Huntercombes herübergekommen.

»Sie hat ihre Liegestatt hinten im Laden«, sagte Mr. Deacon, das Thema seiner Verbindung mit Gypsy Jones weiterverfolgend. »Ich richte ihr das Bett, einen Diwan, selbst her mit einigen sehr schönen Kaschmirtüchern, die mir ein früherer Kunde in seinem Testament hinterlassen hat. Doch wird sie sie wohl in einer warmen Nacht wie heute nicht brauchen. Ist vielleicht auch gut so, wenn sie nicht allzu sehr abgenutzt werden sollen. Übrigens, sie gehen für einen Apfel und ein Ei weg, wenn Sie zufällig jemanden kennen, der an orientalischen Textilien interessiert ist. Ich finde schon etwas anderes, mit dem sich Gypsy zudecken kann. Natürlich hat Barnby es nicht gern, dass sie da ist.«

Ich wusste damals noch nicht, wer Barnby war, meinte aber, schon von ihm gehört zu haben, und verband – wie sich dann herausstellte: zu Recht – seinen Namen mit der Malerei.

»Ich verstehe seinen Standpunkt«, sagte Mr. Deacon, »obwohl ich wenig von solchen Dingen weiß. Gypsys Haltung verletzt natürlicherweise – Barnby würde vielleicht vorziehen zu sagen ›unnatürlicherweise‹ – seine *amour propre.* In gewisser Hinsicht ist auch er kein idealer Mieter. Ich will nicht, dass Frauen den ganzen Tag lang – und auch die ganze Nacht lang – die Treppen rauf- und runterlaufen, nur weil ich Gypsy einer guten Sache wegen dulden muss.«

Ein klagender Ton war in seiner Stimme. Er hielt an, um Atem zu schöpfen, und hustete kehlig, als ob er an Asthma leide. Wie ich in dem Spiegel beobachtete, drängten sich jetzt Oberst Budd und der Träger der Charlie-Chaplin-Hose an der Wand entlang auf einen feisten jungen Mann mit einer Hakennase und schwarzem, lockigem Haar zu – vielleicht ein Orientale –, der sich gerade mit zwei auffallend hübschen jungen Frauen unterhielt. Seit einigen Minuten war es mir mehr und mehr bewusst geworden, dass mir die alte Kleidung und die selbstsichere Haltung der Persönlichkeit mit der beuteligen Hose, deren Gesicht mir bis dahin verborgen geblieben war, vertraut vorkamen. Als sie sich jetzt dem Zimmer zuwandte, erkannte ich die Züge Sillerys, den ich seit meinem Abgang von der Universität nicht mehr gesehen hatte.

Sillery zu dieser Zeit des Jahres zufällig zu begegnen war überraschend. Nach den ersten Wochen der Sommerferien befand er sich gewöhnlich schon im Ausland, in Österreich oder Italien, mit einer Studiengruppe ausgesuchter Studenten oder auch mit einigen ebenso sorgfaltig ausgewählten Mitdozenten, die immer zwanzig oder dreißig Jahre jünger waren als er selbst. Sillery glaubte – wohl klugerweise –, außerhalb seiner akademischen Hochburg stets etwas im Nachteil zu sein. Folglich betonte er gewöhnlich die allgemeine Verderbnis des Lebens in der Hauptstadt, trotz seines fast fiebrigen Interesses an den Angelegenheiten jener Leute, die ständig in die gesellschaftlichen Aktivitäten Londons verwickelt waren; andererseits nahm er natürlich, wenn er auf seinem Weg zum Kontinent durch London kam, gerne die zufällige Gelegenheit wahr, eine Party wie diese zu besuchen, wenn ihm das Glück eine Chance dazu bot. Den dort in Menge verfügbaren Klatsch konnte er sammeln und dann auf seinen eigenen Teegesellschaften wochen- und monate-, sogar jahrelang davon zehren oder widerspenstigen Kollegen beim gemeinsamen Essen im College in vorsichtigen, homöopathischen Dosen injizieren, um sie zu widerlegen oder zum Verstummen zu bringen. Möglicherweise hatte er auch wegen solcher potentieller Vorteile seine Abreise zu den Seen und Bergen, wo er seine Sommer hauptsächlich verbrachte, verschoben; wenn er aber eigens nach London gekommen war, um hier anwesend zu sein, dann zweifellos, um bestimmte Ziele zu verfolgen, die er selbst für äußerst wichtig erachtete.

Während sie sich an der Wand entlangdrängten, hatten Sillery und sein Gefährte, der im Kontrast zu ihm auffallend adrett wirkte, das Aussehen zweier Desperados auf dem Weg zu irgendeiner Gewalttat, und als sie dann die Stelle erreichten, wo der dunkelhaarige junge Mann stand, schien der Oberst auch wirklich die beiden Frauen ohne viel Umstände wegzuschicken, wobei er sie fast wie ein Polizist zu behandeln schien, der die an einer Straßenecke herumlungernden Damen zweifelhaften Charakters herrisch zum »Weitergehen« auffordert. Die größere der beiden Frauen war eine stattliche Erscheinung, sie hatte porzellanblaue Augen und blondes Haar und stand dort in einer etwas konventionell schmachtenden Haltung; die andere war dunkelhaarig, hatte kleine, spitze Brüste und eine graziöse, geschmeidige Figur. Die vereinigte Wirkung ihrer Schönheit war unwiderstehlich und versetzte mir unwillkürlich einen scharfen Stich, als ob ich für den Bruchteil einer Sekunde in beide leidenschaftlich verliebt sei; doch eine nochmalige Prüfung überzeugte mich, dass nichts derartig Verwirrendes passiert war. Die Frauen ließen es freundlich und gelassen zu, dass Oberst Budd und Sillery sie vertrieben, behielten aber in einer strategischen Position in geringer Entfernung, wo sie miteinander und mit Leuten in ihrer unmittelbaren Nachbarschaft sprachen und lachten, die Szene fest im Auge, offenbar nicht gewillt, ihre ursprüngliche Stellung vis-à-vis dem jungen Mann völlig aufzugeben.

Mit einer abrupten Geste, die fast an das plötzliche Unterdrücken eines unerwarteten Rülpsers erinnerte, neigte der Oberst unmerklich seinen Kopf und stellte Sillery vor, nicht ohne Ehrerbietung gegenüber dieser ziemlich geheimnisvollen Gestalt, die inzwischen in mir eine entschiedene Neugier zu wecken begonnen hatte. Der junge Mann lächelte huldvoll, doch ein wenig scheu und streckte seine Hand aus. Sillery, der seinerseits breit grinste, machte eine tiefe Verbeugung, die in ihrer Mischung aus Förmlichkeit und Farce in vollkommenem Einklang zu stehen schien mit dem Schnitt seiner Abendkleidung und ihrer Andeutung von Burleske und Scharade. Da ich jedoch befürchtete, dass meine Konzentration auf diese Szene, wie sie von dem Spiegel reflektiert wurde, mich gegenüber Mr. Deacons Darlegungen der Schwierigkeiten, mit denen er in seinem Haushalt zu kämpfen hatte, unaufmerksam erscheinen lassen könnte, stellte ich ihm weitere Fragen über Barnbys Status als Maler. Mr. Deacon konnte sich für dieses Thema nicht erwärmen. Später, als ich ihn besser kannte, entdeckte ich, dass diese lauwarme Haltung nicht gänzlich der Eifersucht zuzuschreiben war, die er angesichts der Erfolge Barnbys empfinden mochte, sondern dass er, da seine eigenen Ansichten zu dem Thema in so völligem Gegensatz zu den zeitgenössischen Auffassungen standen, dass sie in der Praxis unhaltbar waren, es eher vorzog, seine Augen vor der Existenz moderner Malerei zu verschließen, so wie er sie früher vor der Politik und dem Krieg verschlossen hatte. Deshalb fragte ich ihn nach dem Grund für Barnbys Einwände gegen Gypsy Jones.

»Als Gypsy Jones und ich uns kennenlernten«, sagte Mr. Deacon und senkte seine Stimme, »wurde mir zu verstehen gegeben – nun, gibt es nicht bei dem Dichter Swinburne ein paar Zeilen über ›der wandernden Wasser Seufzer, wo die See schluchzt um Lesbos' Vorgebirg'‹? Ja, die Beschränkung auf eine solche Küste war nahezu eine Bedingung für unsere Verbindung.«

»Hat Barnby Einwände erhoben?«

»Er war wohl zweifellos verstimmt«, sagte Mr. Deacon. »Aber wie ein sehr lieber Freund von mir einmal bemerkte, als ich ein junger Mann war – denn ich war einmal ein junger Mann, was immer an Gegenteiligem Sie annehmen mögen –: ›Gotische Sitten vertragen sich nicht mit griechischer Moral.‹ Gypsy hat das nie begriffen.«

Mr. Deacon hörte auf zu sprechen. Er schien zu erwägen, ob er mir eine Frage stellen könne, deren Wortlaut er vielleicht als ein wenig peinlich empfand. Nach ein paar Sekunden sagte er: »Um die Wahrheit zu sagen, ich mache mir ziemliche Sorgen um Gypsy. Ich nehme an, Sie kennen nicht zufällig die Adresse eines Medikus – ich meine nicht den üblichen praktischen Arzt mit den begrenzten Ansichten seiner Zunft –, nein? Ich habe keinen Augenblick angenommen, dass Sie einen kennen. Und natürlich möchte man nicht gerne mit hineingezogen werden. Ich denke genauso wie Sie. Aber Sie haben sich nach Barnby erkundigt. Ich muss es wirklich mal so einrichten, dass Sie sich kennenlernen. Ich glaube, Sie würden einander mögen.«

Wenn solcher Klatsch zu Papier gebracht wird, klingen die Worte gewichtiger, als wenn einem die gleichen Informationen heiser zwischen Zügen aus dem Champagnerglas in dem Lärm eines überfüllten Zimmers gegeben werden; da außerdem meine Gedanken noch bei den beiden Frauen weilten, die von Sillery und Oberst Budd verdrängt worden waren, hatte meine volle Aufmerksamkeit nicht den Worten von Mr. Deacon gegolten. Hätte ich jedoch in diesem Augenblick ernsthaft über Gypsy Jones' Schwierigkeiten nachgedacht, wäre ich wahrscheinlich, zu Recht oder zu Unrecht, zu der Auffassung gelangt, dass sie sehr gut auf sich selbst aufpassen könne. Selbst in den ruhigsten Formen des Lebens ist das Widrige selten weit von der Oberfläche entfernt, und in den zügellosen Kreisen, zu denen sie zu gehören schien, war nichts überraschend. Ich verspürte damals nicht die geringste Neigung, die Angelegenheit weiterzuverfolgen. Auch Mr. Deacon hing für den Moment seinen Gedanken nach.

Unsere Aufmerksamkeit wurde in diesem Augenblick durch Mrs. Andriadis' Rückkehr in das Zimmer heftig in eine neue Richtung gelenkt. Sie schrie jetzt – ein weniger kräftiger Ausdruck wäre unangemessen, um die Art zu beschreiben, wie sie die Neuigkeit verkündete –, dass »unser aller Liebling Max« etwas singen werde – eine Feststellung, die wegen unserer Nähe zum Klavier, auf das nun eine Flasche Champagner gestellt wurde, in unserer unmittelbaren Umgebung einen kleinen Aufruhr erzeugte. Ein sanft aussehender junger Mann mit Brille wurde durch die Menge geschoben. Während er sich auf den Klavierschemel setzte, protestierte er: »Muss ich denn wirklich die Dominosteine kitzeln?« Eine Anzahl Stimmen ermutigte ihn sogleich, mit seinen musikalischen Aktivitäten zu beginnen; und nachdem er den Sitz, offensichtlich mehr als ein Ritual denn aus praktischen Gründen, ein- oder zweimal herumgedreht hatte, schlug er ein paar Akkorde an.

»Wirklich«, sagte Mr. Deacon, als habe er ein Recht dazu, ehrliche Abscheu über diese Entwicklung zu empfinden, »Mrs. Andriadis scheint sich nicht im Geringsten darum zu kümmern, mit wem sie sich anfreundet.«

»Wer ist das?«

»Max Pilgrim, er ist so etwas wie ein Unterhaltungskünstler.«

Der junge Mann begann jetzt zu singen. Er hatte eine zittrige, bebende Stimme, wie die einer immens alten Frau; seine Worte füllten jedoch mit einem beträchtlichen Klangvolumen das Zimmer völlig aus:

»Ich bin die Tess von Le Touquet,
Meine Moral ist nicht so ganz o. k.,
Hier am Meer tu ich jenes und dieses ja,
Und der Wellen Wucht

Wirft mich in so manche Bucht,
Jeder liebt mich so sehr wie Delysia.
Wenn's nass ist auf dem Golfplatz, weiß ich, wo ich find einen Beau:
Drunten im Clubhaus, direkt neben dem Lavabo.«

Es gab unterdrücktes Gelächter und hier und da Applaus, doch um uns herum war das Summen der Gespräche auch weiterhin zu hören.

»Ich mag das überhaupt nicht«, sagte Mr. Deacon. »Erstens verstehe ich nicht ganz den Sinn der Worte – wenn sie irgendeinen Sinn haben sollten –, und zweitens hat sich der Sänger mir gegenüber einmal in einer Weise betragen, die ich für anstößig halte. Ich frage mich, warum Mrs. Andriadis ihn überhaupt in ihrem Haus duldet. Das kann nicht gut sein für ihren Ruf.«

Max Pilgrims Auftritt am Klavier hatte Mr. Deacon völlig aus der Fassung gebracht. In einem Versuch, die düstere Stimmung, die ihn befallen hatte, aufzuhellen, erkundigte ich mich nach Mrs. Andriadis' Vergangenheit.

»Barnby weiß mehr über sie als ich«, sagte er ziemlich verärgert. »Sie soll eine Zeitlang die Geliebte einer königlichen Persönlichkeit gewesen sein. Mich selbst erregen solche Enthüllungen nicht besonders.«

»Wird sie noch immer ausgehalten?«

»Mein lieber Junge, Sie sagen aber auch die unmöglichsten Dinge«, sagte Mr. Deacon, über meine Frage lächelnd. Seine Stimmung schien sich ein wenig aufzuheitern. »Nein, soweit ich unterrichtet bin, wird unsere Gastgeberin nicht länger ›ausgehalten‹, wie es Ihnen beliebte, die Lebensumstände, zu denen die Vorsehung sie berufen hatte, zu bezeichnen. Einer meiner Kunden erzählte mir, dass ihr gegenwärtiger Ehemann – es hat mehrere gegeben – umfangreiche Industrieanteile in Manchester, oder in der Gegend dort, besitzt. Die Beschreibung meines Freundes lässt auf eine zumindest ausreichende Kompetenz seitens dieses neuesten Ehemannes schließen, jene Abhängigkeit, die Sie erwähnten, wenigstens in finanzieller Hinsicht als nicht länger notwendig, ja vielleicht sogar als unerwünscht erscheinen zu lassen. Abgesehen davon weiß ich nur wenig über Mr. Andriadis, doch stelle ich ihn mir vor als einen Mann von fast grenzenloser Toleranz. Ich nehme an, Sie sind mit Barnbys Geschichte über die Halskette vertraut?«

»Welche Halskette?«

»Milly«, sagte Mr. Deacon, den Namen von Mrs. Andriadis mit affektiertem Feingefühl aussprechend, »Milly sah eine Halskette aus Diamanten und Smaragden bei Cartier. Sie kostete, sagen wir einmal, zwei Millionen Franc. Sie wandte sich an die königliche Persönlichkeit, die zufällig gerade im Crillon wohnte, und bat sie um das Geld, damit sie sich die Kette als ein Geburtstagsgeschenk kaufen könne. Die königliche Persönlichkeit überreichte ihr die Banknoten, die sie ohne Zweifel wie gewöhnlich in der Tasche trug, und Milly machte einen tiefen Knicks und verließ sie wieder. Sie ging um die Ecke zu der Wohnung eines bekannten französischen Industriellen – ich kann mich nicht erinnern, wer das war, aber sie würden seinen Namen kennen –, der ebenfalls an ihrem Wohlbefinden interessiert war, und bat ihn, auf der Stelle zu Cartier zu fahren und die Kette dort sofort zu kaufen. Der Industrielle war so entgegenkommend, das auch zu tun. Milly war also um zwei Millionen Franc reicher und konnte gleichzeitig ihren beiden Beschützern eine Freude machen, indem sie die Kette in ihrer jeweiligen Gegenwart trug. Einfach – wie alle großen Ideen.«

Mr. Deacon machte eine Pause. Er schien ganz plötzlich diesen jähen, uncharakteristischen Ausbruch von Versiertheit auf einem so weltlichen Gebiet zu bereuen. Er hatte die Anekdote zweifellos in einer Manier erzählt, die völlig verschieden war von dem Ton, in dem er normalerweise irdische Dinge behandelte. Über diese sprach er im Allgemeinen – zumindest in der Öffentlichkeit, wie ich zu einem späteren Zeitpunkt entdeckte –, als ob alle praktischen Transaktionen von einem

Geheimnis umgeben seien, das für einen Menschen mit seinen simplen Anschauungen undurchdringlich sei. Solch ein Verhalten war bei ihm in der Tat immer üblich gewesen, und ich erinnerte mich, dass selbst in den so weit zurückliegenden Tagen, als meine Eltern von ihm zu sprechen pflegten, über Mr. Deacons wiederholt zum Ausdruck gebrachte Unkenntnis der Welt gescherzt wurde. Seiner Meinung nach stand mit dieser Attitüde auch durchaus im Einklang, dass er für sich eine gewisse Gewandtheit in weniger bedeutenden, ›menschlicheren‹ Angelegenheiten beanspruchte, zum Beispiel in der Führung seines Geschäfts, die er kurz zuvor an dem Kaffeestand so präzise beschrieben hatte. Die Geschichte mit der Halskette kam mir vage vertraut vor. Sie hatte möglicherweise in der Schule zu Peter Templers Repertoire gehört, wobei die Heidin in Templers Anekdote, glaube ich, eine bekannte Schauspielerin war und nicht Mrs. Andriadis.

»Nicht dass ich mit einer solchen Leichtlebigkeit irgendwie vertraut wäre«, sagte Mr. Deacon, als sei er nun beschämt über sein momentanes Aufgeben der unangreifbaren Position, die ihm zuteil wurde, weil er sich in allen Lebenslagen auf des Künstlers traditionelle Unschuld des Herzens berief. »Ich persönlich wäre hocherfreut, wenn Könige, Priester, Rüstungsproduzenten, *poules de luxe* und *hoc genus omne* auf den Müll gekehrt würden, und ich könnte hinzufügen: auch der ganze Unsinn, den wir heute Abend um uns herum finden.« Als er jetzt aufhörte zu sprechen, wurden die Worte des Liedes, das über eine Anzahl von Strophen weitergegangen war, wieder hörbar:

»Die Halbseidenen schwärmen sogar:
›Ach Liebling, wie süß ist dein Haar!‹
Sie verschmier'n mein Mascara und klau'n mir mein Superox-
Yd. Ich weiß, ein Feigling
Würd' bald ein Weichling,
Wenn alle versprächen, sie würden auch orthodox.

Ich wäre gern nett, muss aber sagen: Ein andermal, ihr Lieben;
Mit Tunten nur zu unken ist immer noch am besten, ihr Lieben.«

Diese Strophe erregte bei Mr. Deacon großen Anstoß. Ja, sie hatte eine fast elektrische Wirkung in der Plötzlichkeit der Wallungen, die sie in ihm hervorrief. Er strich eine Locke grauen Haares zurück, die ihm in die Stirn gefallen war, und ballte die Fäuste, bis die Knöchel weiß wurden. Er war offensichtlich sehr zornig. »Unerträglich!«, sagte er. »Und das von einer solchen Person!«

Er war ganz bleich geworden vor Erregung. Auch der Neger, vielleicht selbst ein Sänger oder Musiker, hatte Max Pilgrim mit dem Ausdruck wachsenden, doch stummen Hasses beobachtet, der sein ganzes Gesicht zu einer finsteren Grimasse selbstgerechter Wut zusammenzog. Es schien, als hätte dieser Ausdruck seine ganze Gestalt dramatisch in den Charakter des Othello überhöht. Doch der Pianist, der hin und wieder an seinem Champagner nippte, ließ durch keinerlei Anzeichen erkennen, dass er die Feindseligkeiten, die er in diesen und vielleicht auch anderen Teilen des Zimmers erregte, wahrgenommen hatte. Mr. Deacon seufzte. Für einen Augenblick dachte ich, er hätte sich entschlossen, auf der Stelle das Haus zu verlassen. Er atmete schwer. Doch er kam dann offensichtlich zu dem Schluss, seine unangenehmen Gedanken zu verdrängen.

»Ihr junger Freund scheint hier den Ehrenplatz einzunehmen«, sagte er mit einer beherrschteren Stimme. »Ist er reich? Wer sind seine Eltern – wenn ich nicht zu neugierig bin?«

»Sie sind geschieden. Sein Vater hat eine Französin geheiratet und lebt in Kenia. Seine Mutter stammt aus Südafrika. Sie ist auch wieder verheiratet – mit einem Seemann namens Foxe.«

»Buster Foxe?«

»Ja.«

»Ein sehr eleganter Seemann«, sagte Mr. Deacon. »Wenn ich mich nicht täusche, wurde in Paris oft von ihm gesprochen. Und sie war zuerst mit irgendeinem erhabenen Earl verheiratet.«

Wieder ließ er unbekümmert einem jener vereinzelten Ausbrüche weltlichen Wissens freien Lauf. Vielleicht war der Champagner verantwortlich für das gelegentliche Zur-Seite-Ziehen des Vorhangs, der einen offenbar beträchtlichen Umfang an faktischen Informationen über die unwahrscheinlichsten Leute verbarg: eine kleine Fundgrube, deren Existenz er normalerweise nur ungern zugab, die er aber für den Notfall sicher in seinem Gedächtnis bewahrte.

»Wie war noch der Name?«, fuhr er fort. »Sie ist – oder war – eine sehr hübsche Frau.«

»Warrington.«

»Die schöne Lady Warrington!«, sagte Mr. Deacon. »Ich erinnere mich, eine Fotografie von ihr in ›The Queen‹ gesehen zu haben. Es stand da auch noch irgendein Unsinn über einen Kostümball, den sie gegeben hatte. Wann werden es die Leute endlich begreifen? Und Warrington selbst war sehr viel älter als sie und starb bald nach der Hochzeit. Er trank wahrscheinlich.«

»Soweit ich weiß, war er ein ehrbarer Brigadegeneral. Es ist wohl Stringhams Vater, der die Flasche liebt.«

»Sie sind alle gleich«, sagte Mr. Deacon mit Entschiedenheit.

Ob diese Verurteilung auf alle Ehemänner von Stringhams Mutter zielte oder – was wahrscheinlicher schien – grundsätzlich sämtliche Mitglieder der ganzen sozialen Schicht einschließen sollte, aus der diese Ehemänner bis dahin gewählt worden waren, wurde nicht deutlich. Er verfiel wieder in Schweigen, so als denke er über diese Dinge nach. Max Pilgrim hämmerte und klimperte immer noch auf dem Klavier, nippte weiter an seinem Champagnerglas und fuhr, gegen ein ständig wachsendes Gesprächsgeraune ankämpfend, fort mit seinem Lied, als sei es ein episches Gedicht oder eine Heldensage über heroische, legendäre Taten eines primitiven Volkes:

»Ich hoff' doch, Tallulah
Ist jetzt etwas kühler.
Doch warum dann schmollt sie und stampft auf so hart,
Wo doch Herr Citroën
Sagt, was noch keiner kennt,
Zu Sir Basil Zaharoff und Lady Cunard.
Hat jemand erraten, wer sich sehr amüsiert'
Auf Millys letzter Party, wo sich niemand geziert?«

Diese Strophe bildete das Ende des Liedes. Max Pilgrim nahm seine Brille ab, stand auf und verbeugte sich. Seit dem Beginn seines Vortrags hatten sich viele Leute, unter ihnen auch Mrs. Andriadis, allmählich entfernt, und das Zimmer war nun halb leer; doch hing eine kleine Gruppe von Enthusiasten weiter um den Flügel herum. Dieser Rest klatschte und applaudierte nun herzlich. Pilgrim wurde fast sogleich von zwei nicht mehr jungen Damen hinweggeführt. Was von der Menge übriggeblieben war, wechselte jetzt den Standort und setzte sich zu neuen Gruppierungen zusammen, so dass im Zuge der Bewegung, die dem Ende des Liedes folgte, Mr. Deacon aus seiner Ecke fortgeschwemmt wurde. Ich sah ihm nach, wie er, ohne Zweifel mit dem Ziel weiterer Erkundigungen, gemächlich zur Tür schlenderte. Während ich ihn beobachtete, ergriff jemand meinen Arm, und ich bemerkte, dass Sillery neben mir stand.

Durch die Anwendung eines geglückten Entsatzmanövers war es dem dunkelhaarigen jungen Mann inzwischen gelungen, sich aus der Umzingelung zu befreien, die ihn von den zwei Frauen abgeschnitten hatte, zu denen er aber jetzt erfolgreich zurückkehrte: eine Operation, die durch die Tatsache erleichtert wurde, dass die Frauen selbst – miteinander schwatzend und kichernd – sich weiter in günstiger Entfernung aufgehalten hatten. Angesichts dieser Entwicklung musste sich Sillery, der sich gewaltig zu amüsieren schien, langsam von Oberst Budd, mit dem er eine zweifellos nur rein geschäftliche Beziehung unterhielt, abgesetzt haben. Er war bei mir stehengeblieben, als wolle er nur kurz Atem schöpfen, offenbar noch nicht imstande zu entscheiden, auf welche wichtige Person er sich am besten als Nächstes stürzen sollte. Er blähte seinen immer noch dunklen Schnauzbart auf und schwankte, etwas nach vorne gebeugt, leicht hin und her. Dieses Schwanken war natürlich nicht auf den Genuss von Alkohol zurückzuführen, den er unter keinen Umständen anrührte; vielmehr hielt er sich während der langen Stunden seiner gesellschaftlichen Abenteuer mit ein oder zwei Tassen Café au Lait und vielleicht einem gelegentlichen Sandwich oder Plätzchen bei Kräften. Seine weiße Schleife war so lose gebunden, dass ihre Schlaufen und beide Enden unter den gewaltigen Ecken seines Kragens, ungestärkt und ebenfalls schlaff, lang und lasch herunterhingen.

»Warum so nachdenklich?«, fragte er, breit grinsend. »Hat Charles Stringham Sie hergebracht? Welch ein enger Freund unserer Gastgeberin Charles doch ist, nicht wahr? Ich höre, Sie und Charles sind nicht mehr so häufig zusammen wie in den alten Zeiten, als Sie beide noch Studenten waren.«

Ihm war offensichtlich sehr wohl bekannt, dass Stringhams Leben sich seit der Zeit, von der er sprach, stark verändert hatte, und wie seine Worte andeuteten, wusste er wahrscheinlich auch, dass Stringham und ich uns seit Jahren nicht mehr gesehen hatten. Auf solchen verstreuten Nachrichten beruhte Sillerys Informationssystem. Was die Effektivität dieses Systems betraf, so gingen die Meinungen darüber, wie ich schon erwähnte, weit auseinander. Sillery selbst glaubte jedenfalls an seine eigene Macht, und so sammelte, sichtete und verglich er unermüdlich kleine Neuigkeitsbrocken über die persönlichen Beziehungen von Leuten, die er kannte oder von denen er zumindest gehört hatte. Ohne Zweifel erwiesen sich einige dieser Kenntnisse als wertvoll bei der Verfolgung von Plänen, für die er aus dem einen oder anderen Grunde ein persönliches Interesse entwickelt haben mochte.

Ich gab zu, Stringham vor diesem Abend eine Zeitlang nicht gesehen zu haben, hielt es aber nicht für notwendig, Sillery im Einzelnen die Umstände darzulegen, die mich in Mrs. Andriadis' Haus gebracht hatten.

»Sie haben sich zu lange in der Gesellschaft jenes Herrn von zweifelhaftem Ruf aufgehalten«, sagte Sillery, mich in den Arm kneifend. »Man muss bei solchen Dingen vorsichtig sein. Ganz bestimmt. Ich kann mir nicht vorstellen, wie er zu dieser sehr seriösen Party eingeladen werden konnte. Aber lassen Sie uns nicht von solchen Dingen sprechen. Ich hatte gerade ein äußerst aufschlussreiches kleines Gespräch mit Prinz Theodoric.«

»Dem levantinischen jungen Mann?«

»Ein dunkler junger Prinz mit lock'gem Haar«, sagte Sillery und lachte glucksend. »Das könnte fast ein Vers von Tennyson sein, nicht wahr? Hübsch, wenn er nicht diese etwas zu aufdringliche Nase hätte. Man würde nie vermuten, dass er von Königin Victoria abstammt. Vielleicht tut er es ja auch nicht. Aber wir sollten keine Skandalgeschichten verbreiten. Eine sehr gescheite Familie, sein königliches Haus – und mit guten Beziehungen.«

Mir fiel wieder ein, dass man bei den Walpole-Wilsons über Prinz Theodoric gesprochen hatte. Obwohl mir bekannt war, dass er gerade unser Land besuchte, wusste ich nicht sehr viel über den Prinzen selbst und die Probleme, die mit ihm erörtert werden sollten. Mein Gedächtnis hatte Bemerkungen, die Widmerpool und Tompsitt zu einem früheren Zeitpunkt des Abends zu dem Thema gemacht hatten, mit dem Inhalt eines Artikels in einer kurz zuvor in einem Club flüchtig gelesenen Wochenzeitschrift durcheinandergeworfen, in dem der Schreiber »die Frage der industriellen Entwicklung von Edelmetallen« – ein Wort, das beim Abendessen Archie Gilbert aufhorchen ließ – mit »einer endgültigen Lösung in Mazedonien« verbunden hatte. In dem Leitartikel der gleichen Zeitschrift war, ziemlich abfällig, von »der Rolle« die Rede gewesen, »die, wie zu hoffen ist, Prinz Theodoric auf dem Schachbrett des Balkans spielen wird«, und hinzugefügt worden, dass »informierte Kreise in Belgrad, Bukarest und Athen die Bewegungen dieses jungen Mannes genau beobachten, während kaum weniger Interesse in Sofia und Tirana geweckt ist – trotz einer gewissen Zurschaustellung von Zurückhaltung in der zuletzt genannten Hauptstadt. Nur in Ankara bringt man offen Skepsis über die Wahrscheinlichkeit zum Ausdruck, dass die Gelenkstücke einer akzeptablen Lösung auf dem, inzwischen zum Glück veralteten, Amboss der Thronsaaldiplomatie geschmiedet würden.« Sillerys Hinweis auf die ›guten Beziehungen‹ des Prinzen ließen mich unwillkürlich wieder an Onkel Giles denken, der in dem gleichen Zusammenhang ohne Zweifel auch von Prinz Theodorics Rückgriff auf ›Einfluss‹ zur Förderung seiner eigenen Interessen oder der Interessen seines Landes gesprochen hätte.

»Mrs. Andriadis muss sich zumindest ein ganz klein bisschen geschmeichelt fühlen, dass Seine Königliche Hoheit heute Abend hier erschienen ist«, sagte Sillery. »Obwohl unserer Gastgeberin natürlich, wie Sie wahrscheinlich wissen, Angehörige königlicher Familien in ihren gelösteren Momenten keineswegs fremd sind. Ich vermute, es ist auch das erste Mal, dass der gute Theodoric dieselbe Party besucht wie einer unserer schwarzen Brüder. Er ist jedoch weitherzig. Das kommt von dem Tropfen Coburg-Blut in ihm.«

»Ist er für länger hier bei uns?«

»Vielleicht für ein oder zwei Monate. Ist es Aluminium? Etwas in der Richtung. Ich hoffe, wir zahlen einen fairen Preis. Einige von uns versuchen ja, die öffentliche Meinung entsprechend zu beeinflussen, aber es gibt immer Leute, nicht wahr, die meinen, wir sollten nur an unsere eigenen Interessen denken, was auch geschehe. Aber ich glaube, das alles ist bei einem so großen und guten Mann wie Sir Magnus Donners – mit zwei so großen und guten Assistenten wie Charles Stringham und Bill Truscott – in sicheren Händen.«

Er gluckste wieder herzhaft über seinen letzten Kommentar.

»Hat Prinz Theodoric hier die Schule oder Universität besucht?«

Sillery schüttelte den Kopf und seufzte.

»Ich hab versucht, ihn zu kriegen«, sagte er. »War aber nichts zu machen. Dennoch, wir werden vielleicht was bekommen, das fast genauso gut ist.«

»Ein weiterer Bruder?«

»Besser als das. Theodoric ist an der geplanten Studienstiftung von Donners-Brebner interessiert. Ausgewählte Studenten studieren auf Kosten der Firma Donners-Brebner an unserer Universität. Wir müssen schließlich etwas für sie tun, wenn wir ihnen ihr Metall wegnehmen, nicht wahr?«

»Werden Sie die Studienstiftung organisieren, Sillery?«

»Der Prinz war so gütig, mich hinsichtlich gewisser akademischer Fragen um meinen Rat zu bitten.«

»Und Sie sagten ihm, wie es gemacht werden solle?«

»Ich sagte ihm, ich würde ihm so viel helfen, wie er es wünsche, wenn er mir nur verspräche, mir nicht einen dieser großen, knallbunten Orden zu verleihen, die ich so sehr hasse, weil ich nie weiß, wie ich sie anlegen soll, wenn ich herausgeputzt zu vornehmen Partys gehen muss.«

»War er damit einverstanden?«

»Auch hat gesagt ein paar Worten über die politisch Sitschuaschon«, bemerkte Sillery, die Frage überhörend und breiter denn je grinsend. »Öde Sachen für die arme Prinz, ich fürchten. Glaub, er sich amüsieren mehr jetzt.«

Er gab keine Erklärung für seine plötzliche Verwandlung in so etwas wie die unklar erinnerte Gestalt des Negers Onkel Remus in J. C. Harris' Kinderbüchern mit seiner Sprechweise der alten Plantagen – in diesem Augenblick vielleicht ausgelöst durch den Anblick des Negers, der, jetzt in einem freundlichen Gespräch mit Pilgrim, gerade vorbeiging. Möglicherweise wollte er aber auch nur einen der komischen alten Käuze verkörpern, wie es sie in den Romanen von Dickens gibt. Das war unmöglich mit Sicherheit zu entscheiden. Wahrscheinlich hatte diese Einlage in Wahrheit auch überhaupt keine Bedeutung. Diese plötzlichen Wechsel in Charakterrollen waren ein bekanntes Element in Sillerys Art der Lebensbewältigung. Es konnte kein Zweifel darüber bestehen, dass er über das Ergebnis seines kürzlich geführten Gespräches, was auch immer verhandelt worden sein mochte, entzückt war; doch hatte er wahrscheinlich recht mit seiner Vermutung, dass der Prinz sich in diesem Augenblick bei den Frauen angenehmer beschäftigt fand als in den vorhergehenden Diskussionen über wirtschaftliche und diplomatische Probleme.

Doch abgesehen von der Tatsache, dass er vermutlich selbst den Gegenzug eingeleitet hatte, durch den Sillery schließlich verdrängt worden war, ließ Prinz Theodoric, wie es sich ergab, so gut wie keine äußeren Anzeichen für seine Vorliebe erkennen. Er beobachtete ernst die beiden Frauen, zwischen denen er stand, als versuche er, zu einem Urteil zu kommen, welche von ihnen ihm mehr zu bieten habe. Ich konnte nicht umhin, neidisch zu sein auf sein Monopol an der Gesellschaft zweier so attraktiver Damen, von denen jede in ihrem kontrastierenden Äußeren ein Schönheitsideal zu verkörpern schien, das sowohl für sich selbst exquisit als auch im Augenblick sehr in Mode war – dies letztere eine unbedeutende, ja irrelevante, doch auch schwer zu widerstehende Erwägung. Ich erkundigte mich nach den Namen dieser Freundinnen des Prinzen.

»Zwei bekannte Schönheiten«, sagte Sillery kichernd. »Die kleinere von ihnen ist Mrs. Wentworth – eine auf ihre Weise ziemlich berühmte Person –, die Schwester von Jack Vowchurch. Sie war in die Scheidung von Charles' Schwester verwickelt. Ich meine, ich hätte ihren Namen auch im Zusammenhang mit dem Fall Derwentwater gehört, doch nicht als einen schuldigen Teil. Die große und stattliche Dame ist Lady Ardglass. Sie war, glaube ich, vor ihrer Ehe Mannequin.«

Er entfernte sich jetzt von mir, nickend und sich die Hände reibend. Die Party bereitete ihm zu viel Vergnügen, als dass er noch mehr von der kostbaren Zeit ihrer notwendigerweise begrenzten Länge zu verschwenden bereit gewesen wäre. Ich hätte gern die Bekanntschaft der beiden Damen gemacht oder zumindest mehr über sie erfahren, doch zeigte Sillerys Verhalten, dass er keine von ihnen persönlich kannte oder, bestenfalls, weit davon entfernt war, mit ihnen auf vertraulichem Fuße zu stehen, so dass es deshalb ganz nutzlos gewesen wäre, ihn – sollten sie jemals von Prinz Theodorics Seite weichen – um eine Vorstellung zu bitten. Mrs. Wentworth war äußerlich gesehen die auffallendere der beiden, besonders aufgrund der augenscheinlichen Kraft ihrer Persönlichkeit – ein Charakteristikum, das durch die Einfachheit ihres Kleides, das kurze, lockige Haar und den Ausdruck grenzenloser Gerissenheit in ihrem Gesicht noch betont wurde. Lady Ardglass glich mehr einer Karyatide oder der Galionsfigur eines Schiffes, war aber deshalb nicht weniger superb. Da keine unmittelbare Aussicht bestand, die beiden Damen kennenlernen zu können, begab ich mich in ein anderes Zimmer, wo mir plötzlich Gypsy Jones begegnete, die seit unserer Ankunft eine ganze Menge getrunken zu haben schien.

»Was ist mit Edgar passiert?«, fragte sie laut.

Sie sah unordentlicher aus als zuvor und schien in einem Zustand großer Erregung, ja den Tränen nahe zu sein.

»Wer ist Edgar?«

»Ich dachte, Sie hätten gesagt, Sie kennen ihn, seit Sie ein Kind waren.«

»Meinen Sie Mr. Deacon?«

Sie lachte schallend über diese Frage.

»Und Ihr anderer Freund«, sagte sie, »wo haben Sie den aufgegabelt?«

Ihr Lachen wurde in diesem Augenblick durch einen leichten und schnell unter Kontrolle gebrachten Anfall von Schluckauf abgeschwächt.

Ihr Betragen wurde merklich hysterischer, und der Zustand, in dem sie sich befand, konnte leicht zu einem peinlichen

Zwischenfall führen. Ich hatte mich so daran gewöhnt, dass Leute allgemein Widmerpool für seltsam hielten, dass ich die Frage gar nicht als allzu kritisch empfand. Jedenfalls war sie eigentlich auch nicht unangebrachter als Stringhams Erkundigung nach Mr. Deacon, obwohl meine lange Freundschaft mit Stringham seine Formulierung als zulässiger erscheinen ließ. Gypsy Jones' Kommentar führte mir jedoch, als ich später darüber nachdachte, wieder die Unmöglichkeit vor Augen, Widmerpools Persönlichkeit selbst wohlwollenden Zuhörern überhaupt in kurzen Worten erklären zu können. Er war natürlich kein Einzelfall, sondern nur ein Beispiel unter vielen für die Tatsache, dass gewisse Bekannte fest in dem besonderen Lebenskreis eines Menschen verbleiben: ein Gesetz, das unausweichlich zu dem Schluss zu führen scheint, dass die oft wiederholte Behauptung, man könne ›sich seine Freunde aussuchen‹, nur in einem begrenzten Maße zutrifft.

Gypsy Jones war jedoch die letzte, von der man Vergnügen an einem Gespräch über ein so hypothetisches Thema erwarten konnte, selbst wenn ich in diesem Augenblick die Absicht dazu gehabt hätte oder sie in der angemessenen Verfassung gewesen wäre, die entsprechenden Gesichtspunkte zu diskutieren. Obwohl sie sich auf der Party augenscheinlich gut amüsierte – sogar in einem Maße, das nicht weit von Hysterie entfernt war –, hatte sie offenbar einen Punkt erreicht, an dem eine Ortsveränderung für sie zu einer absoluten Notwendigkeit wurde: nicht weil sie in irgendeiner Weise unzufrieden gewesen wäre mit der Umgebung, in der sie sich befand, sondern aufgrund des zwanghaften Gebots ihrer eigenen Nerven, dem in seinem beharrenden Nachdruck, dass ein Szenenwechsel stattfinden müsse, nicht widerstanden werden konnte. Ich war mit einer ähnlichen Ruhelosigkeit vertraut, denn auch Barbara wurde manchmal von ihr heimgesucht.

»Ich suche Edgar, um mit ihm ins ›Merry Thought‹ zu gehen.«

Sie klammerte sich eng an mich – ob als herzliche Geste,

als Mittel, meine Sympathie anzuspornen, oder nur, um ihr Gleichgewicht zu behalten, konnte ich nicht entscheiden. Das beträchtliche Maß ihrer Erregung teilte sich auch mir mit, denn ihr gerötetes Gesicht hatte sie hübscher gemacht, und sie hatte ihre üble Laune von vorher völlig verloren.

»Warum kommen Sie nicht mit ins ›Merry Thought‹?«, fragte sie. »Ich war vor einiger Zeit etwas niedergeschlagen. Jetzt fühle ich mich besser.«

Eine Sekunde lang fragte ich mich, ob ich nicht auf ihren Vorschlag eingehen solle; aber das schien so viele und so verschiedenartige mögliche Folgen zu haben, dass ich mich entschloss, sie nicht zu begleiten. Ich glaubte zudem, dass im Hause von Mrs. Andriadis vielleicht noch weitere interessante Erfahrungen auf mich warteten; und die Tatsache, dass ich, soweit ich mich erinnern konnte, nur ein Pfund bei mir hatte, spielte bei meiner Entscheidung auch eine Rolle.

»Nun, wenn Edgar nicht zu finden ist, gehe ich eben ohne ihn«, sagte Gipsy Jones in einem Ton, als ob sie solch einen bedauerlichen Mangel an Ritterlichkeit bei Mr. Deacon nicht erwartet habe.

Sie schien ihre Fassung wiedergewonnen zu haben. Während sie, etwas unsicher, die Treppe hinunterging, rief ich ihr über das Geländer die Mahnung nach, sie möge ihre Exemplare von »Krieg zahlt sich niemals aus!« besser nicht unter dem Stuhl in der Eingangshalle liegenlassen, denn ich wünschte nicht, auch nur in einem geringen Maße für die Einführung dieser Publikation in das Haus von Mrs. Andriadis verantwortlich zu sein. Gypsy Jones verschwand aus meinem Blickfeld. Es war zweifelhaft, dass sie meine Ermahnung gehört hatte. Ich kam, ziemlich schäbig, zu der Auffassung, es sei besser, dass sie das Haus verlassen habe.

Als ich einige Minuten später durch eine der Türen zurückkehrte, stieß ich auf Widmerpool – ebenfalls rot im Gesicht, sein Haar, dessen übliche Pomade vielleicht der Zucker ausgetrocknet hatte, hoch auf seinem Kopf zu einer Art Kegel aufgeplustert. Auch er schien mehr getrunken zu haben, als er gewohnt war.

»Hast du Miss Jones gesehen?«, fragte er, noch atemloser als sonst.

Obwohl ich erst so kurze Zeit vorher mit ihr gesprochen hatte, erfasste ich wegen seiner Sprechweise nicht sofort die Identität der gesuchten Person.

»Das Mädchen, mit dem wir hierhergekommen sind«, murmelte er ungeduldig.

»Sie ist gerade zu einem Nachtclub gegangen.«

»Begleitet sie jemand dorthin?«

»Nicht, dass ich wüsste.«

»Du meinst, sie ist alleine gegangen?«

»Das hat sie jedenfalls gesagt.«

Widmerpool schien erregter als zuvor. Ich verstand seine Besorgnis nicht.

»Ich meine, sie hätte so nicht alleine losgehen sollen«, sagte er. »Sie hatte ziemlich viel getrunken – mehr, als sie gewohnt ist, kann ich mir vorstellen. Und sie ist auch in gewissen Schwierigkeiten. Sie hat mir davon erzählt.«

Es konnte nicht der geringste Zweifel bestehen, dass Widmerpool selbst dem Champagner mehr zugesprochen hatte, als es klug gewesen wäre.

»Wir hatten ein ziemlich vertrauliches Gespräch miteinander«, fuhr er fort. »Und dann sah ich einen Mann, den ich schon seit Wochen zu sprechen gewünscht hatte. Natürlich hätte ich ihn anrufen können, aber ich zog es vor, auf eine zufällige Begegnung zu warten. Man kann in solchen Momenten oft viel mehr erreichen als in einer förmlichen Unterredung. Nachdem ich ihr – wie ich meine eindeutig – erklärt hatte, dass ich nach einem kleinen Geschäftsgespräch wieder zu ihr kommen würde, ging ich hinüber, um mit ihm zu sprechen; und als ich zurückkam, war sie verschwunden.«

»Pech gehabt.«

»Das war sehr töricht von mir«, sagte Widmerpool fast in

einem Ton, als wolle er sich untertänigst für eine grobe Geschmacksverirrung entschuldigen. »Und auch ziemlich unhöflich.«

Er machte eine Pause und schien sehr bestürzt. Er sah jetzt fast genauso aus, so erinnerte ich mich, wie an dem Tag, an dem er Zeuge von Le Bas' Verhaftung wurde, damals, als wir noch zusammen auf der Schule waren. Ich hätte vielleicht, wenn ich in dem Moment, als er diese Worte sprach, im Besitze größerer Scharfsichtigkeit gewesen wäre, den ungeheuren Wandel bemerkt, der für einen Augenblick über ihn gekommen war. Wie die Dinge aber lagen, schrieb ich seine Erregung nur dem Alkohol zu – ein völlig oberflächliches Urteil, das selbst ein kurzes Nachdenken hätte korrigieren können. Um zu illustrieren, wie wenig mein Mangel an Verständnis zu entschuldigen ist: Ich hatte zum Beispiel Widmerpool, soweit ich mich jetzt erinnern kann, nie zuvor auch nur andeuten hören, dass etwas, das er getan hatte, als töricht oder unhöflich bezeichnet werden könne; und selbst an jenem Abend hätte mir, meine ich, dämmern müssen, dass Gypsy Jones in ihm, sozusagen als Reaktion darauf, dass ihm von Barbara Zucker über den Kopf geschüttet worden war, sicher ein ziemlich heftiges Interesse geweckt hatte.

»Es gibt Augenblicke, in denen man wirklich Arbeit Arbeit sein lassen sollte«, sagte Widmerpool. »Schließlich ist das Vorwärtskommen ja nicht alles im Leben.«

Es war dies eine Verhaltensregel, die, was mich selbst in jenen Tagen anging, keiner besonders nachdrücklichen Einschärfung bedurfte.

»›Erst das Vergnügen, dann die Arbeit‹ ist immer schon mein Motto gewesen«, hatte, wie ich mich erinnerte, Bill Truscott auf einer der Teegesellschaften Sillerys festgestellt, als ich noch Student war; und obwohl es irreführend gewesen wäre anzunehmen, solch eine Beschreibung sei im Mindesten – auch nur in geringstem Maße – auf Truscott anwendbar gewesen, so erschien mir selbst doch diese Maxime in dem Moment, in dem ich sie von ihm zitiert hörte, als eine solche Binsenwahrheit, dass ich mir nicht vorstellen konnte, warum Truscott diesen Satz seinerseits wohl für so etwas wie ein Epigramm oder Paradoxon hielt. Vergnügen erschien mir immer noch als ein natürliches Lebensziel, und in jener Nacht in der Hill Street wusste ich sicher überhaupt nicht zu würdigen, wie ungewöhnlich verwirrt Widmerpool gewesen sein musste, um eine so lästerliche Verwerfung seines eigenen tief verwurzelten Gedankengebäudes laut zu äußern. Er wurde jedoch an der weiteren Darlegung der Umstände, die ihn zu diesem revolutionären Schluss genötigt hatten, gehindert, als jener Mann bei uns auftauchte, dessen geschäftliche Bedeutung ihm genügend groß erschienen war, um seine Konzentration auf das Gefühl aufzugeben. Diese Person hatte augenscheinlich zusätzliche Transaktionen zu besprechen. Ich war gespannt, wer die Gestalt sein mochte, die sich bei diesen Gegebenheiten als eine mächtigere Anziehungskraft als die erwähnte Dame erwiesen hatte. Die Enthüllung war, auf eine ruhige Weise, dramatisch genug: Der ›Mann‹ entpuppte sich als Bill Truscott selbst, der jetzt durch eines anderen Befolgung seiner eigenen, laut verkündeten Verhaltensregel zeitweilig in einer Art Dilemma zu sein schien.

Als ich ihn zuletzt, zu einem früheren Zeitpunkt in demselben Jahr, auf dem Ball der Rothschilds mit den Anstandsdamen plaudern gesehen hatte, konnte nicht der geringste Zweifel daran bestehen, dass Truscott immer noch der Liebling aller war – ein Mann, mit dem man gerne Gesellschaften ›auffüllte‹: von jedem mit Hochachtung behandelt und in einer ganz anderen, deutlich höheren Kategorie in der Hierarchie männlicher Gäste eingestuft als etwa Archie Gilbert. Es konnte in der Tat unmöglich geleugnet werden, dass Truscott gut aussah und dass sein gewelltes, jugendlich graues Haar und seine breiten Schultern Würde ausstrahlten. Dennoch, welche endgültige Form seine große Karriere annehmen würde, war, soweit ich wusste, immer noch nicht entschieden. Nicht, dass er sich als weniger fähig – oder gar weniger verlässlich – erwiesen hätte, als Männer, die zu einer früheren Generation als er gehörten, vermutet hatten; und auch seine Beliebtheit bei den würdevollen älteren Damen war, wie an jenem Abend, als ich ihn auf dem Ball sah, augenscheinlich wurde, so groß wie zuvor. Im Gegenteil, viele, wenn nicht alle Leute sprachen weiterhin von Truscotts Brillanz, als ob sie fast etwas Selbstverständliches sei; und man stimmte allgemein darin überein, dass es ihm äußerst erfolgreich gelinge, die empfindliche Balance aufrechtzuerhalten zwischen dem Anspruch, ein vielversprechender junger Mann zu sein, und dem Verbleiben in immer noch genau derselben Stellung – einer, in der Tat, guten Stellung –, die er angenommen hatte, als er die Universität verließ; sie war ihm lieber gewesen, als sich als ein Bahnbrecher hervorzutun bei der Erschließung neuer, und möglicherweise fruchtloser, Gebiete zur Verwirklichung seiner Ambitionen, die, welcher Art sie auch sein mochten, vom Schicksal dazu bestimmt schienen, so lange vor Freunden und Bewunderern verborgen zu bleiben. Wenigstens nach außen hin hatte er – so wurde zumindest von Short, bei dem man sich darauf verlassen konnte, dass er bei solchen Themen völlig verlässlich die allgemeine Auffassung wiedergab, behauptet – seine Position weder verbessert noch verschlechtert. Ja, man konnte immer noch damit rechnen, dass Truscott sich einen Namen und ein Vermögen machen würde, ehe er die dreißig erreichte; doch musste dieses Jahrzehnt gefährlich nahe sein, und er würde sich beeilen müssen. Der in Aussicht gestellte Gedichtband (oder möglicherweise die Sammlung von *belles lettres*) war nie erschienen; doch gab es immer noch Leute, die fest behaupteten, Truscott würde eines Tages ›etwas schreiben‹. Unterdessen hatte er ein ausgezeichnetes Verhältnis zu den meisten Menschen und aus irgendwelchen Gründen besonders zu älteren Bankiers, ob verheiratet oder nicht, bei denen er fast ohne Ausnahme sehr beliebt war.

Damals auf dem Ball hatte Truscott mir, obwohl es verzeihlich gewesen wäre, wenn er unsere zwei oder drei weit zurückliegenden Begegnungen bei Sillery vergessen hätte, jenes erschöpfte, gewinnende Lächeln geschenkt, für das er berühmt war; und er hatte dabei seine Augen im Ballsaal umherschweifen lassen, als wolle er sich »Herzoginnen vormerken«, wie Stringham – Jahre später – einmal jene traurige, gehetzte Intensität bezeichnete, die sein Blick gelegentlich in einer großen Ansammlung von Menschen annahm, unter denen sich Personen beiderlei Geschlechts befinden mochten, die möglicherweise für die Karriere eines ehrgeizigen jungen Mannes von Bedeutung waren. Als er in diesem Augenblick durch die Tür kam, warf er mir wieder sein müdes Lächeln zu, um mir zu zeigen, dass er sich noch an mich erinnere, sagte aber gleichzeitig zu Widmerpool: »Sie sind so schnell weggegangen, dass ich keine Zeit hatte, Ihnen zu sagen, dass der Chef wahrscheinlich heute Nacht hierherkommen wird. Er ist ein alter Freund von Milly. Außerdem weiß ich zufällig, dass er Baby Wentworth gesagt hat, er werde hereinschauen – also ist es praktisch sicher.«

Truscott war, soweit ich wusste, immer noch einer der Sekretäre von Sir Magnus Donners, auf den er sich jetzt wohl mit »der Chef« bezog. Stringhams Unbestimmtheit in der Beschreibung seiner eigenen Stellung hatte mich unsicher gemacht, ob er und Truscott noch so enge Kollegen seien wie früher, doch ließen Sillerys Bemerkungen mit Sicherheit darauf schließen, dass sie noch zusammenarbeiteten.

»Nun, das wäre natürlich wunderbar«, sagte Widmerpool langsam.

Aber obwohl er zweifellos an der gerade erhaltenen Information interessiert war, sprach er in einem verzagten Ton. Er schien an etwas ganz anderes zu denken, unfähig, sich voll auf das Kommen und Gehen selbst einer so bedeutenden Persönlichkeit wie Sir Magnus Donners zu konzentrieren.

»Ich könnte Sie ihm vorstellen«, sagte Truscott trocken.

»Und dann könnten wir nächste Woche über die Dinge reden.«

Widmerpool versuchte sich zu sammeln. Er schien immer noch unentschlossen. Er glättete sein Haar, dessen Unordnung er in dem Wandspiegel vor uns bemerkt haben musste.

»Der Chef ist der unkonventionellste Mann der Welt«, sagte Truscott, ihm noch mehr Mut machend. »Er liebt die Zwanglosigkeit.«

Er lächelte auf Widmerpool herab, denn obwohl er diesen nur um ein paar Zentimeter überragte, gelang es ihm, den Eindruck zu erwecken, er sei sehr groß. Sein dichtes, glänzendes Haar war über den Ohren deutlich grauer geworden. Ich fragte mich, was Truscott und Widmerpool zusammengeführt hatte, denn es war klar, dass das, was Truscott für heute Nacht zu arrangieren vorschlug, das Ergebnis früherer, möglicherweise mühsamer Verhandlungen zwischen ihnen gewesen sein musste. Es konnte kein Zweifel daran bestehen, dass es Widmerpool, was immer ich selbst auch von seinen natürlichen Talenten hielt, gelang, einen ausgesprochen guten Eindruck auf Leute zu machen, die hauptsächlich daran interessiert waren, im Leben ›vorwärtszukommen‹. Um ein Beispiel zu geben: Weder Tompsitt noch Truscott hatten viel miteinander gemein außer der Konzentration auf die ›große Chance‹, und doch schienen beide – und Tompsitt fast unmittelbar – irgendwie fest von Widmerpools grundlegenden Fähigkeiten überzeugt. Es kam mir jetzt in den Sinn, dass dieses Problem des Vorankommens im Leben etwas sei, dem vielleicht auch ich in Zukunft größere Aufmerksamkeit widmen sollte, falls ich nicht unlösbar fest in einer monotonen, manchmal sogar öden Bahn verbleiben wollte.

»Meinen Sie nicht, es wäre besser, wenn ich Sie morgen früh anriefe?«, sagte Widmerpool ziemlich besorgt. »Ich bin heute Abend ein wenig durcheinander. Ich möchte keinen schlechten Eindruck auf Sir Magnus machen. Um die Wahrheit zu sagen, ich wollte gerade nach Hause gehen. Ich bleibe gewöhnlich nicht so lange auf wie heute.«

»Gut«, sagte Truscott, ohne zu versuchen, ein Lächeln über

den Gedanken zu unterdrücken, dass jemand so wenig Elan besaß, dass er seine Chancen auf ein Vorwärtskommen beschränkte, weil er nicht gern bis in die Nacht aufblieb.

»Vielleicht ist das wirklich das Beste. Donners-Brebner, Nebenapparat 5. Zu jeder Zeit nach zehn Uhr.«

»Ich glaube nicht, dass es viel Sinn hat, nach unserer Gastgeberin zu suchen, um mich zu verabschieden«, sagte Widmerpool und schaute wild um sich, als sei er nun am Ende seiner Kräfte. »Wissen Sie, ich hab mich ihr in der ganzen Zeit, in der ich hier war, nicht richtig vorstellen können.«

»Hätte nicht den geringsten Sinn«, sagte Truscott und lächelte wieder über solche Naivität.

Er betrachtete Widmerpool, als dächte er, dass sich dieser jetzt, da er die Entscheidung, nach Hause und ins Bett zu gehen, endgültig gefällt habe, so rasch wie möglich zur Ruhe begeben müsse, falls er fit sein wolle für die Pläne, die Truscott für ihn in der nahen Zukunft bereithielte.

»Dann sage ich also gute Nacht«, sagte Widmerpool, sich mit großer Erschöpfung in der Stimme an mich wendend.

»Träum was Schönes.«

»Sag Stringham, es tue mir leid, dass ich ihn nicht mehr sehen konnte, ehe ich die Party verließ.«

»Werde ich tun.«

»Bedanke dich bei ihm dafür, dass er uns hergebracht hat. Das war nett von ihm. Er muss im Finanzviertel mal mit mir essen gehen.«

Er verließ das Zimmer. Ich fragte mich, ob es wirklich nett von Stringham gewesen sei, ihn zu der Party zu bringen. Ob nun nett oder nicht, ich war ziemlich sicher, dass Stringham nicht mit Widmerpool im Finanzviertel essen gehen würde. Truscott zeigte über Widmerpools Erwähnung von Stringham größeres Erstaunen, als er es sich normalerweise, zumindest in der Öffentlichkeit, erlaubte.

»Er kennt Charles also?«, fragte er, als Widmerpool durch die Tür verschwand.

»In der Schule gehörten wir alle zum selben Haus.«
»Tatsächlich?«
»Widmerpool war etwas über uns.«
»Er könnte vielleicht wirklich ganz nützlich sein in unserer neuen politisch-juristischen Abteilung«, sagte Truscott. »Nicht notwendigerweise eine Ganztagsbeschäftigung, zumindest am Anfang nicht; und der Chef besteht immer darauf, jeden selbst auszusuchen. Er wird sich natürlich diese ziemlich unglückliche Art abgewöhnen müssen.«

Ich hielt es für unwahrscheinlich, dass Widmerpool seine Art je auf Geheiß von Sir Magnus Donners, Truscott, Stringham oder sonst irgendjemandem ändern würde; doch die geplante Beschäftigung – ein Aspekt jener ziemlich geheimnisvollen Geschäftstätigkeiten, die so verschieden waren von denen meiner eigenen kleinen Firma – klang völlig normal. Ja, die Stellung an sich machte damals überhaupt keinen großen Eindruck auf mich. Ich war mehr daran interessiert, etwas über Stringhams Leben zu erfahren. Dies schien eine gute Gelegenheit, einige Fragen zu stellen.

»O ja«, sagte Truscott fast enthusiastisch. »Natürlich ist Charles noch bei uns. Er ist manchmal wirklich äußerst wertvoll für uns. Dieser Charme, wissen Sie. Aber ich sehe, mein Chef ist gerade angekommen. Wenn Sie mich bitte entschuldigen wollen …«

Er verließ mich unverzüglich und schritt schnell durch das Zimmer, um einen ziemlich großen Mann abzufangen, der gerade mit Mrs. Wentworth an seiner Seite hereintrat. Zuerst war ich unsicher, ob diese äußerlich nicht sehr eindringliche Gestalt in der Tat Sir Magnus Donners sei, so verschieden war die jetzt von Truscott begrüßte Person von meinem vorgefassten Bild, wie das Äußere einer derart ungewöhnlichen Persönlichkeit des öffentlichen Lebens wohl beschaffen sein könnte. Mein Zögern war in diesem Punkt berechtigt. Der Name von Sir Magnus Donners rief, in seiner Eigenschaft als bekannter Industrieller und als früheres Mitglied der Regierung (in der er jedoch nie

Kabinettsrang erreicht hatte) in meiner Fantasie fast automatisch eines jener im Allgemeinen wenig schmeichelhaften Bilder hervor, wie sie uns von Karikaturisten geboten werden – Darstellungen, die dazu dienen, uns, mehr oder weniger erfolgreich, auf leichte Weise die vermeintlich hervorstechenden persönlichen, gesellschaftlichen oder politischen Eigenschaften individueller Personen oder Typen zu vermitteln: Zeichnungen, die natürlicherweise meistens Menschen oder Gruppen von Menschen zum Gegenstand haben, die für wichtig und in der einen oder anderen Weise für mächtig gehalten werden.

Vor allem kam unerwartet, dass Sir Magnus Donners wenigstens zehn Jahre jünger aussah, als man vernünftigerweise annehmen konnte; so dass er, obwohl er gut Mitte fünfzig war, jetzt, unter einem unbefriedigenden, in der Manier Derains ausgeführten Bild, kaum mittleren Alters zu sein schien. Er war glattrasiert und eher ziemlich gutaussehend, doch lag etwas möglicherweise Seltsames, sogar leicht Beunruhigendes in der Form seines Mundes: etwas, das vielleicht innere, streng unterdrückte Gärung verriet. Abgesehen davon hatten seine Züge, ohne Zweifel infolge mühevoller geistiger Disziplin, eine fast unnatürliche Alltäglichkeit angenommen. Es umgab ihn jedoch eine entschieden pastorale Atmosphäre: die eines Laienpredigers oder geistlichen Schuldirektors, oder auch die eines hervorragenden Athleten mit fast unbehaglich strengen moralischen Überzeugungen, dessen gute Werke in dem Jungenclub eines sozialen Hilfsdienstes im Londoner Armenviertel seinen eigenen engen Freunden völlig unbekannt sind. Seine Gesichtsfarbe war die eines Mannes, der sich offensichtlich die meiste Zeit im Freien aufhält. Er schien in der Tat das Leben unter freiem Himmel zu sehr gewohnt zu sein, um sich in seinem Frack ganz wohlzufühlen, denn er trug ihn gleichgültig, als ob er ihn nur unter Zwang angelegt habe; doch erweckte auch *sein* Äußeres den Eindruck jener fast chemischen Reinlichkeit, die, in einer anderen Form, so charakteristisch für Archie Gilbert war. Trotz dieser Andeutungen von höheren Dingen gab sein schwerer, zielbewusster Gang gleichwohl den Berufspolitiker zu erkennen. Die Spur von Traurigkeit auf seinem Gesicht wirkte nicht unsympathisch.

Dieser gewichtige Schritt war auch der einzige schwache Hinweis auf eine Seite von ihm, die im allgemeinen Klatsch immer eine Rolle spielte, zum Beispiel auf den Gesellschaften Sillerys, wo, in der zwielichtigen Welt von Studentengesprächen, Bill Truscotts Verbindung zu Donners-Brebner Sir Magnus zu einem verhältnismäßig vertrauten Namen gemacht hatte; das heißt, er war ein Hinweis auf ihn als eine Art ›Profitmacher‹ oder Magnat: auf den Großindustriellen mit berufsbedingtem starken Willen. Ein solches Bild hatte ich mir in der Tat von ihm gemacht. Jetzt aber musste die Sache, wie so viele andere, erneut bedacht werden. Noch weniger ließ sich bei ihm jener Aspekt erkennen, der in meiner Vorstellung durch eine Bemerkung heraufbeschworen worden war, die Stringham einmal fallengelassen hatte: »Er bemüht sich dauernd, näher mit meiner Mutter bekannt zu werden.« Alles an Sir Magnus schien viel zu ruhig und korrekt zu sein, als dass irgendeine seiner Eigenschaften auch nur andeutete, dass es in seinem Betragen oder in seiner Natur etwas gebe, das ihn dazu treiben könnte, sich einer Welt aufzudrängen, in der er vielleicht nicht willkommen oder gar ausgesprochen unerwünscht war. Ja selbst viel später, als ich mehr über ihn hörte, konnte es keinen Zweifel geben, dass, welche Anstrengungen Sir Magnus auch unternommen haben mochte, um sich über ihren Sohn oder sonst wie bei Mrs. Foxe beliebt zu machen – und es gab Grund anzunehmen, dass solche Anstrengungen in der Tat unternommen worden waren –, sie einer jener Launen zugeschrieben werden mussten, denen Männer dieser Art besonders unterworfen sind: nämlich dem Verlangen, auch irgendwo außerhalb ihrer vertrauten Kreise eine große Rolle zu spielen; denn Sir Magnus war schließlich sehr wohl in der Lage, so ziemlich alles zu erreichen, was er sich wünschen mochte. Das von ihm gewählte gesellschaftliche Vorgehen glich eher dem von Bergsteigern, die mit Absicht den steilsten Aufstieg an einer Felswand nehmen; denn ich fand es besonders schwierig, ihn mit Stringham oder, nach allem, was ich von ihr wusste, mit Stringhams Familie in Verbindung zu bringen. Widmerpool dagegen konnte ich mir, wie mir nebenbei einfiel, gut als Opfer vorstellen: ohne Zweifel vom Schicksal dazu bestimmt, so vermutete ich, bei seinem bevorstehenden Gespräch unwiderruflich gefangengenommen zu werden durch das farblose, ehrbare, dominierende Äußere »des Chefs«.

Natürlich drängte sich sofort die Frage auf, welche Rolle Mrs. Wentworth im Leben von Sir Magnus spielte. Er war unverheiratet. Truscotts Worte, »… er hat Baby Wentworth gesagt, er würde hereinschauen – also ist es praktisch sicher«, schienen auf einen Einfluss oder eine Verbindung ziemlich fester, aber wahrscheinlich vorübergehender Art zu deuten. Als jedoch Sir Magnus und Mrs. Wentworth Seite an Seite durch die Tür kamen, verriet nichts an ihrer äußeren Erscheinung, dass ihnen ihr Zusammensein Freude bereitete. Im Gegenteil, beide betraten den Raum mit einer fast schuldbewussten Miene, und aus Mrs. Wentworths Gesicht war die ganze Fröhlichkeit, die ganze Lebhaftigkeit verschwunden, mit der sie zuvor Prinz Theodoric zu bezaubern versucht hatte. Sie machte jetzt einen mürrischen und – wenn dies Wort auf jemand angewandt werden konnte, der so selbstsicher war und ein so angenehmes Gesicht und eine so reizende Figur besaß wie sie – linkischen Eindruck. Es war, als hätten sie gerade zusammen eine äußerst peinliche Szene verlassen, an der sie gemeinsam teilgenommen hatten: einen Zwischenfall, für den sich beide in gleicher Weise verantwortlich fühlten und für den sie sich herzlich schämten. Ich konnte nicht umhin, an eines jener Bilder zu denken, die – weder im traditionellen noch in Mr. Deacons höchst eigenem Stil, sondern in einem damals ziemlich beliebten ›modernen Gewand‹ – biblische Themen bildlich darstellen: Es zeigt Adam und Eva, wie sie nach dem Sündenfall gerade den Garten Eden verlassen. So lebhaft war der Eindruck, dass ich fast erwartete, ihnen folge jetzt durch die Tür ein gutgekleideter Engel, der mit einem flammenden Schwert in ihre Richtung weise.

Eine solche Ansicht von ihnen war nicht nur völlig meiner Fantasie entsprungen, sie hatte vielleicht auch nicht die geringste Grundlage in der Wirklichkeit, denn Truscott schien ihr Betragen als völlig normal zu erachten. Er ging schwungvoll auf sie zu und sprach für einige Minuten in seiner gewohnten lockeren Art mit ihnen. Mrs. Wentworth zündete sich eine Zigarette an und beobachtete ihn, ohne zu lächeln, ihre Augenbrauen leicht hochgezogen. Dann sagte sie etwas zu Sir Magnus, worauf dieser mehrere Male heftig nickte. Vielleicht wurden Vorkehrungen getroffen, sie in seinem Wagen nach Hause zu schicken, denn er sah auf seine Uhr, ehe er gute Nacht sagte, und stellte Truscott einige Fragen. Dann ging Mrs. Wentworth, Sir Magnus kaum mehr als kurz zunickend, mit Truscott davon; dieser kehrte nach einigen Minuten wieder zurück und ließ sich mit seinem Dienstherrn auf dem Sofa nieder. Sie begannen ein ernsthaftes Gespräch, wobei sie fast wie Vater und Sohn wirkten; doch seltsamerweise hätte es gut Truscott sein können, der dabei die väterliche Rolle einnahm.

In der Zwischenzeit hatte sich die Menge der Besucher beträchtlich gelichtet, und der Bucklige hatte aufgehört, auf seinem Akkordeon zu spielen. Ich fühlte mich sehr erschöpft; doch da ich mich nicht entschließen konnte, nach Hause zu gehen, wanderte ich ziemlich ziellos in dem Haus herum, in dem sich jetzt überall die verbliebenen Gäste zu zweit oder in größeren Gruppen hingesetzt hatten. Die zeitliche Folge der Ereignisse, die zu diesem Zwischenspiel der Party gehörten, verwirrte sich mir später etwas. Ich kann mich an ein kurzes Gespräch mit einer Frau – nicht hübsch, doch hatte sie exzellente Beine – über Käse erinnern, der angeblich an dem kalten Büfett nicht zu beschaffen gewesen sei. Prinz Theodoric und Sillery hatten sich entfernt, und es machte sich schon der Eindruck breit – den früher oder später die meisten Partys vermitteln –, dass die Zahl der noch unter Mrs. Andriadis'

Dach ausharrenden Gäste allmählich und unerbittlich zu einer kleinen Gruppe jener harten Fälle zusammenschmelze, die sich nie losreißen können von dem, was für etwa eine Stunde noch übrig ist an, wenn nicht Fröhlichkeit, dann doch wenigstens so etwas wie wohligem Zusammensein und Schutz vor der Strenge der Welt draußen.

Zwei junge Männer schlenderten vorbei, und ich hörte, wie einer von ihnen sagte: »Die arme Milly hat heute Abend wirklich einen ziemlich eleganten Haufen zusammengebracht.«

Der andere, der eine Orchidee in seinem Knopfloch trug, antwortete: »Ich hatte den Eindruck, dass Sillery dem Ganzen eine leicht spießige Note gab – und dann waren da auch noch ein oder zwei merkwürdige Gestalten von den Dachböden Chelseas.«

Er fügte hinzu, er persönlich schlage vor, »noch ein Glas zu trinken«, bevor sie gingen, doch der andere murmelte etwas von einer Einladung zu »Eiern mit Speck im Kit-Cat«. Sie trennten sich daraufhin, und als der junge Mann mit der Orchidee von der Bar zurückkam, setzte er sein Glas in meiner Nähe ab und begann, sich ohne weitere Vorstellung weitläufig über den Stil der Ausstattung des Hauses zu verbreiten, den er offensichtlich stark missbilligte.

»Es muss natürlich ein Vermögen gekostet haben, die Zimmer ganz mit diesen Teppichen auszulegen«, sagte er. »Aber warum geht man dann hin und verdirbt wieder alles mit diesen schrecklichen italianisierten Vorhängen und Tapeten? Und die Bilder – mein Gott, die Bilder!«

Ich fragte ihn, ob das Haus Mrs. Andriadis gehöre.

»Guter Gott, nein«, sagte er. »Milly hat es nur für ein paar Monate von einem Mann namens Duport gemietet.«

»Bob Duport?«

»Kein enger Freund von Ihnen, hoffe ich.«

»Im Gegenteil.«

»Denn ich finde seine Manieren nicht besonders anziehend.«

»Ich auch nicht.«

»Nicht, dass ich ihn nun jemals sähe, aber wir waren auf der Universität in demselben College – ehe er relegiert wurde.«

Mein Kommentar war, dass, wie unbefriedigend die Ausstattung auch sein möge, ich dennoch finde, es sei ein für Duport unerwartet prächtiges Haus. Der junge Mann mit der Orchidee versicherte mir sofort, dass sich Duport keineswegs in Geldnot befinde.

»Er hat ganz schön was geerbt«, sagte er. »Und außerdem ist er einer jener Männer, die das Geld liebt. Im Moment hält er sich auf dem Balkan auf, wo er, wie ich nicht bezweifle, bestimmt auch Erfolg hat. Er ist, bedauerlicherweise, diese Art von Mann.«

Er seufzte.

»Ist er verheiratet?«

»Er hat eine sehr nette Frau.«

Obwohl ich Bob Duport kaum kannte, hatte ich mich immer an ihn erinnert, denn er war dabei gewesen, als Peter Templer Stringham und mich sowie zwei Ladenmädchen und einen weiteren unsympathischen Freund Templers namens Brent mit einem kurz zuvor erstandenen Auto in den Graben fuhr. Diese Episode hatte sich während des einzigen Trimesters ereignet, das Stringham an der Universität verbrachte. Aus der Rückschau erschien dieser Zwischenfall als eher absurd, aber ich hatte Duport damals nicht besonders gemocht. Jetzt war ich aus irgendeinem unerklärlichen Grund verärgert, dass er ein Haus wie dieses besaß, wie töricht es auch ausgestattet sein mochte, und dass er zudem eine Frau hatte, die mein Informant – dessen Auftreten absolute Unfehlbarkeit in solchen Fragen vermuten ließ – für attraktiv hielt; während ich dagegen mit einem verhältnismäßig kargen Gehalt in möblierten Zimmern wohnte und nicht länger in Barbara verliebt war – in ein Mädchen, das zu heiraten ich sowieso nie eine ernsthafte Aussicht gehabt hatte. Es schien dies ein Gegensatz, bei dem ich bei näherer Prüfung ziemlich armselig abschnitt.

Seitdem ich in London lebte, hatte ich Peter Templer mehrere Male gesehen, aber ich konnte mich nicht erinnern, dass im Verlauf der unendlichen Kette von Anekdoten über den ständig wechselnden Kreis seiner Kumpane der Name Duport aufgetaucht war, so dass ich nicht wusste, ob sie noch weiterhin häufig zusammen waren. Peter selbst hatte sich mit der größten Selbstverständlichkeit in der Londoner Finanzwelt zurechtgefunden. Er sprach endlos davon, »eine hübsche Stange Geld einzuheimsen« und »einen tollen Schnitt zu machen«; Geld, mit seiner vielfaltigen Metaphorik und seiner beschränkenden Rätselhaftigkeit, nahm in seinem Leben einen Platz ein, mit dem ernsthaft nur seine Hingabe an die Jagd nach Frauen wetteifern konnte – wobei dieses letztere Interesse sich proportional zu der Gelegenheit vergrößert hatte, in einem ausgedehnteren Feld als früher experimentieren zu können.

Wenn wir gemeinsam zu Mittag oder zu Abend gegessen hatten, war es jedesmal amüsant gewesen, doch eine Erneuerung der Freundschaft, wie sie zwischen uns in der Schule bestand, hatte kaum stattgefunden. Peter besuchte nicht die Welt der Bälle, denn wie Stringham langweilte ihn die übertrieben seriöse Atmosphäre dort.

»Wenigstens«, sagte er, als wir einmal diese Sache besprachen, »gehe ich gewöhnlich nicht zu *jener* Sorte von Bällen, über die man Berichte in der »Morning Post« oder der »Times« lesen kann. Ich sage nicht, dass ich nie ähnliche Vergnügungen in irgendeinem großen und düsteren – wahrscheinlich jüdischen – Haus in Bayswater oder Holland Park besucht habe, wenn ich mich zufälligerweise für eine Frau interessierte, die sich in diesen Kreisen bewegte. Man kann mehr Spaß haben zwischen all den Mahagonimöbeln und maurischen Messingarbeiten, als du vielleicht annimmst.«

Was die Geschäfte betraf, so hatte er, zumindest in kleinem Maße, damit begonnen, auf eigene Rechnung zu arbeiten; und es bestand offensichtlich kein Grund dafür, seinem Bericht über sich selbst als jemanden, den seine Firma für einen vielversprechenden jungen Mann hielt, keinen Glauben zu schenken. Ja, es schien, dass Peter, weit davon entfernt, ein Ausgestoßener der Gesellschaft zu werden, wie es Le Bas, unser Hausdirektor, prophezeit hatte, jetzt alle Zeichen dafür erkennen ließ, sich als ein bemerkenswerter Erfolg im Leben zu erweisen – ein Ergebnis, das für meine Auffassungen eine weitere jener Korrekturen verlangte, die täglich notwendiger wurden hinsichtlich einer so enormen Menge an Material, das ich in einer früheren Periode praktischer Erfahrung als unbestreitbar akzeptiert hatte.

Da ich dachte, dass der junge Mann mit der Orchidee, wenn er Duport kenne, vielleicht auch mit Peter, den ich inzwischen seit etwa einem Jahr nicht gesehen hatte, bekannt sei, fragte ich ihn, ob sie sich schon einmal begegnet seien.

»Ich bin noch nie mit Templer zusammengetroffen«, sagte er. »Aber ich habe von ihm erzählen hören. Übrigens, ich glaube, Duport hat die Schwester von Templer geheiratet, oder? Wie heißt sie noch?«

»Jean.«

»Richtig. Ein dünnes Mädchen mit blauen Augen. Ich meine, sie hätten im Ausland geheiratet – in Südamerika oder so, stimmt's?«

Das plötzliche Missvergnügen, das ich eine Sekunde zuvor angesichts des augenscheinlichen Glücks in Duports allgemeinen Lebensumständen verspürt hatte, war nichts im Vergleich zu dem Stich, der mich durchfuhr, als ich diese Neuigkeit hörte – wobei der erstere Groll vielleicht ausgelöst war durch die Ahnung, dass Schlimmeres folgen würde. Zwar hatte ich seit Jahren nicht viel an Jean Templer gedacht und die Frage, ob ich, wie ich einst angenommen hatte, in sie verliebt gewesen sei, auf eine vergleichsweise unbedeutende Position in meinem Gedächtnis verwiesen; ja, ich meinte, der Zwischenfall gehöre zu einer Zeit, als solche Gefühle, in meinen Augen, hoffnungslos unreif waren im Vergleich zum Beispiel zu den Empfindungen, die ich für Barbara hegte. Jetzt jedoch spürte ich, sehr zu meinem Erstaunen, starken Verdruss über die Entdeckung, dass Jean die Frau eines so unsympathischen Mannes wie Bob Duport war.

Solche Gefühle – plötzliche Ausbrüche sexueller Eifersucht, die uns, manchmal ohne die geringste Berechtigung, die uns das Gedächtnis oder die Zuneigung liefern könnte, durch das ganze Leben verfolgen – sind wie zunächst unbekannte, verborgene Wunden, die zu einer späteren Jahreszeit oder in einem ungewohnten Klima aufbrechen, um uns Schmerzen oder wenigstens Unbehagen zu bereiten. Die Party und der junge Mann mit der Orchidee bildeten einen vollkommenen Rahmen für einen Angriff dieser Art. Ich wollte gerade auf das Thema Duport zurückkommen, um meiner Verärgerung durch weitere abträgliche Kommentare über seine Persönlichkeit (wie sie mir in der Vergangenheit erschienen war) Luft zu machen, in der Hoffnung, meine Ansichten würden bereitwillige Zustimmung finden, als mir plötzlich bewusst wurde, dass Stringham und Mrs. Andriadis ganz in der Nähe der Stelle, wo wir saßen, in einen heftigen Streit miteinander verwickelt waren.

»Aber Süßer«, sagte Mrs. Andriadis gerade, »du kannst unmöglich *jetzt* ins ›Embassy‹ gehen wollen.«

»Seltsamerweise«, sagte Stringham, langsam und mit Bedacht sprechend, »seltsamerweise ist das genau das, was ich tun will. Ich will *sofort* ins ›Embassy‹ gehen. Auf der Stelle!«

»Aber es ist jetzt geschlossen.«

»Ich bin froh, das zu hören. Ich habe das ›Embassy‹ eigentlich nie gemocht. Ich werde irgendwo anders hingehen.«

»Aber du sagtest, es sei das *›Embassy‹*, wohin du gehen wolltest.«

»Ich kann mir nicht denken, warum. Ich wollte eigentlich irgendwo ganz anders hingehen.«

»Du bist wirklich äußerst langweilig, Charles.«

»Ich bin ganz deiner Meinung«, sagte Stringham, plötzlich den Ton wechselnd. »Tatsache ist, dass ich viel zu langweilig bin, um auf einer Party zu bleiben. Es ist genau das, was ich auch meine. Besonders auf einer von deinen Partys, Milly, einer deiner bezaubernden, fröhlichen, exquisiten, unvergleichlichen Partys. Ich verbreite Trübsinn über der lustigen Szene. ›Wer ist jener Leichnam auf dem Fest?‹, fragen die Leute. Und die Antwort ist: ›Der arme alte Stringham.‹«

»Aber du würdest dich im ›Embassy‹ auch nicht besser fühlen, Liebling, selbst wenn es offen wäre.«

»Du hast wahrscheinlich recht. Ja, ich würde mich bestimmt nicht besser fühlen im ›Embassy‹. Ich würde mich schlechter fühlen. Deshalb gehe ich auch irgendwohin, wo es viel primitiver ist als dort. Wo es wirklich schrecklich ist.«

»Du beträgst dich sehr albern.«

»Das ›Forty-Three‹ wäre zu muffig – in jedem Sinn dieses Wortes – für meine augenblickliche Stimmung.«

»Du kannst nicht ins ›Forty-Three‹ gehen wollen.«

»Ich wiederhole, ich *will* nicht ins ›Forty-Three‹ gehen. Ich blicke in diesem Moment gerade in meine Seele, um die interessante Frage zu prüfen, wohin genau ich gehen will.«

»Wo das auch ist, ich werde mitkommen.«

»Wie du wünschst, Milly. Wie du wünschst. Um die Wahrheit zu sagen, ich erwog gerade die Möglichkeiten eines Besuches bei Mrs. Fitz.«

»Charles, du bist unmöglich.«

Ich vermute, er hatte eine Menge getrunken; doch war das eigentlich unerheblich hier, denn ich wusste aus früheren Erfahrungen, dass er sich ebenso launisch und unvernünftig betragen konnte, wenn er gar keinen Alkohol zu sich genommen hatte. Falls er wirklich ein wenig betrunken war, so ließ er, abgesehen von einer leicht vorgebeugten Haltung, keine körperlichen Anzeichen einer solchen Verfassung erkennen. Mrs. Andriadis, die augenscheinlich entschlossen war, die Situation unter Kontrolle zu bringen – und der es immer noch, auf ihre besondere Weise, gelang, strahlend auszusehen, obwohl sie über diesen Wortwechsel verstimmt schien –, wandte sich jetzt an einen Diener, der, beladen mit einem Tablett voller

Gläser, gerade vorbeiging, und sagte: »Gehen Sie und holen Sie meinen Mantel, aber beeilen Sie sich.«

Der Mann, ein alter Kerl mit einem fleckigen Gesicht, der vielleicht die Gelegenheit genutzt und mehr von dem Champagner probiert hatte, als klug gewesen wäre, starrte sie an und trudelte dann, nachdem er das Tablett abgestellt hatte, langsam davon. Stringham nahm jetzt wahr, dass wir in der Nähe saßen. Er kam auf mich zu.

»Wenigstens kann ich mich darauf verlassen, dass du, Nick, als ein alter Freund«, sagte er, »mich zu einer der Höhlen des Lasters begleitest. Irgendwohin, wo die Flecken auf dem Tischtuch einem kalte Schauer über den Rücken jagen, in einen Keller tief in der Erde, wo alternde Huren zu den dissonanten Klängen des Jazz freudlos das Tanzbein schwingen.«

Mrs. Andriadis erfasste sofort, dass Stringham und ich uns schon seit langem kannten, denn sie lächelte mich mit einem jener Blicke bestrickender und rückhaltloser Aufrichtigkeit an, die in einem beträchtlichen Maße zu ihrer abenteuerlichen Karriere beigetragen haben mussten. Mir wurde bewusst, dass jetzt schwere Artillerie auf mich gerichtet war. Gleichzeitig präsentierte sie sich – stand sozusagen vor mir – in ihrer Schwachheit, bedroht durch Stringhams Betragen, das in der Tat ärgerlich genug war, und sagte sanft: »Sagen Sie ihm, er soll nicht ein solcher Idiot sein.«

Auch Stringham durchschaute die Situation völlig, und er kam offensichtlich zu der augenblicklichen und wahrscheinlich richtigen Auffassung, dass, wenn sich eine Diskussion zwischen uns dreien entwickeln sollte, Mrs. Andriadis ihn irgendwie gefügig machen würde. Es hatte vermutlich im Verlauf des Abends zwischen ihnen schon einen Zusammenstoß gegeben, bei dem jeder auf seinem Willen bestanden hatte – wahrscheinlich eine Folge gegenseitiger Verärgerungen, die sich über Wochen oder gar Monate hingestreckt haben mochten. Vielleicht hatte er bewusst einen Streit zu provozieren beabsichtigt, als er an diesem Abend das Haus betrat. Die Situation schien auf etwas Derartiges hinzuweisen. Es war ebenso gut möglich, dass er bloß unter der gleichen Art von Ruhelosigkeit litt, die zuvor schon Gypsy Jones heimgesucht hatte. Ich wusste es nicht. Wie auch immer, obwohl es mich nichts anging, mochte ein Bruch zwischen ihnen vielleicht das Beste sein. Es blieb jedoch keine Zeit, diese Frage genauer abzuwägen, denn Stringham wartete nicht. Er lachte laut und ging durch die Tür davon. Mrs. Andriadis ergriff meinen Arm.

»Bitte überreden Sie ihn zu bleiben«, sagte sie mit jener Spur von Cockney-Akzent, die, wie Barnby bemerkt hätte, »einmal fast ein königliches Herz gebrochen hätte«.

In diesem Augenblick kam der junge Mann mit der Orchidee, sich würdevoll vom Sofa erhebend, wo er still über die Welt nachgesonnen hatte, auf uns zu und unterbrach unser Gespräch mit den Worten: »Meine liebe Milly, ich muss dir einfach die Geschichte über Theodoric und den Prinzen von Wales erzählen …«

»Ein anderes Mal, Liebling.«

Mrs. Andriadis versetzte ihm einen leichten Stoß mit ihrer linken Hand, so dass er ruhig und offensichtlich ganz glücklich in einen Sessel fiel. Fast gleichzeitig kam ein riesiger Mann mit einem purpurroten Gesicht und einem Gebaren, das entschieden Autorität ausstrahlte, auf uns zu. Seine Züge waren mir irgendwie vertraut. Er war von einer kleinen, weit jüngeren Frau begleitet und murmelte und schwankte leicht, als er versuchte, sich bei Mrs. Andriadis für die Gastfreundschaft zu bedanken. Sie fegte ihn, offenbar zu seiner gewaltigen und ziemlich betrunkenen Überraschung, mit der gleichen Rücksichtslosigkeit zur Seite, die sie schon dem jungen Mann mit der Orchidee gegenüber gezeigt hatte, und sagte gleichzeitig zu einem anderen Diener, den ich diesmal für ihren eigenen Butler hielt: »Ich habe einem von diesen verdammten gemieteten Leuten gesagt, er solle meinen Mantel holen. Sehen Sie mal nach, wo er steckt.«

All diese kleinen Zwischenfälle verursachten Verzögerungen und gaben so Stringham einen Vorsprung auf seinem Weg die

Treppe hinunter, auf die auch wir jetzt zugingen, wobei Mrs. Andriadis immer noch meinen Arm festhielt, an dem entlang sie von Sekunde zu Sekunde den krampfartigen Griff ihrer Hand änderte. Als wir zusammen den Fuß der Treppe erreicht hatten, schlug die Haustür zu. In der Eingangshalle plauderten drei oder vier Gäste miteinander oder legten, in Vorbereitung ihres Aufbruchs, ihre Umhänge an. Die ältere Dame mit den schwarzen Augenbrauen und dem Diadem saß auf einem der hochlehnigen rotgoldenen Stühle, unter dem ich einen Packen von »Krieg zahlt sich niemals aus!« erblickte: den von Mr. Deacon oder den von Gypsy Jones vergessenen. Sie hatte ihren rechten Schuh ausgezogen und untersuchte aufmerksam seinen Absatz, um festzustellen, ob er noch intakt sei. Mrs. Andriadis ließ meinen Arm los und rannte rasch zur Tür, die sie heftig aufriss, um gerade noch zu sehen, wie ein Taxi vor ihrem Haus davonfuhr. Sie stieß ein Schimpfwort aus, das ich – in jenen fernen Tagen – noch nie aus dem Mund einer Frau gehört hatte. Dieser Ausdruck erlaubte nicht den geringsten Zweifel, dass sie äußerst aufgebracht war. Die Tür schwang in ihren Angeln. Mrs. Andriadis beobachtete schweigend, wie sie mit einem Knall zuschlug. Es ließ sich schwer sagen, ob ein Kommentar – und wenn, welcher – jetzt angebracht sei. In diesem Augenblick tauchte der Butler mit dem Mantel auf.

»Wollen Sie ihn tragen, gnädige Frau?«

»Bringen Sie das verfluchte Ding wieder weg«, sagte sie.

»Sind Sie und die Übrigen ein Haufen verdammter Krüppel? Muss ich immer eine halbe Stunde warten, wenn ich ausgehen will, nur weil ich keinen Fetzen zum Umhängen habe?«

Der Butler – ohne Zweifel daran gewöhnt, dass solche Vorwürfe täglicher Bestandteil seines Dienstes waren; und möglicherweise entlohnt in einem Umfang, der eine großzügige Spanne für harte Worte einschloss – schien völlig unberührt von dieser scharfen Kritik an seiner eigenen Behändigkeit und an der seiner Kameraden. Er stimmte sofort zu, dass sein zeitweiliger Kollege »offensichtlich seinen Verstand nicht beisammen gehabt« habe. In der sekundenlangen Pause, während der Mrs. Andriadis diese Feststellung bedachte, entschloss ich mich, auf Wiedersehen zu sagen: teils aus Überzeugung, dass die Gelegenheit dazu, falls ich sie jetzt verpasste, vielleicht nicht so leicht zurückkehren würde; aber mehr noch, weil ein sofortiger Abschied ein passender Weg wäre, die Periode quälender Spannung zu beenden, die seit Stringhams Weggang bestanden hatte, während Mrs. Andriadis über ihren nächsten Zug nachdachte. Doch bevor ich meinerseits die Zeit fand, mich von ihr zu verabschieden, wurde meine Aufmerksamkeit durch einen großen Lärm auf der Treppe hinter mir abgelenkt. Auch Mrs. Andriadis wurde durch diese plötzliche Unruhe aus dem Zustand der Leblosigkeit gerissen, in den sie vorübergehend verfallen zu sein schien.

Die Ursache dieser Aufregung zeigte sich jetzt. Mr. Deacon und der Sänger Max Pilgrim kamen, gefolgt von dem Neger, rasch Seite an Seite die Treppe herunter, ruckartig von Stufe zu Stufe springend im Tumult eines wütenden Streites. Zuerst dachte ich, dass es sich, so unwahrscheinlich das auch sein mochte, um eine Art Streich oder Ulk handele, an dem alle drei beteiligt seien; doch bei näherem Hinsehen erwies sich, dass Mr. Deacon mit Pilgrim schimpfte, während der Neger nur mehr oder weniger ein Zuschauer war, der kaum mit der Sache zu tun hatte, außer dass ihn der Streit offensichtlich amüsierte. Die lose Locke war Mr. Deacon wieder in die Stirn gefallen, und seine Stimme hatte einen tiefen, sarkastischen Ton angenommen. Pilgrim war rot im Gesicht und schwitzte, blieb aber, wenn auch mit Mühe, ruhig und versuchte, die Auseinandersetzung, was auch immer ihr Gegenstand war, in mehr spaßhafte als polemische Kanäle zu lenken.

»Überall halten gehässige Blicke Ausschau«, sagte Mr. Deacon gerade. »Und abgesehen davon, Ihr Lied versorgt die Puritaner mit Munition.«

»Ich glaube nicht, dass viele Puritaner anwesend waren –«, begann Pilgrim.

Mr. Deacon schnitt ihm das Wort ab.

»Das ist eine Frage der *Prinzipien*«, sagte er. »Falls Sie welche haben.«

»Was wissen Sie von meinen Prinzipien?«, sagte Pilgrim. »Ich glaube, Ihre eigenen Prinzipien würden wohl kaum einer genaueren Prüfung standhalten, wenn es hart auf hart geht.«

»Ich kann Ihnen versichern, dass *Sie* keinen Grund haben, über *meine* Prinzipien besorgt zu sein.« Mr. Deacon schrie fast. »Solch eine Situation könnte nie entstehen – dessen versichere ich Sie. Meines Wissens ist es auch nicht das erste Mal, dass Sie sich solche Freiheiten herausnehmen.«

Diese Bemerkung schien Pilgrim stark zu verärgern, so dass er jetzt kaum weniger wütend aussah als Mr. Deacon. Seine zittrige Stimme wurde lauter, als er sich gegen diese Vorwürfe verwahrte, während Mr. Deacons zu einem ätzenden Knurren herabsank: dem beleidigendsten Ton, den ich je von ihm gehört habe.

»Sie Person«, sagte er.

Er wandte sich heftig von Pilgrim ab und schritt quer durch die Eingangshalle in Richtung auf den Stuhl, unter dem er sein Bündel von »Krieg zahlt sich niemals aus!« abgelegt hatte. Neben seinen eigenen Exemplaren nahm er auch die – wie ich vorhergesehen hatte – von Gypsy Jones vergessenen auf und ging, einen Packen unter jeden Arm gepresst, auf die Eingangstür zu. Er ignorierte Mrs. Andriadis, deren Gegenwart er in seiner Wut ohne Zweifel gar nicht wahrgenommen hatte. Das Schnappschloss schien zu klemmen, oder es stimmte sonst etwas nicht, denn die Tür ließ sich nicht ohne weiteres öffnen. Mr. Deacon wollte augenscheinlich zuerst alle Exemplare, sowohl seine eigenen als auch die von Gypsy Jones, für eine kurze Sekunde mit seinem linken Arm festhalten, um mit seiner rechten Hand die Tür zu öffnen und dann für immer der verhassten Gegenwart von Max Pilgrim zu enteilen. Zusammen bildeten die beiden Packen von »Krieg zahlt sich niemals aus!« jedoch ein ganz beträchtliches Bündel, und er muss sich, während er die inzwischen ziemlich zerknitterten Exemplare dieser Publikation mit seinem linken Arm gegen seine Seite presste, gezwungen gesehen haben, auch seine linke Hand zu Hilfe zu nehmen. Die Tür schwang mit einem Male auf. Mr. Deacon war völlig überrascht. Plötzlich hörte man einen Laut, als ob Seide zerreiße, und die Zeitungen stürzten wie ein Wasserfall – oder der Zucker auf Widmerpools Kopf – eine nach der anderen aus Mr. Deacons Arm zu Boden. Er machte eine heftige Bewegung, um ihren Fall zu verhindern, erreichte aber nur, dass sie sich über eine noch größere Fläche als zuvor ausbreiteten; ein unerwarteter Luftstrom blies in diesem Moment durch die geöffnete Tür ins Haus und verstreute Blätter von »Krieg zahlt sich niemals aus!« über die ganze Eingangshalle und sogar bis an die Schwelle eines dahinter liegenden Zimmers. Ein lautes, theatralisches Lachen kam von der Treppe im Hintergrund. »Ha! Ha! Ha!«

Es war der Neger. Er grinste von Ohr zu Ohr und glich jetzt mehr einem jener schwarz geschminkten Varietésänger – einem Nigger mit Knochen und Tamburin, wie sie in der Viktorianischen Zeit in altmodischen Shows auf den Piers von Seebadeorten auftraten – als seinem vorherigen würdigen und gepflegten Selbst. Der Klang dieses wilden afrikanischen Gelächters muss Mrs. Andriadis endgültig aus ihrem Koma gerissen haben. Sie wandte sich an Mr. Deacon.

»Sie fürchterlicher alter Mensch«, sagte sie. »Verschwinden Sie sofort aus meinem Haus!«

Er starrte sie an und brach dann, eine Hand gegen seine Brust gepresst, in einen furchterregenden Hustenanfall aus. Mein Zylinder stand auf einem Tisch in der Nähe. Während mir Mrs. Andriadis noch den Rücken zukehrte, nahm ich ihn auf und ging durch die offene Tür. Mr. Deacon hatte sich als eine schwerere Verantwortung erwiesen, als ich sie für mein Teil weiterhin zu tragen bereit war. Sie alle konnten die Dinge untereinander regeln, ohne meine Hilfe. Es war bestimmt besser so. Welche Lösungen auch immer gefunden wurden, um den Komplikationen des Augenblicks ein Ende zu bereiten, Mr. Deacons unmittelbare Vertreibung aus dem Haus auf Befehl von Mrs. Andriadis gehörte nicht zu ihnen; denn als ich, nachdem ich fast hundert Yards die Straße hinaufgegangen war, zurückblickte, gab es noch kein Anzeichen dafür, dass er das Haus, durch Gewalt gezwungen oder auf andere Weise, verlassen hatte.

Es war bereits ziemlich hell auf der Straße; und obwohl es, nach der Atmosphäre auf der Party, draußen frisch und fast windig zu sein schien, deuteten selbst zu dieser frühen Stunde die Anzeichen darauf hin, dass ein weiterer schwüler Tag zu erwarten sei. Schmale Streifen von Blau erschienen schon auf einem flachen, bleigrauen Himmel. Die Morgendämmerung hatte eine gewisse Schwere, der Vorbote vielleicht späterer Gewitter. Kein Mensch war zu sehen, doch durchbrach das Summen eines gelegentlichen Autos, das die Park Lane hinauffuhr, von Zeit zu Zeit für ein paar Sekunden die Stille, um dann schnell, wie das klagende Horn eines Jägers, das im Wald widerhallt, in der Ferne zu ersterben. Der frühe Morgen hat immer etwas Bedrückendes an sich, eine Art Drohen dessen, was der Tag bringen wird. Ich fühlte mich nervös und unbefriedigt, doch nicht im Geringsten betrunken. Im Gegenteil, mein Verstand schien plötzlich mit einer ungewöhnlichen Klarheit zu arbeiten. Ja, ich kam fast zu dem Entschluss, mich, sobald ich mein Zimmer erreichen würde, hinzusetzen und eine Reihe von Essays, etwa in der Manier Montaignes, über das menschliche Leben und den menschlichen Charakter zu schreiben, so deutlich und greifbar standen in diesem Moment die Handlungen und die Natur jener Personen vor meinem geistigen Auge, mit denen ich in dieser Nacht meine Zeit verbracht hatte. Weiteres Nachdenken überzeugte mich jedoch, dass derartige Schreibanstrengungen zu einer solchen Stunde nicht ratsam seien. Das Beste, was ich tun könne, wenn ich nach Hause käme, wäre zu versuchen, noch etwas Schlaf zu bekommen. Am nächsten Morgen könnte dann über solche literarischen Bemühungen noch einmal nachgedacht werden. Mir war bewusst, dass ich seit der Abendgesellschaft bei den Walpole-Wilsons eine lange Reise getan hatte. Ich war in der Tat sehr müde.

Als ich, während ich zwischen den grauen Häusern Mayfairs nach Hause wanderte, versuchte, die Ereignisse der Nacht zu ordnen und einzustufen, fand ich mich außerstande, in der Rückschau jene Freude zu empfinden, die man vernünftigerweise von dem Gefühl erwarten kann, ein neues Gebiet erschlossen zu haben. Mrs. Andriadis' Party hatte sich in der Tat als etwas Neues erwiesen. Ihre Fremdheit und Faszination waren mir nicht entgangen. Aber es schien jetzt, soweit ich das vorhersehen konnte, keine Aussicht zu bestehen, meinen Fuß wieder in diese unvertrauten Regionen zu setzen; und selbst die zeitweiligen Verbindungslinien zu ihnen, die durch Stringhams plötzliches Auftauchen so schwach geknüpft worden waren, schienen jetzt durch den Verlauf der Ereignisse unweigerlich zerrissen.

Abgesehen von diesen Überlegungen wurde mir auch schmerzlich bewusst, dass ich, so schien mir, meine Zeit auf der Party in unverantwortlicher Weise verschwendet hatte. Statt zum Beispiel eine Frau zu finden, die die Stelle von Barbara – sie wenigstens war endgültig von Mrs. Andriadis weggefegt worden – hätte einnehmen können, hatte ich die Stunden einer solchen Gelegenheit mit Mr. Deacon oder mit Sillery vergeudet. Ich dachte plötzlich an Sunny Farebrother und die Freude, die er, wie er sagte, darin gefunden hatte, bei seiner Arbeit auf der Friedenskonferenz mit ›interessanten Leuten‹ zusammenzutreffen. Was mich selbst anging, so konnte man unmöglich behaupten, dass solche ›interessanten‹ Kontakte stattgefunden hätten. Einen Moment lang bedauerte ich es, dass ich die Einladung von Gypsy Jones, sie ins ›Merry Thought‹ zu begleiten, abgelehnt hatte. Vom Standpunkt sowohl des Gefühls als auch des Snobismus aus – um diese beiden Wörter in ihrer weitesten Bedeutung zu gebrauchen – war dies ein leerer Abend gewesen. Ich war, so schien es, bloß bis zu den frühen Morgenstunden aufgeblieben – und hatte mich auf diese Weise für ernsthafte Arbeit am folgenden Tag verhältnismäßig untauglich gemacht –, ohne etwas Besseres vorweisen zu können als die absolute Gewissheit, nicht länger in Barbara Goring verliebt zu sein; allerdings brachte diese Befreiung natürlich auch die Erleichterung von solchen kleineren Lästigkeiten mit sich, wie sie Tompsitt und seine Kumpane bildeten. Ich erinnerte mich jetzt auf einmal an Widmerpools Besorgnis über die, wie er meinte, »unseriöse« Natur meiner Arbeitsstelle.

Als ich den Rand von Shepherd Market, das damals noch kaum von Umbauten berührt war, erreichte, überkam mich wieder jener Hauch jubilierender Freude darüber, dass ich in diesem verwunschenen kleinen Bezirk lebte – ein Frohlocken, das mich immer erfüllte, wenn ich die Peripherie dieses finsteren Dörfchens inmitten Londons durchschritt. Wie unbequem es manchmal als Wohnort auch sein mochte, wie laut und ungemütlich, wie stickig, deprimierend und anstößig, seine alten Häuser hatten doch eine Spur der Würde einer anderen Zeit bewahrt und seine Bewohner, von denen viele ihre Existenz unsicher mit Gewinnen beim Bridge oder dem Vermieten ihrer Körper fristeten, waren nicht ohne ihren schäbigen Glanz – wie selbst damals schon mehr als ein Romancier festgestellt hatte.

Jetzt, wo dieser Ort fast mystisch, wie ein zweites Stonehenge, von den ersten Strahlen der Morgensonne berührt wurde, ähnelte er einer Gruppe baufälliger Häuser, wie sie etwa bei Canaletto oder Piranesi dargestellt sind: Behausungen, in deren Mitte sich Bogen, Obelisken und Viadukte – verfallen und mit Efeu überwachsen – aus den sich unter ihnen zusammendrängenden armseligen Hütten erheben. Auch hier konnte versteckter Zauber, so fühlte man, jeden Augenblick solche massiven Strukturen erstehen lassen, denn der Ort war kaum von dieser Welt, und es musste mit allem gerechnet werden. Als ich weiter ins Herz dieser Ansammlung verkommender Gebäude vordrang, auf meine eigene Tür zu, sah ich, wie dort, als ob sie darauf wartete, einen Freund zu begrüßen, eine jener unbestimmten Figuren stand, die so häufig in Bildern der erwähnten Art – bei Hubert Robert oder Giovanni Pannini zum Beispiel – auftauchen, in denen architektonische Themen vorherrschend sind. Diese Fleischwerdung einer Kunstfigur nahm nun die klarere Gestalt eines Mannes an – mittleren Alters oder älter –, der einen Bowler und so etwas wie einen Reitmantel trug, den Kragen hochgeschlagen über einem weinroten Schal mit weißen Punkten. Er lehnte, ein wenig zur Seite geneigt, auf einem zusammengerollten Schirm, in genau der gleichen Haltung wie jene Einzelfiguren in romantischen Landschaftsbildern: als wolle der Maler, in seiner Behandlung so viel statischen Materials, ›Bewegung‹ betonen in der fast unendlich kleinen menschlichen Seite seiner Komposition.

»Wo gehst du hin?«, rief diese Person plötzlich über die Straße. Die Stimme, die heiser und misstönend durch die Morgenluft drang, hatte einen leicht vorwurfsvollen Ton. In einer Art unmittelbarer Offenbarung sah ich, dass es Onkel Giles war, der dort an der Ecke vor der Kneipe stand. Er schien unentschlossen, welche Straße er nehmen solle. Offensichtlich war er ein oder zwei Minuten zuvor aus einem der drei Zentren nächtlicher Aktivitäten in der unmittelbaren Nachbarschaft – der Großgarage, der Imbissstube und dem Wohnblock zweifelhaften Rufes – aufgetaucht. Nicht das geringste Anzeichen wies darauf hin, welcher dieser Ausgangspunkte wohl eher in Frage käme, doch musste eine noch andere Möglichkeit wegen des Standorts meines Onkels ausgeschlossen werden. Ich ging über die Straße.

»Ich bin gerade in die Stadt gekommen«, sagte er barsch.

»Mit dem Auto?«

»Mit dem Auto? Ja natürlich.«

»Ist es ein neues?«

»Ja«, sagte Onkel Giles, »es ist ein neues.«

Er sprach, als sei ihm erst jetzt dieser Aspekt des Fahrzeugs aufgefallen, das, vermutlich sein Eigentum, ihn, wie er sagte, nach London gefahren hatte. Es folgte nun eine jener Pausen, für die im Kreis unserer Familie Gespräche mit Onkel Giles bekannt waren. Ich erklärte ihm, dass ich gerade von einem Ball zurückkehre – eine Halbwahrheit, die in diesem Moment genug an Information enthielt, um die Umstände in einer so knappen und leicht verständlichen Form wie möglich zu beschreiben. Onkel Giles war nicht geübt darin, einer Darlegung zu folgen, die auch nur in geringem Maße verwickelter Natur war. Seine Aufmerksamkeit neigte dazu, zu seinen eigenen Angelegenheiten zurückzukehren, wenn eine Geschichte auch nur eine minimale Länge überschritt. Meine Worte erwiesen sich als überflüssig. Er war nicht im Geringsten interessiert.

»Ich bin geschäftlich hier«, sagte er. »Ich möchte nicht viel Zeit verschwenden. Ich bin nie besonders gern zu lange in London geblieben. Man will einem hier nur das Geld aus der Tasche ziehen.«

»Wo wohnst du?«

Mein Onkel dachte einen Moment lang nach.

»In Bayswater«, sagte er langsam und ziemlich nachdenklich. Er muss mir angesehen haben, dass ich erstaunt war, ihn so verhältnismäßig weit von seinem Absteigequartier entfernt anzutreffen, denn er fügte hinzu:

»Ich meine natürlich, ich *werde* in Bayswater wohnen, im ›Ufford‹, wie gewöhnlich. Es spricht eine Menge für ein Hotel, in dem man bekannt ist. Man wird höflich behandelt. Im Moment bin ich auf dem Weg zu meinem Club, gleich um die Ecke.«

»Meine Zimmer sind ganz in der Nähe.«

»Wo?«, fragte er misstrauisch.

»Gegenüber.«

»Kannst du nichts Besseres finden – ich meine, dies ist eine ziemlich verrufene Gegend, oder?«

Wie zur Bestätigung der Zweifel meines Onkels kam jetzt, spät vom Strich heimkehrend, eine Prostituierte, klein, fast zwergenhaft, einen stumpfen Schirm unter ihren Arm geklemmt, tap, tap, tap, tap, tap, tap, tap, tap, die Straße entlanggeeilt. Ihre übertrieben hohen Absätze klangen wie das Hämmern eines Spechtes, der einen Baum attackiert. Sie trug so etwas wie einen Filzhelm, den sie tief in ihr Gesicht gezogen hatte, und sah äußerst übellaunig drein. Ihr Instinkt muss ihr gesagt haben, dass weder mein Onkel noch ich unter den gegebenen Umständen als mögliche Kunden in Betracht kamen, denn sie hastete, den Ausdruck ihres Gesichtes nur wie ein wildes Tier zu einem Entblößen ihrer Fänge an einer Seite ihres Mundes verändernd, in einem furiosen Tempo, tap, tap, tap, tap, tap, an uns vorüber und die Eingangsstufen zu dem Wohnblock hinauf, wo sie dann aus unserem Blickfeld verschwand. Onkel Giles wandte seine Augen ab. Er machte noch immer keine Anstalten, seinen Standort aufzugeben – fast als fürchte er, dass selbst die geringste Veränderung seiner Stellung in unvorhersehbarer Weise den Schleier des Geheimnisses lüften könne, der seinen unmittelbaren Ausgangspunkt so völlig umhüllte.

»Ich war bei Freunden in Surrey«, sagte er widerstrebend, als sei ihm dieses Eingeständnis gegen seinen Willen entlockt worden. »Ich mag diese Grafschaft besonders gern. Es ist schön dort im Herbst. Ich stehe jetzt mit der Papierbranche in Verbindung.«

Ich hoffte von ganzem Herzen, diese Verbindung sei abgelegener, esoterischer Art und seine Tätigkeit betreffe nicht einen normalen Zweig dieser Industrie, der, wie er dann vielleicht erwarten mochte, meine eigene Firma beliefern sollte. Er zeigte jedoch kein Verlangen, auf seine neue Beschäftigung näher einzugehen. Stattdessen holte er eine Handvoll Dokumente, die wie Geschäftsberichte aussahen, aus seinem Mantel hervor und sah sie schnell durch. Ich dachte, er würde jetzt trotz der frühen Morgenstunde über die Stiftung sprechen wollen – die Stiftung war inzwischen die einzige heile Verbindung, die zwischen ihm und seinen Verwandten noch bestand. Wenn er ursprünglich die Absicht gehabt hatte, sie zum Thema des

Gesprächs zu machen, muss er, vielleicht weil er die Berichte, wenn es sich wirklich darum handelte, für unvollständig hielt, seine Meinung geändert haben, denn er ordnete die Papiere wieder sorgfältig und steckte sie in seinen Mantel zurück.

»Sag deinem Vater, er soll versuchen, einige Obligationen der San-Pedro-Lagerhäuser zu kaufen«, sagte er knapp. »Ich habe einen verlässlichen Tip bekommen.«

»Ich werde es ihm bestellen.«

»Bleibst du immer so lange auf?«

»Nein – es war eine besonders gute Party.«

Ich sah dem Gesicht meines Onkels nicht nur an, dass er das nicht als eine Entschuldigung gelten ließ, sondern auch, dass er meinte, ich hätte ihn mit diesen Worten absichtlich beunruhigen wollen.

»Hör auf den Rat eines Mannes, der viel in der Welt herumgekommen ist«, sagte er. »Gewöhn es dir nicht an, bis spät in der Nacht aufzubleiben. Das hat noch nie jemandem gutgetan.«

»Ich werde es mir merken.«

»Den Eltern geht es gut?«

»Sehr gut.«

»Ich habe Ärger mit meinen Zähnen.«

»Das tut mir leid.«

»Nun, ich muss gehen. Auf Wiedersehen dann.«

Er machte eine steife Geste, ein wenig so, als wolle er jemanden von sich wegwinken, und ging dann plötzlich in Richtung Hertford Street davon: mit sehr ernstem Schritt und den Schirm über der Schulter, als marschiere er wieder, mit Trommelschlag und wehender Fahne und unter Bezeugung aller militärischen Ehren, an der Spitze seiner Truppen aus der sich ergebenden Stadt. Gerade als ich die Tür zu meinem Haus öffnete, drehte er sich um und winkte. Ich hob die Hand zur Antwort.

In der Wohnung war das Schlafzimmer unverändert geblieben, genauso, wie es ausgesehen hatte, als ich zu den Walpole-

Wilsons aufgebrochen war. Der Anzug, den ich tags zuvor getragen hatte, hing deprimiert über der Lehne eines Stuhls. Während ich mich entkleidete, dachte ich über die Schwierigkeit nach, an die Existenz bestimmter Menschen, zu denen auch mein Onkel zählte, zu glauben, selbst angesichts unbezweifelbarer Beweise dafür – Beweise, die bei anderen Personen, die in unserer Vorstellung irgendwie fassbarer erscheinen, sogar fehlen –, dass jeder von ihnen Träume und Begierden hat wie andere Menschen auch. War es möglich, Onkel Giles ernstzunehmen? Und doch – er selbst nahm sich ohne Zweifel ernst genug. Wenn ich den Schlüssel zu diesem Problem finden könnte, ließen sich vielleicht andere Geheimnisse des Lebens entschleiern. Ich grübelte immer noch über Onkel Giles und seine Art zu leben nach, als ich in einen unruhigen Schlaf verfiel.

3

FRÜHER STELLTE ICH MIR immer vor, das Leben sei aufgeteilt in klar voneinander getrennte Abteilungen, bestehend aus so gegensätzlichen Abstraktionen wie zum Beispiel Freude und Schmerz, Liebe und Hass, Freundschaft und Feindschaft und den mehr materiellen Klassifikationen wie Arbeit und Spiel: wobei ein Beruf oder ein Gewerbe nach dieser Vorstellung – einer Vorstellung, die sich, zumindest dem Anschein nach, zwei voneinander so verschiedene Personen wie Widmerpool und Archie Gilbert offenbar unmissverständlich zu eigen gemacht hatten – etwas völlig anderes war als ›Freizeit‹. Diese Illusion (als solche erwies sich später diese Auffassung) war eng verbunden mit einer anderen Überzeugung: dass sich unsere Existenz unendlich ausfächert in neue Gebiete der Erfahrung und dass jede hinzukommende Bekanntschaft eine zusätzliche Welt mit ihren eigenen Risiken und Verzauberungen bietet. Im Laufe der Zeit bewegen sich natürlich diese vermeintlich verschiedenen Welten in Wirklichkeit, wenn nicht enger aufeinander, dann doch auf ein Muster zu, das allen gemeinsam ist; so dass schließlich die Verschiedenheiten zwischen ihnen, wenn sie denn in Wahrheit existieren, außer in ein paar groben Äußerlichkeiten fast unkenntlich sind und der Ablauf nur einer einzigen Beziehung zwischen Ursache und Wirkung, wie sie früher immer zu bestehen schien, undenkbar wird. Mit anderen Worten: Fast alle Bewohner dieser äußerlich getrennten Reiche erweisen sich schließlich als zäh miteinander verbunden; Liebe und Hass stellen sich ebenso wie Freundschaft und Feindschaft als weit weniger klar definiert heraus und lassen häufig Wesensmerkmale erkennen, die, gelinde gesagt, mehr als nur einige Gemeinsamkeiten beanspruchen können; und Arbeit und Spiel verschmelzen ununterscheidbar zu einem komplizierten Gewebe aus Freude und Mühsal.

Obwohl ich noch weit davon entfernt war, viele der feineren Seiten von Mrs. Andriadis' Party richtig würdigen zu können – denn es gab dort natürlich in der Rückschau feinere Seiten zu würdigen –, und obwohl meine Unkenntnis darüber, woraus die damals anwesenden Elemente bestanden hatten, insgesamt gesehen sicherlich nicht geringer war, wurde ich mir dennoch sehr wohl bewusst, dass solche Bereiche durch eine Tür betreten werden, durch die es, in gewissem Sinne, keine Rückkehr gibt. Sowohl der Mangel an Förmlichkeiten, der unsere Ankunft begleitet hatte, als auch die Tatsache, dass ich so wenig von den Voraussetzungen wusste, unter denen die Party gegeben worden war, hatten mir ein leichtes Gefühl der Peinlichkeit vermittelt; aber als ich dann, mit dem späteren Wissen von den einzelnen Verbindungen zwischen den Gästen versehen, auf das Ereignis zurückblickte, sah ich keinen Grund anzunehmen, dass die bloße Kenntnis der Identität jedes Anwesenden dazu geeignet gewesen wäre, in mir ein größeres Gefühl der Gelassenheit zu erzeugen – eher das Gegenteil. Die Wirkung von Gesellschaften, die von Leuten wie Mrs. Andriadis gegeben werden, hängt, wie ich später lernen sollte, von schnell wechselnden persönlichen Beziehungen ab; so dass ein plötzliches Informiertsein über die fast unendliche Verwicklung solcher Verbindungen (falls eine derartige Allwissenheit durch ein Zaubermittel hätte gewährt werden können), ohne dass ich selbst, wenn auch nur aus der Entfernung, im Geringsten in sie verwickelt war, sich vielleicht als ein ausgesprochenes, möglicherweise demütigendes Hindernis erwiesen hätte, mich zu amüsieren.

Zunächst einmal war da die unbeantwortete Frage von Stringhams Liaison mit Mrs. Andriadis selbst. Ich wusste nicht, über einen wie langen Zeitraum sich die Affäre schon erstreckte und wie ernst sie genommen werden musste. Ihre Verbindung schien, zumindest von seiner Seite her, nichts anderes zu sein als eine Laune: eine Neigung zu einer älteren Frau, wovon man etwa in einem romanischen Land nicht das geringste Aufheben machen würde. Andererseits stand es für Mrs. Andriadis selbst offensichtlich fest, dass sie, wie die Dinge standen, tief verwickelt war. Ich dachte an das flüchtige Abenteuer mit der Frau in Nairobi, das er mir beschrieben hatte, und an die Zeit in der Schule, als er und Peter Templer so häufig über ›Frauen‹ zu sprechen pflegten.

Ich konnte jetzt in Stringhams Gebaren so etwas wie Zurückhaltung erkennen, die mir zu der Zeit, als solche Gespräche stattfanden, nie ins Auge gefallen war. Sie zeigte sich, wenn ich nun darüber nachdachte, nicht in dem, was Stringham sagte oder nicht sagte, sondern in dem, was er, glaube ich, fühlte; und wenn er damals meine Einwände gegen Templers oft anmaßende Behandlung des Themas beiseitewischte, dann nahm er wie ich zu diesem späteren Zeitpunkt sah, diese Haltung ein, um einen Mangel an Selbstsicherheit zu verbergen, der meinem eigenen zumindest vergleichbar war. Ich kam natürlich nicht unmittelbar zu diesen Schlussfolgerungen. Sie waren vielmehr zu einem großen Teil das Resultat ähnlicher Gespräche, die ich später über eine lange Zeit mit Barnby führte, von dem Mr. Deacon, mit seinem angeborenen Mangel an Verständnis auf diesem Gebiet, zu sagen pflegte: »Ich kann von Barnby fast alles ertragen, nur nicht seine Unordentlichkeit und seine Verallgemeinerungen über Frauen.« Ich persönlich dagegen hörte gern Barnbys Feststellungen zur weiblichen Psyche; und als ich ihn später gut kannte, hatten wir oft endlose Diskussionen über dieses Thema.

Diese – wie Barnby selbst gern meinte – fast wissenschaftliche Haltung den Frauen gegenüber stand in völligem Gegensatz zu der Templers und auch, glaube ich, der Stringhams, die beide an theoretischen Fragen nicht interessiert waren. Templer hätte sicherlich solche verhältnismäßig objektiven Untersuchungen als eine fürchterliche Zeitverschwendung angesehen. Diese völlig andere Einstellung lässt sich gut anhand einer Bemerkung erläutern, die Stringham in einem anderen Kontext ein Dutzend oder mehr Jahre später machte, als wir während des Krieges zusammentrafen.

»Weißt du, Nick«, sagte er, »ich dachte immer, alles, was

notwendig ist, um mit einem Gewehr zu schießen, sei, das Auge, das Visier und das Ziel in eine Linie zu bekommen und dann abzudrücken. Jetzt sehe ich, dass die Armee ein ganzes Buch darüber geschrieben hat.« Für ähnlich überflüssig hätten sowohl er als auch Templer jene weitschweifigen Diskussionen mit Barnby gehalten, dessen erste mit mir gewechselten Worte, wie es sich so ergab, fast zwangsläufig zu einer einleitenden Untersuchung dieses Themas führten, der dann, wie ich zugeben muss, eine lebenslange Debatte über das gleiche Gebiet folgen sollte.

Die Umstände unserer ersten Begegnung erklären in gewissem Maße diese frühe Betonung. Es war Ende August oder Anfang September gewesen, während einer Zeit, in der sich die Trostlosigkeit des Spätsommers wie ein Leichentuch über aufgebrochene Straßen legte, über denen Teerdämpfe schwer in einer verbrauchten, vom Lärm elektrischer Bohrer erfüllten Luft hingen. Ich war nach einer Abwesenheit von zwei oder drei Wochen wieder in London, und es gab jetzt nichts, auf das ich mich hätte freuen können, außer einer Einladung, ein Wochenende bei den Walpole-Wilsons in Hinton zu verbringen: ein Monate zuvor geplanter Besuch, der jetzt noch verhältnismäßig weit in der Zukunft lag. Keine Seele schien mehr in London zu sein. Ein bedrückendes Gefühl der Isolation hatte mich, zumindest außerhalb des Büros, befallen, und ich begann mich als eine Art Eremit zu sehen, der auf ewig durch verlassene, drückend heiße Straßen wandert und niemals wieder einem Freund begegnen wird. Es war in diesem Geisteszustand, dass ich mich fragte, ob es meine Einsamkeit erleichtern würde, wenn ich bei Mr. Deacon ›hereinschaute‹, wie er es an dem Kaffeestand vorgeschlagen hatte; doch empfand ich zugegebenermaßen kein besonderes Verlangen, ihn nach den Schlussszenen der Party, als sein Verhalten mir untragbar vorgekommen war, wiederzusehen. Kein einziger anderer Bekannter schien aber in dem vertrauten Umkreis verblieben zu sein, und das Wochenende bei den Walpole-Wilsons verlor sich noch in weiter Zukunft. Als Folge dieses langen, ja völlig unangemessenen Nachdenkens über diese Frage machte ich mich eines Nachmittags nach der Arbeit zu der Adresse auf, die Mr. Deacon mir auf einen Briefumschlag gekritzelt hatte.

Die Charlotte Street hat, wie sie sich nordwärts zum Fitzroy Square hin erstreckt, eine gewisse prinzipienlose Integrität des Charakters behalten, doch münden ihre Nebenstraßen nach Osten hin in die Tottenham Court Road, wo architektonische Anomalitäten jede Grenze der Vernunft überschreiten, und nach Westen in ein nichtssagendes Meer aus Ziegeln und Mörtel, aus dem heraus sich Hospitäler, Mietskasernen und Lagerhäuser formlos und düster über schäbigen kleinen Läden erheben. Mr. Deacons Geschäft lag in einer engen Seitenstraße in diesem westlichen Gebiet: eine nicht leicht zu findende Gasse bescheidener Häuser aus dem achtzehnten, vielleicht sogar dem siebzehnten Jahrhundert, wie man sie, allerdings immer seltener, noch in London sehen kann. Einige der Häuserfronten waren zu Geschäftsfassaden umgebaut, andere trugen die Messingschilder eines Zahnarzts oder einer Hebamme. Hier und da schleppte sich eine staubige Kletterpflanze von einem Fenster zum anderen. Jene Häuser, die private Behausungen geblieben waren, hatten drei oder vier Schellen – eine über der anderen neben der Tür in einer Höhe angebracht, die sie unerreichbar machte für Klingelputzen spielende Kinder. Mr. Deacons Laden lag zwischen dem eines Möbelpolierers und den Büros des Verlags Vox Populi Press. Es war ein schäbiger Ort, doch ging von ihm ein gewisser Hauch von Erwartung aus. Ja, die Fassade glich ein wenig jener Häuserreihe, die immer die Szenerie für die Harlekinade bildet; und während ich mich dem Fenster näherte, erwartete ich fast, dass Mr. Deacon plötzlich mit Maske, Flitterplättchen und Zauberstab über den Bürgersteig daherpirouettieren und, mit fürchterlichen Folgen, jedem Passanten einen kleinen Schlag versetzen würde.

Der Laden war jedoch geschlossen. Durch die Fensterscheibe gesehen verschwammen – unscharf in wässriger Tiefe und dunkelgrün wie das Innere der Kammern eines Aquariums – viktorianische Arbeitstische, Pappmachétabletts, Porzellanfiguren aus Staffordshire und ein mit ausgeschnittenen Bildchen beklebter lackierter Wandschirm (auf dessen in düsteren Farben gehaltener *montage* gleißende Versionen der präraffaelitischen Bilder »Blasen« und »Denn er hatte leichtfertig über den Ruf einer Frau gesprochen« schwach zu erkennen waren) sanft mit weiteren aquatischen Vertiefungen, die wiederum nach hinten strudelten in noch entferntere Nischen des Doppelraumes: zusätzliche, dem Blick verborgene Grotten, in denen, wie Mr. Deacon so lebhaft beschrieben hatte, Gypsy Jones, einer schmuddeligen Najade gleich, von Zeit zu Zeit unter den monotonen, konventionell angelegten Arabesken kostbarer, wenn auch verschlissener orientalischer Tücher zu schlafen oder wenigstens zu ruhen pflegte. Irgendwie erregte dieser Gedanke in mir ein leichtes Gefühl des Verlangens. Als Schlafzimmer hatte der Raum etwas unbestreitbar Exotisches. Ich musste an der Seitentür zweimal klingeln, ehe jemand antwortete. Dann, nach einer langen Pause, öffnete ein junger Mann in Hemdsärmeln, eine Kehrschaufel und einen Besen in der Hand, halb die Tür.

»Ja?«, fragte er schroff. Meine erste Einschätzung Barnbys, den ich sofort in dem jungen Mann vermutete, da Mr. Deacon auf der Party so häufig darauf hingewiesen hatte, dass der *raisonneur* das obere Stockwerk in seinem Haus bewohne, war nicht besonders günstig – ebensowenig wie sein eigenes Urteil über mich, wie ich später erfuhr. Er schien etwa sechsundzwanzig oder siebenundzwanzig Jahre alt zu sein, war dunkelhaarig und untersetzt und hatte ziemlich angeschwollene Ringe unter den Augen. Er machte den Eindruck, dass er sehr wohl seinen eigenen Vorteil zu wahren wisse, allerdings in einer ausgeglichenen, lässigen Weise. Ich erklärte ihm, dass ich gekommen sei, um mit Mr. Deacon zu sprechen.

»Sind Sie mit ihm verabredet?«

»Nein.«

»Geschäftlich?«

»Nein.«

»Mr. Deacon ist nicht da.«

»Wo ist er?«

»In Cornwall.«

»Für länger?«

»Keine Ahnung.«

Diese vorgeblich absolute Unkenntnis von der Dauer, für die sich sein Hausherr aufs Land zurückgezogen hatte, schien bei einem Mieter, der, zumindest Mr. Deacons Anekdoten zufolge, so eng mit den übrigen Mitgliedern des Haushaltes zusammenlebte, kaum glaubhaft. Doch brachte auch die in etwas anderer Form wiederholte Frage keinen Erfolg. Barnby starrte mich hart und ziemlich unfreundlich an. Ich sah, dass ich unter diesen Umständen bei ihm nicht weiterkommen würde, und bat ihn, Mr. Deacon bei seiner Rückkehr von meinem Besuch zu unterrichten.

»Wie ist der Name?«

»Jenkins.«

Barnby wurde darauf sofort entgegenkommender. Er öffnete die Tür weiter und trat auf die Stufe hinaus.

»Waren Sie das nicht, der Edgar zu Milly Andriadis' Party mitgenommen hat?«

»So könnte man das sagen.«

»Er war am nächsten Tag in einem fürchterlichen Zustand«, sagte Barnby. »Es ärgerte ihn auch, dass er so viele Exemplare von dem Käseblatt verloren hatte, mit dem er hausieren geht. Ich glaube, er musste sie aus seiner eigenen Tasche bezahlen. Wie auch immer, Edgar ist zu alt für so was.«

Seine Stimme klang traurig bei diesem letzten Satz, doch ohne eine Spur von Missbilligung. Ich erwähnte die ungewöhnlichen Umstände, die Mr. Deacon und mich zu der Party gebracht hatten. Barnby hörte ein wenig geistesabwesend zu und stellte dann zwei oder drei Fragen nach Namen anderer Gäste. Er schien eigentlich mehr daran interessiert herauszufinden, wer auf der Party gewesen war, als einen genauen Bericht darüber zu hören, wie Mr. Deacon zu der Einladung gekommen war oder wie er sich betragen hatte.

»Haben Sie dort eine Mrs. Wentworth getroffen?«, fragte er. »Eine sehr hübsche Frau.«

»Sie wurde mir gezeigt. Wir sind einander nicht vorgestellt worden.«

»War sie mit Donners zusammen?«

»Später am Abend. Sie sprach gerade mit einer königlichen Persönlichkeit vom Balkan, als ich sie zuerst sah.«

»Theodoric?«

»Ja.«

»Hatte Theodoric noch jemand anderen bei sich?«

»Lady Ardglass.«

»Das dachte ich mir«, sagte Barnby. »Ich wünschte, es wäre mir gelungen, auch dorthin zu kommen. Ich bin Mrs. Andriadis einmal begegnet, kann aber nicht sagen, dass ich sie wirklich kenne.«

Er nickte ernst, aber mehr zur Bestätigung seiner Gedanken denn als weiteren Kommentar mir gegenüber. Es schien, als wolle er mit dieser Bewegung die Gerechtigkeit seiner eigenen Abwesenheit von der Party zugeben. Einen Moment lang schwiegen wir beide. Dann sagte er: »Warum kommen Sie nicht für eine Minute herein? Wissen Sie, alle möglichen Leute fragen nach Edgar. Einige Erpresser lässt er ja gerne rein, aber beileibe nicht alle. Man muss vorsichtig sein.«

Ich erklärte ihm, ich sei nicht gekommen, um Mr. Deacon zu erpressen.

»Oh, das dachte ich mir eigentlich fast sofort«, sagte Barnby. »Aber ich putzte gerade ein bisschen, als Sie schellten – das Studio wird rasch schmutzig –, und durch den Staub muss mein Differenzierungsvermögen gelitten haben.«

Er sagte all das offensichtlich als eine Art Entschuldigung für seine frühere Schroffheit. Während ich ihm die schmale Treppe hinauf folgte, versicherte ich ihm, es fiele mir nicht schwer zu verstehen, dass Vorsicht im Hinblick auf Mr. Deacons Freunde durchaus angebracht sei. In seiner Antwort äußerte sich Barnby ganz unmissverständlich über die Mehrzahl von Mr. Deacons Bekannten. Wir hatten inzwischen das oberste Stockwerk erreicht und einen ziemlich großen, spärlich eingerichteten Raum mit Nordfenster betreten, der als Studio diente. Barnby wies auf einen wackeligen Sessel, warf Kehrichtschaufel und Besen in eine Ecke neben dem Ofen und setzte sich selbst auf eine Art Diwan, der an einer Wand stand.

»Sie kennen Edgar schon lange?«

»Seit meiner Kindheit. Aber ich habe neulich abends zum ersten Mal gehört, dass er so genannt wurde.«

»Er erlaubt nicht jedem, seinen Vornamen zu gebrauchen Eigentlich möchte er ihn so verborgen halten, wie er nur kann. Zufälligerweise war mein Vater zusammen mit ihm auf der Academy of Arts.«

»Er hat das Malen aufgegeben, nicht wahr?«

»Völlig.«

»Ist das gut so?«

»Einige Leute glauben, als ein schlechter Maler sei Edgar absolute Spitze«, sagte Barnby. »Ich kenne Menschen mit großem Sachverstand, die meinen, es gäbe bestimmt keinen schlechteren. Ich kann nicht sagen, dass ich selbst seine Arbeiten besonders mag, aber Sickert soll sich einmal anerkennend über einige von ihnen geäußert haben, also war vielleicht mal etwas da.«

»Hat er Erfolg mit seinem Antiquitätengeschäft?«

»Er sagt, die Leute seien sehr freundlich. Er hat ganz schön hohe Preise. Dennoch, es scheint immer jemanden zu geben, der bereit ist zu zahlen – und ich weiß, er ist froh, wieder in London zu sein.«

»Aber ich dachte, er sei so gerne in Paris gewesen.«

»Nur für einen Urlaub, glaube ich. Er musste sich für eine Reihe von Jahren dorthin zurückziehen. Es hatte etwas Ärger im Park gegeben, wissen Sie.«

Dieser Hinweis auf frühere Widrigkeiten erklärte vieles in Mr. Deacons Betragen. Der Grund für sein ausweichendes Verhalten im Louvre, zum Beispiel, war jetzt offensichtlich; und ich erinnerte mich an Sillerys Worte auf der Party von Mrs. Andriadis. Sie vermittelten ein gutes Bild von der Art und dem Umfang von Sillerys Reservoir an Klatsch. Auch der entschiedene Eindruck, dass es mit Mr. Deacon ›bergab gegangen‹ sei, wurde jetzt verständlich. Ich begann, seine Lebensumstände vor einem konkreteren Hintergrund zu sehen.

»Wie verhält es sich mit ›Krieg zahlt sich niemals aus!‹ und Gypsy Jones?«

»Sein Pazifismus kam allmählich«, sagte Barnby. »Er folgte der Periode, in der er immer so tat, als habe der Krieg überhaupt nicht stattgefunden. Die Interessen der Jones sind mehr politisch – weltrevolutionär zumindest.«

»Wohnt sie im Augenblick hier?«

»Sie ist in den Schoß ihrer Familie zurückgekehrt. Ihr Vater ist Lehrer in der Nähe von Hendon. Aber darf ich fragen, ob auch Sie hinter ihr her sind?«

Nach den größtenteils unzusammenhängenden, doch offensichtlich genügend deutlichen Bemerkungen, die Mr. Deacon auf der Party darüber gemacht hatte, dass Barnbys Missbilligung von Gypsy Jones' Anwesenheit in dem Haus entschieden auf seinen Mangel an Erfolg bei ihr zurückzuführen sei, vermutete ich, er wolle mit dieser Frage herausfinden, ob ich als ein Rivale auf diesem Feld betrachtet werden müsse. Ich versicherte ihm deshalb sogleich, dass er in dieser Hinsicht beruhigt sein könne und dass ich allein aus bloßer Neugier gefragt habe.

Im Lichte dessen, was Mr. Deacon gesagt hatte, mochte meine Schlussfolgerung legitim gewesen sein, sie erwies sich jedoch als weit von der Wahrheit entfernt. Barnby schien verärgert über die Annahme, aus seinen Gefühlen für Gipsy Jones spräche auch nur im Entferntesten etwas anderes als herzlichste Abneigung; und er erklärte mit den stärksten ihm zur Verfügung stehenden Worten seinen unausrottbaren Widerwillen, ja seine physische Unfähigkeit, in eine Situation gelockt zu werden, in der die Gefahr von Intimitäten mit ihr bestehen könnte. Mir kamen diese Proteste damals vielleicht ein wenig übertrieben vor, denn ich musste mir selbst gegenüber zugeben, dass mir Gypsy Jones, wie schlampig sie auch sein mochte, weit weniger abscheulich erschien, als Barnbys Worte sie darstellten. Doch versuchte ich, meine ungerechtfertigten Unterstellungen wiedergutzumachen, konnte allerdings, wegen ihrer nicht sehr schmeichelhaften Natur, unmöglich die genauen Worte von Mr. Deacons irreführenden Kommentaren zitieren.

»Ich meinte den Burschen mit der Brille«, sagte Barnby. »Ist er nicht ein Freund von Ihnen? Er scheint immer hier zu sein, wenn die Jones da ist. Ich dachte, Sie seien vielleicht auch eine Eroberung von ihr.«

Dass eine Sekunde verstrich, ehe ich fähig war zu begreifen, dass Barnby sich auf Widmerpool bezog, musste meinem trotz der Vielzahl gegenteiliger Beweise immer noch in meinem Herzen verbliebenen, tiefsitzenden Widerstreben zu glauben, dass Widmerpool ein eigenes kraftvolles Gefühlsleben besitze, zugeschrieben werden. Er war eine äußerlich nicht sehr anziehende Person und folglich, entsprechend einer völlig irrigen Überzeugung, gefangen in einem unausweichlichen Dilemma, das keine Liebesaffären zuließ – oder bestenfalls Liebesaffären von so unbedeutender, farbloser Art, dass sie unmöglich von allgemeinem Interesse sein konnten. Abgesehen von ihren vielen sonstigen Schwächen war diese Auffassung gänzlich subjektiv in der Annahme, dass Widmerpool notwendigerweise jedem, auch Personen anderen Geschlechts, physisch als ebenso unattraktiv erscheinen musste wie mir; doch konnte man mir zugutehalten, dass ich in diesem Irrtum wahrscheinlich bei den meisten – wenn nicht allen –, die mit uns zusammen auf der Schule gewesen waren, Unterstützung gefunden hätte. Andererseits konnte ich in dieser strittigen Frage eine gewisse Berechtigung meiner Auffassung beanspruchen, indem ich, nicht ohne Grund, darauf verwies, dass Gypsy Jones augenscheinlich die letzte Frau in der Welt war, von der man erwartet hätte, dass sie Widmerpools Aufmerksamkeit zu fesseln vermöchte – eine Aufmerksamkeit, die, wie er selbst vor verhältnismäßig kurzer Zeit bewiesen hatte, so fraglos darauf konzentriert war, in seinem gesellschaftlichen Leben erfolgreich zu sein, und zwar auf äußerst konventionelle Weise.

So zumindest stellten sich mir die Dinge dar, während ich mit Barnby sprach; doch erinnerte ich mich auch daran, dass Gypsy Jones und Widmerpool auf der Party ihre gegenseitige Gesellschaft sympathisch gefunden hatten. Damals hatte ich darüber nicht weiter nachgedacht, jetzt aber erwog ich einige der Fakten. Obwohl die Theorie, dass in der Liebe die Menschen gerne einen ›Gegensatz‹ wählen, vielleicht genetisch fragwürdig ist, zeigt sich auch, so scheint es, eine grundsätzliche Gültigkeit in solchen Gefühlssituationen wie denen zwischen Montague und Capulet in »Romeo und Julia« oder zwischen Söhnen und Töchtern von Royalisten und Parlamentariern zur Zeit Karls I. Wenn bestimmte Personen sich aus Vernunftgründen verlieben, so kann man denen viele andere entgegensetzen, bei denen sich Leidenschaft wohl hauptsächlich an dem hohen Maß äußerer Schwierigkeiten entzündet, eine Erfüllung zu erreichen. Ja, die Geschichte ist voll von Beispielen dafür, dass ganz nüchterne Persönlichkeiten – von denen man erwartet hätte, sie würden sich die Partner in ihren Liebesbeziehungen aus Gründen wählen, die ihnen in ihrer eigenen Karriere hilfreich sein könnten – häufig gerade diejenigen sind, die Verbindungen, ja sogar Ehen eingehen, die sich in der Folge als gewaltige Hindernisse in ihrem Vorwärtskommen erweisen.

Diese Abschweifung drückt natürlich ein späteres Urteil aus; doch selbst damals sah ich, wenn ich über die Dinge nachdachte, sehr wohl ein, dass es keineswegs völlig unerwartet kam, dass Widmerpool, in Reaktion auf den Zwischenfall mit dem Zucker, an einer anderen Gefallen fand – wie erstaunlich der Unterschied zwischen Barbara und der nächsten Frau auch sein mochte. Als ich, soweit ich sie kannte, die Wesensmerkmale von Gypsy Jones abzuwägen begann, fragte ich mich, ob sie denn bei näherer Prüfung wirklich einen so gewaltigen Gegensatz zu den Eigenschaften Barbaras bildeten, wie es vielleicht auf den ersten Blick erscheinen mochte. Fraglos konnte man Argumente dafür vorbringen, dass beide vieles gemein hatten. Vielleicht waren sich Barbara Goring und Gypsy Jones – weit davon entfernt, unüberbrückbar verschieden zu sein – in Wirklichkeit doch bemerkenswert ähnlich; und auch Barbaras Mädchenclub, oder was immer es war, in Bermondsey deutete auf eine Art soziologisches Interesse, in dem – zumindest war das diskutabel – eine gewisse Gemeinsamkeit zwischen ihnen lag.

Diese Gedanken kamen mir natürlich nicht sofort. Und noch weniger dachte ich an ein allgemeines Gesetz, das, wenn vielleicht auch nur in geringem Maße, alle einschließt, die sich für dieselbe Frau interessieren. Erst viele Jahre später wurde mir mehr oder weniger deutlich, dass der Verlauf, den die Dinge in dieser Richtung nahmen, in einem solchen Zusammenhang gesehen werden musste – das heißt, ich verstand dann, welcher unwiderstehliche Zwang in gewissen Liebesbeziehungen von den denkbar größten, durch die Umstände bedingten Schwierigkeiten ausgeht. Überzeugt davon, dass ich jetzt seinen eigenen Standpunkt akzeptierte, war Barnby nun bereit, Zugeständnisse zu machen.

»Die Jones hat durchaus ihre Bewunderer, wissen Sie«, sagte er. »Edgar schwört, sie sei der Schwarm des ›1917 Clubs‹. Ich vermute, er ist auf eine verquere Weise selbst an ihr interessiert, obwohl er das natürlich nie zugeben würde.«

»Er hat auf der Party viel von ihr gesprochen.«

»Was hat er gesagt?«

»Er beklagte, dass sie sich in einer ziemlich unangenehmen Situation befinde.«

»Sie wissen also davon?«

»Mr. Deacon schien sehr besorgt.«

»Es klingt komisch, wenn Sie Edgar ›Mr. Deacon‹ nennen«,

sagte Barnby. »Das macht einen völlig neuen Menschen aus ihm. Offen gesagt, ich glaube, die Jones hat ihr Problem gelöst. Wissen Sie, sie ist älter, als Sie vielleicht denken – zu alt, um in diese Art von Schwierigkeiten zu geraten. Was hielten Sie davon, wenn wir auf ein Glas in die Kneipe drüben gingen?«

Als wir das Studio verließen, fragte ich ihn, ob eines der ungerahmten Porträts, die gegen die Staffelei lehnten, vielleicht Mrs. Wentworth darstelle. Nach einem kaum merklichen Zögern gab Barnby zu, dass es in der Tat ein Bild dieser Dame sei.

»Es ist eine Freude, sie zu malen«, erklärte er.

»Ja?«

»Aber schwierig zu fassen, manchmal.«

Das Thema Mrs. Wentworth schien ihm ein wenig die gute Laune zu nehmen, und er schwieg, bis wir in dem leeren Schankraum der Kneipe an der Ecke vor unseren Gläsern saßen.

»Haben Sie mit Donners zu tun?«, fragte er schließlich.

»Einer meiner Freunde, er heißt Charles Stringham, hat irgendeinen Job bei ihm.«

»Baby hat mal von Stringham gesprochen. War da nicht etwas mit einer Scheidung?«

»Die seiner Schwester.«

»Ja, das war's«, sagte Barnby. »Aber was mich interessiert, ist: was ist mit Baby und Donners los?«

»Wie meinen Sie das?«

»Man sieht sie häufig zusammen. Baby ist plötzlich mit sehr schönen Diamantohrclips aufgetaucht und mit allerlei anderen Dingen dieser Art, die sie erst kürzlich erworben zu haben scheint.«

Barnby verzog nachdenklich sein Gesicht.

»Natürlich sehe ich sehr wohl«, sagte er, »dass ein armer Mann, der mit einem reichen Mann um eine Frau konkurriert, in einer verhältnismäßig starken Position ist, wenn er seine Chancen richtig nutzt. Dennoch, Donners besitzt die Vorteile seines Handicaps in einem so überragenden Maße, dass man manchmal nicht umhin kann, ein wenig besorgt zu sein. Besonders, da sich jetzt auch noch Theodoric einschaltet – obwohl ich nicht glaube, dass der besonders gefährlich werden kann.«

»Und wie steht es mit dem Mann von Mrs. Wentworth?«

»Sie sind geschieden«, sagte er. »Vielleicht will sie sogar Donners heiraten. Tatsache ist, dass er auf diesem Gebiet – wie auch in seinen Geschäften, glaube ich – ein ziemliches Rätsel ist. Von Zeit zu Zeit sieht man ihn mit irgendeiner Frau zusammen, aber mit keiner scheint es zu etwas Festem zu kommen. Von den Frauen selbst kriegt man nur ausweichende Antworten. Sie geben zu, dass sie Geschenke von ihm annehmen, aber ohne Gegenleistungen. Das ist schließlich durchaus harmlos.«

Obwohl er über diese Dinge sprach, als könnten sie nicht ernst genommen werden, hatte ich den Verdacht, dass er, zumindest im Augenblick, von Baby Wentworth tiefberührt war; und als sich unser Gespräch den vermuteten Marotten Sir Magnus' zuwandte, gewann Barnby offensichtlich eine Art selbstquälerisches Vergnügen aus der Natur der Hypothesen, die er vorbrachte. Was seine Position zudem noch komplizierter zu machen schien, war die Tatsache, dass er einen oder zwei Monate zuvor ein Bild an Sir Magnus verkauft hatte und dass für ihn sogar eine gewisse Aussicht bestand, den Auftrag für ein Wandgemälde in der Eingangshalle des Geschäftsgebäudes von Donners-Brebner zu bekommen.

»Das macht die Situation ganz schön delikat«, sagte Barnby.

Er repräsentierte, so entdeckte ich dann, die dritte Generation in seiner Familie, die sich in der Welt der Kunst bewegte, und vielleicht war die Ahnenreihe, falls sie ermittelt werden konnte, sogar noch länger. Das gab seinem Urteil, das auf einem langen und vertrauten Umgang mit den entsprechenden Problemen beruhte, eine Weite, wie sie ziemlich ungewöhnlich ist unter denen, die die bildenden Künste ausüben, selbst wenn sie das mit großem Können tun. Sein Vater war, obwohl er verhältnismäßig früh starb und nur sehr wenig Geld hinterließ, ein ziemlich erfolgreicher Bildhauer von der akademischen Sorte gewesen; sein Großvater ein in den sechziger und siebziger Jahren nicht unbekannter Buchillustrator in der Tradition Tenniels.

Es gab, wie ich später sah, einige unter Barnbys Bekannten, die gerne darauf hinwiesen, dass seine eigene Malerei zu einem gewissen Grad durch seine allzu ausgedehnten theoretischen Kenntnisse behindert würde. Das mag richtig gewesen sein. Er selbst pflegte immer zu sagen, dass nur wenige Maler, Schriftsteller oder Musiker eine auch nur vage Vorstellung davon hätten, was selbst nur ein oder zwei Generationen vor ihnen von ihren Vorläufern gedacht worden ist; und von dem besonderen ästhetischen Gebiet der jeweils anderen hätten sie überhaupt keine Ahnung. Sein eigenes Werk verbreitete den ein wenig täuschenden Eindruck intellektueller Emanzipation, die in jenen Jahren Tendenzen zu einer Art Neoklassizismus zu zeigen schien, und es rief in mir die gleichen Empfindungen wach, die mir in der Zeit, als wir Mr. Deacon im Louvre trafen, durch Paris vermittelt worden waren: eine Atmosphäre, die für mich noch immer in erregendem Maße mit jener Zeit verbunden ist.

Sir Magnus' Interesse an ihm offenbarte den Unternehmungsgeist eines Großindustriellen, denn Barnby war als Maler damals noch verhältnismäßig unbekannt. Seine Bilder schienen auf eine seltsame Weise typisch für einen Großteil der eigensinnigen und melancholischen, vielleicht sogar ein wenig unechten Themen der bewusst desillusionierten Kunst jener Epoche. Ich erwähne die allgemeinen Aspekte und Stimmungen dieser Periode nicht nur, weil sie dazu dienen, Barnby zu erklären, der für mich sozusagen eine Symbolfigur für den zeitgenössischen Hintergrund darstellt, sondern auch, weil sich unser Gespräch, als wir später an jenem Tag miteinander zu Abend aßen, von den Personen wegbewegte und den Gebieten der Malerei und Dichtung zuwandte; so dass ich, als ich dann zu meiner Wohnung zurückkehrte, fast seine früheren Bemerkungen über solche Menschen wie Widmerpool und Gypsy Jones oder Mrs. Wentworth und Sir Magnus vergessen hatte.

Wie es sich so ergab, warfen etwas später einige der Dinge, die mir Barnby an jenem Abend erzählt hatte, ein klärendes Licht auf Zusammenhänge, die mir sonst kaum verständlich gewesen wären; denn ich hätte bestimmt nicht erwartet, dass einzelne Elemente der Party von Mrs. Andriadis so verhältnismäßig rasch wieder in meinem Leben auftauchen würden; und ich hätte noch weniger vermutet, dass ihr erneutes Erscheinen mit Hilfe der Walpole-Wilsons zustande kommen würde, die allerdings nur in einer indirekten Weise beteiligt waren. Gleichviel, ihr Beteiligtsein reichte aus, wieder einmal die Aufmerksamkeit auf jenen außerordentlichen Prozess zu lenken, der gewisse Gestalten erscheinen und wiedererscheinen lässt in der Ausführung der einen oder anderen Sequenz eines rituellen Tanzes.

Die Einladung der Walpole-Wilsons, zu ihnen aufs Land zu kommen, war, obwohl zu dieser Jahreszeit mehr als willkommen, an sich – außer man betrachtete sie unter einem etwas schiefen Blickwinkel – nicht besonders schmeichelhaft. Das hatte seinen Grund darin, dass Eleanor Wochenendgesellschaften in Hinton Hoo ohne Enthusiasmus, ja mit Abneigung gegenüberstand und sie als eine Art Verlängerung ihrer ›Saison‹ ansah, ganz allgemein darauf angelegt, sie dadurch, dass Leute ins Haus kamen, die auf die eine oder andere Weise unterhalten werden mussten, in den von ihr gewählten Aktivitäten zu hindern und das, was sie selbst, vielleicht mit einigem Recht, für das natürliche Leben auf dem Anwesen hielt, zu beeinträchtigen. Ohne Zweifel sprach einiges für diese Ansicht; ihr gequält formulierter Brief hatte auch kein Geheimnis aus ihrem eigenen Gefühl der Ergebenheit in das Unvermeidliche gemacht und – mehr durch seinen Geist als durch seine eigentlichen Worte – die Hoffnung zum Ausdruck gebracht, dass wenigstens ich, als ein alter, wenn auch nicht besonders enger Freund, die Realitäten der Situation anerkennen und mich entsprechend verhalten würde.

Eleanors Offenheit in dieser Hinsicht schloss meine Dankbarkeit sicherlich nicht aus. Andererseits musste ich mir aber auch eingestehen, dass eine wichtige Grundlage des Familienlebens der Walpole-Wilsons zu irgendeinem Zeitpunkt offensichtlich ein wenig zerbröckelt war, so dass ein Besuch in Hinton – wie in allen Haushalten, in denen etwas Fundamentales auf unbekannte Weise schiefgelaufen ist – in einer Atmosphäre der Gereiztheit stattfand. Ob die Wurzeln dieses Mangels an Harmonie in Sir Gavins beruflichem Fauxpas oder in irgendeiner ungelösten Fehlerhaftigkeit in der Beziehung zwischen den Ehepartnern lagen, konnte nur eine Sache der Vermutung sein. So verlegen ich in diesem Augenblick auch um Unterhaltung war, ich hätte es mir – als so enorm konnte sich dieses Ambiente erweisen – vielleicht sogar zweimal überlegt, das Wochenende dort zu verbringen, wenn ich nicht vollständig zu der Ansicht Barbaras bekehrt worden wäre, dass »Eleanor gar kein schlechter Kerl ist, wenn man sie näher kennt«. Ich war ziemlich froh darüber, dass sich Barbara selbst in Schottland aufhielt, so dass ich sie wohl kaum in dem Haus ihres Onkels treffen würde. Ich fühlte, dass, wenn wir einander nur lange genug nicht sähen, meine – von Barbara selbst so häufig missbilligten – Empfindungen ruhig abklingen und ihren Platz in jenen Nischen des Gedächtnisses einnehmen könnten, die besonders für fruchtlose emotionale Verwicklungen dieser speziellen Art reserviert sind.

Gleichviel, dieses Gefühl, das Leben wieder neu, sozusagen als unbeschriebenes Blatt zu beginnen, erweckte in mir bei meiner Ankunft ein leichtes Bedauern darüber, dass die versammelte Wochenendgesellschaft nur aus einer unverheirateten Schwester Sir Gavins namens Miss Janet Walpole-Wilson, aus Rosie Manasch und Johnny Pardoe bestand. Unterwegs im Zug hatte ich mir überlegt, dass es schön wäre, einer neuen Frau zu begegnen, selbst auf die Gefahr hin, erneut das Opfer der Leiden zu werden, denen ich erst kürzlich entronnen war. Es schien jedoch unwahrscheinlich, dass bei dieser Gelegenheit eine solche Situation entstehen würde. Miss Janet Walpole-

Wilson kannte ich nur dem Namen nach, hatte aber von Zeit zu Zeit viel von ihr gehört, denn Eleanor, die ihre Tante sehr bewunderte, hatte mir oft die vielen Abenteuer beschrieben, für die sie in ihrer Familie bekannt war.

Die beiden anderen Gäste waren sich, so dachte ich, obwohl sie theoretisch für eine Einladung perfekt zusammenpassten, nicht ganz sicher, ob sie einander mochten. Barnby pflegte zu sagen, dass ein kleiner Mann bei einer kleinen Frau in einem größeren Nachteil sei als bei einer großen; und es war sicher richtig, dass die kurzen, gedrungenen, schwarzhaarigen Gestalten von Rosie Manasch und Pardoe nebeneinander manchmal ein wenig absurd aussahen. »Johnny ist so amüsant«, sagte sie oft, und von ihm hatte man die Bemerkung gehört: »Rosie tanzt wundervoll«, aber fast jedes andere Paar unter Eleanors Bekannten hätte einander ebenso gemocht, wenn nicht mehr. Eigentlich verbarg Sir Gavin kaum seine *tendresse* für Rosie, was vielleicht ihre Gegenwart erklärte; und Pardoes komfortables Einkommen fand sicher seinen Beifall. Eleanors Gleichgültigkeit in dieser Sache mochte vielleicht als Entschuldigung dafür dienen, dass ihre Eltern Gäste einluden, die wenigstens auf die eine oder andere Weise ihrem eigenen Geschmack entsprachen.

Das aus rotem Backstein gebaute Herrenhaus aus der Zeit Königin Annes stand abseits von der Straße in einem kleinen Park – wenn eine so bescheidene Ansammlung von Bäumen und Pferdekoppeln eine solche Bezeichnung verdiente. Ein von einer Mauer umgebener Obstgarten erstreckte sich auf der anderen Seite bis zu den ersten Häusern des Dorfes. Der allgemeine Eindruck des Besitzes war eher der eines sauberen und gut geführten als eines großen Gutes. Haus und Grund des Anwesens bildeten einen wesentlichen Teil der Landschaft – eine Qualität, die vielleicht charakteristischer für Landhäuser in England ist als für solche in irgendeiner anderen Gegend Europas. Die Pferdeställe flankierten drei Seiten eines Hofes nicht weit von dem Hauptgebäude entfernt; und dies war der Ort, wo Eleanor gewöhnlich einen großen Teil ihrer Zeit verbrachte, mit Tieren der verschiedensten Art, die sie in Verschlägen und Holzkisten in den Pferdeboxen untergebracht hatte.

Das Innere des Hauses bot, ein wenig unerwartet, jenen etwas leeren, nachdrücklich korrekten Anblick, den man oft in den privaten Wohnungen von Leuten findet, die den größten Teil ihres Lebens in Amtssitzen der einen oder anderen Art zugebracht haben. Einige Erinnerungsstücke an Posten im Ausland waren über das Haus verstreut. Eine enorme Lackkunst-Kommode im Salon zum Beispiel hatte Sir Gavin aus Peking – einige sagten Tokio – mitgebracht; auf ihr standen mehrere kleine, vieldeutige Holzfiguren, geschnitzt von Indianern eines obskuren südamerikanischen Stammes. Die Porträts im Esszimmer stellten zum größten Teil Vorfahren der Wilsons dar: Eines von ihnen, das eines Admirals, wurde Zoffany zugeschrieben. Es hing dort auch ein großes Gemälde von Lady Walpole-Wilsons Vater, gemalt von dem Akademiker Isbister (über den Mr. Deacon mit solchem Horror gesprochen hatte), und ich erinnerte mich jetzt, dass Isbisters Porträt von Peter Templers Vater das einzige Bild im Haus der Templers gewesen war. Das Gemälde hier repräsentierte einen frühen Stil dieses Malers und vermittelte den Eindruck, dass der in seiner Peersrobe dargestellte Lord Aberavon jeden Augenblick aus dem Rahmen heraussteigen und sich der Gesellschaft unter ihm zugesellen würde.

Die Wilsons lebten schon seit mehreren Generationen in der Grafschaft, aber Sir Gavin hatte Hinton (zu dem er über eine Großmutter erbliche Verbindungen besaß) erst nach seinem Ausscheiden aus dem Amt gekauft. Dieser vergleichsweise kürzliche Erwerb des Hauses war ein Thema, über das Sir Gavins Geist nie völlig zur Ruhe kam; und es war ihm immer wichtig zu erklären, dass der Besitz des Gutes, soweit er irgendeinen hypothetischen Status als Landbesitzer »in diesem Teil der Welt« betraf, nicht als völliger Neubeginn betrachtet werden könne.

»Genau genommen sind die Wilsons womöglich eine noch

ältere Familie als die Walpoles – nun, vielleicht nicht gerade älter, aber wenigstens ebenso alt«, pflegte er zu sagen. »Ich vermute, Sie haben schon von Beau Wilson gehört, einem jungen Herrn, der zur Regierungszeit Williams und Marys eine Menge Geld durchbrachte und in einem Duell getötet wurde. Es besteht Grund anzunehmen, dass er einer von uns war. Und etwas früher gab es einen Obermünzmeister. Der Doppelname, den ich sehr bedauerlich finde und den ich aufgeben würde, wenn ich das könnte, ohne mir und meiner ganzen Sippe eine Menge Unannehmlichkeiten zu bereiten, war das Werk eines Großonkels – unter uns gesagt, eines äußerst wichtigtuerischen Esels und ziemlichen Snobs, fürchte ich – und hat wirklich nicht die geringste Grundlage, außer dem Nachnamen eines entfernten Vorfahren aus der weiblichen Linie.«

Er unterbrach diese besondere Rede gewöhnlich durch eine Reihe von »m'ms«, die meisten von ihnen als Frage intoniert, und durch gelegentliches unsicheres Lachen. Seine Schwester schien solche Ausflüge in die Familiengeschichte zu missbilligen. Sie war eine kleine, trotzig-selbstbewusste Frau, einige Jahre jünger als Sir Gavin. Sie war kürzlich von einer Reise nach Jugoslawien zurückgekehrt, wo sie bei einer Freundin gelebt hatte, die mit einem britischen Konsul in diesem Land verheiratet war. Obwohl sie als nicht besonders wohlhabend galt, lebte Miss Walpole-Wilson doch, so wurde berichtet, auf einem respektablen Niveau, das sie durch gelegentliche Jobs aufrechterhielt. Diese variierten zwischen dem einer gewöhnlich mit mehr oder weniger speziellen Aufgaben betrauten Sekretärin einer Gestalt des öffentlichen Lebens, oft eines Verwandten oder eines Freundes der Familie; oder der Rolle einer Gouvernante oder Anstandsdame für die Kinder von Verwandten – von denen einige ziemlich reich waren –, wenn diese ins Ausland reisten.

»Tante Janet sagt, man darf nie zu scheu sein, um etwas zu bitten«, erläuterte mir Eleanor, als sie, augenscheinlich wegen ihres Mangels in dieser Hinsicht, von der Leichtigkeit sprach, mit der Miss Walpole-Wilson stets eine Beschäftigung fand. Ihre Tante schien im Laufe ihres Lebens auch in der Tat eine große Anzahl von Erfahrungen gesammelt und sich einer Vielfalt von Vertrauensbeweisen erfreut zu haben. Sie kleidete sich gewöhnlich in Braun- und Grüntönen: Farben, die ihr aus irgendeinem Grunde – vielleicht weil ihre Hüte immer den Eindruck erweckten, sie liefen vorn in so etwas wie einem Mützenschirm aus – das Aussehen eines Mitglieds eines hingebungsvollen Ordens weiblicher Beamter gaben, möglicherweise der öffentlichen Wald- und Forstverwaltung zugeordnet und mit einer Verantwortungslast betraut, deren Ausmaß von einem Laien nur schwer – und von einem männlichen Laien unmöglich – zu beurteilen oder völlig zu verstehen war. Die Umrisse ihres guten, doch strengen Gesichts wurden betont durch eine leicht rötliche Hautfarbe.

Obwohl seiner Schwester ohne Zweifel sehr zugetan, war Sir Gavin manchmal ganz offenkundig irritiert über ihre häufigen und völlig kompromisslosen Äußerungen zu Themen, über die mit Autorität zu sprechen er, als ehemaliger Diplomat von einigem Rang, zumindest in seinem eigenen Hause sicherlich einen Anspruch zu besitzen meinte. Lady Walpole-Wilson dagegen machte kaum ein Geheimnis daraus, dass sie die Gegenwart ihrer Schwägerin als so etwas wie eine Last empfand. Ein Ausdruck der Traurigkeit schlich sich immer in ihr Gesicht, wenn Miss Walpole-Wilson mit Sir Gavin über ethnologische Probleme im Sandschak von Novi Pazar stritt oder über die Zeiten sprach, als »im Banat die Kurbelwelle des Ford brach« oder »Beamte in Niš solche Unannehmlichkeiten machten«. Geografische Gebilde dieser Art spielten eine große Rolle in Miss Walpole-Wilsons Gesprächen. Obwohl ihr das allgemeine Wohl der Menschheit ernsthaft am Herzen lag, zeigte sie manchmal eine gewisse launische Feindseligkeit einzelnen Personen gegenüber. So hatte sie zum Beispiel eine große Abneigung gegen Pardoe gefasst, empfand jedoch eine zurückhaltende Freundschaft für Rosie Manasch. Ich war erleichtert, dass ihre Haltung mir gegenüber auf nichts Feindseligeres schließen ließ als völlige Gleichgültigkeit.

Miss Walpole-Wilsons Behauptung, die ureigene Natur der Traditionen des Auswärtigen Dienstes hätte ihren Bruder notwendigerweise unzugänglich gemacht für neue Ideen oder humanitäre Vorstellungen, bildete einen, vielleicht den hauptsächlichen, Zankapfel zwischen ihr und Sir Gavin, so dass dieser einen großen Teil seiner Zeit mit dem Versuch verbrachte, seiner Schwester zu beweisen, dass er, weit davon entfernt, in seinem Einsatz für fast jede Art von Reform hinterherzuhinken, zumindest theoretisch bereit sei, nicht nur so weit zu gehen wie sie, sondern sogar noch weiter. Beide kannten Sillery, der sich kurz zuvor in der Nachbarschaft aufgehalten hatte, und hier einmal stimmten sie darin überein, dass er »sehr vernünftige Ansichten« vertrete. Sillerys Besuch kam am Tage meiner Ankunft beim Abendessen zur Sprache.

»Es war auf Stourwater«, sagte Lady Walpole-Wilson.

»Übrigens, wir sind am Sonntag dahin eingeladen. Prinz Theodoric wohnt dort bei Sir Magnus Donners.«

Ich kannte das Schloss dem Namen nach und wusste vage, dass es während der letzten fünfzig oder hundert Jahre oft den Besitzer gewechselt hatte; aber ich hatte es noch nie gesehen und wusste auch nicht, dass Sir Magnus Donners dort lebte.

»Und ich hätte mir an dem Nachmittag so gerne die beiden jungen Jagdhunde angesehen, die Nokes gerade abrichtet«, sagte Eleanor. »Jetzt stellt sich heraus, dass wir gezwungen werden, zu dieser grässlichen Lunchgesellschaft zu gehen.«

»Man muss höflich zu seinen Nachbarn sein, meine Liebe«, sagte Sir Gavin. »Außerdem hat Theodoric besonders darum gebeten, mich zu sehen.«

»Ich weiß nicht, was du ›Nachbarn‹ nennst«, sagte Eleanor. »Stourwater ist wenigstens fünfundzwanzig Meilen von hier.«

»Unsinn«, sagte Sir Gavin. »Ich bezweifle, dass es dreiundzwanzig sind.«

Seine Einstellung Eleanor gegenüber schwankte zwischen

einer fast närrischen Liebe und einem Verhalten, das am ehesten durch die Redewendung ›das Beste aus einer verfahrenen Sache zu machen versuchen‹ zum Ausdruck kommt. Gelegentlich irritierte sie ihn. Streit mit ihrem Vater brachte die Ähnlichkeit zwischen ihnen zum Vorschein, doch nahmen die Züge, die bei Sir Gavin fast bis zum Grad der Stilisierung herkömmlich erschienen, bei seiner Tochter eine nur ihr eigene Form an. Wie sie da am Tisch saß, konnte ich, außer ihrer gemeinsamen Gesichts- und Haarfarbe, nicht die geringste Ähnlichkeit mit Barbara erkennen, an die ich immer noch gelegentlich denken musste.

»Ich habe Donners erklärt, dass wir als eine ziemlich große Gesellschaft kommen würden«, sagte Sir Gavin, »aber er wollte nichts davon hören, dass wir irgendjemanden hier zurücklassen. Wie auch immer, es gibt genug Platz dort, und das Schloss selbst ist sehr sehenswert.«

»Ich glaube, ich werde doch nicht mitkommen, Gavin«, sagte Miss Walpole-Wilson. »Niemand wird mich dort zu sehen wünschen, und am wenigsten Prinz Theodoric. Obwohl ich glaube, dass er zu jung ist, um sich an das Missverständnis zu erinnern, das, als ich damals bei euch war, wegen dieser Bemerkung über ›eine Travestie einer demokratischen Regierung‹ entstand – und du weißt, ich habe noch nie Leute gemocht, die zu viel Geld haben.«

»Ach geh, Janet«, sagte Sir Gavin. »Natürlich werden dich alle sehen wollen, besonders der Prinz. Er ist ein Mann mit sehr modernen Ansichten; das sagt jeder, der ihn kennengelernt hat. Und übrigens weißt du ebenso gut wie ich, dass der alte König herzlich gelacht hat, als ich ihm die näheren Umstände deiner Bemerkung erklärte. Er hat einen ziemlich derben Witz darüber gemacht. Ich habe dir das schon tausendmal gesagt. Außerdem, Donners ist gar kein so schlechter Kerl.«

»Ich komme mit solchen Leuten nicht zurecht – nie.«

»Ich weiß nicht, was du mit ›solchen Leuten‹ meinst«, sagte Sir Gavin leicht gereizt. »Donners ist nicht anders als sonst jemand, nur dass er vielleicht ein wenig reicher ist. Er hat nicht barfuß begonnen – nicht dass ich persönlich die geringsten Einwände hätte, wenn das so wäre: Es hätte ihm stärkere Ellbogen gegeben –, sondern sein Vater war eine äußerst gediegene Persönlichkeit. Er wurde in den Adelsstand erhoben, glaube ich, was immer das besagt. Donners ist auf einer recht ordentlichen Schule gewesen. Ich meine, die Familie kommt ursprünglich aus Skandinavien oder Norddeutschland. Ohne Zweifel sehr ehrenwerte Leute.«

»Oh, ich hoffe so sehr, dass er kein Deutscher ist«, sagte Lady Walpole-Wilson. »Daran habe ich nie gedacht.«

»Ich persönlich hege große Bewunderung für die Deutschen – ich meine natürlich nicht die Junker«, sagte ihre Schwägerin. »Es ist ihnen hart mitgespielt worden. Niemand, der eine liberale Gesinnung hat, könnte anderer Meinung sein. Und bestimmt habe ich keine snobistischen Gründe für meine Einwände gegen Sir Magnus. Dafür kennst du mich zu gut, Gavin. Zweifellos hat er, wie du sagst, viele guten Seiten. Dennoch, ich glaube, ich bleibe besser zu Hause. Ich kann so meinen Artikel über die bosnischen Moslems für die Zeitung der Liga für Minderheitsfragen anfangen.«

»Wenn Tante Janet nicht mitgeht, sehe ich nicht ein, warum ich es dann sollte«, sagte Eleanor. »Ich habe nicht das geringste Verlangen, Prinz Theodoric kennenzulernen.«

»Ich schon«, sagte Rosie Manasch. »Ich fand, bei den Rennen in Goodwood sah er einfach hinreißend aus.«

In dem Gelächter, das dieser sicherlich taktvollen Bekundung ihres Wunsches folgte, verblassten die früheren Anzeichen möglicher Familiendifferenzen. Sir Gavin beschrieb nun, nicht zum ersten Mal, sein Erlebnis, wie er, als junger Botschaftssekretär in einem orientalischen Land, einmal sein Gesicht mit Kaffeesatz gefärbt und sich wie Harun al-Raschid unter die Einheimischen in dem Basar gemischt hatte – mit nützlichen Ergebnissen, wie es schien. Diese Geschichte führte das Abendessen sicher bis zum Dessert, als dann Pardoe das Gespräch wieder auf den Ausflug am folgenden Sonntag zurückbrachte, indem er fragte, ob Sir Magnus Donners Stourwater von der Familie gekauft habe, bei der sich Barbara gerade in Schottland aufhalte und zu der er selbst nach seinem Besuch in Hinton reisen werde.

»Er hat es von einem Verwandten von mir gekauft«, sagte Rosie Manasch. »Onkel Leopold sagt immer, er hat es verkauft, weil – ich hoffe, du nimmst mir das nicht übel, Eleanor – die Gegend hierherum nicht gut genug sei für die Jagd. Ich glaube, in Wirklichkeit waren ihm die Kosten für die Unterhaltung zu hoch.«

»Alles ist dort jetzt ganz perfekt«, sagte Sir Gavin. »Etwas zu perfekt für meinen Geschmack. Wie auch immer, ich mag das Mittelalter nicht besonders.«

Er schaute nach diesen Worten herausfordernd um den Tisch herum – fast so, wie Onkel Giles gewöhnlich um sich blickte, nachdem er eine mehr oder weniger tendenziöse Bemerkung gemacht hatte. Ob er das nun in der Erwartung tat, dass jemand von uns ihm, trotz dieser Ableugnung, eine heimliche Vorliebe für das Mittelalter vorwerfen würde, oder aber als Ausdruck momentaner Bedenken, dass er vielleicht – durch eine so hochfahrende Meinung über eine Epoche, die sowohl einen großen Zeitraum umfasste als auch sehr verschiedenartig war – Gefahr liefe, sich dem Vorwurf auszusetzen, dass ihm damit wohl ›einiges entgehe‹, war schwer zu sagen.

»Es hängt dort auch ein Holbein«, sagte Lady Walpole-Wilson. »Du musst wirklich mitkommen, Janet. Ich weiß, dass du Bilder magst.«

»Das Schloss gehört, wie Bodiam, zum späteren Mittelalter«, sagte Sir Gavin, ganz plötzlich den Singsang-Ton eines Fremdenführers oder Dozenten annehmend. »Und wie Bodiam ist Stourwater an sich von keinem oder von nur geringem historischem Interesse, bleibt aber, was sein Äußeres angeht, architektonisch einer der vollständigsten und – verhältnismäßig – unverändertsten Befestigungsbauten seines Zeitalters. Aus bestimmten Gründen –«

»– aus bestimmten Gründen wurden die Verteidigungsanlagen in der Zeit der Bürgerkriege nicht abgetragen – ›geschliffen‹ nennt man das, glaube ich«, fiel Lady Walpole-Wilson ein, als ob sie die Responsorien in der Kirche spreche oder das Zitat eines bekannten Gedichtes zu Ende führe, um Anerkennung für seine Angemessenheit zu zeigen. »Allerdings haben spätere Besitzer gewisse Verbesserungen im Zusammenhang mit dem strukturellen Gefüge des Inneren vorgenommen, in der Absicht, die Bequemlichkeit Stourwaters als Privatresidenz in friedlicheren Zeiten zu erhöhen.«

»Ich habe schon einen großen Teil von dem, was ihr gerade gesagt habt, in ›Stourwater und seine Geschichte‹ gelesen, von dem ihr mir freundlicherweise ein Exemplar auf meinen Nachttisch gelegt habt«, sagte Miss Walpole-Wilson. »Ich bezweifle, dass alle Informationen darin sehr verlässlich sind.«

Aus irgendeinem Grund weckte die Aussicht auf den Besuch eine seltsame Erregung in mir. Ich konnte mir dieses Gefühl fast der Spannung, das über dem Ausflug zu hängen schien, nicht erklären. Sicher, ich war neugierig darauf, das Schloss zu sehen; aber das lieferte kaum Grund genug für meine Besorgnis, Eleanors junge Jagdhunde oder Miss Walpole-Wilsons Launen würden mich vielleicht davon abhalten, dort hinzugehen. In jener Nacht lag ich wach und dachte über Stourwater nach, als sei es das einzige Motiv dafür gewesen, dass ich nach Hinton gekommen war; und ich fürchtete die ganze Zeit, dass noch irgendein Hindernis auftauchen könnte. Doch der Tag kam, und wir machten uns in zwei Autos, eines von ihnen von Sir Gavin selbst gesteuert, auf den Weg. Auch Miss Walpole-Wilson hatte, trotz ihres früheren Widerwillens, schließlich zugestimmt, an der Gesellschaft teilzunehmen. Sir Gavin mochte stillschweigend gehofft haben, Rosie Manasch würde mit ihm fahren; aber obwohl sie in der Regel nicht abgeneigt war, seine Gesellschaft und seinen Beifall zu akzeptieren, wählte sie bei dieser Gelegenheit das Auto, das von dem Chauffeur gelenkt wurde.

Als wir an jenem Sonntagmorgen in Stourwater ankamen, war der erste Blick äußerst eindrucksvoll. Das Schloss lag zwischen Eichen und Buchen in einer grünen Talsenke, und man näherte sich ihm über einen Damm durch die Reste eines Burggrabens, einer breiten Wasserfläche, auf der zwei schwarze Schwäne, deren Zug kleine Wellen durch das Schilf sandte, mit großer Bedächtigkeit zwischen den sich leicht in der warmen Septemberluft wiegenden Binsen dahinglitten. Hier zeigte sich das Mittelalter, als wäre es aus den Werken Tennysons oder Scotts herausgetreten, in seiner elegantesten Form: alle schäbigen und schmerzlichen Elemente subtil ausgespart. Ein ähnlicher Gedanke musste auch Sir Gavin gekommen sein, denn ich hörte, wie er am Steuer murmelte:

»Und manchmal in des Spiegels Blau
Sieht sie die Ritter ziehen durch die Au.«

Tatsächlich war jedoch niemand zu sehen – weder Ritter noch Knecht; und diese Abwesenheit menschlichen Lebens erhöhte noch das Gefühl der Unwirklichkeit: als fände unsere Reise in einem Traum statt. Die Autos fuhren unter dem Fallgitter hindurch und über einen viereckigen gepflasterten Platz. Jenseits dieser offenen Fläche lag, durch einen weiteren Torweg erreichbar, ein Hof von noch größeren Ausmaßen, in dessen Zentrum ein vertiefter Rasen angelegt war, mit einem Springbrunnen in der Mitte und mit Blumentöpfen, aus Stein gemeißelt und wie Urnen geformt, an jeder der vier Ecken. Insgesamt stand die Wirkung hier vielleicht nicht ganz im Einklang mit der des übrigen Schlosses. Durch ein gewölbtes Tor an einer Seite waren die hohen Eibenhecken des Gartens zu sehen. Stufen führten hinauf zum Haupteingang des Wirtschaftsflügels des Schlosses, vor dem die Autos schließlich anhielten.

Die beiden Seiten der Tür, durch die wir in die Große Halle traten, wurden von berittenen Figuren in gotischen Rüstungen bewacht; und diese dramatischen Gestalten aus Ross und Reiter schlugen einen neuen und verwirrenden Ton an – allerdings einen, auf den schon der vertiefte Garten leicht hingewiesen hatte. Solche Anzeichen übersorgfältiger Bemühungen zeigten sich, wohin auch das Auge fiel, und sie riefen einen Eindruck hervor, der völlig verschieden war von dem kühlen, distanzierten Anblick, den einige Minuten zuvor die grauen Mauern und Türme geboten hatten, wie sie aus der grünen, statischen Landschaft herausragten. Fraglos passte hier irgendetwas nicht zusammen. Das schließliche Ergebnis dieser so verschwenderisch den Hallen und Galerien gewidmeten Anstrengungen war nicht eigentlich das Bild der Szenerie in einem Hollywood-Film. Dazu waren die zusammengetragenen Gegenstände vor allem zu echt, zu kostbar; und man verspürte auch ein gewisses Gefühl der Richtigkeit, des mehr oder weniger korrekten Urteils über geschichtliche Verbindungen. Die Zurschaustellung rief Unbehagen hervor, aber sie war nicht verachtenswert. Sie erweckte vielmehr Empfindungen, wie sie vielleicht einer jener Episoden in Märchen vorangehen, wenn in einem bestimmten Moment das angemessene Zauberwort fällt, worauf sich Kuppeln und Minarette, Brunnen und Lustgärten in der dünnen Luft auflösen und der Held – in diesem Fall Sir Magnus Donners – in Lumpen gehüllt und zitternd vor Kälte unter einer zersplitterten Eiche in einem düsteren Wald oder ausgedörrt von den Strahlen einer brennenden Sonne zwischen den Felsen und Steinen einer öden Berggegend zurückbleibt. In der Tat, Sir Gavins kritische Bemerkung, dass Stourwater jetzt »zu perfekt« sei, war in einem Grade unangemessen, der sie fast als abwegig erscheinen ließ.

Ich hatte angenommen, dass, wie bei Besuchen dieser Art auf dem Lande üblich, die Walpole-Wilson-Gäste, zu einer eigenen Gruppe zusammengedrängt, die meiste Zeit sich selbst überlassen bleiben würden und dass sich die Donners-Wochenendgesellschaft, durch die Ankunft von Fremden mehr denn je vereint, in einiger Entfernung angeregt miteinander unterhalten würde: dass es also kaum zu einer Vermischung der beiden Parteien käme. Eine solche nicht ungewöhnliche missliche Lage hätte sich, nachdem wir von Sir Magnus – der mehr denn je wie ein gesunder Kleriker aussah – in der Langen Galerie (an deren hinteren Wand der Holbein, eines der Porträts des Erasmus, hing) begrüßt worden waren, ohne Zweifel auch bald wieder ergeben, hätten nicht verschiedene unvorhergesehene Umstände dazu beigetragen, diesen wohl als normal anzusehenden Gang der Ereignisse zu verändern. Zum Beispiel: Unter einer Anzahl mir leicht vertraut vorkommender Gesichter in dem Raum bemerkte ich plötzlich Stringham und Bill Truscott, die sich mit einem ungewöhnlich hübschen Mädchen unterhielten.

Wir wurden der Reihe nach Prinz Theodoric vorgestellt, der einen strikt westeuropäisch geschnittenen grauen Flanellanzug trug und weit gelöster schien als auf der Party von Mrs. Andriadis. Er lächelte äußerst einnehmend, während er unsere Hände schüttelte. Er sprach jenes peinlich-korrekte Englisch, das charakteristisch ist für bestimmte ausländische königliche Hoheiten und das der Sprache eine Glätte und Geschmeidigkeit gibt, die der Art, wie die Engländer selbst sprechen, ganz fremd ist. Er hatte ein Wort für jeden von uns. Sir Gavin ergriff seine Hand, als träfe er einen lange verlorenen Sohn, während Prinz Theodoric seinerseits ebenso erfreut über ihre Wiedervereinigung zu sein schien. Wahrscheinlich weil sie Prinz Theodoric nur als Jungen in Erinnerung hatte, zeigte Lady Walpole-Wilson augenscheinlich Erstaunen darüber, dass er jetzt so erwachsen war. Nur Eleanors und ihrer Tante fest zusammengepresste Lippen und steife Knickse deuteten auf völlige Ablehnung.

Es fanden dann weitere Vorstellungen statt. Die Huntercombes waren anwesend – Lord Huntercombe war Königlicher Regierungsbeauftragter für die Grafschaft – und eine Reihe von Personen, deren Identität mir im Großen und Ganzen verborgen blieb; doch hin und wieder erkannte ich die eine oder andere prominente Persönlichkeit, wie etwa Sir Horrocks Rusby, dessen Namen Widmerpool bei irgendwelchen Gelegenheiten erwähnt hatte und der einige Zeit zuvor als Anwalt im Derwentwater-Scheidungsprozess in den Zeitungen häufig genannt worden war. Ich bemerkte auch Mrs. Wentworth – die Sir Horrocks wahrscheinlich im Zeugenstand einem Kreuzverhör unterzogen hatte. Sie schaute immer noch ziemlich mürrisch drein, wie sie dort in einer der Gruppen in unserer Nähe stand. Als die Formalitäten dieser Eröffnungszüge des Spiels abgeschlossen waren und man uns Cocktails gereicht hatte, kam Stringham durch das Zimmer zu mir herübergeschlendert. Sein Gesicht war sonnenverbrannt. Ich fragte mich, ob das auf den Ausflug nach Deauville zurückzuführen sei, von dem Mrs. Andriadis gesprochen hatte, oder ob, im Gegenteil, ihre Trennung endgültig gewesen sei. Er hatte den Ausdruck der Erschöpfung nicht völlig verloren.

»Du musst meine zukünftige Frau begutachten«, sagte er sofort.

Diese Ankündigung seiner bevorstehenden Heirat kam als eine völlige Überraschung. Barnby hatte im Verlauf unseres gemeinsam verbrachten Abends gesagt: »Wenn jemand glaubt, er sei nie weiter von einer Heirat entfernt gewesen, ist er in Wirklichkeit näher dran als je zuvor«; doch es dauert einige Zeit, bis man diese Regel begriffen hat. Als Stringham so ungestüm Mrs. Andriadis' Haus verlassen hatte, war es für mich eine natürliche Folgerung gewesen, dass ihm nichts ferner lag, als bald heiraten zu wollen; doch jetzt musste ich mich sogar fragen, ob er sich vielleicht entschlossen haben mochte, sein Verhältnis mit Mrs. Andriadis dadurch wieder in Ordnung zu bringen, dass er sie zu seiner Frau machte. Dass ich dies überhaupt als eine Möglichkeit in Betracht ziehen konnte, zeigte, glaube ich, einen Fortschritt in meinem Erfassen dessen, womit alles gerechnet werden kann, zu dem ich zu einem früheren Zeitpunkt in jenem Jahr nicht fähig gewesen wäre. Ohne jedoch näher auf die Neuigkeit einzugehen, führte mich Stringham zu der Frau, von deren Seite er gekommen war und die immer noch mit Truscott sprach.

»Peggy«, sagte er, »dies ist ein alter Freund von mir.«

Abgesehen von Anzeichen in Stringhams früherem Verhalten gab es Hinweise – indirekt gegeben durch Anne Stepney und direkt durch Rosie Manasch –, die besagten, dass jede Art von Verlobung geplatzt sei. Peggy Stepney, die ich jetzt von Bildern her, die ich von ihr gesehen hatte, erkannte, war, mit dem gleichen rötlichen Haar, ihrer jüngeren Schwester nicht unähnlich; doch statt wie diese Unordentlichkeit anzudeuten, sah sie aus, als sei sie gerade anmutig aus dem Titelbild eines Modemagazins herausgetreten – wahrlich ›zu perfekt‹, wie Sir Gavin vielleicht gesagt hätte. Sie war natürlich eine ›Schönheit‹, und sie besaß eine Art kaltes Gleichmaß – sehr anziehend und gleichzeitig ein wenig alarmierend. Doch ging dieses Äußere nicht einher mit einem ebenso kühlen Verhalten; im Gegenteil, unter diesen Umständen hätte sie kaum liebenswürdiger sein können. Während wir uns unterhielten, gesellte sich Mrs. Wentworth zu uns, bei deren Ankunft ich ein leichtes Steifwerden in der Haltung Stringhams wahrnahm, eine fast unmerkliche Schärfe, zurückzuführen vielleicht – doch, so dachte ich, keineswegs sicher – auf die Rolle, die Mrs. Wentworth bei der Scheidung seiner Schwester gespielt hatte. Als ich die beiden Frauen verglich, wurde sogleich klar, dass Peggy Stepney ganz offensichtlich die schönere war; doch hatte Mrs. Wentworth etwas an sich, das den Unfrieden verständlich machte, den sie in so vielen Häusern gestiftet hatte.

»Wie oft muss ich noch neben diesem Stallmeister Theodorics sitzen, Bill?«, fragte sie. »Gestern Abend beim Dinner hat er die ganze Zeit über seine liebsten Tanzmelodien gesprochen. Beim Lunch heute kann ich das nicht wieder aushalten. Ich bin nicht mehr so jung, wie ich mal war.«

»Sprich mit ihm über Vögel und andere Tiere«, sagte Stringham. »Ich hab das schon mit großem Erfolg versucht – die Flora und Fauna von England und Wales.«

Mrs. Wentworth schien dieser Scherz nicht besonders zu amüsieren. Ihr Betragen war weniger freundlich als das von

Peggy Stepney, und sie warf nicht mehr als einen kurzen Blick in meine Richtung, als wir einander vorgestellt wurden. Ich war beeindruckt von Barnbys Kühnheit, ein so gewaltiges Ziel anzugehen. In diesem Augenblick wurde zum Lunch gerufen, so dass wir vier uns für einige Zeit trennen mussten.

Das Esszimmer war mit Wandteppichen aus dem sechzehnten Jahrhundert behängt, die ich ihrem allgemeinen Aussehen nach – blaue und karmesinrote Farbtöne gegen ein Zitronengelb gesetzt – für Gobelins hielt. Sie repräsentierten die sieben Todsünden. Ich kam der Luxuria gegenüber zu sitzen, einer Sünde, die hauptsächlich als eine mit Rosen bekränzte weibliche Gestalt mit Flügeln und Hörnern dargestellt war, die eine ihrer vollen nackten Brüste zwischen Zeigefinger und Daumen hielt, während sie in einen Spiegel blickte, der auf der einen Seite von Amor und auf der anderen von einer Ziege zweifelhaften Anblicks getragen wurde. Das vierfüßige Tier der Apokalypse mit seinen sieben Drachenköpfen zog ihren Triumphwagen, der von großer Pracht war. Herkules stand, seine Keulen über der Schulter, in der Nähe und beobachtete mit etwas düsterem Blick diese Prozession, sein Geist ohne Zweifel angefüllt mit beunruhigenden Erinnerungen. Im Hintergrund gestatteten die offenen Türen eines mit Säulen geschmückten Hauses den Blick auf ein Himmelbett, dessen Vorhänge bis zu dem Scheitelpunkt des Raumes hinaufreichten und unter dessen Baldachin ein Paar verschlungen in priapischer Umarmung lag. Zwischen Bäumen auf der rechten Seite der Komposition waren weitere Paare und Gruppen, wenigstens drei oder vier, in kleineren Häusern und orientalischen Zelten oder, in einem Fall, einfach auf der bloßen Erde in ähnlicher Weise beschäftigt.

Ich hatte den Platz neben Rosie Manasch erhalten, die in dem Augenblick, als sie sich setzte, sogleich ein Gespräch mit ihrem Nachbarn auf der anderen Seite begann. Ich selbst war, neugierig darauf, einige der Nebenformen der Genusssucht zu erforschen, wie sie in dieser Folge lebendiger und manchmal rätselhafter Episoden abgebildet waren, unauffällig in eine Untersuchung der auf dem Wandteppich ausgebreiteten Szenen vertieft. Es hatte, so nahm ich vage wahr, eine Änderung der Sitzordnung an meiner rechten Seite gegeben, wo ein Stuhl für einige Augenblicke leer blieb. Jetzt nahm dort, begleitet von einigen gemurmelten Worten Truscotts, der, möglicherweise um Mrs. Wentworth von weiteren Strapazen eines Gesprächs mit Prinz Theodorics Stallmeister zu befreien, die Korrektur veranlasst hatte, neben mir eine junge Frau Platz, der ich, soweit ich wusste, noch nicht vorgestellt worden war.

»Ich glaube nicht, dass Sie sich noch an mich erinnern«, sagte sie fast sofort mit einer seltsam rauen Stimme, die das gleiche Gefühl in mir wachrief, das schon Stringhams Frage nach Streichhölzern an dem Kaffeestand verursacht hatte: ein Gefühl, als kehrten vergangene Jahre zurück. »Ich hieß früher Jean Templer. Sie sind ein Freund von Peter, und Sie haben uns vor Jahren einmal besucht.«

Es stimmte, dass ich sie nicht erkannt hatte. Ich glaube, wir hätten sogar ein paar Worte miteinander wechseln können, ohne dass ich ihre Identität erraten hätte, so wenig hatte ich an sie gedacht, so unerwartet kam es, ihr an diesem Ort zu begegnen. Nicht dass sie sich sehr verändert hätte. Im Gegenteil, sie war immer noch schlank, ja mager, und obwohl vielleicht nicht gerade eine ›Schönheit‹ – wie die beiden anderen Frauen, mit denen ich gerade gesprochen hatte und mit denen meine Gedanken vor der Ablenkung durch den Wandteppich beschäftigt gewesen waren –, war sie doch geheimnisvoll und fesselnd und sicherlich sehr hübsch, genauso hübsch wie damals, so schien mir, als ich nach meinem Abgang von der Schule die Templers besucht hatte. Vielleicht wirkte sie ein wenig wie eine adrette Sekretärin in einem Musical. Mit so etwas wie Erleichterung sah ich zudem, dass sie keine der Eigenschaften erkennen ließ, die ich an Barbara gemocht hatte. Es ging ein Gefühl der Zurückhaltung von ihr aus, einer Reserviertheit, die zu dem gegenwärtigen Zeitpunkt nicht abzuschätzen war. Ich entschuldigte mich für meine schlechten Manieren, sie nicht sofort erkannt zu haben. Sie stieß ein schnelles, fast männliches Lachen aus. Ich war mir keineswegs sicher, welche Gefühle ich ihr gegenüber empfand, doch wurde mir plötzlich bewusst, dass meine Liebe zu Barbara, so schmerzlich sie auch manchmal gewesen sein mochte, mir nun als eine ziemlich amateurhafte Angelegenheit vorkam; ganz wie mir meine Empfindungen für Barbara einst als viel reifer erschienen waren als die zuvor für Suzette oder auch für Jean selbst gehegten.

»Sie waren so sehr in den Wandteppich vertieft«, sagte sie.

»Ich habe über das Paar in dem kleinen Haus auf dem Hügel nachgedacht.«

»Sie haben einen Sonderteufel – oder ist er ein Satyr?– für sich allein.«

»Ja, er scheint mit ihnen zusammenzuarbeiten, oder nicht?«

»Er hilft ihnen nur ein wenig, glaube ich.«

»Ein Gast, vermute ich – oder ein Angestellter?«

»Ach, ein Freund der Familie«, sagte sie. »Alle jung verheirateten Paare haben jemanden dieser Art. Manchmal mehrere. Wussten Sie das nicht? Ich sehe, Sie können nicht verheiratet sein.«

»Aber woher wissen Sie, dass die jung verheiratet sind?«

»Sie haben ein so schmuckes kleines Haus«, sagte sie. »Sie müssen jung verheiratet sein. Und auch ziemlich wohlhabend, würde ich sagen.«

Das Gespräch nahm mir ein wenig den Atem – nicht nur, weil es sich als völlig verschieden von der Art von Tischgesprächen erwies, die ich an diesem besonderen Ort erwartet hatte, sondern auch wegen des Kontrasts zu Jeans früherem Betragen, als ich ihr im Haus ihres Vaters begegnet war. Ich bedachte in diesem Augenblick nicht, welchen Unterschied die Tatsache, dass wir jetzt älter waren, ohne Zweifel in beiden von uns bewirkt hatte. Sie war, vermutete ich, etwa zwei Jahre jünger als ich. Da ich mich nicht länger in der Lage sah, diese zur Schau gestellte Distanziertheit menschlichen – und besonders ehelichen – Fragen gegenüber aufrechtzuerhalten, fragte ich, ob es stimme, dass sie Bob Duport geheiratet habe. Sie nickte, gab aber damit nicht gerade zu verstehen, dass ihre Vereinigung sie durch einen glücklichen Zufall in ein unerwartetes irdisches Paradies geführt habe.

»Kennen Sie Bob?«

»Ich bin ihm vor Jahren einmal durch Peter begegnet.«

»Haben Sie Peter in der letzten Zeit gesehen?«

»Seit etwa einem Jahr nicht. Er ist sehr erfolgreich in der Finanzwelt, nicht wahr? Er sagt es jedenfalls immer.«

Sie lachte.

»O ja«, sagte sie. »Er hat eine Menge Geld gemacht, glaube ich. Das ist schon etwas. Aber ich wünschte, dass er ruhiger würde, dass er heiratete, zum Beispiel.«

Ich fühlte eine unerwartete Vertrautheit mit ihr in mir aufsteigen, doch ging dieses jähe Gefühl, sie plötzlich viel besser zu kennen, nicht gleichzeitig einher mit einer klaren Vorstellung davon, welch eine Art von Mensch sie wohl wirklich sein mochte. Vielleicht verhindert jede Form von Vertrautheit, sei es Liebe oder Freundschaft, jede Genauigkeit der Bestimmung. Mr. Deacons Charakter zum Beispiel war mir viel offenkundiger als der Barnbys, obwohl ich Barnby inzwischen besser kannte als Mr. Deacon. Kurz gesagt: Personen, die wir am klarsten sehen, sind nicht notwendigerweise jene, die wir am besten kennen. Wie dem auch sei, es ist vielleicht ein unsinniger Versuch, eine Frau mit den groben Begriffen zu beschreiben, die auf einen Mann anwendbar sind.

»Ich bin in Ihrem Londoner Haus auf einer Party gewesen, die Mrs. Andriadis gegeben hat.«

»Das klingt großartig«, sagte sie. »Wie war es? Wir haben das Haus fast sofort vermietet, nachdem wir es gekauft hatten, denn Bob musste ins Ausland. Es ist eigentlich ein ziemlich schreckliches Haus. Ich hasse es und auch alles, was darin ist.«

Ich wusste nicht, welchen Kommentar ich zu dieser Haltung gegenüber ihrem eigenen Heim geben sollte, das – wie ich in jener erwähnten Nacht in Übereinstimmung mit dem jungen

Mann mit der Orchidee gedacht hatte – trotz seines teuren Gepräges sicherlich einiges zu wünschen übrigließ. Ich sagte, ich wünschte, sie wäre auch auf der Party gewesen.

»Ach wir«, sagte sie und lachte wieder, als sei eine solche Möglichkeit völlig undenkbar. »Außerdem waren wir nicht da. Bob hat monatelang über Nickel oder Aluminium oder so etwas verhandelt. Offen gesagt, ich glaube, wir werden Mrs. Andriadis verklagen müssen, wenn er zurückkommt. Sie hat sich ganz toll aufgeführt in dem Haus. Sie hat den Boiler durchbrennen lassen und einen großen Spiegel zerbrochen.«

In diesem Bestreiten, dass sie zu dem Personenkreis gehöre, der zu Mrs. Andriadis' Partys eingeladen wurde, erinnerte sie mich unmittelbar an ihren Bruder, denn der Rahmen, in dem wir uns jetzt befanden, schien, äußerlich gesehen, durchaus vorstellbar als eine Fortführung der Art von Gesellschaften, die Mrs. Andriadis gab. In der Tat, in meiner Unerfahrenheit kam es mir vor, als sei hier die gleiche unterschwellige Strömung eisigen Konflikts wahrnehmbar, die einen oder zwei Monate zuvor auch das Haus in der Hill Street durchdrungen hatte. Ohne Zweifel konnten spitzfindige Feinheiten vorgebracht werden, die – wie Stringham zuerst angedeutet hatte und wie es auf Sillerys Teegesellschaft erhärtet worden zu sein schien – Sir Magnus' Ansprüche auf, hierarchisch gesprochen, mehr als den Besitz von ›viel Geld‹ zunichte machten: trotz verschiedener Anerkennungsbeweise, die ihm in Hinton und sonstwo im Hinblick auf seine Größe auf anderen Gebieten gezollt worden waren. Doch selbst wenn man gelten ließ, dass Sir Magnus vielleicht bloß eine Position innerhalb dieser vergleichsweise bescheidenen Kategorie gesellschaftlicher Unterscheidung einnahm – die Vorzüge, *die* er besaß, wurden im Allgemeinen nicht geringgeschätzt, auch nicht in der Welt von Mrs. Andriadis. Deren gesellschaftliche Kreise konnte man vielleicht als wirkungsvollere und beweglichere ansehen, doch war es zweifelhaft, ob selbst diese Einschätzung außer Frage stand.

Genau genommen war ich mir nicht sicher, dass ich Jean

nicht vielleicht missverstanden hatte und dass sie eigentlich hatte sagen wollen, ihr Leben spiele sich eher auf einer höheren als auf einer niedrigeren Ebene ab. Ein ähnlicher Gedanke mochte auch ihr gekommen sein, denn wie zur Erklärung einer Sache, die der Klarstellung bedurfte, sagte sie: »Baby hat mich hierhergebracht. Sie brauchte jemanden, der sie unterstützt; und Bobs Aluminium passte ganz gut für dieses Wochenende, denn Theodoric hatte schon von Bob gehört, ihn sogar persönlich kennengelernt.«

Die Vorstellung, dass Mrs. Wentworth ›unterstützt‹ werden müsse, eröffnete der Fantasie faszinierende Möglichkeiten im Hinblick auf deren Stellung in diesem Haus. Ich erinnerte mich, dass auch Stringham diesen Ausdruck gebraucht hatte, als er mich bat, ihm bei seinem Plan zu helfen, nach nur einem einzigen Trimester die Universität zu verlassen – damals, als er seine Mutter zum Mittagessen eingeladen hatte, damit sie Sillery dort träfe. Bei Mrs. Wentworths Status in dem Schloss handelte es sich um eine Angelegenheit, die jetzt offensichtlich nicht weiter verfolgt werden konnte, und zusätzlich zu meiner Scheu, mich näher über diese besondere Sache zu erkundigen, schien Jeans anfängliche Lebhaftigkeit plötzlich erschöpft, denn sie versank in eine jener Perioden des Schweigens, an die ich mich noch so gut von der Zeit her erinnerte, als ich ihr zuerst begegnet war. Während der übrigen Zeit des Essens führte sie ein bruchstückhaftes Gespräch mit dem Mann zu ihrer Rechten, oder ich selbst unterhielt mich mit Rosie Manasch, so dass wir im Esszimmer kaum noch miteinander redeten.

Die übrigen Mitglieder der Lunch-Gesellschaft schienen sich im Großen und Ganzen gut zu unterhalten. Prinz Theodoric, der am anderen Ende der langen Tafel zwischen Lady Walpole-Wilson und Lady Huntercombe saß, trieb mannhaft Konversation, sah jedoch ein wenig niedergeschlagen drein. Von Zeit zu Zeit, und nie länger als für einen kurzen Moment, wanderten seine Augen hinüber zu Mrs. Wentworth, die unter dem Einfluss von Speise und Trank sichtlich fröhlicher geworden war und bemerkenswert hübsch aussah. Ich machte die Beobachtung, dass sie sich nicht die Mühe nahm, die Blicke des Prinzen zu erwidern, wie sie es auf der Party von Mrs. Andriadis getan hatte. Truscott wirkte offenbar Wunder bei Miss Walpole-Wilson, deren weitreichende gesellschaftliche Kontakte er – möglicherweise als einen zusätzlichen Faktor, die Belange von Donners-Brebner zu propagieren – als wichtig genug erachtet haben musste, ihr ein wenig mehr als seine normale Aufmerksamkeit zu widmen. Es war sogar möglich, obwohl ich das für unwahrscheinlich hielt, dass Miss Walpole-Wilsons eher unnachgiebiges Auftreten in sich selbst ausreichte, ihn dazu anzuspornen, seine fast unvergleichliche Virtuosität in der Handhabung widerspenstigen Materials von der Art, wie es Miss Walpole-Wilsons Persönlichkeit bot, ohne weitere Hintergedanken zu beweisen. Auf einem ganz anderen Gebiet hatte ich mehr als einmal Archie Gilbert etwas Ähnliches tun sehen; von Truscott wäre solch ein relativ frivoler Aufwand an Energie allerdings unerwartet gekommen.

Nur Eleanor, deren Gedanken ohne Zweifel immer noch bei den jungen Jagdhunden und deren Nahrung weilten oder die vielleicht ganz allgemein den formellen Ton der versammelten Gesellschaft missbilligte, schien uneingeschränkt gelangweilt. Sir Magnus selbst sprach nicht viel und brachte nur in Abständen eine generelle Meinung zum Ausdruck. Seine Worte hätten, wie sie in Augenblicken relativer Stille zum unteren Ende der Tafel herüberwehten, auf den Lippen eines weniger bedeutenden Mannes auf Gedankengänge von einer so schmerzlichen Banalität – von einer so profund dürren Tiefe, in der weder Humor noch Fantasie noch irgendeine Form menschlicher Einsicht die geringste Rolle spielen konnte – schließen lassen, dass ich fast annahm, sie seien ironisch gemeint oder er wolle seine Gäste damit necken, dass er den Part des langweiligen Charakters in einer Salonkomödie spiele. Ich war noch weit davon entfernt zu verstehen, dass sich die Fähigkeiten von Menschen, denen es auf Macht ankommt, nicht notwendigerweise in der Brillanz ihrer Konversation ausdrücken. Selbst bei Tageslicht sah er jung aus für sein Alter und enorm, ja fast unnatürlich gesund.

Beim Verlassen des Esszimmers nach dem Ende des Mahls fing Sir Gavin, der einen seiner Lieblingspläne zu besprechen hatte, Lord Huntercombe ab, und die beiden gingen zusammen hinaus. Lord Huntercombe, ein kleiner Mann von exquisitem Äußeren und mit einem Ausdruck unbeschreiblicher Schläue auf dem Gesicht, saß im Kuratorium einer, wenn nicht mehrerer Kunstgalerien, und Sir Gavin war sehr darauf bedacht, ihn für ein Projekt zu interessieren, das ihm sehr am Herzen lag und von dem er schon in Hinton gesprochen hatte, nämlich die Organisation einer Sonderausstellung von Bildern, die in Verbindung mit der Geschichte diplomatischer Beziehungen zwischen England und der übrigen Welt von Interesse sein mochten. Die beiden zogen sich zu den Eibenhecken zurück, wobei Lord Huntercombes Gesichtsausdruck nicht viel mehr erkennen ließ als stillschweigende Duldung angesichts der Aussicht, Sir Gavins Pläne hören zu müssen. Die übrige Gesellschaft teilte sich in kleine Gruppen auf. Genauso wie sie in dem Haus ihres Vaters immer von der Bildfläche zu verschwinden pflegte, war Jean auch hier auf der Terrasse, wohin sich der größte Teil der Gesellschaft nun begeben hatte, nirgendwo zu entdecken. Peggy Stepney schien sich ebenfalls allein entfernt zu haben. Nachdem ich neben Stringham und Truscott Platz genommen hatte, fragte ich, wann die Hochzeit stattfinden solle.

»Ach, jeden Augenblick jetzt«, sagte Stringham. »Ich bin mir nicht sicher, ob es nicht schon heute Nachmittag ist. Um genau zu sein: in der zweiten Woche im Oktober. Meine Mutter kann sich nicht entscheiden, ob sie lachen oder weinen soll. Ich glaube, Buster ist insgeheim ziemlich beeindruckt.«

Ich fand es unmöglich abzuschätzen, ob er heiratete, weil er verliebt war, weil er hoffte, durch diesen Schritt zu einem ruhigeren Leben zu finden, oder weil er mit neuen Lebensumständen experimentieren wollte. Die Absurdität der Erwartung, dass überhaupt exakte Gründe für eine Heirat angeführt werden können, war mir damals noch nicht einsichtig – entschuldbarerweise vielleicht, denn dies ist ein Thema, bei dem jeder, zumindest wenn Freunde betroffen sind, die Anmaßung kategorischen Wissens für sein unveräußerliches Recht hält. Peggy Stepney selbst machte einen sehr zufriedenen Eindruck, obwohl die Formalität ihres Stils darauf angelegt war, äußere Reaktionen zu vermeiden. Es hatte einen Zwischenfall – vielleicht ist das dafür ein zu großes Wort – gegeben, während wir uns vor dem Mittagessen miteinander unterhielten. Sie hatte ihre Hand in einer Weise auf einem Tisch ruhen lassen, dass man vermuten musste, sie solle in Stringhams greifbarer Nähe liegen. Er hatte seine eigene Hand auf die ihre gelegt, worauf sie, fast ärgerlich, ihre Finger mit einem Ruck weggezogen und sich das Gesicht zu pudern begonnen hatte. Es hatte bei Stringham nicht das geringste Anzeichen dafür gegeben, dass ihm diese Geste bewusst geworden wäre. Er hatte, wie es schien, seine erste Bewegung fast automatisch gemacht, nicht eigentlich als einen Beweis der Zuneigung. Möglicherweise hatte es gerade einen geringfügigen Streit zwischen ihnen gegeben; oder sie wollte ihn necken; oder der Handlung kam überhaupt keine Bedeutung zu. Während ich über die Schwierigkeiten nachdachte, die dieser Situation innewohnten, wendeten sich meine Gedanken wieder der Begegnung mit Jean zu, und ich fragte Stringham, ob er wisse, dass Peter Templers Schwester unter den Gästen auf Stourwater sei.

»Ich wusste nicht einmal, dass er eine Schwester hatte – doch natürlich, ja, jetzt erinnere ich mich, er hatte wenigstens zwei. Eine von ihnen lässt sich, wie meine eigene, dauernd scheiden.«

»Dies hier ist die jüngere. Sie heißt Mrs. Duport.«

»Was, Babys Freundin?«

Er zeigte nicht das geringste Interesse. Es schien mir unerklärlich, dass er sie offensichtlich kaum bemerkt hatte. Widmerpools Liebe zu Barbara war mir als eine unerhörte Anmaßung vorgekommen, doch Stringhams Gleichgültigkeit gegenüber Jean schien, in der entgegengesetzten Richtung, fast ebenso bestürzend. Meine eigenen Gefühle zu ihr mochten noch unsicher sein, seine Haltung dagegen wurde nicht so sehr von Unschlüssigkeit als vielmehr von einem völligen Mangel an Wahrnehmung bestimmt. Der Gedanke an Mrs. Wentworth brachte ihn jedoch auf andere Fragen.

»Welche Fortschritte macht Theodoric eigentlich bei Baby?«, fragte er.

Truscott lächelte und deutete durch eine tadelnde Bewegung mit seinem Finger an, dass diese Sache besser unbesprochen bliebe, zumindest solange wir uns auf der Terrasse aufhielten.

»Keine sehr großen, nehme ich an«, sagte Stringham. »Es wird schließlich doch Bijou Ardglass sein. Ich wette darauf.«

»Ist dir der Chef heute beim Mittagessen auch etwas blass und niedergeschlagen vorgekommen, Charles?«, fragte Truscott, diese Vermutungen ignorierend.

Er sprach leicht dahin, doch hatte ich den Eindruck, dass er vielleicht besorgter über Sir Magnus' Stimmung war, als er nach außen hin zuzugeben wünschte.

»Ich hörte, wie er einmal sagte, kein Mensch sei wie der andere in dieser Welt«, sagte Stringham. »Er sollte einige seiner Aphorismen aufschreiben, damit sie nicht vergessen werden. Ist das wohl die richtige Gelegenheit für die Verliese?«

Er machte diese letzte Bemerkung mit jener gleichbleibenden Stimme, die er, wie ich aus der Vergangenheit wusste, immer annahm, wenn er einer augenscheinlich simplen Feststellung oder Frage eine versteckte Bedeutung zu vermitteln beabsichtigte. Truscott spitzte die Lippen und senkte den Kopf zum Ausdruck eines eher schalkhaften Tadels. Ich sah, dass ihn ein ihnen beiden bekannter heimlicher Scherz amüsierte, und ich wusste, dass ich recht gehabt hatte, als ich vermutete, in Stringhams Worten liege ein tieferer Sinn.

»Baby mag das nicht.«

»Wen kümmert, was Baby mag?«

»Der Chef ist nie abgeneigt«, sagte Truscott, noch immer lächelnd. »Es wird ihn sicher aufheitern. Aber *du* musst ihn fragen, Charles.«

Nicht weit von uns entfernt sprach Sir Magnus gerade mit Lady Huntercombe. Stringham ging über die Terrasse auf die beiden zu. Als er sie erreichte, wandte sich, fast als hätte sie seine Ankunft erwartet, Lady Huntercombe, deren Gesichtszüge und Kleidung darauf angelegt waren, an Gainsboroughs Porträt der Schauspielerin Mrs. Siddons zu erinnern, ihm zu und wies mit einer angemessen dramatischen Geste auf den Hauptturm des Schlosses, als verlange sie eine geschichtliche oder architektonische Auskunft. Ich sah, wie Stringham ein Lächeln unterdrückte. Ihre Worte hatten es ihm vielleicht einfacher gemacht, seine Anfrage vorzubringen. Ehe er ihr antwortete, neigte er sich – mit vielleicht größerer Ehrerbietung, als das früher seine Art gewesen war – Sir Magnus zu und fragte ihn etwas. Bei seiner Antwort zog Sir Magnus die Augenbrauen hoch und machte – wie einige Minuten zuvor Truscott, der vielleicht eine der Manieriertheiten seines Arbeitgebers unbewusst nachgeahmt hatte – eine tadelnde Bewegung mit seinem Zeigefinger; gleichzeitig nahm sein Gesicht eine um eine winzige Spur dunklere Farbe an, als er sich seinerseits an Lady Huntercombe wandte, offensichtlich um ihre Meinung zu dem Punkt zu erfragen, auf den Stringham seine Aufmerksamkeit gelenkt hatte. Sie nickte sogleich in einer Weise, die Enthusiasmus ausdrücken sollte – die leicht unbekümmerte Fröhlichkeit einer großen Schauspielerin auf Urlaub, eine der in der Auswahl verhältnismäßig begrenzten Stimmungen, auf die ihr Hut und ihre allgemeine Erscheinung sie festlegten. Stringham sah auf, und seine und Truscotts Blicke trafen sich.

Als Ergebnis der Konsultation folgte die öffentliche Ankündigung durch Truscott, Sir Magnus' Sprachrohr, dass unser Gastgeber, der inzwischen ein paar Worte mit Prinz Theodoric gesprochen hatte, sich erbiete, eine persönliche Führung durch das Schloss, »einschließlich der Verliese«, zu unternehmen. Dies war die Art von Exordium, die Truscott mit großem Geschick ausführen konnte, und er traf fast eine ideale Mitte: Er verhinderte ein plötzliches Ende aller Gespräche; gleichzeitig bestand aber auch keine Gefahr, dass ihn irgendjemand in der unmittelbaren Umgebung ignorierte. Ohne Zweifel hatten die meisten der dort Versammelten das Schloss schon wenigstens einmal besichtigt. Einige ließen erkennen, dass sie eine Wiederholung ablehnten. Es entstand eine leichte Unruhe, als sich diejenigen, die sich zu der Besichtigung entschlossen, von den übrigen Gästen lösten. Am Ende zeigte sich, dass etwa ein Dutzend Personen an der Führung teilnehmen wollten. Sie bildeten eine Gruppe und wurden ins Schloss geführt.

»Ich hole die Lampen«, sagte Truscott.

Er ging davon, und Stringham gesellte sich wieder zu mir.

»Worin besteht der Witz?«

»Es gibt eigentlich gar keinen«, sagte er; aber seine Stimme verriet, dass er etwas verheimlichte.

Truscott kam mit zwei Taschenlampen zurück, von denen er eine Stringham übergab. Zu der Gruppe gehörten Prinz Theodoric, Lady Huntercombe, Miss Janet Walpole-Wilson, Eleanor, Rosie Manasch und Pardoe, sowie einige andere, die ich nicht kannte. Stringham und Truscott gingen voran, wobei der Letztere als der hauptsächliche Führer fungierte und uns mit einer Mischung aus praktischer Information und historischem Detail versorgte, die in jeder Hinsicht den Umständen des Rundgangs angemessen war. Während wir durch das Schloss zogen, beobachtete Sir Magnus Truscott mit Beifall, beteiligte sich zunächst aber nicht selbst an den Erklärungen. Ich war überzeugt, dass Sir Magnus den exakten Marktwert jedes einzelnen Gegenstandes auf Stourwater genau kannte, dass er jene Art von Einsicht besaß, die Menschen entwickeln können, ohne im Geringsten die Kenntnisse des Ästheten oder Spezialisten von der besonderen Kategorie oder der künstlerischen Bedeutung des entsprechenden Wertgegenstandes zu haben.

Barnby pflegte zu sagen, er kenne einen Wirtschaftsprüfer, der sich kaum bewusst sei, wie Bilder überhaupt produziert würden, der aber dennoch irgendeine Galerie betreten und unter den dort hängenden Bildern »von Masaccio bis Matisse« das am teuersten bewertete herausgreifen könne – einfach durch die mystische Kraft seines eigenen Respekts vor dem Geld.

Wir schritten von Zimmer zu Zimmer, und die angehäufte Pracht in diesen Räumen schien nur noch meine frühere Vorstellung zu verstärken, dass durch ein Schwingen des Zauberstabs – etwa in der Art Peer Gynts – sich Möbel und Rüstungen, Bilder und Wandbehänge, Gold und Silber, Kristall und Porzellan leicht und augenblicklich in einen Haufen vertrockneter Blätter verwandeln könnten, die der Wind umhertreibt. Von Zeit zu Zeit gab Prinz Theodoric einen anerkennenden Kommentar, oder Miss Walpole-Wilson warf bei einer Feststellung eine geringfügige Korrektur ein; was die Letztere anging, zeigte sich jedoch deutlich, dass Truscotts eindrucksvolles Verhalten, als er während des Mittagessens neben ihr saß, ihr kritisches Angriffsvermögen stark vermindert hatte.

Wir kamen zum Ende des Teils des Schlossinnern, der ›zur Besichtigung‹ offenstand, und kehrten zum Erdgeschoss zurück, wo wir schließlich den oberen Absatz einer Wendeltreppe erreichten, die in unterirdische Tiefen hinableitete. Hier wurde Sir Magnus von Truscott eine der Taschenlampen ausgehändigt, und von diesem Punkt an übernahm Sir Magnus die Rolle des Führers. Es entstand eine kleine Pause. Ich sah, wie Stringham und Truscott Blicke wechselten.

»Wir steigen nun zu den Verliesen hinab«, sagte Sir Magnus mit leicht zitternder Stimme. *»Manchmal meine ich, dass dies der Ort ist, wohin unartige Mädchen gehören.«*

Er hielt diese kleine Rede mit einem Anflug fast von Unbehagen. Kleine Kicherwellen verbreiteten sich über die Gruppe, und es entstand eine weitere Pause – vielleicht aus unwillkürlicher, erwartungsvoller Neugier, ob er diese entschieden bedrohliche Mutmaßung in die Praxis umsetzen würde. Truscott lächelte milde, ein wenig wie eine Gouvernante oder eine Kinderfrau, die aus langer Erfahrung nur zu gut weiß, ›dass Jungens nun mal so sind‹. Ich konnte Stringham ansehen, dass er einen gewaltigen Lachanfall unterdrückte, und mir kam in diesem Augenblick der Gedanke, dass solche Gelegenheiten, solche Anlässe zum heimlichen Lachen, ihm immer noch höchste Freude bereiteten, denn er sah plötzlich glücklicher aus – sicherlich lebhafter als vorher, als er mich Peggy Stepney vorgestellt hatte. Auf welche bösen Raffinessen, seien sie nun verbaler oder anderer Natur, die Worte von Sir Magnus in Wirklichkeit hindeuteten, konnte man allenfalls erahnen. Mir schien, dass jene Bemerkung, jene Meinungsäußerung, immer an diesem Punkt in dem Rundgang gemacht worden war und dass seine Sekretäre – wenn man Stringham und Truscott so bezeichnen konnte – ihre unfehlbare, regelmäßige Wiederkehr für einen enormen heimlichen Witz hielten.

Ich musste auch daran denken, dass Baby Wentworth – Truscott hatte kurz zuvor Stringham daran erinnert – die Besuche der Verliese nicht mochte. Mir fielen einige von Barnbys Spekulationen über das vermutete Verhältnis zwischen ihr und Sir Magnus wieder ein. Während man kaum annehmen durfte, dass er, wie Barnby sich vorgestellt hatte, Mrs. Wentworth oder seine anderen Favoritinnen wirklich physisch einkerkerte, so lenkte die häufige Wiederholung jener Worte doch ohne Zweifel die Aufmerksamkeit auf Seiten seiner Persönlichkeit, die eine Frau, die oft in seiner Gesellschaft gesehen wurde, vernünftigerweise wohl kaum gern besonders hervorgehoben sah. Sir Magnus' Augen hatten, während er jenen Satz sprach, für eine Sekunde auf Rosie Manasch geruht. Jetzt glitten sie schnell über die Gesichter von Lady Huntercombe, Miss Janet Walpole-Wilson und Eleanor und verweilten dann auf dem arglosen Profil eines kleinen blonden Mädchens, dessen Namen ich nicht kannte. Dann, seine Lippen leicht benetzend, gab er uns ein Zeichen weiterzugehen, und geführt von Sir Magnus stieg die Gruppe die Treppe hinab.

Zufällig ging in diesem Moment mein Schuhband auf. Neben der Treppe stand eine Eichenbank, und ich setzte meinen Fuß darauf und beugte mich hinunter, um es wieder festzubinden. Doch wie es so geht, es verknotete sich sofort und hielt mich für ein oder zwei Minuten zurück. Die Absätze der Frauen hallten auf den Steinen wider, als die Gruppe die Treppe hinunterpolterte; dann wurden die Stimmen schwächer, bis das Gemurmel der Gespräche und das Scharren der Füße mehr und mehr verklang und schließlich in der Entfernung verstummte. Sobald das Schuhband wieder gebunden war, ging ich schnell die Stufen hinunter, an deren Seite eine Eisenstange als Handlauf diente. Der Gang war dunkel und die Stufen tief eingeschnitten, so dass ich meinen Schritt verlangsamt hatte, als ich nach nur kurzem Weg hinunter eine Art Absatz erreichte. Auf der anderen Seite führte eine Treppe weiter in die Tiefe. Ich hatte gerade diese Plattform passiert und die zweite Treppe betreten, als eine Stimme – die offensichtlich aus den Mauern des Schlosses hervordrang – plötzlich meinen Namen sprach, dessen Klang um mich herum widerhallte, wie kurze Zeit zuvor die Schritte der Gruppe vor mir gehallt hatten.

»Jenkins?«

Ich muss gestehen, dass mich der Klang in diesem Augenblick sehr erschreckte. Er hatte einen dicken, fragenden Ton und schien aus dem mich umgebenden Äther aufzusteigen – eine Stimme aus dem Zwielicht der Treppe heraus, losgelöst von jedem menschlichen Ursprung, denn das Näherkommen eines Sprechers, sei es von unten oder von oben, hätte ich gehört, ehe er so nahe sein konnte, wie der Klang es vermuten ließ. Eine Sekunde später wurde mir bewusst, woher der Laut kam, doch statt Erleichterung zu empfinden über die einfache Erklärung eines Phänomens, das mir zuerst geheimnisvoll, ja schrecklich erschienen war, ergriff mich bei dem sich jetzt bietenden Anblick eine noch namenlosere Furcht. Genau auf gleicher Höhe mit meinem Kopf – ich war die Treppe wieder ein oder zwei Stufen nach oben gegangen – lag ein enges, durch Eisenstäbe befestigtes Fenster oder ein Sehschlitz, und durch dessen Gitter spähte, sein Gesicht im Schatten kaum erkennbar, Widmerpool.

»Wo ist der Chef?«, fragte er mit rauer Stimme.

Von Zeit zu Zeit und für einen winzigen Augenblick scheinen die Fantasien unseres Unterbewusstseins überzufließen, so dass wir in unseren wachen Momenten Dinge als wirklich annehmen, die so abscheulich und unglaublich sind wie jene Gedanken und Taten, die das alltägliche Material unserer Träume bilden. Vielleicht hatte Sir Magnus' Anspielung auf die angemessene Behandlung von »Unartigen Mädchen« – von ihm, als er den Satz sprach, wahrscheinlich in verhältnismäßig scherzhafter Absicht geäußert, obwohl mir seine Stimme unnatürlich ernsthaft vorgekommen war – aus unerklärlichen Gründen das Heraufbeschwören dieses Hirngespinstes bewirkt: denn das schien die Erscheinung zu sein, die in diesem Augenblick vor meinen Augen Gestalt annahm. Es war eine Vision von Widmerpool, allem äußeren Anschein nach eingekerkert in einer unterirdischen Zelle, von der nur ein kleines Gitter Zugang zur Außenwelt gewährte: Und selbst diese stellte sich nur dar als das Dunkel der Wendeltreppe. Ein Eishauch senkte sich auf mein Herz ob des Schicksals, das ihn, so eingekerkert, befallen haben musste; und für den gleichen winzigen Augenblick fast unerträglicher Besorgnis zerbrach ich mir den Kopf darüber, welches Verbrechen oder welche Pflichtverletzung er begangen haben musste, um eine solche Behandlung von den Händen seines Tyrannen zu erfahren.

Ich halte diese absurde Verwirrung meinerseits nur fest, weil sie eine gewisse Beziehung hatte zu dem, was folgte; denn sobald ich mit so etwas wie einem rationalen Gedanken die Dinge anging, war mir klar, dass Widmerpool nur von einem Außengang des Schlosses her sprach, der auf einer niedrigeren Ebene angelegt war als das Erdgeschoss, von dem aus wir kurze Zeit zuvor die Wendeltreppe hinabgestiegen waren. Er war offensichtlich durch einen Hintereingang gekommen, oder er hatte, vertraut mit dem Grundriss des Gebäudes, eine Abkürzung direkt zu dem Fenster genommen.

»Warum starrst du mich so an?«, fragte er gereizt.

So gut ich konnte, erklärte ich ihm die Umstände, die dazu geführt hatten, dass ich so allein im Schloss umherirrte.

»Ich hörte von einem Diener, dass gerade eine Besichtigungstour stattfinde«, sagte Widmerpool. »Ich bin mit dem Entwurf der Rede für das Dinner der ›Incorporated Metals‹ herübergekommen. Ich verbringe das Wochenende bei meiner Mutter, und ich wusste, der Chef würde die Fassung so bald wie möglich sehen wollen, so dass ich sie überarbeiten kann, wenn ein oder zwei Punkte geklärt sind. Truscott war einverstanden, als ich ihn anrief.«

»Truscott führt die Gruppe herum.«

»Natürlich.«

All dies zeigte deutlich, dass die auf Mrs. Andriadis' Party von Truscott eingeleiteten Maßnahmen inzwischen dahin gereift waren, dass Widmerpool sich fest auf dem Baum der Donners-Brebner-Organisation aufgepfropft sah, auf dessen weitverzweigten Ästen er auch schon munter zu blühen schien. Ehe ich weitere mir auf der Zunge liegende Fragen darüber stellen konnte, was genau die Natur seiner Anstellung sei oder welche Art von Kontakt er bei solchen Aufgaben wie dem Schreiben von Reden mit seinem Chef unterhalte, fuhr Widmerpool mit leiserer und erregterer Stimme fort zu reden, wobei er sein Gesicht zwischen die Eisenstäbe presste, als versuche er, sich durch die engen Zwischenräume hindurchzuwinden. Jetzt, da sich meine Augen an die Merkwürdigkeit seiner physischen Position gewöhnt hatten, löste sich mein früheres Trugbild seiner gewaltsamen Einkerkerung auf, und er erschien mir nun, zu diesem späteren Zeitpunkt, nur noch wie eine jener unfehlbar machtbewussten Existenzen, die hinter vergitterten Schaltern präsidieren, an denen Karten für Züge oder das Theater ausgegeben werden – eine Rolle, für die er sich vom Temperament her sicher eignete.

»Ich bin froh, dass ich die Gelegenheit habe, für einen Moment allein mit dir zu sprechen«, sagte er. »Ich habe in letzter Zeit fürchterliche Sorgen gehabt.«

Diese Feststellung ließ mich wieder an sein Geständnis über Barbara in jener Ballnacht bei den Huntercombes denken; und ich nahm an, er sei plötzlich von einer jener Aufwallungen unerfüllter Leidenschaft heimgesucht worden, die wie ein nicht ausgeheiltes Leiden manchmal mit erneuter Kraft zu einem Zeitpunkt ausbrechen, an dem eine Behandlung schon nicht mehr länger notwendig erscheint. Es war schließlich während eines – wenn auch gerechtfertigten – Zornesausbruchs gewesen, dass er geschworen hatte, sie nicht wiederzusehen. Niemand kann die Länge eines solchen Wandels des Herzens wählen oder bestimmen. Ja, die Umstände seiner Entscheidung, nach dem Zwischenfall mit dem Zucker mit ihr zu brechen, machten eine Erneuerung seines Gefühls alles andere als unwahrscheinlich.

»Barbara?«

Er versuchte, offensichtlich in vehementer Verneinung, seinen Kopf zu schütteln, wurde aber von den Gitterstäben daran gehindert, diese Bewegung auch nur entfernt in einer Weise auszuführen, die die Stärke seiner Gefühle ausdrückte.

»Ich hab mich bei der Frau, der du mich vorgestellt hast, zu etwas fast wahnsinnig Dummem hinreißen lassen.«

Die Vorstellung, dass ich Widmerpool einer Frau vorgestellt haben könnte – und noch dazu einer Frau, in Verbindung mit der eine ernsthafte Dummheit seinerseits überhaupt wahrscheinlich gewesen wäre –, schien mir so weit von der Wirklichkeit entfernt, dass ich mich zu fragen begann, ob sein Erfolg, sich die Stellung bei Donners-Brebner zu sichern, nicht vielleicht zu viel für seinen sowieso schon vom Streben nach Vorwärtskommen besessenen Verstand gewesen sei und ob er nicht tatsächlich fantasiere. Dann fiel mir ein, dass ich ihn vielleicht mit irgendjemand bei den Huntercombes in Berührung gebracht hatte, obwohl ich mich an keine derartige Bekanntmachung zu erinnern vermochte. Wie auch immer, ich konnte mir nicht denken, wie eine solche Begegnung zu einem so unheilvollen Höhepunkt hätte führen können, wie ihn sein Ton vermuten ließ.

»Gypsy«, sagte er, einen Moment bei diesem Namen zögernd, so leise, dass ich ihn kaum hören konnte.

»Was ist mit ihr?«

Die ganze Angelegenheit verwirrte sich mir hoffnungslos. Ich erinnerte mich, dass Barnby davon gesprochen hatte, dass etwas zwischen Widmerpool und Gypsy Jones sei, aber ich habe schon erwähnt, welche Ansichten vom Leben ich damals vertrat: nämlich die Vorstellung, dass Personen und Ideen in hermetisch abgeschlossenen Behältern existierten; und die Welt, in der Dinge von der Art geschehen konnten, auf die Widmerpool offensichtlich anspielte, schien mir, ich kann jetzt nicht mehr sagen, warum, unendlich weit von Stourwater und seiner Umgebung entfernt. Es wurde mir jedoch endlich deutlich, dass Widmerpool sich ernsthaft mit Gypsy Jones kompromittiert haben musste. Eine Flut möglicher Missgeschicke, die vielleicht seine Notlage verursacht hatten, überschwemmte meine Fantasie.

»Wir haben einen Arzt gefunden«, sagte Widmerpool.

Er sprach mit einer vor Verzweiflung hohlen Stimme; und diese Neuigkeit zerstreute nicht meinen Verdacht, dass das, was schiefgelaufen war, ernsthafter Natur sein musste. Doch aus irgendeinem Grund blieb mir die genaue Ursache seiner Bedrängnis weiterhin unklar.

»Ich glaube, alles ist jetzt wieder in Ordnung«, sagte er. »Aber es hat eine Menge Geld gekostet, mehr, als ich mir leisten konnte. Weißt du, ich hatte mich vorher nie auch nur eines formalen Vergehens schuldig gemacht – wie etwa die unübertragbare Hälfte der Rückfahrkarte eines anderen zu benutzen oder mir ein Auto zu leihen, dessen Versicherung nur auf den Namen des Besitzers lief.«

Dass er seiner Verzweiflung Ausdruck geben konnte, schien ihm gutgetan oder ihn wenigstens beruhigt zu haben.

»Ich hatte das Gefühl, dass ich mit dir über die Angelegenheit sprechen könnte, weil du schon mit der Situation vertraut bist«, sagte er. »Dieser Barnby hat mir gesagt, du wüsstest davon. Ich mag ihn nicht besonders.«

Jetzt endlich erinnerte ich mich wieder an den Kern dessen, was mir Mr. Deacon erzählt hatte; und die Abfolge der Ereignisse wurde, so unglaublich ihr Verlauf auch erschien, mir langsam wenigstens in schwachen Umrissen einsichtig; doch blieb noch vieles im Dunkeln. Ich habe vorher schon von den Schwierigkeiten gesprochen, die daraus erwachsen, dass man das Verhalten anderer Menschen nach einem festen Maßstab beurteilt – denn wir müssen schließlich über sie urteilen, sogar um den Preis, selbst Gegenstand von Urteilen zu werden; und wenn ich von einer ähnlichen Unklugheit etwa seitens Peter Templers gehört hätte, wäre ich nicht besonders verwirrt gewesen. Es besteht, oder sollte zumindest bestehen, eine Angemessenheit in den Torheiten, denen sich jeder Mensch hingibt; und eine Einheitlichkeit im Muster menschlichen Verhaltens wird im Großen und Ganzen zu Recht bewahrt. Solche ungeschriebenen Gesetze schienen nun völlig missachtet worden zu sein.

Genau genommen war Templer, soweit ich wusste, durchaus in der Lage, seine Angelegenheiten zu regeln, ohne zu solchen extremen Mitteln Zuflucht zu nehmen; und eine Krise dieser Art schien Widmerpools Natur – ja dem, was man fast seine gesellschaftliche Stellung nennen könnte – so fremd, dass es etwas entschieden Schockierendes, etwas fast persönliche Betroffenheit Auslösendes hatte, ihn unter diesen Umständen mit einer Frau verbunden zu sehen. Ich konnte nicht umhin, mich zu fragen, ob es materielle Gegenleistungen für diese geistigen und finanziellen Leiden gegeben habe oder geben würde. Da ich ihn, ehe ich von seinen Gefühlen für Barbara hörte, für jemanden gehalten hatte, der, was die Liebe angeht, fast in einem Vakuum lebte, kostete es mich einige Anstrengung, die Tatsache hinzunehmen, dass er in eine so unwahrscheinliche, ja so unheilvolle Liaison verwickelt worden war. Wenn ich mich ein oder zwei Monate zuvor darüber geärgert hatte, dass er glaubte, wenigstens schwache Ansprüche auf Barbara zu besitzen, so war ich jetzt nicht wenig verstimmt zu entdecken, dass Widmerpool, der von all seinen gleichaltrigen Bekannten allgemein für eine ziemlich trübe Tasse gehalten wurde, in Wirklichkeit, ohne lange zu überlegen, bereit gewesen war, verhältnismäßig gefährlich zu leben – sosehr er das nun auch bereuen mochte.

»Ich werde dir ein anderes Mal mehr erzählen. Natürlich, meine Mutter war darüber betrübt, dass mich etwas bedrückt hat. Du wirst selbstverständlich niemandem ein Wort davon sagen. Jetzt muss ich den Chef finden. Ich glaube, ich gehe zum anderen Ende dieses Gangs und fange die Gruppe da ab. Das ist genauso schnell, als wenn ich zu der Stelle käme, wo du bist.«

Seine Stimme hatte nun etwas von ihrem düsteren Ton verloren und war zu ihrem normalen Ausdruck der Ungeduld zurückgekehrt. Die Umrisse seines Gesichts verschwanden genauso plötzlich, wie sie einige Minuten zuvor sichtbar geworden waren. Ich war wieder allein auf der Wendeltreppe und eilte nun erneut die steilen Stufen hinunter und versuchte dabei, etwas von den gerade gehörten Informationen zu verdauen. Die Fakten, wenn man sie so nennen konnte, erschienen sicher erstaunlich genug. Ich erreichte den Fuß der Treppe, ohne dass es mir gelungen wäre, ihnen eine sehr zusammenhängende Ordnung zu geben.

Andere Dinge drängten sich jetzt in mein Bewusstsein. Der Klang von Stimmen und Gelächter zeigte mir den Weg an, den ich zu nehmen hatte. Er führte einen stockfinsteren, feucht riechenden Gang entlang, an dessen Ende hin und wieder Licht aufblitzte. Ich fand die übrige Gruppe in einem ziemlich großen Gewölbe, das von den Taschenlampen erleuchtet war, die Sir Magnus und Truscott hielten. Die allgemeine Aufmerksamkeit schien kurz zuvor auf gewisse Eisenkrampen gerichtet gewesen zu sein, die in unregelmäßigen Abständen nicht weit über dem gepflasterten Fußboden in die Wände eingelassen waren.

»Wo in aller Welt bist du geblieben?«, fragte Stringham mit

gedämpfter Stimme. »Du hast eine unbeschreiblich komische Szene verpasst.«

Er lachte noch still in sich hinein, als er mir erklärte, dass sich eine Art derber Scherz abgespielt habe, in dessen Verlauf sich Pardoe die Hundekette, die fast zum festen Bestandteil von Eleanors normaler Ausrüstung gehörte, ausgeliehen und mit ihr versucht hatte, Rosie Manasch gewaltsam an eine der Krampen zu binden. Wie er dies genau gemacht hatte, konnte ich nicht herausfinden, aber er schien ihr die Kette um die Taille gelegt und ihr so die Rolle einer gefangenen Jungfrau gegeben zu haben – überzeugend genug, um Sir Magnus zu entzücken. Rosie Manasch selbst schien, mit leicht wogendem Busen, halb verärgert, halb geschmeichelt über diese Aufmerksamkeit seitens Pardoes. Sir Magnus stand sehr freundlich lächelnd dabei, verlor aber gleichzeitig nichts von seinem üblichen asketischen Gebaren. Auch Truscott lächelte, doch sah er aus, als sei die Situation weiter außer Kontrolle geraten, als es jemandem mit seinem vorsichtigen Temperament angenehm sein konnte. Wieder im Besitz ihrer Kette, legte Eleanor diese in ihrer Hand zusammen und schwang sie hin und her. Sie war vielleicht nicht unzufrieden darüber, Rosie, die manchmal einen etwas herablassenden Ton annahm, auf einen Zustand nervöser Verwirrung reduziert zu sehen, denn zum ersten Mal seit unserer Ankunft auf dem Schloss schien es ihr hier zu gefallen. Es war vielleicht schade, dass ihr Vater den Rundgang verpasst hatte. Nur Miss Walpole-Wilson stand säuerlich im Schatten und erklärte, dass das angebliche Verlies fast sicher eine Art Keller, Kornkammer oder Lagerhaus sei und dass die Eisenringe – weit davon entfernt, dazu gedacht zu sein, unglückliche Gefangene zu fesseln oder gar zu foltern – zur Unterstützung und Befestigung von Fässern und Gestellen gedient hätten. Niemand nahm jedoch die geringste Notiz von ihr, und keiner machte sich auch nur die Mühe, ihr zu widersprechen.

»Der Chef war verzückt«, sagte Stringham. »Baby wird furchtbar wütend sein, wenn sie davon hört.«

Diese Beschreibung von Sir Magnus' Gemütslage schien mir ein wenig übertrieben, denn nichts konnte nüchterner sein als die Stimme, mit der er Prinz Theodoric fragte: »Was halten Sie von meinem Privatgefängnis, Sir?«

Die Gesichtszüge des Prinzen hatten zu einem gewissen Grade wieder jene etwas betretene Starrheit angenommen, von der sie auch geprägt waren, als ich ihn bei Mrs. Andriadis gesehen hatte – ein Ausdruck, der einige Sekunden früher vielleicht durch Pardoes Vorstellung hervorgerufen worden war, deren eigentlicher Schulbuben-Charakter dem Prinzen, als einem Ausländer, wohl verständlicherweise entgangen sein mochte. Er schien zuerst nicht genau zu wissen, wie er diese Frage trotz ihrer offensichtlich scherzhaften Natur beantworten solle, und zog die Augenbrauen hoch und strich sich über sein dunkles Kinn.

»Ich kann nur erwidern, Sir Magnus«, sagte er schließlich, »dass Sie einmal das Innere eines unserer neuen Mustergefängnisse sehen sollten. Sie wären überrascht. Dafür dass wir ein armes Land sind, haben wir einige exzellente Gefängnisse. Ich kann Ihnen versichern, dass sie in gewisser Weise, was modernen Komfort angeht, der Behausung überlegen sind, in der meine eigene Familie untergebracht ist – bestimmt während der Jahreszeit, in der wir verpflichtet sind, den Alten Palast zu bewohnen.«

Diese Antwort wurde mit angemessener Heiterkeit aufgenommen; und da die Besichtigungstour, zumindest in ihrem ernsthaften Teil, zu ihrem Ende gekommen war, gingen wir wieder den Gang zurück. In seiner guten Laune hatte unser Gastgeber unzweifelhaft das Interesse an den wenigen noch verbleibenden untergeordneten Punkten architektonischer Bedeutung verloren und überließ es Truscott, sie uns zu zeigen, während wir die entferntere Treppe hinaufstiegen. Auf halbem Wege nach oben begegneten wir Widmerpool. Angesichts der ihm entgegenkommenden Gruppe ging er wieder zurück und wartete an dem Kopf der Treppe auf Sir Magnus, der als Letzter die Stufen heraufkam. Die beiden konferierten miteinander, während wir Übrigen zu der Terrasse zurückkehrten, die auf den Garten hinausging, wo Sir Gavin und Lord Huntercombe noch beieinanderstanden. Bei beiden gab es inzwischen unverkennbare Anzeichen dafür, dass jeder sich lange genug der Gesellschaft des anderen erfreut hatte. Auch Peggy Stepney war wieder zurückgekehrt.

»Das Verlobtsein nimmt wirklich meine ganze Zeit in Anspruch«, sagte Stringham, nachdem er ihr die Zwischenfälle der Tour beschrieben hatte. »Sprachst du nicht vorhin von Peter? Siehst du ihn eigentlich noch? Ich treffe nie jemanden und höre auch gar keinen Klatsch.«

»Seine Schwester sagte mir, ihrer Meinung nach sollte er heiraten.«

»Es erreicht uns alle früher oder später. Ich glaube, es hängt auch schon über dir. Was meinst du, Peggy? Er wird sich fügen müssen.«

»Natürlich«, sagte sie lachend.

Sie erschienen mir jetzt ganz so wie jedes andere verlobte Paar, und ich kam zu der Auffassung, dass das Zurückziehen ihrer Hand von seiner keine Bedeutung gehabt haben konnte. Ja, alles an der Situation schien ganz normal. Es gab auch nicht das geringste Gefühl eines ›Wieder-Intakt-Seins‹ der Verlobung, jetzt, nach einer Zeit der Aussetzung, die vermutlich durch das Zwischenspiel mit Mrs. Andriadis ausgefüllt war. Ich fragte mich, was die Bridgnorths über all das dachten. Ich erwartete eigentlich nicht, dass Stringham die Party bei Mrs. Andriadis erwähnen würde; ja, es wäre erstaunlich gewesen, wenn er das getan hätte; aber dennoch fehlte bei ihm jeder Hinweis darauf, dass er ›ein neues Leben‹ oder sonst etwas, das diesem Geisteszustand gleichgesetzt werden konnte, begonnen hatte, so dass ich neugierig war zu erfahren, welche Schritte ihn zu einem konventionelleren Leben zurückgeführt hatten. Wir sprachen für einige Augenblicke über Templer.

»Ich glaube, du hast Absichten auf dieses seltsame Mädchen, mit dem du hierhergekommen bist«, sagte er. »Gib es ruhig zu.«

»Eleanor Walpole-Wilson?«

»Die im Verlies die Kette zur Hand hatte. Wie entzückt der Chef war! Warum heiratest du sie nicht?«

»Ich nehme an, Baby wird ziemlich ärgerlich sein«, sagte Peggy Stepney und lachte und errötete auf eine exquisite Art.

»Der Chef hängt an seinen paar Marotten«, sagte Stringham.

»Ich glaube nicht, dass sie was Besonderes sind. Dennoch, die Leute ziehen Baby manchmal damit auf. Die Situation zwischen Baby und mir ist immer etwas delikat angesichts der Tatsache, dass sie das Eheleben meiner Schwester ruiniert hat – was immer das noch wert war. Dennoch, man darf wegen solcher kleinen Dinge nicht voreingenommen werden. Wie auch immer, hier kommt sie.«

Mrs. Wentworth ließ, als sie zu uns herkam, durch kein Zeichen erkennen, ob sie diese letzten Bemerkungen, die sie sehr gut hätte verstehen können, gehört hatte. Sie sah zwar nicht besonders glücklich drein, so dass anzunehmen war, dass sich schon jemand die Mühe gemacht hatte, sie über die Besichtigungstour zum Verlies zu unterrichten. Dennoch trug sie, wie immer, vollkommene Gelassenheit zur Schau, und der Hauch von Unzufriedenheit auf ihrem Gesicht mochte nichts anderes sein als der äußere Ausdruck einer modischen Gleichgültigkeit dem Leben gegenüber. Mir kam es sehr darauf an, die Gruppe zu verlassen und nach Jean zu suchen, denn ich hielt es für wahrscheinlich, dass wir nicht bis zum Tee bleiben würden; und jede Gelegenheit, sie noch einmal zu sehen, wäre dann verpasst. Ich hatte Widmerpools Nöte bereits vergessen und verwandte keinen Gedanken auf die qualvolle Zeit, die er vielleicht gerade durchmachte, nämlich geschäftliche Dinge besprechen zu müssen, während er von privater Sorge übermannt war; doch mochte es wenigstens eine Erleichterung für ihn sein, dass Sir Magnus, durch Pardoes Streich in gute Laune versetzt, sich wahrscheinlich in empfänglicher Stimmung befand. Diese Gedanken kamen mir erst später, als ich mit großem Interesse über Widmerpools missliche Lage nachdachte; jetzt aber, bei den Leuten um mich herum, bei der Schönheit des Schlosses, bei dem Sonnenlicht auf dem Gras und dem Wasser des Burggrabens kamen mir diese so entschieden unerquicklichen Schwierigkeiten unendlich weit entfernt vor.

Sogar mir selbst gegenüber konnte ich nicht genau erklären, warum ich Jean finden wollte. Verschiedene Interpretationen lagen natürlich auf der Hand; die beiden einfachsten waren, dass ich einerseits wieder – wie ich es mir zumindest während meines Besuches bei den Templers eingebildet hatte – in sie ›verliebt‹ und sie andererseits fraglos eine attraktive Frau sei, die jeder Mann, auch ohne tiefere Beweggründe, wohl zu Recht gerne öfter sehen würde. Keine dieser Erklärungen traf jedoch völlig auf meinen Fall zu. Ich hatte mich dazu gebracht, meine früheren Gefühle für sie für unreif, ja kindisch zu halten, war aber gleichzeitig nicht distanziert genug, um in aller Ehrlichkeit den Anspruch auf den zweiten Zustand erheben zu können. In Wahrheit war ich mir wieder jenes seltsamen Gefühls der Unruhe bewusst geworden, das mich bei unserer ersten Begegnung ergriffen hatte, während ich nicht länger den rein romantischen Charakter jener früheren Wirkung geltend machen konnte; doch war dieses Gefühl so weit von dem einfachen Wunsch entfernt, sie wiederzusehen, dass ich fast ebenso sehr hoffte, sie nicht zu finden, wie ich von dem gleichzeitigen Verlangen gepeinigt wurde, nach ihr zu suchen.

Ich weiß sicher, dass ich zu diesem Zeitpunkt keinen festen Plan gefasst hatte, ihr den Hof zu machen – wenn vielleicht auch allein aus dem ziemlich naiven Grund, dass sie mit jemand anderem verheiratet und deshalb für mich automatisch aus einem derartigen Feld des Interesses ausgeschlossen war. Ich war sogar jung genug zu glauben, dass verheiratete Frauen – gattungsmäßig – zu einer etwas älteren als meiner eigenen Gruppe gehörten. Zugegebenermaßen verriet all dies einen von nur wenig Einsicht und Erfahrung bestimmten Geisteszustand. Aber ihn zu erkennen hilft, die seltsame, verwirrende Faszination zu verstehen, die ich jetzt empfand: womöglich noch losgelöster von körperlichem Verlangen als in jenen Nächten, in denen ich in der heißen Dachkammer von La Grenadière in meinem Bett lag und an Jean – oder Suzette und andere Mädchen – dachte, an die ich mich aus der Vergangenheit erinnerte oder die ich im Verlaufe des Tages gesehen hatte.

Vielleicht warf das Bewusstsein einer zukünftigen Verbindung einen langen Schatten voraus, in der Art, wie solche Wahrnehmungen manchmal projiziert werden – ein Prozess, der wohl gut das erklärt, was ›Liebe auf den ersten Blick‹ genannt wird: das Wissen, dass jemand, der gerade das Zimmer betreten hat, eine Rolle in unserem Leben spielen wird. Eine Analyse war zu diesem Zeitpunkt jedoch nicht möglich, denn ich bemerkte, dass ich in diesem Augenblick schweigend neben Mrs. Wentworth zurückgeblieben war, der ich jetzt, *à propos des bottes,* erklärte, dass ich Barnby kenne. Diese Information schien ihr insgesamt zu gefallen, und ihr Verhalten mir gegenüber wurde weniger geringschätzig.

»Ach ja, wie geht es Ralph?«, sagte sie. »Ich habe es nicht geschafft, ihn noch zu sehen, ehe ich London verließ. Hat er viele schöne Liebesaffären?«

Eine plötzliche Bewegung seitens der Walepole-Wilsons, die Vorbereitungen für eine Rückkehr nach Hinton zu treffen begannen, enthob mich der Notwendigkeit, diese Frage hier zu beantworten – sehr zu meiner Erleichterung, denn ihrer Natur nach schien sie jedem Bemühen entgegenzustehen, Barnbys Lage, wie er es vermutlich gewünscht hätte, als die eines Mannes darzustellen, der ausschließlich an Mrs. Wentworth dachte. Der Entschluss aufzubrechen war wahrscheinlich hauptsächlich Miss Janet Walpole-Wilson zuzuschreiben, die in dieser Umgebung, in der sie zugegebenermaßen ein wenig fehl am Platze wirkte, offensichtlich unruhig wurde. Sie hatte eine Zeitlang für sich allein am hinteren Ende der Terrasse gestanden, wo sie fast wie eine Gouvernante aussah, die darauf wartet, ihre Schützlinge nach einem ungewöhnlich ungezogenen Kinderfest nach Hause zu bringen. Auch bei Sir Gavin gab es nach seinem Gespräch mit Lord Huntercombe Anzeichen von Niedergeschlagenheit. Selbst Prinz Theodorics Freundlichkeit konnte, als er sich von ihm verabschiedete, nicht die Wolke vertreiben, die das Gefühl auf ihn gelegt hatte, bei dem Versuch, einen Lieblingsplan zu verwirklichen, versagt zu haben.

»Man wird langsam älter, Sir«, antwortete er auf eine Bemerkung des Prinzen. »Ich muss Platz machen für jüngere Männer.«

»Unsinn, Sir Gavin, Unsinn.«

Prinz Theodoric bestand darauf, uns zum endgültigen Abschied zur Tür zu begleiten. Eine Reihe anderer Gäste folgte uns mit Sir Magnus zu der Stelle im Hof, wo die Autos warteten. Unter diesen Leuten entdeckte ich plötzlich Jean.

»Bob kommt nächsten Monat zurück«, sagte sie, als ich zu ihr herankam. »Kommen Sie doch zum Abendessen oder so. Wo wohnen Sie?«

Ich gab ihr meine Adresse, hatte aber gleichzeitig das Gefühl, dass ein Abendessen bei den Duports nicht eigentlich die Antwort auf mein Problem sei. Ich begann mich plötzlich zu fragen, ob ich sie überhaupt mochte. Es schien etwas Unangenehmes und Irritierendes in der Art zu liegen, in der sie die Einladung ausgesprochen hatte. Gleichzeitig erinnerte sie mich an ein Bild. War es Rubens und »Le Chapeau de Paille«: seine zweite Frau oder ihre Schwester? Es gab bei Jean, doch nur für einen Augenblick, die gleiche leichte Andeutung von Scheu und Unterwerfung. Vielleicht war es die erste Frau des Malers, der Jean, obwohl sie leichter gebaut war, ähnelte. Schließlich waren jene ja Tante und Nichte. Jeans graublaue Augen waren schräg gestellt und vielleicht nicht so groß wie die jener Frauen. Wir wechselten ein paar unbedeutende Worte und verabschiedeten uns dann.

Als ich mich nach dieser kurzen Episode abwandte, bemerkte

ich, dass sich gerade eine etwas eigentümliche Szene ereignete, in der Widmerpool die Hauptrolle hatte. Sie spielte sich direkt vor den Stufen ab. Er musste seine Besprechungen mit Sir Magnus beendet haben und wollte sich wohl unauffällig entfernen, denn er saß in einem uralten Morris, der sich jetzt entschieden weigerte anzuspringen. Wahrscheinlich wegen seines Alters und der harten Beanspruchung in der Vergangenheit heulte der Motor dieses Fahrzeugs nur immer für ein oder zwei Sekunden auf, während das Auto eine Reihe ruckartiger Bewegungen vollführte; dann, nach einem fürchterlichen, donnernden Schütteln, ebbte der Lärm immer wieder ab und erstarb schließlich völlig. Durch den dicken Schmutz der fast undurchsichtigen Windschutzscheibe konnte man beobachten, wie Widmerpool, rot im Gesicht, mal den Anlasser drückte, mal das Gaspedal trat, mal die Gänge wechselte. Es schien hoffnungslos, das Auto in Bewegung zu setzen. Mit schwerem Schritt, unter dem der Boden knirschte, ging Sir Magnus zu ihm hinüber.

»Ist etwas nicht in Ordnung?«, fragte er mild.

Dies war ohne Zweifel nur als eine rein rhetorische Frage gemeint, denn es muss jedem, selbst wenn er weit weniger praktisches Verständnis für solche Dinge besaß als Sir Magnus, klargewesen sein, dass etwas ganz und gar nicht in Ordnung war. Widmerpool jedoch, dem Gesetz gehorchend, nach dem die meisten Menschen Höhergestellten gegenüber ein Unglück herunterspielen, während sie es vor einem Untergeordneten aufzubauschen pflegen, steckte seinen Kopf durch das offene Wagenfenster und versicherte mit einem ehrerbietigen Lächeln, dass alles gut sei.

»Alles in Ordnung, Sir, alles in Ordnung«, sagte er. »Es springt jeden Augenblick an. Ich glaube, ich habe es zu lange in der Sonne gelassen.«

Eine Zeitlang, während der wir alle zusahen, kreischte der Anlasser wieder, doch ohne jeden Erfolg; das Geräusch nahm langsam ab und hörte dann auf, diesmal endgültig. Offensichtlich war die Batterie jetzt leer.

»Wir schieben Sie an«, sagte Pardoe. »Los, Jungs.« Mehrere der Männer gingen hinüber, um zu helfen, und Widmerpool wurde in seinem Zweisitzer wie Krischna in seinem Wagen wieder und wieder um den Hof gerollt. Zuerst blieben diese Anstrengungen ohne Ergebnis, doch plötzlich begann der Motor zu brummen, und zwar in einem Moment, als das Auto vor einer Wand stand und ein direktes Vorwärtsfahren unmöglich war. Widmerpool zog deshalb die Bremse und ließ den Motor für mehrere Sekunden ›warmlaufen‹. Als er wieder den Kopf durch das Fenster steckte, konnte ich sehen, dass er sehr erregt war. Er rief zu Sir Magnus herüber: »Ich muss mich bei Ihnen entschuldigen, Sir. Wirklich. Es ist mir sehr unangenehm.«

Sir Magnus neigte nachsichtig seinen Kopf. Offenbar blieb er bei glänzender Laune. Es war in diesem Augenblick, gerade als die Walpole-Wilson-Gesellschaft in ihren beiden Autos Platz genommen hatte, dass das Unglück geschah. Meine Aufmerksamkeit war für einen Moment von der Szene, in der Widmerpool die Hauptrolle spielte, abgelenkt und von den Manövern gefangengenommen worden, mit denen Sir Gavin, diesmal erfolgreich, Rosie Manasch auf den Sitz neben sich steuerte – was zu dem unvorhergesehenen Ergebnis führte, dass sich Miss Janet Walpole-Wilson, wie durch einen unwiderstehlichen Instinkt geleitet, hinten in demselben Wagen ihren Platz suchte. Während diese Dispositionen getroffen wurden, muss Widmerpool, jetzt entschlossen, sich in Bewegung zu setzen, die Bremse gelöst und zu stark das Gaspedal gedrückt haben. Vielleicht war ihm nicht bewusst, dass der Rückwärtsgang noch eingelegt war. Was auch immer der Grund gewesen sein mag, plötzlich schoss der Morris mit einer für einen so kleinen Wagen gewaltigen Kraft rückwärts und krachte in eine der Steinurnen, die, mit Geranien gekrönt, an den Ecken des vertieften Rasens standen. Einen Moment lang sah es so aus, als folgten Widmerpool und sein Auto dem Blumentopf und seiner schweren Grundlage, die auf das Gras schlugen und dabei so heftig gegeneinanderprallten, dass Teile der Ornamente von der Urne brachen. Entweder der Zusammenstoß oder Widmerpools plötzliche und unerwartete Wiedergewinnung der Kontrolle über den Wagen verhinderte sein eigenes Hinunterstürzen auf die niedrigere Ebene des Rasens. Der Motor des Morris setzte wieder aus, wobei er eine Art Klagelaut ausstieß wie ein sich entfernender unglücklicher Geist; das Auto rollte, hinten stark eingebeult, ein oder zwei Meter nach vorn und kam dann in spitzem Winkel zur Brüstung zum Stehen.

Ehe dieser Zwischenfall sein Ende erreicht hatte, fuhr der Chauffeur der Walpole-Wilsons schon los, und das Letzte, was ich, als ich mich umwandte, noch kurz von den Akteuren erblicken konnte, war Sir Magnus' absolut unbewegliches Gesicht, während er mit leichten Schritten wieder über den Kies zu der Stelle ging, wo Widmerpool gerade aus seinem Auto stieg. Die Sonne schien immer noch heiß. Ihre Strahlen fingen sich in dem glänzenden Schweiß auf Widmerpools Zügen und blinkten auf seinen Brillengläsern, von denen das Licht reflektiert wurde wie von einem Spiegel. Es verblieb gerade noch Zeit genug zu sehen, wie er diese Brille von seiner Nase riss, während er nach seinem Taschentuch tastete. Wir fuhren durch den Bogen, erreichten das Fallgitter und rollten über den Damm des Burggrabens, ehe irgendjemand sprach. Das Auto befand sich nun wieder auf den Sträßchen und Wegen jener romantischen Landschaft.

»Das war knapp«, sagte Pardoe.

»Hätten wir anhalten sollen?«, fragte Lady Walpole-Wilson besorgt. »Ich frage mich, wer das war«, fuhr sie einen Augenblick später fort.

»Wie, hast du das denn nicht gesehen?«, sagte Eleanor. »Das war Mr. Widmerpool. Er kam einige Zeit nach dem Mittagessen auf Stourwater an. Meinst du, dass er dort länger bleibt?«

Diese Information versetzte ihre Mutter in einen ihrer nicht ungewöhnlichen Zustände der Verwirrung; doch ob der nervöse Anfall, von dem Lady Walpole-Wilson nun heimgesucht wurde, einer – inzwischen ohne Zweifel hoffnungslos verstümmelten – Version, die ihr von dem Zwischenfall mit Barbara und dem Zucker zu Ohren gekommen sein musste, zugeschrieben werden konnte, war unmöglich zu sagen. Es schien wahrscheinlicher, dass sie in Widmerpool und seiner Mutter bloß die Verursacher eines gesellschaftlichen Problems sah, mit dem sie sich nur ungern auseinandersetzte. Möglicherweise hatte sie gehofft, dass sich die Widmerpools in den folgenden Sommern irgendwo anders in England ein Häuschen mieten würden; oder wenigstens, dass nach einer einmaligen Einladung zum Abendessen die ganze Angelegenheit der Existenz Widmerpools ein für allemal vergessen werden konnte. Bestimmt wünschte sie nicht, über die bereits bestehenden Beziehungen hinaus noch zusätzliche Verbindungen mit seiner Mutter entstehen zu lassen. Das war sicher. Es konnte auch kein Zweifel darüber bestehen, dass sie den Gedanken, Widmerpool habe sich in ihre Nichte verliebt, als nicht besonders angenehm empfand. Dennoch, nichts konnte verlässlicher sein als die Annahme, dass Lady Walpole-Wilson, falls nötig, den Widmerpools, und zwar Mutter und Sohn, all die Freundlichkeit und Achtung erwiesen hätte, die deren Anwesenheit am Orte – in Beziehung gesehen natürlich zu seines Vaters früherer landwirtschaftlicher Verbindung mit ihrem Schwager – unter den Umständen zu Recht von ihr verlangt hätte.

»Ach, ich kann mir nicht denken, dass Mr. Widmerpool länger auf Stourwater bleibt«, sagte sie und fügte fast unmittelbar darauf hinzu: »Ich weiß allerdings überhaupt nicht, warum ich das sage. Wie auch immer, er schien vom Schloss wegzufahren, als wir ihn zuletzt sahen.«

Dieser letzte Satz war ein Ausdruck instinktiver Herzensgüte – oder der Furcht, dass ihre Worte vielleicht snobistisch geklungen hätten. Und der letztere Geisteszustand schien ihr in diesem Augenblick besonders widerwärtig, weil sich ihre Haltung, wenn sie denn bestand, auf ein Haus beziehen konnte, dem sie vielleicht nicht uneingeschränkten Respekt entgegenzubringen vermochte. Sie sah so verzweifelt drein über die

Vorstellung, dass Widmerpool zusätzlich zu dem Häuschen, vom dem aus er – und seine Mutter – schon jetzt Hinton möglicherweise lästig fallen konnte, sozusagen eine weitere Operationsbasis besaß, dass ich es als meine Pflicht ansah, so rasch wie möglich zu erklären, Widmerpool habe kürzlich eine Stellung bei Donners-Brebner angenommen und sei an diesem Nachmittag herübergekommen, um Sir Magnus wegen geschäftlicher Angelegenheiten zu sehen. Aus irgendeinem Grunde schien sie diese Mitteilung zu beruhigen, wenigstens für den Augenblick.

»Ich habe mich wirklich gefragt, ob wir Mr. Widmerpool und seine Mutter zu uns zum Tee einladen sollten«, sagte sie, als ob sie in der Frage, wie die Widmerpools zu behandeln seien, nun Klarheit erreicht hätte. »Du weißt, Tante Janet spricht hin und wieder gern mit Mrs. Widmerpool, selbst wenn ihre Meinungen nicht immer übereinstimmen.«

Was nun folgte, gab mir den Eindruck, dass Lady Walpole-Wilsons plötzliche Erleichterung zu einem gewissen Grade der Tatsache zuzuschreiben sein mochte, dass sie unverhofft eine Methode gefunden hatte, mit deren Hilfe sie den Widmerpools aus dem Wege gehen oder zumindest eine Begegnung mit ihnen aufschieben konnte. Falls das ihr Plan war – und sie muss, glaube ich, obwohl in vieler Hinsicht eine ganz und gar nicht raffinierte Frau, bei dieser Gelegenheit schnell einen Plan gefasst haben –, so stellte er sich als wirkungsvoll heraus, denn bei diesem Vorschlag ihrer Mutter biss Eleanor sofort ihre Zähne in einer Weise zusammen, die immer Missbilligung anzeigte.

»Ach, lass sie uns nicht einladen, während Tante Janet hier ist«, sagte sie. »Du weißt, eigentlich mag ich Mr. Widmerpool nicht besonders – und Tante Janet hat genug Gelegenheit zu ihren Schwätzchen mit seiner Mutter, wenn sie beide in London sind.«

Lady Walpole-Wilson deutete mit einer kleinen Geste an, dass es so sein solle, und dabei wurde die Angelegenheit dann belassen – genau da, wo sie sie, wie ich annahm, belassen wollte.

Zweifellos hatte sie, verwirrt durch gemischte Gefühle, die von ihrem Wohlwollen und ihrem Gewissen geweckt worden waren, für einen Moment ihre Fassung verloren. Doch jetzt schien ihr Gleichgewicht wiederhergestellt. Wir fuhren dahin, und bis zum Abend hatte die übrige Gesellschaft in Hinton Hoo Widmerpool vergessen. Zwar bildete er nun nicht weiter einen Gegenstand der Gespräche, doch andere Aspekte des Besuches auf Stourwater wurden ausgedehnt diskutiert. Der Tag hatte Sir Gavin in eine tiefe Depression versetzt. Es war nur natürlich, dass ihn die Begegnung mit Prinz Theodoric an die glanzvollen Zeiten von früher erinnerte; und die angenehme, von schönen Erinnerungen geprägte Atmosphäre ihres erneuten Zusammentreffens rief ihm ohne Zweifel gleichzeitig auch die Existenz alter, noch nicht verheilter Wunden ins Gedächtnis zurück.

»Theodoric ist ein Mann der politischen Mitte«, sagte er. »An sich sind wir darin Gleichgesinnte. In meinem eigenen Fall ist eine solche Einstellung natürlich zu einem großen Maße eine Notwendigkeit des Berufs gewesen. Dennoch, eigentlich sind es Männer wie Károlyi und Sforza, mit denen ich eine grundsätzliche geistige Verbundenheit verspüre.«

»Er scheint ein einfacher junger Mann zu sein«, sagte Miss Walpole-Wilson. »Ich habe nichts Besonderes an ihm auszusetzen. Ohne Zweifel wird er Schwierigkeiten mit seinem Bruder haben.«

»Wirklich, der Prinz hätte nicht freundlicher sein können«, sagte Lady Walpole-Wilson. »Und auch Sir Magnus nicht. Er war so reizend. Ich kann nicht verstehen, warum er nie geheiratet hat. Es war nett, die Huntercombes zu treffen. Eine hübsche kleine Person, diese Mrs. Wentworth.«

»Ihr Freund Charles Stringham ist also wieder verlobt«, sagte Rosie Manasch ein wenig hämisch. »Ich frage mich, warum es nicht in den Zeitungen gestanden hat. Glauben Sie, seine Mutter hat die Bekanntmachung aus irgendeinem Grund zurückgehalten? Oder die Bridgnorths? Die scheinen ein ziemlich spießiges Paar zu sein, also waren sie es vielleicht.«

»Wie lange sollte man warten, bis man eine Verlobung in die Zeitung setzt?«, fragte Pardoe.

»Bist du heimlich verlobt, Johnny?«, fragte Rosie. »Ich bin sicher, er ist es, Sie nicht?«

»Natürlich bin ich verlobt«, sagte Pardoe. »Mit wenigstens einem halben Dutzend Frauen. Die Frage ist nur, wie mich entscheiden, wer die Glückliche sein soll. Ich möchte keinen Fehler machen.«

»Ich habe es so eingerichtet, dass ich am Dienstag die jungen Jagdhunde sehen kann«, sagte Eleanor. »Wie schade, dass ihr dann alle nicht mehr hier seid.«

Das klang jedoch so, als könne sie die Auflösung unserer Gesellschaft überleben. Ich dachte über die Ereignisse des Tages nach, besonders über die Situationen, in die Widmerpools Natur ihn wie durch ein unerbittliches Schicksal immer zu bringen schien. Dieses letzte Missgeschick war womöglich noch schlimmer als die Sache mit Barbara und dem Zucker. Und doch, so dachte ich schließlich, als ich mich an seine anderen Schwierigkeiten erinnerte, stieg er wie Phönix immer wieder aus der Asche seiner eigenen Erniedrigungen empor. Ich konnte nicht umhin, die ruhige Art zu bewundern, mit der Sir Magnus jene äußerst ärgerliche Beschädigung seines Besitzes hingenommen hatte – eine Beschädigung, die sich jedem Menschen, sei er reich oder arm, immer mehr oder weniger als ein Angriff auf sich selbst und seine Gefühle darstellen muss. Nach diesem Zwischenfall verstand ich zumindest teilweise Sir Magnus' angestammtes Recht darauf, das im Leben geworden zu sein, was Onkel Giles ›eine einflussreiche Persönlichkeit‹ genannt hätte. An Jean hatte mich am meisten beeindruckt, so dachte ich, dass sie offensichtlich intelligenter war, als ich angenommen hatte. Ja, sie musste fast als ein völlig neuer Mensch angesehen werden. Wenn sich die Gelegenheit wieder böte, müsste ich sie im Bewusstsein dieser Eigenschaft behandeln.

Sir Gavin rückte die Fotografie von Prinz Theodorics Vater gerade. Sie zeigte ihn in einer Husarenuniform und stand in einem einfachen Silberrahmen, dessen Kopfteil eine königliche Krone zierte, auf dem Klavier.

»Sein Helm dien' nun als Herberge den Bienen«, bemerkte er, während er schwer in einen Sessel sank.

4

IRGENDWIE VERMITTELT DER GERUCH des Herbstes ein Gefühl der Reife oder zumindest der erduldeten Erfahrung; jedenfalls hatte ich diesen Eindruck, als ich eines Tages zufällig durch die Kensington Gardens ging. Die knapp achtzehn Monate seit jenem Sonntagnachmittag auf den Stufen des Albert Memorials, das Echo von Eleanors Pfeife und Barbaras flüchtiges Ergreifen meines Arms, schienen mir bereits unermesslich, einer Ewigkeit gleich. Jetzt trieben die schmutzig gold gefärbten Blätter im Wind, wie unordentlich von der Mosaikoberfläche des neugotischen Baldachins abgeblätterte Stückchen der Vergoldung; und der bewegungslos neben dem Elefanten hockende Araber bewachte noch immer die Fata Morgana des Sommers, während vor seinem verdrossenen Blick das grüne Laubwerk wieder einmal allmählich dahinwelkte. Seine ernsten Züge deuteten an, dass jenes Jahr, trotz all seiner Monotonie, auch seine Aufmerksamkeit, wenn auch in anderer Hinsicht, auf die Abläufe von Leben und Tod gerichtet hatte, die sich in ständigem Fluss befinden. Ich selbst war mir dieser unwandelbaren Wirksamkeiten in besonderem Maße bewusst. Zum Beispiel hatte Stringham, wie von ihm selbst angekündigt, in der zweiten Oktoberwoche Peggy Stepney geheiratet – zufälligerweise an demselben Tag, den Mr. Deacon als seinen letzten erlebte.

»Du musst dir Busters Geschenk ansehen«, hatte Stringham gerade Zeit zu bemerken, während sich das Fließband der Hochzeitsgäste träge über den Teppich des Salons der Bridgnorths am Cavendish Square dahinschleppte. Zu mehr als einem kurzen Schütteln der Hand von Braut und Bräutigam bot sich keine Gelegenheit; doch Busters Geschenk hätte kaum verborgen bleiben können: eine Standuhr, deren ausgeweidetes, nun mit Regalen versehenes Inneres einen Getränkeschrank bildete, voll ausgerüstet mit Gläsern, zwei Cocktail-Shakern und Raum für Flaschen. Offensichtlich hatte diese raffinierte

Vorrichtung eine Menge Geld gekostet. Es gab sogar eine Geheimschublade. Ich konnte mich nicht entscheiden, ob nicht der Witz in Wirklichkeit gegen Stringham ging. Der edle Spender selbst hatte, vielleicht durch die Qualen der Missgunst physisch daran gehindert, dem Gottesdienst nicht beiwohnen können; und da wenigstens eine der Klatschkolumnen »den vorübergehenden Aufenthalt des populären Kapitän Foxe in einer Privatklinik« erwähnt hatte, schien kein Grund zu bestehen, daran zu zweifeln, dass Buster tatsächlich von einer plötzlichen Krankheit befallen war.

Stringhams Mutter, die mir genauso schön erschien wie damals, als ich ihr als Schuljunge zuerst begegnet war, hatte sich in der Frage, »ob sie«, wie ihr Sohn es ausgedrückt hatte, »lachen oder weinen soll«, schließlich doch entschieden und während des gesamten Gottesdienstes Tränen in die Ecke eines kleinen flammenfarbigen Taschentuches vergossen. Bis zu dem Empfang hatte sie sich jedoch wieder völlig erholt. Seine Schwester Flavia sah ich zum ersten Mal. Sie hatte als ihren zweiten Ehemann einen Amerikaner namens Wisebite geheiratet, und ihre Tochter aus ihrer früheren Ehe, Pamela Flitton ein Kind von sechs oder sieben Jahren, war eine der Brautjungfern. Mrs. Wisebite war eine gutgekleidete, hübsche Frau; welche Beziehung sie zu Stringham unterhielt, war mir unbekannt. Sie war einige Jahre älter als ihr Bruder, der nur selten von ihr sprach. Miss Weedon saß, ziemlich blass im Gesicht und mit einer schärferen Hakennase, als ich in Erinnerung hatte, in einer der hinteren Bänke. Ich musste an die hungrigen Blicke denken, die sie Stringham zugeworfen hatte, als ich die beiden Jahre zuvor gelegentlich zusammen sah.

Die Eltern von Peggy Stepney sahen nicht besonders glücklich drein, und Gerüchte besagten, dass von beiden Familien Einwände gegen die Heirat erhoben worden waren. Es schien Stringham selbst gewesen zu sein, der darauf bestanden hatte, dass sie stattfinde. Die Widerstände, die vielleicht existiert hatten, waren ohne Zweifel schließlich durch die Überzeugung auf Seiten der Bridgnorths überwunden worden, dass es höchste Zeit für ihre Tochter sei, geheiratet zu werden, da sie nicht ewig von – wie auch immer entzückenden – Fotografien in illustrierten Zeitungen leben konnte; und sie mochten sehr wohl zu der Meinung gekommen sein, dass Peggy unter den gegebenen Umständen leicht einen Mann hätte wählen können, der weniger vorzeigbar war als Stringham. Lord Bridgnorth, ein korpulenter Mann mit rotem Gesicht, trug eine hellgraue Halsbinde und einen ziemlich engen Cutaway. Das Bemerkenswerte an ihm war, dass er ein Pferd besessen hatte, das einmal das Derby mit einhundert zu sieben gewonnen hatte. Seine Frau, die Tochter eines schottischen Herzogs – Sir Gavin Walpole-Wilsons Mutter hatte zu einem der entfernten Zweige seines Hauses gehört –, war eine mächtige Gestalt in der Welt der Hospitäler, wo sie, wie man mir gesagt hatte, in bitterer Konkurrenz lag mit Organisationen, die von Mrs. Foxe unterstützt wurden: eine Rivalität, die durch das neue Verwandtschaftsverhältnis wohl kaum vermindert werden würde. Die Walpole-Wilsons selbst waren nicht anwesend; aber Lady Huntercombe saß, mehr denn je aufgemacht wie Mrs. Siddons, zusammen mit ihren Töchtern auf der Brautseite in der Kirche und sprach später abfällig über die Musik.

Hochzeiten sind immer bedrückende Angelegenheiten, aber es hatte den Anschein, als sei dieser mehr als das übliche Maß an skeptischen Äußerungen von Leuten vorausgegangen, die von sich selbst glaubten, auf die eine oder andere Weise ziemlich stark betroffen zu sein, und die deshalb das Recht für sich beanspruchten, auf Schwierigkeiten zu verweisen und Ratschläge zu erteilen. Nur Lady Anne Stepney schien sich einmal ganz uneingeschränkt zu amüsieren. Sie war die erste Brautjungfer ihrer Schwester und hatte sich, als eine Art öffentlicher Bekundung von Rebellion gegen jede Art von Konvention (etwa in der Manier von Mr. Deacon), den Kranz mit dem Vorderteil nach hinten aufgesetzt – eine Unordentlichkeit in ihrem Kopfschmuck, die den Gesamteindruck des Brautgefolges, wie es den Gang zum Altar hinunterschritt, stark beeinträchtigte. Der kleinen Pamela Flitton, die die Brautschleppe hielt, wurde in diesem Augenblick übel, und sie lief zurück zu ihrem Kindermädchen hinten in der Kirche.

Ich kehrte an jenem Abend ziemlich niedergeschlagen zu meiner Wohnung zurück, und gerade als ich ins Bett gehen wollte, rief Barnby mit der Nachricht an, dass Mr. Deacon – für mich ganz unerwartet, obwohl ich von seinem Unwohlsein gehört hatte – an den Folgen eines Unfalls gestorben sei. Barnbys Bericht darüber, wie dies geschehen war, lieferte einen erneuten Beweis für die seltsame Angemessenheit, von der manchmal die Art begleitet ist, in der Menschen aus dieser Welt scheiden; denn obschon Mr. Deacons Ende nicht eigentlich dramatisch in der gewöhnlichen Bedeutung dieses Wortes zu nennen war, konnten die Umstände seines Todes – wie er es wohl selbst gewünscht hätte – unmöglich als alltäglich angesehen werden. In vielfacher Weise die Verkörperung bürgerlichen Denkens, hätte er mit einigem Recht behaupten können, dass sein langer Kampf gegen die Fesseln der Konvention – die ihm aber innerlich manchmal teuer war – ihm letzten Endes zu Hilfe gekommen war und ihn von dem befreit hatte, was er als die Schande eines bürgerlichen Todes betrachtet hätte.

Obwohl er nicht eines gewaltsamen Todes in dem üblichen Sinne dieses Wortes gestorben war, haftete seinem Ende doch fraglos etwas von jenem Geist der Achtlosigkeit und Unförmlichkeit an, den Mr. Deacon immer so energisch als die Richtschnur beim Streben nach dem gepriesen hatte, was Sillery gerne ›das gute Leben‹ nannte. Sillerys Vorstellungen zu diesem Thema waren insgesamt gesehen natürlich verschieden von denen Mr. Deacons – trotz der Tatsache, dass beide, selbst ihrer eigenen Einschätzung nach, Abenteurer waren. Aber obwohl sich jeder von ihnen für eine fast prometheisch dem Geist der Unabhängigkeit verpflichtete Gestalt hielt – gottähnlich und nur den eigenen Idealen folgend, weit weg von den ausgetretenen Pfaden ihrer Mitmenschen –, räumten beide auch ein, dass die jeweils von ihnen gewählten Wege sich stark voneinander unterschieden.

Mr. Deacon und Sillery müssen auch etwa in dem gleichen Alter gewesen sein. Möglicherweise hatten sie einander in ihrer mühevollen Jugend gekannt (denn auch Sillery hatte sich seine Stellung in seinen frühen Jahren erkämpfen müssen); und wenigstens ein Teil von Sillerys Missbilligung der Gewohnheiten Mr. Deacons erklärte sich ohne Zweifel aus einem Sichkreuzen jener uneingeschränkten Pfade, die jeder von ihnen für sich verfolgt hatte. Solche Kritik seitens Sillerys war aber wenigstens in gleichem Maße der Klugheit zuzuschreiben – seinem Gefühl für Selbsterhaltung, seinem Verlangen, ›auf Nummer sicher zu gehen‹ –, von der Sillery neben anderen Qualitäten, die er für sich beanspruchen konnte, eine mehr als ansehnliche Portion besaß.

Als ich, in einem Versuch, das Bild abzurunden, Mr. Deacon einmal gefragt hatte, ob er im Laufe seines Lebens je Sillery begegnet sei, hatte er in seiner tiefen Stimme und mit einem sardonischen Lächeln geantwortet: »Mein Vater, ein nicht sehr wohlhabender Mann, hat mich nie auf eine Universität geschickt; manchmal denke ich, dass er recht daran getan hat – bei allem gebührenden Respekt vor deiner eigenen Alma Mater, mein lieber Nicholas.«

Er wich in diesem Satz einer direkten Antwort aus, verneinte aber mit seiner Formulierung nicht ausdrücklich die Möglichkeit, dass eine alte Feindschaft bestehe, wobei die vorsichtige Wahl seiner Worte ihn gleichzeitig jeden Kommentars zu der betreffenden Person enthob. Es war, als versteife er sich allein auf Sillerys Status als den einer im Wesentlichen akademischen Berühmtheit: einer Gestalt, über die wohl nicht gut von jemandem gesprochen werden könne, der selbst nie – wie Mr. Deacon es gern in der umgangssprachlichen Form seiner eigenen Generation auszudrücken pflegte – ›auf der Uni‹ gewesen war. Die absichtlich biografische Natur dieses Eingeständnisses ließ aber auch ein nicht geringes Maß an Bedauern erkennen und offenbarte so ein Element, das bei einer Beurteilung von Mr. Deacons Weltanschauung berücksichtigt werden musste.

Zur Zeit von Mr. Deacons Tod kannten nur wenige seiner Freunde, wenn überhaupt jemand, das eifersüchtig gehütete Geheimnis seines Alters auf mehr als ein oder zwei Jahre genau, trotz der Tatsache, dass sich der tödliche Unfall an seinem Geburtstag ereignet hatte – oder, um in der Zeitbestimmung pedantisch genau zu sein: in den frühen Morgenstunden des Tages, der seiner Geburtstagsparty folgte. Ich selbst war während der letzten Stadien dieser Feier, die am Abend zuvor um etwa neun Uhr begonnen hatte, nicht mehr zugegen, denn da die Nacht schon weit fortgeschritten war, hatte ich es in dem Augenblick vorgezogen, nach Hause zu gehen, als Mr. Deacon und etwa ein halbes Dutzend der verbliebenen Gäste beschlossen, noch in einem Nachtclub weiterzufeiern. Mr. Deacon hatte diese Desertion – meine eigene und die mehrerer anderer, ebenso wenig standfester Freunde – übel aufgenommen und Shakespeare zitiert:

»Blas, blas, o Winterwind!
Du bist so herzlos nicht
Wie des Menschen schnöder Undank …« –

fast so, als ob die Tatsache, dass wir seine Gastfreundschaft genossen hatten, jedem die Ehrenpflicht auferlegt habe, sich dem Willen des Gastgebers für eine ununterbrochene Dauer von wenigstens zwölf Stunden zu unterwerfen. Die Auflösung der Party war jedoch unvermeidlich gewesen. Das Ziel der Gruppe, ein neueröffneter Club, würde, wie jene, die mit solchen Dingen vertraut waren, erwarteten, höchstens die ein oder zwei Wochen bis zur drohenden Polizeirazzia überleben. Ein unverzüglicher Besuch sei deshalb für jeden Liebhaber des ›Nachtlebens‹ eine Frage verhältnismäßiger Dringlichkeit. In diesem zwielichtigen Lokal fiel Mr. Deacon bald nach seiner Ankunft dort die Treppe hinunter.

Selbst diesem wenig würdevollen Unfall haftete, wie allem, ein Zug jenes Märtyrertums an, das untrennbar mit seiner Lebensführung verbunden war, denn er hatte sich, so erwies sich nachher, auf dem Weg zur Geschäftsleitung befunden, um eine Beschwerde über die in dem Club vorhandenen sanitären Einrichtungen vorzubringen – äußerst beklagenswerte Einrichtungen, wie alle einhellig meinten. Es stimmte, dass er vielleicht etwas mehr getrunken hatte, als für jemanden wie ihn, der sich nach den ersten zwei oder drei Gläsern gewöhnlich zurückhielt, üblich war. Sein Betragen auf Mrs. Andriadis' Party, weit mehr hervorgerufen natürlich durch gröblich verletzte Prinzipien als durch den ungewohnten Champagner, war, wie mir Barnby erklärte, in seiner ungezügelten Natur eine ziemliche Ausnahme gewesen und hatte sich in den darauffolgenden Wochen für Mr. Deacon auch in der Tat als eine Quelle großer Bedrückung erwiesen.

Ich habe, nebenbei bemerkt, nie erfahren, wie die Frage seines Abgangs von dem Haus in der Hill Street schließlich gelöst wurde. Ob Mr. Deacon versucht hatte, sich gegenüber Mrs. Andriadis zu rechtfertigen, oder ob sie ihn ihrerseits gezwungen hatte, mit oder ohne Hilfe der Diener, Max Pilgrims oder des Negers die in der Eingangshalle verstreuten Blätter der Zeitung wieder aufzusammeln, ist mir in der Folgezeit nie enthüllt worden. Mr. Deacon selbst zog es bei späteren Gelegenheiten vor, nur mit ganz allgemeinen Worten anzudeuten, dass ihm Mrs. Andriadis' Party nicht zugesagt habe. Als ihr Name einmal in einem Gespräch auftauchte, spiegelte sich in seiner Bemerkung eine Auffassung wider, die auch Onkel Giles oft von sich gegeben hatte: »Die Manieren der Menschen haben sich seit dem Krieg stark verändert – und nicht immer zum Besseren hin.« Nicht einmal Barnby, der in gewisser Hinsicht fast sein Gewissen darstellte, eröffnete er den genauen Grund für seinen Streit mit dem Sänger – außer der Tatsache, dass er an bestimmten Wendungen in dem Song Anstoß genommen habe. Hinsichtlich der Art seiner Differenzen mit Pilgrim bei irgendeiner früheren Gelegenheit war man folglich nur auf Vermutungen angewiesen.

Wie auch immer, wenn sich auch nicht bestreiten ließ, dass Mr. Deacon in der Hill Street vielleicht einige Gläser Champagner mehr getrunken hatte, als es klug gewesen wäre, so hatte der luxuriöse Stil der ganzen Party ohne Zweifel das Seine dazu beigetragen, sein bei all seinen Handlungen nie tief unter der Oberfläche liegendes donquichottisches Verlangen anzustacheln, seine Ideale zu verfechten, wo immer er sich befand und wie unpassend auch die Gelegenheit sein mochte. In dem Nachtclub war er natürlich in einer ihm vertrauteren Umgebung, und alle Anwesenden stimmten darin überein, dass der Sturz nichts anderem zuzuschreiben gewesen sei als der wackeligen Treppe und seinem üblichen Ungestüm. In Wahrheit hätte er, als ein nicht mehr junger Mann, wohl besser daran getan, bei dieser Gelegenheit, und ohne Zweifel auch bei anderen Anlässen, eine weniger hektische Besessenheit an den Tag zu legen bei seinem Versuch, so vielen der schreienden Missstände des Lebens abzuhelfen.

Zu jener Stunde und in einem solchen Lokal war dem Sturz nicht viel Bedeutung beigemessen worden – weder von Mr. Deacon noch von den übrigen Gästen der Party. Mr. Deacon hatte, so sagte man, nur über eine Prellung am Oberschenkel und über eine innere ›Erschütterung‹ geklagt. Ja, er hatte darauf bestanden, die Festlichkeiten – wenn man sie so nennen konnte – bis vier Uhr morgens fortzusetzen, als schließlich Barnby, durch wiederholtes Klopfen geweckt, aufstehen musste, um ihn und Gypsy wieder ins Haus zu lassen, denn der Hausschlüssel war inzwischen verlorengegangen oder verlegt worden. Mr. Deacon hatte sich ein oder zwei Tage später ins Krankenhaus begeben. Er muss eine innere Verletzung davongetragen haben, denn er starb noch in derselben Woche.

Wir hatten uns im Verlauf unserer neuerlichen Bekanntschaft häufig gesehen, denn ich hatte es mir zur Gewohnheit gemacht, ein- bis zweimal pro Woche bei Barnby hereinzuschauen, und manchmal waren wir hinunter in den Laden oder in Mr. Deacons Wohnzimmer gegangen, um uns etwas mit ihm zu unterhalten, oder wir hatten ihn mitgenommen zu einem Glas Bier in der Kneipe nebenan. Nun lebte er nicht mehr. Der Übergang vom Leben zum Tod hatte sich mit einer so ungeheuren Geschwindigkeit vollzogen, dass seine Geburtstagsfeier kaum beendet gewesen zu sein schien, als er so still abberufen wurde; und es war, wie Barnby einige Zeit später bemerkte, »schwer, an Edgar zu denken, ohne von moralisierenden Gedanken einer etwas banalen Art überwältigt zu werden«. Es stimmte mich traurig, dass ich Mr. Deacon nie mehr wiedersehen würde. Die Meilensteine, die er für mich gebildet hatte, waren nun zu einem plötzlichen Ende gekommen. Die Straße jedoch wies weiter nach vorn.

»Edgars Schwester holt die Sachen ab«, sagte Barnby. »Sie ist mit einem Pfarrer verheiratet und lebt in Norfolk. Sie hatte schon einen fürchterlichen Krach mit der Jones.«

Er machte diese Bemerkung, als er mich per Telefon über die Vorkehrungen zu der Trauerfeier informierte, die an einem Samstag stattfinden sollte – zufälligerweise an demselben Tag, für den ich eine Einladung zu einem Abendessen mit Widmerpool und seiner Mutter in deren Wohnung angenommen hatte. Mrs. Widmerpool hatte mich mit einem kleinen Brief eingeladen, und sie hatte hinzugefügt, dass sie sich freue, »einen so alten Freund« ihres Sohnes kennenzulernen. Ich wusste nicht recht, ob das genau das Licht war, in dem ich zu erscheinen wünschte, ja, ob ich das geringste Recht darauf hatte, in ihm gesehen zu werden; doch musste ich mir selbst gegenüber eingestehen, dass ich, da ich Widmerpool seit Stourwater nicht gesehen hatte, neugierig darauf war, aus seinem Munde einen Bericht darüber zu hören, wie sich die Dinge zwischen ihm und Gypsy Jones von seinem eigenen Standpunkt aus gesehen entwickelt hatten. Ich hatte bei meinem ersten Besuch in Mr. Deacons Geschäft nach meiner Rückkehr von den Walpole-Wilsons bereits eine Zusammenfassung von Barnby erhalten.

Er hatte sofort das Thema angeschnitten, so dass sich die Frage erst gar nicht stellte, ob ich Widmerpools Vertrauen missbrauchen würde.

»Dein Freund hat bezahlt«, hatte Barnby gesagt, »und das war alles.«

»Woher weißt du das?«

»Die Jones hat es mir gesagt.«

»Kann man ihr glauben?«

»Man kann nie eine Behauptung zu diesem Thema rückhaltlos akzeptieren«, sagte Barnby. »Aber er ist seitdem nicht wieder hier aufgetaucht. Die Jones sagt, er schäumte vor Wut, als er ging.«

»Das wundert mich nicht.«

Barnby schüttelte den Kopf und lachte. Er mochte Gypsy nicht, und sie mochte ihn nicht, und was ihn anging, hatte es sich damit. Ich verstand seine Haltung, teilte aber persönlich nicht die Halsstarrigkeit seiner Ansichten. Vielmehr gab es, wenn Gypsy im Geschäft auftauchte, Momente, in denen wir uns ganz gut verstanden. Ihr Egoismus war von jener uneingeschränkten Art, der immer dann schwer zu widerstehen ist, wenn sie mit einem annehmbaren Äußeren einhergeht: eine leidenschaftliche Ichbezogenheit der primitivsten Sorte, die sich bis bedrohlich nah an die Grenzen des Wahnsinns erstreckte und zu der sich der für mich zusätzliche Reiz unvertrauten Denkens und Betragens gesellte. Außerdem lag etwas Entwaffnendes, beinahe Rührendes in ihrem nur unvollkommen verborgenen Respekt vor ›Büchern‹, die in ihren Gesprächen eine beträchtliche Rolle spielten, wenn sie nicht gerade von Straßenwerbung und anderen politischen Aktivitäten redete. Dennoch, es bestand kein Grund, sentimental zu werden – wie Barbara vielleicht gesagt hätte. Gypsy zeigte sich gewöhnlich von einer insgesamt sympathischeren Seite als in der Nacht, in der wir einander zuerst begegnet waren, aber sie konnte sehr unangenehm sein, wenn schlechte Laune sie gepackt hatte.

»Die Jones ist ein exzellentes Beispiel für die zu ihrer logischen Konsequenz geführte Erziehung von Mädchen der Mittelklasse«, pflegte Barnby zu sagen. »Sie könnte nicht vollkommener sein, selbst wenn sie eine Universität besucht hätte. Ihr Kopf ist vollgestopft mit dem hochgestochensten Unsinn, den du dir denken kannst, und sie ist unfähig – buchstäblich unfähig –, einen Gedanken zu fassen. Den oberen und unteren Schichten gelingt es manchmal, ihre Töchter in Ordnung zu halten – der Mittelklasse nur ganz selten, wenn überhaupt. Ich gehöre der letzteren an, ich weiß Bescheid.«

Ich hielt dieses Urteil für unnötig streng. Da Gypsy einige elementare Kenntnisse im Schreibmaschineschreiben und in der Stenografie besaß, war sie zeitweilig in einer nicht näher definierten Eigenschaft im Büro des Verlags Vox Populi Press, das gleich neben dem Laden von Mr. Deacon lag, beschäftigt – mit Pflichten, die, wie Barnby behauptete, wohl einschlossen, dass sie »mit Craggs schlief«, dem Geschäftsführer der Firma. Es sprach ebenso viel für wie gegen diese Behauptung, denn, wie Mr. Deacon nicht ohne eine Spur von Stolz in seiner Stimme zu bemerken pflegte: »Unbesonnenheit ist Gypsys Credo«; und es war nicht zu bezweifeln, dass ihr Leben dieser Charakterisierung gerecht wurde; dennoch, eigentlich hätte sich ihre enge Verbindung mit Craggs vielleicht genauso gut mit gemeinsamen politischen Sympathien erklären lassen, denn die Vox Populi Press (in Wahrheit nur ein kleiner Verlag, der nicht, wie der Name andeutete, seine Publikationen selbst druckte) war hauptsächlich damit beschäftigt, Bücher und Pamphlete aufrührerischen Charakters zu produzieren.

Mr. Deacon hatte vorher viel über seine Geburtstagsparty gesprochen und in großer Breite diskutiert, wer eingeladen werden sollte und wer nicht. Aus irgendeinem Grund hatte er beschlossen, dass es eine Zusammenkunft ›ehrbarer‹ Leute sein solle, doch wusste niemand, nicht einmal Barnby und Gypsy Jones, wo – oder besser: bei wem – Mr. Deacons Gastfreundschaft wahrscheinlich haltmachen würde. Natürlich sollten diese beiden selbst zugegen sein und, wie Mr. Deacon vorschlug, einige ihrer eigenen Freunde einladen. Als jedoch die Namen der für die Einladung vorgesehenen Kandidaten wirklich genannt wurden, entfachte Mr. Deacon eine große Debatte darüber, ob er denn dulden könne, einige der Postulanten »bei sich im Hause zu haben« (er bediente sich dabei der gleichen Wendung, die, wie ich mich erinnerte, Stringham Jahre zuvor im Zusammenhang mit Peter Templer gebraucht hatte), denn viele dieser Leute hatten, oft ohne es selbst zu wissen, bei der einen oder anderen Gelegenheit in kleinerem oder größerem Maße bei ihm Ärgernis erregt. Am Ende gab er jedoch nach und legte nur gegen einige wenige von Barnbys Frauenbekanntschaften sein Veto ein: ein Vorgehen, über das Barnby sicher nicht böse war.

Was mich selbst anging, so war ich im Zusammenhang mit Mr. Deacons Party bereit, alles hinzunehmen. Mich hatte zufälligerweise gerade ein Gefühl der Enttäuschung, ja des Verdrusses über mein eigenes Leben und seine niederdrückende Routine überkommen. Der Grund dafür lag darin, dass ich nur wenige Tage zuvor das Haus der Duports in der Hill Street angerufen hatte und der Hausmeister, oder wer auch immer am Telefon gewesen war, mir gesagt hatte, dass die Duports ins Ausland gegangen seien und erst im Frühling zurückkämen. Diese Feststellung wurde seitens des Sprechers von verschiedenen Hypothesen und Vermutungen begleitet, die, eingebettet in ein angemessen dichtes Netz aus Zögern und Ausflüchten, das Geheimnis, dass Jean »in anderen Umständen« sei, wie mein Informant es ausdrückte, schon gelüftet hatten, selbst ehe dieses klare Wort in unsere Unterhaltung eingeflossen war. Ich sah sofort ein, dass es sich hier um eine Eventualität handelte, die als ein unausweichlicher Teil des Standes der Ehe gesehen werden musste und die sicher nicht als etwas Unvernünftiges oder, wie Mr. Deacon gesagt hätte, ›Unbesonnenes‹ zu betrachten war.

Dennoch, ich fühlte, wie ich schon sagte, eine gewisse Enttäuschung, obwohl mir bewusst war, dass ich wohl kaum behaupten konnte, es habe irgendetwas stattgefunden, das die Annahme selbst nur eines Hauches einer zerstörten ›Romanze‹ rechtfertigte. Ja, ich konnte nicht einmal mir selbst erklären, aus welchem Grund es mir notwendig erschien, mir diese Verneinung – dass eine verhältnismäßig ernsthafte Hoffnung im Keim erstickt worden sei – vor Augen zu führen. Kurz gesagt, die Situation förderte jene Art von Stimmung, die die Aussicht auf ein Vergnügen, wie Mr. Deacons Party es zu werden versprach, mehr als willkommen hieß. Das gleiche alles durchdringende Gefühl, in emotionalen Dingen an einer nicht besonders elysischen Küste auf dem Trockenen zu sitzen, hatte mir auch einen leichten Stich versetzt, als ich, während ich beim Friseur war, ein Bild von Prinz Theodoric sah, wie er am Strand des Lido zwischen Lady Ardglass und einer schönen Brasilianerin saß – eine Erinnerung an den Besuch auf Stourwater, der nun schon so lange zurücklag, und auch an den ewigen Charme weiblicher Begleitung in einer attraktiven Umgebung. Als ich jedoch über dieses Foto nachdachte, fiel mir ein, dass Mrs. Wentworth eigentlich die von dem Prinzen bevorzugte Begleiterin gewesen war, so dass, wenn man von den durch unsere verschiedenen sozialen Stellungen bedingten Umständen absah, auch er wahrscheinlich an einem Mangel an Erfüllung gelitten hatte. Barnby war hocherfreut gewesen, als ich ihn auf diesen Schnappschuss aufmerksam machte.

»Ich wusste, Baby würde Theodoric abblitzen lassen«, sagte er. »Ich frage mich, wer die Brasilianerin war.«

Er hatte sogar von der Hoffnung gesprochen, dass es ihm gelingen würde, Mrs. Wentworth mit zu Mr. Deacons Party zu bringen.

»Ein Ort, wo sie wenigstens sicher sein könnte, Donners nicht zu begegnen«, hatte er hinzugefügt.

Natürlich, Sir Magnus war nicht bei Mr. Deacon aufgetaucht, und auch sonst eigentlich niemand, der ihm im Geringsten ähnlich gewesen wäre. Aus dem Wohnzimmer hatte man die vielen Gegenstände, die im Laden keinen Platz mehr fanden und gewöhnlich hier aufbewahrt wurden, weggeräumt. Stühle und Sofa waren gegen die Wände geschoben, an denen überall, Rahmen an Rahmen, Mr. Deacons eigene Bilder hingen und so eine Art Gedenkzimmer für seine Kunst bildeten. Selbst durch diese drastische Behandlung der Möbel hatte der Raum nicht völlig seine gewohnte altjüngferliche Atmosphäre verloren, die ihm in der Regel von der außerordentlich großen Zahl von Nippsachen, Tränenfläschchen und kleinen verzierten Kästchen für Nadeln und Zahnstocher mitgeteilt wurde, die normalerweise jede verfügbare Stelle bedeckten.

Auf jedem der Enden des Kaminsimses stand ein kleiner ovaler Rahmen – beide in genau der gleichen Weise mit Seemuscheln geschmückt. Der eine enthielt eine hellgetönte Daguerreotypie von Mr. Deacons Mutter, der andere umschloss eine bärtige Gestalt, ein Bildnis, so schien es, von Walt Whitman, für den Mr. Deacon eine tiefe Bewunderung empfand. Die Gesichtszüge der verstorbenen Mrs. Deacon ähnelten so sehr denen ihres Sohnes, dass das Bild auf den ersten Blick fast die Illusion vermittelte, er selber habe sich zum Scherz im Reifrock und mit flachem, rundem Hut fotografieren lassen. Dass diese beiden Porträts nebeneinander aufgestellt waren, sollte, so vermute ich, andeuten, dass der amerikanische Dichter moralisch und intellektuell die wahre Quelle von Mr. Deacons in anderer Hinsicht von ihm ignorierter väterlicher Herkunft bildete.

Die Luft in dem Raum war schon zum Schneiden, als ich an jenem Abend dort ankam; und eine Menge Flaschen und Gläser standen auf den Beistelltischen herum. Nach dem peinlich genauen Ausleseprozess, dem die Anwesenden unterworfen worden waren, erwies sich mein erster Eindruck von ihnen als so etwas wie eine Enttäuschung; und die Methode, nach der Mr. Deacon seine Wahl getroffen hatte, wurde nach einem flüchtigen Blick in dem Zimmer herum alles andere als deutlich. Er hatte ein paar Kunden eingeladen, ausgesucht aus den Reihen derer, die sich durch den Kauf von teuren ›Antiquitäten‹ besonders hervorgetan hatten. Die meisten von ihnen waren Ehepaare mittleren bis fortgeschrittenen Alters, ihre Stellung im Leben nur schwer mit einiger Sicherheit zu bestimmen. Sie lachten den Abend über ziemlich unsicher und gingen auch früh. Der Rest der Gäste bestand vorwiegend aus jungen Männern, von denen einige sehr wohl in die von Mr. Deacon bevorzugte Kategorie ›ehrbar‹ zu fallen schienen, während bei anderen der Anspruch auf einen guten Ruf wenigstens äußerlich weniger stark hervorstach, in einigen Fällen sogar äußerst fragwürdig war.

Es waren jedoch zwei Personen anwesend, die sich mir, wie es mir nun scheint, auf Mr. Deacons Party zum ersten Mal in jener geheimnisvollen Zusammengehörigkeit offenbarten, die gewisse Paare, und auch größere Gruppen von Menschen, umschließt und abgrenzt: ein Thema, über das ich schon im Zusammenhang mit Widmerpool und mir selbst gesprochen habe. Diese beiden waren Mark Members und Quiggin; doch war ich damals natürlich noch nicht imstande zu erkennen, dass dieses Paar bereits den Weg seiner langen gemeinsamen Pilgerreise begonnen hatte. Vielmehr hielt ich sie für nicht enger miteinander verbunden als mit mir selbst. Ich hatte Quiggin nicht mehr gesehen, seit ich von der Universität abgegangen war; doch hatte ich, wie es manchmal so geht, durch eine zufällige Bemerkung, die Gypsy während der Diskussion über die Vorbereitungen für die Party fallengelassen hatte, erfahren, dass er eingeladen werden sollte.

»Sieh zu, dass Quiggin am Ende des Abends nicht hier im Haus zurückbleibt«, hatte sie gesagt. »Ich möchte ihn nicht da unten herumschnüffeln haben, wenn ich gerade eingeschlafen bin.«

»Also wirklich, die weibliche Eitelkeit ist unbeschreiblich«, hatte Mr. Deacon scharf geantwortet. »Quiggin wird dich bestimmt nicht belästigen. Vor allem ist er viel zu sehr mit sich selbst beschäftigt, um sich um irgendjemand anderen zu kümmern. Du kannst in dieser Hinsicht ganz beruhigt sein.«

»Vorsicht ist besser als Nachsicht«, sagte Gypsy. »Vielleicht interessiert es dich, dass er neulich abends anfing, ziemlich lästig zu werden. Ich will dich nur warnen, Edgar.«

Da ich annahm, dass die genannte Person gut derselbe Quiggin sein mochte, den ich als Student gekannt hatte, erkundigte ich mich danach, wie er aussah.

»Leider sehr unansehnlich, der arme Junge«, sagte Mr. Deacon. »Und er spricht einen schrecklichen nordenglischen Akzent – obwohl man vielleicht so etwas nicht sagen sollte. Er ist der Neffe eines Kunden von mir in Mittelengland. Ist ziemlich knapp bei Kasse im Moment, wie er mir sagt. So hilft er hin und wieder im Laden aus. Es wundert mich, dass du ihm hier noch nicht begegnet bist. Er verdient sich damit ein paar Pfennige und hat so Muße zum Schreiben. Das ist es, worauf es ihm wirklich ankommt.«

»Er ist J. G. Quiggin«, sagte Gypsy. »Sie haben sicher schon etwas von ihm gelesen.«

Sie mag gedacht haben, dass die Bedeutung, die sie Quiggin als einer möglichen Quelle ihres nächtlichen Verfolgtwerdens zugeschrieben hatte, von mir aus Unkenntnis seiner relativen Geltung als Literat unterschätzt worden sei; und es stimmte sicher, dass mir der Name der Zeitschrift nicht vertraut war, die sie als das Organ nannte, für das er angeblich am regelmäßigsten schrieb.

»Ohne Zweifel hat Quiggin Talent«, sagte Mr. Deacon, »obwohl mir nicht alle seine Vorstellungen zusagen. Außerdem ist er sehr schroff. Dennoch, er hat sich sehr nützlich gemacht, als er einige Bücher einer ziemlich peinlichen Sorte – du brauchst gar nicht so zu kichern, Barnby –, die ich gerne loswerden wollte, für mich abgesetzt hat.«

Als ich versuchte, mir ins Gedächtnis zu rufen, welcher Art unser Verhältnis gewesen war, als wir uns das letzte Mal gesehen hatten, konnte ich mich nur daran erinnern, dass ich Quiggin bis zum Anfang meines zweiten Jahres an der Universität hin und wieder getroffen hatte und dass er dann aus irgendeinem Grund völlig aus meinem Leben verschwunden war. In diesem Auseinanderdriften zweier Personen lag, was Universitätskreise anging, natürlich nichts Besonderes: Studentenbekanntschaften blühten auf und vergingen oft wieder innerhalb von Wochen. Ich konnte mich erinnern, auf einer von Sillerys Teegesellschaften gesagt zu haben, dass Quiggin seit einiger Zeit nicht mehr am Ort zu sein schien, worauf Sillery, wenn ich mich nicht täusche, uns durch das Medium stark gewundener Sätze verraten oder zumindest zu verstehen gegeben hatte, dass Quiggins College ihm wegen Faulheit oder aus einem anderen Anlass der Unzufriedenheit auf Seiten der Behörden das Stipendium entzogen habe und dass er nicht lange darauf ›von der Universität verwiesen‹ worden sei. Diese Version war, so meinte ich, von Brightman, einem Dozenten an Quiggins College, mehr oder weniger bestätigt worden. Jedenfalls hatte Brightman bei irgendeiner Lunchgesellschaft von »jenem Weg« gesprochen, »den Stipendiaten gehen, deren geistiges Rüstzeug auf einer früheren Stufe ihrer unüberlegterweise begünstigten Erziehung etwas überfordert worden ist«, und es war möglich, dass er dabei zur Illustration auf Quiggins Fall zurückgegriffen hatte.

Ich war ziemlich beeindruckt, dass sich dieser frühere Bekannte unter der etwas unvertrauten Form »J. G. Quiggin« schon einen Namen als ›Schriftsteller‹ gemacht hatte – und bewundert wurde, wenn vielleicht auch nur von Gypsy Jones. Ich schämte mich auch ein wenig – vielleicht bloß wegen dieser seiner offensichtlichen Bekanntheit –, dass ich, nachdem mich etwas an ihm interessiert, wenn vielleicht auch nicht eigentlich angezogen hatte, seine Existenz so leicht hatte vergessen können.

Der erste Eindruck, den ich von ihm auf der Party erhielt, ließ darauf schließen, dass er sich bemerkenswert wenig verändert hatte. Er trug noch immer seinen schäbigen schwarzen Anzug, dessen ausgefranste Hose von einem schweren Ledergürtel mit Messingschnalle unsicher gehalten wurde. Sein Haar war an den Seiten der kuppelförmigen Stirn um eine Spur lichter geworden, und er hatte jenen Blick eines ungezähmten

Tieres bedenklichen Temperaments behalten. Gleichzeitig aber lag ein hündischer, ziemlich bemitleidenswerter Ausdruck in seinen Augen, der mich an Widmerpool erinnerte und der ein nicht ungewöhnliches Merkmal jener Menschen ist, die sich entschlossen haben, durch die Kraft des Willens zu leben. Als wir dann miteinander sprachen, entdeckte ich, dass er viel von der bewussten Schärfe in seinem Betragen aufgegeben hatte, die auf der Universität so sehr Teil seines gesellschaftlichen Rüstzeugs gewesen war. Nicht dass er jetzt sanfter geworden wäre – im Gegenteil, es kam ihm offensichtlich mehr denn je darauf an, sich allen aufgeworfenen Fragen unter seinen eigenen Bedingungen zu nähern; aber er schien der Vervollkommnung seiner besonderen Methode, das Leben anzugehen, viel näher gekommen zu sein, so dass sich andere nicht mehr wie in früheren Zeiten auf dem gleichen Feld von Gesprächsfallgruben bewegen mussten. Ohne Zweifel fand diese größere Glätte in unserer Unterhaltung ihre Erklärung auch in der Tatsache, dass wir beide in den vergangenen ein oder zwei Jahren ›erwachsen‹ geworden waren. Er stellte einige bohrende Fragen, vergleichbar denen von Widmerpool, hinsichtlich der Veröffentlichungen meiner Firma und schlug fast sogleich vor, dass er die Einführung zu einem Buch schreiben würde, das in die eine oder andere Serie aufgenommen werden sollte, die ich ihm gegenüber erwähnt hatte.

Es war zu diesem Zeitpunkt gewesen, dass Members sich zu uns gesellt hatte – sehr zu meiner Überraschung, denn als Studenten hatten Members und Quiggin gewöhnlich alles andere als freundlich übereinander geredet. Jetzt schien ein Wandel in ihren Beziehungen stattgefunden zu haben, oder es wäre vielleicht genauer zu sagen: von ihnen gewünscht zu werden; denn ohne Zweifel erweckten beide den Eindruck, als seien sie bereit, zumindest vorübergehend bestens miteinander auskommen zu wollen. Wir drei unterhielten uns, zuerst vielleicht mit einem gewissen Mangel an Gelöstheit, doch dann mit größerer Wärme, als mir aus der Vergangenheit in Erinnerung war.

Ich hatte Members übrigens schon bald nach meinem Umzug nach London bei Short getroffen, der viel davon hielt, »mit interessanten Leuten in Verbindung zu bleiben«, wie er es nannte. Diese Neigung Shorts, mit dem ich gelegentlich zu Abend aß oder ins Kino ging – wie wir es für jenen Abend geplant hatten, an dem ich ihn wegen der Abendgesellschaft bei den Walpole-Wilsons versetzte –, führte dazu, dass ich verschiedene frühere Bekannte traf, die ich normalerweise nicht regelmäßig sah, und Members, inzwischen als *littérateur* zu einigem Ruhm gelangt, war einer von diesen. Ihm bei Mr. Deacon zu begegnen, hatte ich jedoch nicht erwartet, denn ich hatte irgendwie angenommen, Members verkehre in literarischen Zirkeln einer mehr gesetzten Art; warum ich ihn so eingeschätzt hatte, konnte ich allerdings kaum sagen.

Im Gegensatz zu Quiggin hatte sich Mark Members seit seiner Studienzeit, als er für die relative Auffälligkeit seiner Kleidung bekannt war, beträchtlich verändert. Auch an ihn erinnerte ich mich hauptsächlich von meinem ersten Jahr an der Universität her, doch nicht etwa deshalb, weil er vorzeitig abgegangen wäre, sondern vielmehr weil er in die Welt örtlicher Gastgeberinnen einer mehr oder weniger akademischen Provenienz eingetaucht war, in der ich selbst nicht verkehrte. Wenn ich näher über diese Frage nachgedacht hätte, so wäre es wahrscheinlich eine ähnliche Gesellschaftsschicht in London gewesen, in der ich ihn mir vorgestellt hätte – ein Grund vielleicht für meine Annahme, dass er bei Mr. Deacon kaum in der richtigen Umgebung sei. Möglicherweise waren diese Londoner Damen, von denen die meisten auf ihre Art äußerst nüchtern und praktisch sind, in gewissem Ausmaß verantwortlich für die fast revolutionären Veränderungen, die sich in seiner Erscheinung vollzogen hatten; denn selbst seit unserem Treffen bei Short hatte Members hart an seinem Äußeren gearbeitet, und zwar ganz ähnlich, wie Quiggin jene inneren Veränderungen bewirkt hatte, über die ich schon gesprochen habe.

Es hatte zum Beispiel früher einmal bei ihm zumindest die Andeutung eines Backenbarts gegeben – jetzt war er völlig verschwunden. Da er den Byron-Kragen und die lose gebundene Krawatte aufgegeben hatte, sah Members am Hals fast so ordentlich aus wie Archie Gilbert. Sein Haar hing nicht länger in einer unordentlichen Ponyfrisur herunter, sondern war strikt in einem scharfen Winkel aus der Stirn gebürstet; gleichzeitig hatte er sich irgendwie von den meisten seiner Sommersprossen befreit und so einen strengeren Gesichtsausdruck bekommen, der fast den von Quiggin zum Vorbild genommen haben konnte. In der Tat, er sah aus wie ein ziemlich vornehmer junger Mann, offensichtlich zur Welt der Literatur gehörend, doch eindeutig zu jener Seite dieser Welt, die den gröberen Formen der Boheme am meisten abgeneigt ist. Er war – Mr. Deacon hatte sich schließlich, »so sind nun einmal die modernen Sitten«, mit einer gewissen Zahl ungeladener Gäste abgefunden – von einem drallen, schwarzhaarigen Model namens Mona mitgebracht worden, einer Freundin Gypsys aus einem Abschnitt in Gypsys Leben, so hörte ich von Barnby, als sie noch nicht mit Mr. Deacon bekannt gewesen war.

Short hatte mir gesagt, dass Members gelegentlich für eines der Wochenblätter arbeite – für jene Zeitschrift übrigens, von welcher der Besuch Prinz Theodorics in England ziemlich abschätzig kommentiert worden war; und ich hatte auch, mit entschiedener Hochachtung, einige der von ihm dort veröffentlichten Artikel gelesen. Es war Members, glaube ich, nicht gelungen, im Abschlussexamen der Universität die von Sillery und anderen von ihm erwartete ›Eins‹ zu bekommen, aber wie Bill Truscott auf einer anderen Ebene hatte er nie den Ruf verloren, ›ein vielversprechender junger Mann‹ zu sein. Short pflegte über die von Members verfassten Rezensionen zu sagen: »Mark behandelt sein Material mit bemerkenswertem Geschick«, und nicht ohne Neid musste ich diesem Urteil zustimmen; nicht ohne Neid, denn das Schreiben begann nun in einem wachsenden Maße von meiner eigenen Aufmerksamkeit

Besitz zu ergreifen. Ich hatte sogar mit dem Gedanken gespielt, die Arbeit an einem Roman zu beginnen – ein Versuch, der meine Behauptung, literarische Ambitionen zu besitzen, die ich in La Grenadière nur als eine Art Ausflucht aufgestellt hatte, um Widmerpool in einem Gespräch eine Antwort zu geben, in die Tat umsetzen würde.

Wie ich schon über die Party bei Mrs. Andriadis sagte: Solche Bereiche werden durch eine Tür betreten, durch die es nur selten, wenn überhaupt, eine Rückkehr gibt. In fast der gleichen Weise schienen an jenem Abend bei Mr. Deacon gewisse Dinge deutliche Konturen zu gewinnen. Vielleicht hatte diese Kristallisation etwas mit der Gegenwart von Members und Quiggin zu tun, obwohl beide in ihrem Missvergnügen über die versammelte Gesellschaft übereinstimmten.

»Du musst zugeben«, sagte Members, sich in dem Zimmer umsehend, »es sieht hier ein wenig so aus wie auf dem Bild von Lord Leighton in der Tate Gallery: ›Das Meer, die Toten zurückgebend, die in ihm waren‹. Ich begreife nicht, wie Mona darauf bestehen konnte herzukommen.«

Quiggin pflichtete ihm bei, dass Mr. Deacons Gäste ganz und gar inakzeptabel seien, und zollte ihm gleichzeitig gebührendes Lob für die Angemessenheit der bildlichen Anspielung. Er sah zu Mona hinüber, die auf der anderen Seite des Zimmers gerade mit Barnby sprach, und sagte: »Es ist eine ungewöhnliche Figur, nicht wahr? Epstein würde sie zu sentimental darstellen, meinst du nicht? Ein winkligerer Stil wäre nötig, etwa in der Manier Lipchitz' oder Zadkines.«

»Wirklich, sie *hasst* Männer«, sagte Members und lachte trocken.

Seine Belustigung galt ohne Zweifel der Unerfüllbarkeit der unausgesprochenen Wünsche Quiggins, welcher, mit dem Ziel, ein für ihn günstigeres Gebiet zu erreichen, das Thema wechselte.

»Ist es wahr, dass du der Sekretär von St. John Clarke geworden bist?«, fragte er in einem beiläufigen Ton.

Members stieß wieder sein ziemlich helles Lachen hervor. Es handelte sich hier offensichtlich um ein Thema, das er mit Takt und Vorsicht anzugehen wünschte. Er schien größer geworden zu sein, seit er nach London gekommen war. Seine schlanke Taille und sein eindrucksvolles, forschendes Auftreten erinnerten ein wenig an jene willensstarken, eleganten jungen Verkäufer, die einen Kunden erst dann aus dem Geschäft entlassen, wenn er seine Absicht, nur ein paar Taschentücher zu kaufen, aufgegeben hat zugunsten eines unbekümmerten Verschwendens seines Geldes auf Oberhemden, Socken und Krawatten, deren Muster ihm dann später überhaupt nicht mehr zusagen.

»Zuerst habe ich geschwankt, ob ich die Stelle annehmen sollte«, gab er zu. »Jetzt bin ich froh, dass ich mich dafür entschieden habe. Auf seine Weise ist St. John sicher ein großer Mann.«

»Natürlich, als sehr großer Romancier kann er eigentlich nicht bezeichnet werden«, sagte Quiggin langsam, als wäge er diese Frage vorsichtig in seinem Inneren ab. »Er ist jedoch eine *Persönlichkeit,* sicher; und man könnte einige seiner kritischen Arbeiten als – nun, sagen wir einmal: ›nicht schlecht‹ bezeichnen.«

»Sie haben ein gewisses gedankliches Format, natürlich, auf ihre etwas altmodische Art.«

Members schien erleichtert, dies zugestehen zu können. Er hatte ganz offensichtlich das Gefühl, dass Quiggin, der ihn in einer schwachen Position erwischt hatte, ihn glimpflich hatte davonkommen lassen. St. John Clarke war der Schriftsteller, von dem Lady Anne Stepney mit Beifall gesprochen hatte. Gegen Ende meiner Schulzeit hatte ich einige seiner Bücher mit großem Vergnügen gelesen; jetzt aber fühlte ich mich ziemlich erhaben über seine hochtrabend-geschwätzigen Beschreibungen, die zweidimensionalen Charaktere und die, so meinte ich nun, gedankliche Leere seines Werks. Ich fand es erstaunlich, dass jemand, den ich auf intellektuellem Gebiet für so unanfechtbar hielt wie Members, sich eine Gestalt aufgebürdet hatte, in der jeder, der auch nur die geringsten literarischen Ansprüche stellte, so etwas wie Sindbads ›Alten Mann des Meeres‹ sehen musste; allerdings hätte diese Metapher in einer Hinsicht vielleicht umgekehrt werden sollen, denn es war ja Members, der auf die Schultern von St. John Clarke geklettert war.

Ich vermag nun seine Verteidigung St. John Clarkes als ein interessantes Beispiel für die Kraft des Willens zu sehen, denn seine Abneigung gegenüber St. Johns Werken muss wenigstens so groß gewesen sein wie meine eigene und sie möglicherweise bei weitem überstiegen haben. Als Members sich entschlossen hatte, das Gehalt anzunehmen – das wahrscheinlich, trotz St. John Clarkes Ruf, in Geldsachen ›schwierig‹ zu sein, ganz anständig war –, hatte er ohne Zweifel praktische Klugheit gezeigt, eine in der Tat weit größere Urteilsfähigkeit als meine eigene, die auf entschieden romantischen Voraussetzungen basierte. Die Kraft einer solchen Rechtfertigung entzog fraglos jeder Möglichkeit den Boden, dass Quiggin, wie ich zuerst von ihm erwartet hatte, einen kritischen Angriff gegen Members eröffnete – einen Angriff, der auf dem Vorwurf beruhen würde, dass St. John Clarke ein ›schlechter Schriftsteller‹ sei. Im Gegenteil, Quiggin schien jetzt fast neidisch, sich diese Stellung nicht selbst gesichert zu haben.

»Natürlich, wenn ich einen solchen Job hätte, würde ich wahrscheinlich eines Tages etwas sagen, das schlecht ankommen würde«, meinte er ziemlich bitter. »Ich hab nie die Gelegenheit gehabt zu lernen, wie erfolgreiche Leute gerne behandelt werden.«

»St. John kennt deine Arbeiten«, sagte Members mit ruhigem Nachdruck. »Ich habe ihn auf sie aufmerksam gemacht.«

Er beobachtete Quiggin genau, als er dies sagte. Ich fragte mich wieder, ob die in den Details nie bewiesene Geschichte Sillerys, dass die beiden in derselben Stadt in Mittelengland fast Tür an Tür gewohnt hätten, der Wahrheit entspreche. Es konnte kein Zweifel daran bestehen, dass es Gemeinsamkeiten zwischen ihnen gab – trotz Quiggins ungeschlachter, fader Erscheinung und Members' neuer Adrettheit. Als sich Quiggins Gesicht bei diesen schmeichelhaften Worten entspannte, hätte man fast glauben können, sie seien Cousins. Quiggin ging nicht weiter auf diese Kenntnis von seinem eigenen Status als Schriftsteller ein, die gerade St. John Clarke zugeschrieben worden war, sondern erkundigte sich in einem freundlichen Wortwechsel nach den Büchern, an denen Members gerade schriebe oder die sich vielleicht schon im Druck befänden. Members plante offenbar mehrere Werke – wenigstens drei, möglicherweise vier: Gedichte, einen Roman, eine kritische Studie und eine weitere Arbeit, obskurer in der Form, deren genaue Natur ich vergessen habe, da sie nie erschienen ist.

»Und du, J. G.?«, fragte Members, der offensichtlich nicht missgünstig erscheinen wollte.

»Ich versuche, einer der wenigen Auserwählten zu bleiben, die noch keinen Roman geschrieben haben«, sagte Quiggin leichthin. »Die Vox Populi Press bringt im Frühjahr vielleicht ein autobiografisches Fragment von mir heraus. Sonst – ein paar Aufzeichnungen, Kleinigkeiten, die ich für interessant halte. Ich nehme an, sie werden schließlich auch gedruckt werden. Das passiert ja mit allem heutzutage.«

»Hoffentlich kein ›Bewusstseinsstrom‹«, sagte Members mit einem Hauch von Feindseligkeit, »aber die Vox Populi ist wohl kein besonders guter Verlag, oder? Zahlen die einen annehmbaren Vorschuss?«

»Ich bin diese ›schöne‹ Typografie so leid, die man überall sieht«, sagte Quiggin, die Geldfrage übergehend. »Ich hab Craggs gesagt, er soll es an eine Akzidenzdruckerei vergeben, wie er es auch immer mit seinen Pamphleten tut. Kann es auf Toilettenpapier drucken, wenn er will. Craggs hat wenigstens die richtige politische Gesinnung.«

»Ich bezweifle, dass man in dem Gebäude der Vox Populi viel von dem Haushaltsartikel finden würde, den du erwähnt hast«, sagte Members, sein dünnes, heiseres Lachen ausstoßend. »Aber ohne Zweifel würde durch dieses *Format* ein gewisser Absatz garantiert. Vergiss nicht, mir ein Exemplar zu schicken, damit ich darüber irgendwo was sagen kann.«

In ihrem Zurücklassen der Art Schale, die allen Studenten, ja den meisten jungen Männern gemeinsam ist, hatten sie in gewisser Hinsicht, indem jeder seiner individuellen Identität so augenscheinlich Geltung verschaffte, jeweils eine schärfer umrissene Form angenommen und sich so automatisch voneinander wegentwickelt. Aus einem anderen Blickwinkel betrachtet, waren Quiggin und Members jedoch in ihrer Konzentration auf die, trotz ihrer verschiedenen Methoden, gleichen oder zumindest sehr ähnlichen Ziele offenbar einander nähergerückt. Man konnte sie vielleicht als Repräsentanten, wenn nicht verschiedener Kulturen, dann doch wenigstens gegensätzlicher Traditionen betrachten: Quiggin als eine Art Prototyp ewiger Unzufriedenheit dem Leben gegenüber, der jedoch gleichzeitig gewisse charakteristische Eigenschaften besaß, die für seine Zeit eigentümlich waren; Members als einen in nicht geringerem Maße als Quiggin Unzufriedenen, aber mehr akademischer Provenienz, der vielleicht sogar einige seiner intellektuellen Ursprünge mit Mr. Deacon gemeinsam hatte.

Obwohl Members schon aus den Dogmen einer möglicherweise sterbenden Lehrmeinung Nutzen gezogen hatte, war er doch clever genug, das bereits verschlissene Drum und Dran eines veralteten Ästhetizismus rasch über Bord zu werfen. Quiggin, mit seiner alten Kleidung und seinem schroffen Wesen, offenbarte ein ähnliches Gefühl für das, was die unmittelbare Zukunft verlangte. Dies würde ein Kopf-an-Kopf-Rennen werden, doch ob den Konkurrenten selbst schon das unsichtbare Ligament bewusst war, das sie in einem anscheinend ewigen Wechselspiel von Kontrast und Vergleich miteinander verband, vermag ich nicht zu sagen. Die Einstellung, die jeder dem anderen gegenüber schließlich einnehmen sollte und die vielleicht am besten als Hassliebe bezeichnet werden kann, musste Wurzeln geschlagen haben, lange bevor ich irgendetwas Derartiges bemerkte. Auf der Universität war, so hatte ich damals gedacht, von ihren eklektischen Persönlichkeiten eine seltsame Anziehung ausgegangen, unabhängig von ihren möglichen Talenten. Jetzt war ich fast bestürzt über die Leichtigkeit, mit der beide fähig zu sein schienen, Bücher in fast jeder beliebigen Zahl zu schreiben; denn auch Quiggins relative Enthaltsamkeit auf diesem Gebiet war eindeutig das Ergebnis einer persönlichen Entscheidung und nicht eines Mangels an Themen oder einer Schwäche seiner Ausdruckskraft.

Anders als Gypsys frühere Bemerkungen es hatten vermuten lassen, gab es bei Quiggin kein sichtbares Anzeichen für irgendwelche Versuche, sich bei ihr einzuschmeicheln. Im Gegenteil, er schien die meiste Zeit mit Geschäftsgesprächen und jener Art von literarischem Klatsch zu verbringen, der er zuvor mit Members gefrönt hatte. Im Großen und Ganzen beschränkte er sich dabei auf die anwesenden Männer, obwohl er ein- oder zweimal, sich offensichtlich unbehaglich fühlend, um Mona, das Model, herumstrich, an der auch Barnby ein gewisses Interesse zeigte. Gypsy hatte sich offenkundig für die Party herausgeputzt. Sie trug ein helles, verspieltes kleines Kleid, das die verwahrloste Kindlichkeit ihrer Erscheinung noch unterstrich. Als ich sie zu einem späteren Zeitpunkt des Abends auf den Knien von Howard Craggs sitzen sah, einem leicht erkahlten Mann von Anfang vierzig mit der Stimme eines Radiosprechers: voll und ölig und präzise in den Betonungen, ließ mich dieser Anblick wieder an ihre flüchtige Begegnung mit Widmerpool denken, und einen Moment lang wünschte ich, ich wüsste mehr über die Details. Vielleicht führte irgendein Prozess der Gedankenübertragung dazu, dass meiner Neugier in diesem Augenblick durch Gypsy selbst eine unerwartete Befriedigung zuteil wurde.

Craggs hatte sich schon seit beträchtlicher Zeit ziemliche Freiheiten bei ihr herausgenommen, und zwar in einer Weise, die stark vermuten ließ, dass doch einige Wahrheit in den

Anwürfen liege, die Barnby erhoben hatte. Diese Ausdauer seinerseits hatte jedoch an jenem Abend offensichtlich keine allzu leidenschaftlichen Gefühle zwischen ihnen entfacht, denn Gypsy sah sehr mürrisch drein. Jetzt wand sie sich plötzlich von seinem Schoß, strich ihren Rock glatt und bahnte sich einen Weg durch das Zimmer zu dem Sofa herüber, auf dem ich saß und seit geraumer Zeit mit einem bärtigen Mann sprach, der sich für Spieldosen interessierte. Die Verbindung zwischen dieser Person und Mr. Deacon beruhte einzig und allein auf ihrem gemeinsamen Interesse an dem Markt für Spieldosen – eine Tatsache, die der bärtige Mann nicht müde wurde zu erklären, möglicherweise weil er befürchtete, er gerate sonst vielleicht bei mir in einen üblen Ruf. Als Gypsy zu uns herankam, vermutete er wohl, die Party gerate in ein für einen Menschen seines stillen, dezenten Geschmacks zu wild-bewegtes Fahrwasser, denn er erhob sich und sagte, er müsse »Gillian suchen und dann nach Hampstead aufbrechen«. Gypsy nahm den von ihm verlassenen Platz ein. Sie saß dort einige Sekunden, ohne zu sprechen.

»Wir mögen einander nicht besonders, oder?«, sagte sie schließlich.

Ich gab die ziemlich lahme Antwort, dass es, selbst wenn man davon ausgehe, eine solche gegenseitige Feindseligkeit existiere zwischen uns, überhaupt keinen Grund gebe, warum etwas Derartiges weiterbestehen solle; und es stimmte: Ich fand sie an diesem Abend weit anziehender als bei früheren Begegnungen, wie verhältnismäßig freundschaftlich einige von diesen auch verlaufen waren.

»Haben Sie in der letzten Zeit Ihren Freund Widmerpool häufiger gesehen?«, fragte sie.

»Seine Mutter hat mir gerade einen Brief geschrieben und mich für nächste Woche zum Abendessen bei ihnen eingeladen.«

Sie lachte ziemlich heftig über diese Neuigkeit.

»Ich vermute, Sie haben gehört, dass er geblecht hat.«

»Ich hab mir so etwas zusammenreimen können.«

»Hat er es Ihnen selbst gesagt?«

»In gewisser Weise.«

»War er sauer?«

»Ja, ziemlich.«

Sie lachte wieder, doch weniger laut. Ich fragte mich, welche unvorstellbaren Dinge zwischen ihnen vorgegangen waren. Es zeigte sich deutlich, dass jedes Interesse, sei es gefühlsmäßiger, sei es finanzieller Natur, das sie in Widmerpool investiert hatte, nun erschöpft war. Sie hatte etwas Widerliches an sich, das sie jedoch gleichzeitig – ich musste es mir eingestehen – zu einem Gegenstand meines Verlangens machte.

»Irgendjemand musste ja schließlich berappen«, verteidigte sie sich.

»Ich nehme es an.«

»Am Ende ist er wütend abgehauen.«

Diese Feststellung war eindeutig. Es konnte jetzt kein Zweifel mehr daran bestehen, dass sie Widmerpool zum Narren gehalten hatte. Ich dachte in diesem Augenblick, dass sie recht habe mit ihrer Annahme, dass ich sie nicht mochte. Sie spürte dieses Missfallen sofort.

»Warum sind Sie so hochgestochen?«, fragte sie aggressiv.

»So bin ich nun einmal.«

»Sie sollten dagegen ankämpfen.«

»Ich sehe nicht ein, warum.«

Soweit ich mich erinnere, sprach sie dann von der ›sozialen Revolution‹ – einem Thema, das immer einen großen Teil ihrer Gespräche einnahm, auch der von Craggs; und selbst Mr. Deacon pflegte in solchen Diskussionen mitzuhalten, doch repräsentierte er eine wildere, weniger reglementierte Anschauung als die beiden anderen. Ich wurde von der Notwendigkeit, mich zu dieser ziemlich großen Frage zu äußern – die in ihrem Ausmaß mit Lady Anne Stepneys herausfordernder Bemerkung, dass sie bei der Französischen Revolution »auf Seiten des Volkes« sei, wetteifern konnte –, durch Howard Craggs selbst befreit, der plötzlich in der Nähe des Sofas erschien, auf dem wir saßen, oder vielmehr inzwischen lagen, da Gypsy aus irgendeinem Grund ihre Füße in einer Weise hochgelegt hatte, die, so schien es damals, auch einen Wechsel in meiner eigenen Stellung erforderte.

»Ich gehe bald, Gypsy«, sagte Craggs mit seiner schrecklichen Stimme, als zitiere er Verse in einer öffentlichen Vorführung – eine Illusion, die sich durch ihren Namen noch zusätzlich aufdrängte. »Wünschst du vielleicht mitgenommen zu werden?«

»Ich werde hier unten pennen«, sagte sie. »Aber ich muss dir noch ein paar Dinge sagen, ehe du gehst.«

»Gut, Gypsy, ich trinke vorher noch ein Glas.«

Er zog ab. Wir plauderten noch eine Zeitlang ziellos dahin – und es mag sogar so etwas wie eine Umarmung stattgefunden haben. Bald danach sagte sie, sie müsse sehen, wo Craggs sei, um ihm mitzuteilen, was immer sie ihm zu sagen wünschte. Die Party hatte sich inzwischen ihrem Ende zugeneigt, oder es wurden zumindest Anstalten getroffen, ihren Schauplatz zu wechseln – mit so verhängnisvollen Folgen für den Gastgeber. Ich sollte Mr. Deacon nicht wiedersehen, nachdem ich ihm auf der Straße eine gute Nacht gewünscht hatte; auch Barnby traf ich erst anlässlich der Einäscherung wieder.

Die meisten Trauerfeiern lenken durch ihre allgemeine Atmosphäre unsere Gedanken auf das Erscheinungsbild oder zumindest auf die hervorstechenderen Eigenschaften des Verstorbenen. In Mr. Deacons Fall lag der Nachdruck der Zeremonie eher auf der unordentlichen, undisziplinierten Seite seines Charakters, statt ein Widerhall des Scharfsinns und der Genauigkeit zu sein, die sicherlich den entgegengesetzten Aspekt seiner Natur gebildet hatten. Die notwendigen Dinge waren von seiner Schwester arrangiert worden, einer kleinen, grauhaarigen Frau, deren Äußeres so gut wie gar nicht an ihren Bruder erinnerte. Es hatte einige Unsicherheiten darüber gegeben, welches Ritual angemessen sei, da Mr. Deacon, am Ende seines Lebens ein Agnostiker, als junger Mann angeblich für einige Jahre zur katholischen Kirche konvertiert war. Seine Schwester hatte einen nicht konfessionell gebundenen Gottesdienst abgelehnt und sich für einen anglikanischen entschieden. Barnby zufolge hatte sie wegen dieser Frage Streit mit Gypsy Jones bekommen, mit dem Ergebnis, dass sich Gypsy schließlich aus antireligiösen Gründen geweigert hatte, der Trauerfeier beizuwohnen. Dieser Rückzug hatte Mr. Deacons Schwester nicht im Geringsten bekümmert. Ja, sie mag erleichtert gewesen sein, denn man durfte wohl vermuten, dass sie, vielleicht nicht ohne Grund, die Schicklichkeit von Gypsys Verbindung mit dem Geschäft bezweifelte. Barnby dagegen war äußerst verärgert.

»Das sieht diesem Miststück wieder ähnlich«, sagte er. Das Wetter war wärmer, fast schwül geworden. Es erschienen etwa zwölf oder fünfzehn Leute, von denen die meisten zu jener Gattung der ärmlich gekleideten, anonymen Trauernden gehörten, die bei jeder Totenfeier, bei hoch oder niedrig, arm oder reich, den Großteil der versammelten Gemeinde bilden, fast als zöge eine identische Schar ohne Unterlass – wie Archie Gilbert zu seinen Bällen – von Begräbnis zu Begräbnis. Gegen die bleigraue Kleidung dieser ständigen Gefährten des Todes hob sich der hellere Anzug eines hochgewachsenen jungen Mannes mit Brille sofort ab. Sein Gesicht war mir irgendwie vertraut. Während der Wechselgebete hallte seine helle, zittrige Stimme, in der Reihe hinter mir die Worte wiederholend, durch die kleine Kapelle. Ihr Klang war kirchlich, gehörte aber nicht zur Kirche. Dann erinnerte ich mich daran, dass dieser junge Mann Max Pilgrim war, der ›Unterhaltungskünstler‹, wie Mr. Deacon ihn genannt hatte, mit dem er am Ende von Mrs. Andriadis' Party jene Szene gehabt hatte. Nach Schluss des Gottesdienstes hastete Pilgrim davon, wobei seine geschmeidige Gestalt leicht bebte, während er dahinschritt. Über die Gründe, die ihn dorthin gebracht hatten, konnte man, so lobenswert sie auch sein mochten, höchstens Vermutungen anstellen, und jeder durfte sie nach seinem eigenen Geschmack deuten.

»Das war eine scheußliche Angelegenheit«, sagte Barnby, als wir zum Laden zurückkehrten.

Wir stiegen die Treppe hoch zu seinem Studio, wo er den Kessel auf den Gasring stellte, um Tee zu machen; obwohl es noch warm war, zündete er dann das Feuer an. Danach schlüpfte er in seinen Overall und begann damit, eine Leinwand vorzubereiten. Ich lag auf dem Diwan. Eine Zeitlang sprachen wir über Mr. Deacon, bis unser Gespräch zu allgemeineren Themen überwechselte und Barnby sich über das Thema Liebe auszulassen begann.

»Die meisten von uns würden gerne für einen Mann gehalten werden, der viele Frauen hat«, sagte er. »Aber sieh dir einmal diese Kerle in ihrer Gesamtheit an. Es gibt nur wenige unter ihnen, denen man gerne gliche.«

»Möchtest du deine Identität verändern?«

»Nicht im Geringsten. Nur in einer ganz bestimmten Richtung meine Situation verbessern.«

»An welchen besonderen Don Juan hattest du dabei gedacht?«

»Oh, an mich natürlich«, sagte Barnby. »Nach Trauerfeiern driften einem die Gedanken stets in Richtung auf eine Lockerung der Moral – obwohl mir die Art unerklärlich ist, in der immer über intime Beziehungen zwischen den Geschlechtern gesprochen oder geschrieben wird, als seien sie notwendigerweise freudvoll oder lustig. In Wirklichkeit wären sie weit wahrheitsgemäßer als etwas beschrieben, das die ganze Skala menschlicher Gefühle umfasst, von den höchsten Wonnen bis zum tiefsten Elend.«

»Quält dich etwas?«

Barnby gab zu, dass diese Diagnose richtig sei. Er wollte mir gerade weitere Erläuterungen geben, als unten im Haus das Telefon zu läuten begann: wie zur Erwiderung auf die eben geäußerten Ansichten. Barnby wischte sich die Hände an einem Tuch ab und ging die Treppe hinunter zu dem Apparat, der auf einem Sims neben dem Haupteingang zum Laden stand. Eine Zeitlang hörte ich ihn sprechen. Dann kam er ins Zimmer zurück, freudig erregt.

»Das war Mrs. Wentworth«, sagte er. »Als das Telefon klingelte, wollte ich dir gerade sagen, dass sie es sei, was mich quäle.«

»Kommt sie hierher?«

»Besser als das. Sie möchte, dass ich jetzt gleich zu ihr komme. Hast du was dagegen? Du kannst natürlich deinen Tee austrinken und so lange hierbleiben, wie du willst.«

Er riss sich den Overall herunter und war, ohne den geringsten Versuch zu machen, seine Malutensilien aufzuräumen, fast augenblicklich verschwunden. Ich hatte ihn nie zuvor so erregt gesehen. Die Eingangstür schlug zu. Ein Gefühl der Leere senkte sich auf das Haus.

Unter den gegebenen Umständen konnte ich es Barnby schwerlich übelnehmen, dass er sich so überstürzt davongemacht hatte; gleichzeitig aber überkam mich das entschiedene Gefühl, in einem Vakuum zurückgelassen worden zu sein, nicht zuletzt wegen des Inhalts unseres Gespräches, das auf diese Weise ein so abruptes Ende gefunden hatte. Ich schüttete mir eine weitere Tasse Tee ein und dachte über einige der Dinge nach, die er gesagt hatte. Ich konnte nicht umhin, neidisch zu sein über den, für Barnby selbst, erfreulichen Charakter des Telefonanrufs, der offensichtlich ein äußeres Zeichen für die Art war, in der er, wie es mir damals schien, dem vorliegenden Problem seinen Willen aufgezwungen hatte.

Die ungewöhnliche Formenvielfalt seines Lebens stellte ein Bindeglied dar zwischen dem, was ich dann später als die Welt der Macht erkannte, repräsentiert zum Beispiel durch den Ehrgeiz Widmerpools und Truscotts, und der Welt der Fantasie, in der ein Maler notwendigerweise den größten Teil seiner Zeit verbringt, wobei die Fantasie in seinem Fall vorwiegend visueller Natur ist. Bei seiner Eroberung von Mrs. Wentworth musste Barnby jedoch unausweichlich in jene anderen Gebiete eindringen, was schon die Existenz solcher Gestalten wie Sir

Magnus und Prinz Theodoric ausreichend veranschaulicht. Dieses Hinterland wird häufig und gezwungenermaßen von fast allen betreten, die die Künste ausüben, gewöhnlich wegen der Notwendigkeit, sich den Lebensunterhalt zu verdienen. Aber die Künste selbst, so schien es mir, als ich über diese Frage nachdachte, stehen wegen ihres letztlich sinnlichen Wesens auf lange Sicht gesehen all jenen feindlich gegenüber, die der Macht um ihrer selbst willen nachjagen. Wenn sich, umgekehrt, ein Künstler mit der Macht einlässt, so tut er das vielleicht nicht notwendigerweise mit verhängnisvollem Ergebnis, so doch wenigstens mit beträchtlichem Risiko. Ich richtete mich darauf ein, solchen Gedanken nachhängen zu können, bis es Zeit würde, zu den Widmerpools zu gehen, doch es war warm in dem Zimmer, und ich fiel in einen leichten Halbschlaf.

Nichts im Leben kann je völlig getrennt werden von den Myriaden anderer Ereignisse; und es ist bemerkenswert, doch ohne Zweifel auch logisch, dass einer Handlung, zusammengesetzt wie sie immer ist aus unzähligen Ursachen, von denen wiederum jede für sich vielfache Beziehungen hat und meistens nicht wahrgenommen wird, fast stets ein offensichtlich idealer Augenblick für ihre endgültige Verwirklichung gegeben ist. Das ist so sehr der Fall, dass die vorausgegangenen Dinge oft sozusagen verschlungen werden durch die Angemessenheit des Höhepunktes und dass die Gelegenheit selbst, zumindest an der Oberfläche, als die alleinige Ursache der Erfüllung erscheint. Die Umstände, die mich in Barnbys Studio gebracht hatten, lieferten ein gutes Beispiel für diese Komplexität von Erfahrung. Es sollten jedoch noch weitere folgen.

Als ich aus diesen schlafgeborenen, kaum einen Zusammenhang bildenden Reflexionen erwachte, fand ich, dass ich genug hätte von dem Studio, das mich bloß an Barnbys augenscheinlichen Erfolg auf einem Gebiet erinnerte, auf dem ich mich selbst damals, allgemein gesprochen, entschieden erfolglos fühlte. Ohne eine sehr klare Vorstellung zu haben, wie ich die Zeit bis zum Abendessen verbringen sollte, machte ich mich auf den Weg nach unten, und gerade als ich die Tür erreicht hatte, die von dem hinteren Teil des Ladens zum Fuß der Treppe führte, rief eine weibliche Stimme von der anderen Seite:

»Ist da jemand?«

Mein erster Gedanke war, dass Mr. Deacons Schwester zu dem Haus zurückgekehrt sei. Nach der Einäscherung hatte sie gesagt, dass sie sich für den Rest des Tages in ihr Hotel in Bloomsbury zurückziehen wolle, da sie Kopfschmerzen habe. Ich vermutete nun, dass sie ihre Meinung geändert habe und damit fortfahren wolle, die Habe ihres Bruders zu ordnen. Zu einigen der Dinge hatte sie schon vorher Barnby konsultiert, denn unter Mr. Deacons Besitz befanden sich bestimmte Bücher und Schriften, die die manchmal etwas delikate Frage aufwarfen, was man mit ihnen anfangen solle. Sie war wahrscheinlich zu dem Laden zurückgekehrt, weil sie in einer Sache wieder einen Rat brauchte. Ich konnte nur hoffen, dass sich die Angelegenheit nicht als peinlich erweisen würde. Als ich jedoch meinen Namen nannte, zeigte es sich, dass die Person hinter der Tür Gypsy war.

»Kommen Sie für einen Moment herein«, rief sie.

Ich öffnete die Tür und trat ein. Sie stand im Schatten des Wandschirms in dem hinteren Teil des Ladens. Mein erster Eindruck war, dass sie sich splitternackt ausgezogen habe. Es gab in der Tat gute Gründe für diese irrige Annahme, denn ein zweiter Blick zeigte mir, dass sie eine Art Badeanzug trug, fleischfarben und ungewöhnlich knapp geschnitten. Man muss mir mein Erstaunen angesehen haben, denn sie brach in einen Lachanfall aus.

»Ich dachte, Sie würden vielleicht gerne meine Aufmachung für das Kostümfest im ›Merry Thought‹ sehen wollen«, sagte sie. »Ich gehe als Eva.«

Sie kam näher.

»Wo ist Barnby?«, fragte sie.

»Er ist ausgegangen. Haben Sie ihn nicht weggehen hören? Nach dem Telefongespräch.«

»Ich bin gerade erst gekommen«, sagte sie. »Ich wollte mein Kostüm an euch beiden ausprobieren.«

Sie klang enttäuscht darüber, dass sie die Gelegenheit verpasst hatte, Eindruck auf Barnby zu machen, obwohl ich dachte, dass ihn diese Zurschaustellung eher verärgert als amüsiert hätte; und das war ohne Zweifel auch ihre Absicht.

»Werden Sie nicht frieren?«

»Das Lokal wird besonders geheizt sein. Außerdem, das Wetter ist sehr mild. Dennoch, schließen Sie die Tür. Es zieht ein wenig.«

Sie setzte sich auf den Diwan. Dieser Teil des Ladens war durch den Wandschirm von dem übrigen Raum in einer Weise abgetrennt, dass er fast eine Nische bildete. Wie Mr. Deacon es beschrieben hatte, waren Kaschmirschals oder eine andere Art von Tüchern über die Liegestatt gebreitet.

»Was halten Sie von dem Feigenblatt?«, fragte sie. »Ich hab es selbst gemacht.«

Ich habe schon von der gemeinsamen Grundlage miteinander im Widerstreit liegender Gefühle gesprochen. Wie Barnby gesagt hatte, die Totenfeier war ›an die Nerven‹ gegangen, und das Bewusstsein einer plötzlichen Erleichterung von einem Druck hatte eine stimulierende Wirkung. Gypsy änderte leicht das Verhalten, das sie angenommen hatte, als ich zuerst in den Laden gekommen war, und es gelang ihr jetzt, fast spröde auszusehen. Ein Hauch ging von ihr aus, als ob sie auf etwas warte, als ob sie eine Frage stelle, deren Antwort sie schon wusste. Es lag auch etwas stark Zwanghaftes in der Atmosphäre des Alkovens: das Fortwirken vielleicht von Erinnerungen, übriggeblieben als Reste früherer Zustände lüsterner Erregung – obwohl ein so fantastischer Grund kaum als ein mildernder Umstand angeführt werden konnte. Ich fragte mich, ob nicht dies die Situation sei, oder eine ihr sehr ähnliche, wie ich sie mir in früherer Erwartung oft vorgestellt hatte, eine Situation, an der ich, obwohl ich noch immer nur halb wach war, nicht so einfach vorübergehen konnte.

Der Mangel an Widerstand ihrerseits schien in völliger Übereinstimmung zu sein mit der fast nachtwandlerischen Macht, die mich in diesen Raum geführt hatte, und auch mit der trägen, traumähnlichen Atmosphäre des Nachmittags. Zumindest waren die Proteste, die sie erhob, von einer so formalen und gekünstelten Natur, dass sie den Eindruck eher verstärkten als verminderten, es solle ein lange bestehendes Ritual vollzogen werden, inmitten der Porzellanfiguren aus Staffordshire und der Pappmachétabletts, mit der zwanghaften, distanzierten Formalität eines Alptraums. Vielleicht hatte irgendeine fordernde Gewalt, unwiderstehlich in ihrer überwältigenden Kraft, gleichzeitig sowohl diesen Ruf als auch Mrs. Wentworths Telefonat bewirkt – beide das Produkt jenes schon erwähnten, endlich zu einem Höhepunkt gelangten langsamen Prozesses des Sich-Zusammensetzens von Ereignissen. Mir wurde bewusst, wie Gypsy ihre Individualität veränderte, doch gleichzeitig ihre vertraute Form behielt; und diese Illusion vermittelte mir fast den außerordentlichen Eindruck, dass wir in Wirklichkeit drei Personen seien – vielleicht sogar vier, denn ich bemerkte, dass auch in mir selbst sich eine Veränderung vollzogen hatte – und dass die ein Paar bildenden aktiven Teilnehmer sozusagen herausprojiziert worden waren aus unseren normalerweise beziehungslosen Ichs.

Trotz der augenscheinlich unwiderstehlichen Natur der Umstände – unwiderstehlich, wenn man sie in dem größeren Zusammenhang sah, der, so fand ich nach längerem Nachdenken, vorgeherrscht zu haben schien (nämlich der des allgemeinen Untergeordnetseins unter das komplexe System von Ursache und Wirkung) – konnte ich, später dann, nicht umhin, mir das Bewusstsein eines Gefühls der Unzulänglichkeit einzugestehen. Es gab kein besonderes Anzeichen dafür, dass irgendetwas – wie man es vielleicht ausdrücken könnte – ›schiefgelaufen‹ sei. Es war nur, dass der Wunsch, noch länger in jener Umgebung zu verbleiben, plötzlich heftig abgenommen hatte, wenn nicht völlig geschwunden war. Dieses Gefühl kam als so etwas wie ein Schock. Gypsy ihrerseits war offensichtlich weit weniger als ich von dem Bewusstsein beeindruckt, dass sich etwas verhältnismäßig Bedeutendes ereignet hatte. Ja, nach dem kurzen Intervall äußerster Belebtheit schien mir ihre darauffolgende Teilnahmslosigkeit, die man fast apathisch hätte nennen können, bemerkenswert. Diese Gleichgültigkeit führte zu dem Eindruck, dass wir, weit davon entfernt, einander jetzt viel besser zu kennen, so gut wie gar keinen Fortschritt in dieser Richtung gemacht und uns mehr denn je, vielleicht unwiderruflich, voneinander entfremdet hatten. Barbaras häufige Ermahnung, bloß nicht »sentimental zu werden«, schien hier in der Verkörperung durch Gypsy Formen anzunehmen, die man wohl zu Recht als das logische Extrem eines solchen Prinzips ansehen konnte.

Diese Ähnlichkeit mit Barbara drückte sich mir jedoch noch weit klarer aus als nur durch eine bloß verstandesmäßig erfasste Vergleichbarkeit ihrer Lebenstheorie, denn während Gypsy, die Hände vor sich, auf dem Diwan lag und, vielleicht halb gewollt, ein wenig aussah wie Goyas »Nackte Maja« – oder möglicherweise wäre es zutreffender, das Derivativ dieses Bildes zu zitieren, Manets »Olympia«, das ich sie bei einer früheren Gelegenheit hatte erwähnen hören –, sah sie mit Genugtuung auf ihre Gliedmaßen hinunter.

»Wie braun mein Bein ist«, sagte sie. »Dass sich Sonnenbräune so lange hält!«

Waren Barbara und Gypsy in Wirklichkeit dieselbe Frau?, so fragte ich mich. Es sprach einiges für diese Theorie, denn ich hatte mich abrupt an eine Äußerung Barbaras erinnert, die sie einige Monate zuvor unter den Bäumen am Belgrave Square gemacht hatte: »Wie blau meine Hand in dem Mondlicht aussieht.« Es konnte jetzt keinen Zweifel geben, dass, abgesehen von ihrer Selbstbewunderung, viele Gemeinsamkeiten zwischen ihnen bestanden. Diese Vorstellung machte mir bewusst, dass es, soweit ich persönlich in Gefühlsangelegenheiten verwickelt war, nun, romantisch gesprochen, wirklich Herbst geworden und, was meine frühere Auffassung von der Liebe betraf, die Blätter unbestreitbar von den Bäumen gefallen waren – obwohl ich doch diese Auffassung nur eine so kurze Zeit zuvor noch gehegt hatte. Hier zumindest, hinten in Mr. Deacons Laden, war eine Entscheidung erreicht worden, wenngleich auch diese Folgerung in Zweifel gezogen werden konnte. Andererseits war ich unwillkürlich ergriffen nicht nur von einer Art Erstaunen darüber, dass ich mich mit Barbara sozusagen in einer ›Beziehung‹ befand, deren Erreichbarkeit ich mir einmal als unsäglich hoffnungslos vorgestellt hatte, sondern gleichzeitig auch von einem Gefühl der Feierlichkeit angesichts dieser neuesten Demonstration des Musters, das das Leben formt. Eine Frage Gypsys leitete nun eine neue Phase unseres Gesprächs ein.

»Wie war die Trauerfeier«, fragte sie, als wolle sie bewusst zu alltäglichen Verhältnissen zurückkehren.

»Kurz.«

»Ich glaube, es war richtig, dass ich nicht hingegangen bin.«

»Du hast nicht viel versäumt.«

»Es war eine Gewissensfrage.«

Sie blieb noch eine Zeitlang bei diesem Gedanken, und ich pflichtete ihr bei, dass man ihre Abwesenheit, im Lichte ihrer Überzeugungen gesehen, als entschuldbar betrachten könne, wenn denn die Strenge ihrer Grundsätze in der Tat unüberwindlich sei. Ich gab auch zu, dass Mr. Deacon selbst solche Skrupel gewiss zu würdigen gewusst hätte.

»Max Pilgrim war da.«

»Der Mann, der die Lieder singt?«

»Bei der Einäscherung hat er sie nicht gesungen.«

»Es gibt Momente, da muss man für seine Überzeugungen einstehen.«

Ich vermutete, dass sie zu ihren eigenen Gewissensproblemen zurückgekehrt war und sich nicht auf Pilgrims Scheu bezog, die ihn davon zurückgehalten hatte, im Krematorium in Lieder auszubrechen.

»Wo wirst du jetzt wohnen, wenn das Geschäft geschlossen wird?«

»Howard sagt, er kann mich hin und wieder im Gebäude der Vox Populi unterbringen. Sie haben dort ein Feldbett. Er geht heute Abend mit mir auf die Party.«

»Als was geht er?«

»Als Adam.«

»Kommt er in diesem Aufzug hierher?«

»Wir essen früh zu Abend und gehen dann zu ihm zurück, um uns fertigzumachen. Ich hab nur gedacht, ich müsste mein Kostüm erst ausprobieren. Übrigens wird er mich ziemlich bald hier abholen.«

Sie sah ein wenig unschlüssig drein, und ich merkte, dass ich wohl nicht länger erwünscht war. Nichts sprach dafür, bis zu Craggs Ankunft zu bleiben. Es stellte sich heraus, dass Gypsy in der nahen Zukunft aufs Land fahren würde, vermutlich mit Craggs. Wir verabschiedeten uns. Später, auf dem Weg zu den Widmerpools, führte die Assoziation der Gedanken unweigerlich zu einer, nicht gerade angenehmen, Beschäftigung mit Widmerpool selbst und seinen Wünschen, die in ihrer Dualität eine Parallele bildeten, so schien es, zu meinen eigenen und die dazu verurteilt waren, ein zweites Mal betrogen zu werden. Die Tatsache, dass ich an diesem Tag bei ihm zu Abend essen würde, erhöhte noch den Nachdruck, den die Ereignisse dem bereits erwähnten Gefühl, dass ein Plan wirke, gegeben hatten. Welche Mängel die Situation, aus der ich gerade aufgetaucht war, auch haben mochte, sie konnte gerechterweise nur im Zusammenhang gesehen werden mit einer weit größeren Konfiguration, deren gewaltige Komposition im Augenblick, das wenigstens war deutlich, keineswegs auch nur annähernd abgeschlossen war.

Junge Menschen neigen sehr zu der Annahme, dass jeder sonst ein vergnüglicheres Leben führt als sie selbst – eine Vorstellung, die manche Menschen nie aufzugeben vermögen. Und als ich an diesem Abend London in südlicher Richtung durchquerte, war ich wohl in einem besonderen Maße davon überzeugt, dass es mir noch nicht gelungen sei, eine zufriedenstellende Lösung für meine Lebensführung gefunden zu haben. Ich konnte mich nicht entscheiden, ob die Unzufriedenheit, die mich in einem so heftigen Maße zu erfüllen schien, den bisherigen Ereignissen des Tages zuzuschreiben sei oder meiner wachsenden Gewissheit, dass ich weit lieber irgendwo anders zu Abend essen würde. Die Widmerpools – denn ich meinte, ich hätte schon so viel von Widmerpools Mutter gehört, dass meine Vorstellung von ihr nicht weit von der Wahrheit entfernt sein konnte – waren die letzten Menschen auf der Welt, mit denen ich den späteren Teil des Abends zu verbringen wünschte. Ich glaube, ich hätte allein essen und mir eine Entschuldigung für meine Abwesenheit ausdenken können, aber der Wille, einen so entschlossenen Schritt zu tun, schien mir physisch abhandengekommen zu sein.

Sie lebten, wie Widmerpool es gesagt hatte, im obersten Stockwerk eines der kleineren Wohnhäuser in der Nachbarschaft der Westminster Cathedral. Wie eine bedenklich knarrende Seilbahn schwang mich der Lift zu dieser luftigen Höhe empor und entließ mich auf einem Treppenabsatz, auf den das Licht durch Milchglasscheiben fiel. Die Tür wurde von einem bedrückt aussehenden älteren Dienstmädchen geöffnet, das eine Haube und ein Pincenez trug. Sie führte mich in den Salon, in dem nur Widmerpool saß und die »Times« las. Ich nahm schwach wahr, dass an einer der Wände ein Bild mit dem Titel »Der Allgegenwärtige« hing, auf dem drei Gestalten in bläulichen Roben am Rand eines Abgrunds standen oder knieten. Widmerpool erhob sich und knüllte die Zeitung zusammen, als sei er überrascht, mich zu sehen, so dass ich mich einen schmerzlichen Augenblick lang fragte, ob ich durch ein unglückliches Versehen an dem falschen Abend gekommen sei. Eine Sekunde später machte er jedoch eine Bemerkung, die mir zeigte, dass ich erwartet wurde. Er bat mich, Platz zu nehmen, und erklärte mir, seine Mutter werde »in ein oder zwei Minuten« fertig sein.

»Ich freue mich so sehr darauf, dass du meine Mutter kennenlernst«, sagte er.

Er sprach, als ob seiner Mutter vorgestellt zu werden eine fast lebenswichtige Erfahrung sei, der sich jeder ernsthafte Mensch früher oder später unterziehen müsse. Mir wurde plötzlich bewusst, dass dies die erste Gelegenheit war, bei der wir uns auf einem anderen als neutralen Boden begegneten. Ich glaube, auch Widmerpool erkannte, dass es in dem Moment, in dem ich den Salon betreten hatte, unmittelbar zu einem neuen Verhältnis zwischen uns gekommen war, denn nach seiner Bemerkung über seine Mutter lächelte er ziemlich verlegen und bemühte sich offensichtlich – und bewusster, als er das je zuvor getan hatte –, liebenswürdiger zu erscheinen. Angesichts der Schwierigkeiten, von denen er bei unserer letzten Begegnung gesprochen hatte, und des augenscheinlichen Endes, zu dem sie für ihn gekommen waren, hatte ich erwartet, ihn niedergedrückt zu sehen. Doch im Gegenteil, er war in ungewöhnlich guter Stimmung.

»Miss Walpole-Wilson wird mit uns zu Abend speisen«, sagte er.

»Eleanor?«

»O nein«, sagte er, als sei das undenkbar. »Ihre Tante. Sie ist eine so gebildete Frau!«

Bevor ich dazu etwas sagen konnte, erschien Mrs. Widmerpool in der Tür, auf deren Schwelle sie, den Kopf ein wenig zur Seite geneigt, einen Moment lang anhielt.

»Aber Mutter«, sagte Widmerpool in einem beifälligen Ton, »du trägst ja deine Bridgejacke.«

Wir gaben einander die Hand, und sie begann sofort zu sprechen, ehe ich ihre Erscheinung in mir aufgenommen hatte.

»Und ihr gehörtet in der Schule also beide zu Mr. Le Bas' Haus?«, sagte sie. »Als Menschen mochte ich ihn eigentlich nie. Ich vermute, er hatte auch seine guten Eigenschaften, aber er wusste Kenneth nie richtig zu würdigen.«

»Er war ein in vieler Hinsicht seltsamer Mann.«

»Kenneth bringt so selten Freunde aus seiner Schulzeit hierher.«

Ich sagte, dass wir auch zusammen bei derselben französischen Familie in der Touraine gewohnt hätten; denn es war – wenn ich schon als ein enger Freund ihres Sohnes betrachtet wurde – eher in La Grenadière gewesen, wo ich ihn am besten kennengelernt hatte, als in der Schule, wo er mir immer als eine fast zu groteske Gestalt vorgekommen war, um ernst genommen zu werden.

»Bei den Leroys?«, fragte sie, als sei sie verblüfft über die Brillanz, mit der meine Eltern den einzig möglichen Haushalt in ganz Frankreich gefunden hatten.

»Etwa sechs Wochen lang.«

Sie wandte sich an Widmerpool.

»Aber das hast du mir ja nie erzählt«, sagte sie. »Wie ungezogen von dir.«

»Warum sollte ich?«, sagte Widmerpool. »Du kanntest ihn doch gar nicht.«

Mrs. Widmerpool schnalzte missbilligend mit der Zunge. Ihr großflächiges Gesicht erinnerte stark an die Züge ihres Sohnes, doch mochte sie in ihren jüngeren Jahren ziemlich hübsch gewesen sein. Selbst jetzt sah sie höchstens aus wie etwa Ende vierzig, war in Wirklichkeit aber wohl älter. Ihre guterhaltene Erscheinung bildete jedoch einen auffallenden Kontrast zu Widmerpools eigener ein wenig verfallender Jugend, so dass die beiden eher wie Gleichaltrige erschienen, sogar wie Mann und Frau, statt wie Mutter und Sohn. Sie hatte hellere Augen als er, und sie rollte sie immer, mit sich weitenden Pupillen, als Kommentar zu jeder Bemerkung, die auch nur den geringsten Anschein von Ungewöhnlichkeit besaß. Die Doppelreihe ihrer kräftigen Zähne war zwischen bräunlichrote Wangen gesetzt, die ihr eine gewisse Ähnlichkeit mit Miss Walpole-Wilson gaben, mit der sie ganz eindeutig Gemeinsamkeiten hatte, aus denen sich die freundliche Verbindung der beiden erklärte. Sie schien eine resolute Person zu sein, und ohne Zweifel hatte ihr Sohn einen großen Teil seiner zähen Zielbewusstheit von ihr. Das von ihm erwähnte Kleidungsstück war aus geblümtem Samt, hatte eine Zierborte und vereinigte viele Farben in seinem Muster.

»Ich höre, Sie kennen die Gorings«, sagte sie. »Es ist so schade, dass sie duldeten, dass Barbara so ungebärdig wurde. Sie war früher ein so liebes kleines Mädchen. Anscheinend sind ja Lord Aberavons Enkel alle ein wenig seltsam.«

»Ach sei doch still, Mutter«, sagte Widmerpool, ganz unerwartet sein fast verliebtes Gebaren aufgebend. »Du kennst sie doch gar nicht.«

Er muss, bestimmt nicht ganz grundlos, gemeint haben, dass seine Mutter ein heikles Thema angeschnitten habe, als sie das Gespräch so früh und mit einer so kritischen Haltung auf die Gorings und Walpole-Wilsons lenkte. Mrs. Widmerpool schien nicht im Geringsten aus dem Gleichgewicht gebracht über den brüsken Ton, mit dem ihr Sohn sie angeredet hatte; sie fuhr vielmehr fort, sich frei über die – in ihren Augen – guten, schlechten und mittelmäßigen Eigenschaften Barbaras und Eleanors zu verbreiten, und fügte hinzu, sie habe gehört, dass die beiden Goring-Söhne »nicht gerade große Leuchten« seien. Vielleicht glaubte sie, es sei jetzt der richtige Zeitpunkt, sich über Dinge auszulassen, die sie nach der Ankunft von Miss Janet Walpole-Wilson wohl kaum mit derselben Freimütigkeit weiterverfolgen konnte. Aus ihren Kommentaren schloss ich, dass Widmerpool, vielleicht ohne es zu wollen, seiner Mutter gegenüber wohl hatte durchblicken lassen, dass die Gorings nicht länger in seiner Gunst stünden; doch ließ sich unmöglich abschätzen, wie genau etwa sie über die früheren Gefühle ihres Sohnes für Barbara informiert war, ja, ob sie überhaupt von ihnen wusste. Es war möglich, dass sie die Ängste, die er wegen Gypsy Jones durchlitten hatte, einer späteren Verschlechterung seiner Beziehung zu Barbara zuschrieb – dieselbe Schlussfolgerung übrigens, die auch ich zuerst gezogen hatte, als er auf Stourwater von den Sorgen sprach, die ihn bedrückten.

»Offensichtlich gibt es kein einziges Anzeichen dafür, dass Eleanor einmal heiratet«, sagte Mrs. Widmerpool fast träumerisch, als gewahre sie in den Tiefen des Gasfeuers eine uns Übrigen unsichtbare Vision, die ihr eine nicht enden wollende Kavalkade möglicher Bewerber Eleanors offenbarte.

»Vielleicht will sie es gar nicht«, sagte Widmerpool in einem Ton, der eindeutig darauf angelegt war, das Thema zu beenden. »Ich vermute, ihr beiden wollt euch heute Abend auch noch über Bücher unterhalten.«

»Ja sicher, denn ich höre, Sie sind im Verlagswesen tätig«, sagte seine Mutter. »Wissen Sie, ich hab immer schon Bücher und Bücherfreunde gemocht. Ich bedauere es so sehr, dass Kenneth eigentlich zu ernsthaft veranlagt ist, um Freude am Lesen um des Lesens willen zu haben. Wahrscheinlich sind Sie auch schon gespannt auf diese Artikel von Thomas Hardys Witwe in der »Times«. Ich jedenfalls bin es.«

Während ich eine ausweichende Antwort auf Mrs. Widmerpools Versicherungen ihrer Vorliebe für die Literatur gab, wurde Miss Walpole-Wilson gemeldet, die ihre Verspätung mit der chronischen Unzuverlässigkeit des von Chelsea kommenden Busverkehrs entschuldigte. In diesem Stadtteil lag ihre Wohnung. Sie trug einen Mackintosh, den in der Diele abzulegen sie sich geweigert hatte, und lieferte so ein weiteres Beispiel für den seltsamen Charakterzug, der einigen eigensinnigen Naturen gemeinsam ist, deren Ichbezogenheit oft dazu zu führen scheint, dass sie unwillig, ja unfähig sind, ein Kleidungsstück abzulegen, ehe sie überzeugt sein können, sicher ihr Ziel erreicht zu haben. Sie zog jetzt diesen Regenmantel aus, faltete ihn zusammen und legte ihn auf einen Stuhl – ein Vorgang, der von ihrer Gastgeberin mit einem unbewegten, vielleicht Missbilligung ausdrückenden Lächeln beobachtet wurde. Auch sie trug, so zeigte sich, eine farbenreiche Jacke. Sie war aus orangefarbener, schwarzer und goldener Seide gemacht: die Jacke eines Mandarins, so erklärte sie uns, die ihr Sir Gavin Jahre zuvor geschenkt hatte.

Die, im Allgemeinen freundliche, Beziehung zwischen Mrs. Widmerpool und Miss Janet Walpole-Wilson schien eigentlich weniger auf einer geplanten Verbindung zu beruhen als vielmehr auf einer Interessengemeinschaft, die sich unvermeidlich aus der Natur des Krieges ergeben hatte, den beide gegen die übrige Welt führten. Miss Walpole-Wilson war natürlich »eine Frau mit weitläufigen Interessen«, wie sie sich selbst manchmal bezeichnete, während sich Mrs. Widmerpool nur mit wenigem befasste, das nicht einen direkten Bezug zur Karriere ihres Sohnes besaß. Dennoch, es gab ein Gebiet, nämlich die Herabsetzung anderer Leute, das sie eng miteinander verband – wenn auch nur wegen der Munition, mit der jede die andere zu versorgen vermochte: eine gegenseitige Unterstützung, die eine gute Erklärung für eine seit langem bestehende Freundschaft bildete.

Miss Walpole-Wilsons Gebaren an jenem Abend schien anzeigen zu wollen, dass sie im Besitz einer wichtigen Neuigkeit sei, die sie im geeigneten Augenblick preisgeben werde. In der Tat, es umgab sie die gleiche Atmosphäre wie Widmerpool, nämlich eine, die verriet, dass sie ungewöhnlich zufrieden mit sich war. Wir unterhielten uns eine Zeitlang, bis uns das altersschwache Dienstmädchen verzagt zum Essen in ein Nebenzimmer bat, wo sie, nachdem wir einige Minuten später zu einem kalten Mahl Platz genommen hatten, mit Tellern und Schüsseln in einem verwegenen Tempo um den Tisch herumhastete, als fürchte sie, der Tod – mit dem in meinen Gedanken der Tag noch immer verbunden zu sein schien – könne einschreiten und ihre Mühen beenden. Es wurde auch eine Flasche Weißwein serviert. Ich fragte Miss Walpole-Wilson, ob sie Eleanor in der letzten Zeit gesehen habe.

»Eleanor und ich gehen zusammen auf eine Seereise«, sagte sie. »Auf einem Bananenschiff nach Guatemala.«

»Es ist sehr vernünftig, dass sie für einige Zeit von ihrer Familie loskommt«, sagte Mrs. Widmerpool und schnitt eine Grimasse.

»Ihr Vater ist voll von altmodischen Vorstellungen«, sagte Miss Walpole-Wilson, »und er sieht einfach nicht ein, wie lächerlich die sind.«

»Das freie Leben auf See wird Eleanor gefallen«, pflichtete Mrs. Widmerpool ihr bei.

»Natürlich wird es ihr gefallen«, sagte Miss Walpole-Wilson; und nachdem sie für eine kurze Sekunde innegehalten hatte, um ihrer Frage Nachdruck zu verleihen, fügte sie hinzu: »Ich nehme an, Sie haben das mit Barbara schon gehört?«

Die Art, wie sie sprach, verriet deutlich, wie sicher sie in der Annahme war, dass niemand von uns schon gehört haben konnte, was immer sie als Neuigkeit mitzuteilen hatte. Mir schien, doch mag dieses Gefühl völlig verfehlt gewesen sein, dass sie ihre Augen für einen winzigen Moment boshaft auf Widmerpool heftete; und sicherlich gab es keinen Grund für die Vermutung, sie wisse etwas von seinem früheren Interesse an Barbara. Wie auch immer, falls sie beabsichtigte, ihn zu reizen, so hatte sie einen Treffer gelandet, denn bei der Erwähnung des Namens erschien auf seinem Gesicht sofort ein leicht schuldiger Ausdruck. Mrs. Widmerpool fragte barsch, was geschehen sei. Auch sie mochte den Eindruck haben, Miss Walpole-Wilson versuche vielleicht, ihren Sohn zu provozieren.

»Barbara ist verlobt«, sagte Miss Walpole-Wilson und lächelte, doch ohne Wärme.

»Mit wem?«, fragte Widmerpool schroff.

»Ich kann mich nicht erinnern, ob Sie ihn kennen«, sagte sie. »Er ist ein junger Gardeoffizier. Reich, nehme ich an.« Ich war mir sofort sicher, dass sie sich auf jemanden beziehen musste, dem ich noch nie begegnet war. Es ist vielen Leuten unmöglich, von einer Verlobung zu hören, ohne neidisch zu werden, und niemand kann völlig unberührt und gleichgültig bleiben, wenn er früher selbst einmal zu den Beteiligten zählte. Der Gedanke, dass der Mann sich als ein mir Unbekannter erweisen würde, gewährte mir daher so etwas wie Erleichterung.

»Aber wie heißt er?«, fragte Widmerpool drängend.

Er war bereits aufgebracht. Es konnte jetzt kein Zweifel mehr bestehen, dass Miss Walpole-Wilson ihn absichtlich quälte, doch vermochte ich nicht zu entscheiden, ob dies nur ihre übliche Verzögerungstechnik war, mit der sie den Klatsch weiterreichte, um ihn so reizvoller zu machen, oder ob sie das tat, weil sie, entweder instinktiv oder aufgrund genauer Informationen, wusste, dass er sich für Barbara interessiert hatte. Sie lächelte einige Augenblicke lang frostig in die Runde.

»Er heißt Pardoe«, sagte sie. »Ich glaube, sein Vorname ist John.«

»Das *muss* ihre Eltern freuen«, sagte Mrs. Widmerpool.

»Ich habe immer gedacht, dass Barbara – nun – fast zu einem kleinen Problem würde. Sie ist so laut geworden. Es ist schade, wenn das mit einem Mädchen passiert.«

Ich konnte an Widmerpools gespitzten Lippen und glasigen Augen erkennen, dass er genauso überrascht war wie ich. Die Neuigkeit hatte sein selbstzufriedenes Gebaren, das vor dieser Nachricht durch Irritationen über Miss Walpole-Wilson nur vorübergehend verdrängt zu sein schien, fast völlig aufgelöst. Ich selbst war mir eines schwachen, in seiner Bedeutung ziemlich unbestimmten Gefühls der Bitterkeit bewusst. Unter den verschiedenen Männern, die mir in Verbindung mit Barbara das eine oder andere Mal berechtigte oder unberechtigte Besorgnis verursacht hatten, hatte Pardoe nie auch nur die geringste Rolle gespielt. Warum er diese Immunität gegen meine Eifersucht genoss, war mir nun, wenn ich vergangene Ereignisse im Lichte der gerade erhaltenen Information betrachtete, unmöglich zu verstehen. Selbst nachdem ich zu der Überzeugung gelangt war, dass ich Barbara nicht länger liebte, konnte mich ihr Verhalten gegenüber Tompsitt immer noch ein wenig aus der Fassung bringen; aber Einwände – wie die Widmerpools – zu erheben, weil sie in dem Essraum zu Pardoe hinübergehen und sich zu ihm setzen wollte, wäre mir nie in den Sinn gekommen.

Widmerpools Instinkt – wenn auch nicht sein Handeln – hatte sich übrigens, so zeigte sich jetzt, bei jener Gelegenheit in einem gewissen Sinne als durchaus richtig erwiesen; doch stimmte es wohl, dass seine eigenen Gefühle zu jener Zeit noch stark involviert waren – ein Zustand, der ganz natürlich das Wahrnehmungsvermögen in dieser Richtung besonders schärft. Wie Eifersucht wirkt, ist in der Tat äußerst seltsam und hat vielleicht nur relativ geringen Bezug zu der praktischen Bedrohung, die von einem Rivalen ausgeht. Barnby erzählte einmal von einem Ehemann und dem Liebhaber von dessen Frau, die er beide kannte: Sie hatten sich gegen eine dritte – oder vielmehr vierte – Partei zusammengetan, als diese sich einzumischen begann. Solch eine Situation war natürlich Welten entfernt von der hier vorliegenden. Widmerpool bemühte sich jetzt, wieder Kontrolle über seine Stimme zu gewinnen.

»Wann ist es passiert?«, fragte er in einem beiläufigen Ton.

»Ich glaube, die eigentliche Verlobung hat in Schottland stattgefunden«, sagte Miss Walpole-Wilson, erfreut über die Wirkung, die sie erzielt hatte. »Aber sie ist noch nicht öffentlich bekanntgemacht.«

Es entstand eine Pause. Widmerpool hatte sich der Situation nicht gewachsen gezeigt. Für den Moment hatte er all seine gute Laune verloren. Ich glaube, er war nicht nur über Barbaras Verlobung böse, sondern auch über seine Unfähigkeit, seine Verärgerung zu verbergen. Ich empfand großes Mitleid mit ihm für das, was er jetzt durchmachte.

»Ein ziemlich lächerlicher kleiner Mann«, sagte er nach einiger Zeit. »Dennoch, das Vermögen ist groß, und man sagt, es sei ein schönes Haus. Ich hoffe, sie wird sehr glücklich werden.«

»Barbara hat große Möglichkeiten«, sagte Miss Walpole-Wilson. »Ich weiß nicht, ob es ihr gefallen wird, die Frau eines Offiziers zu sein. Ich persönlich finde Soldaten immer so fade.«

»Oh, doch sicher nicht die bei der *Garde?*«, sagte Mrs. Widmerpool und entblößte ihre Zähne, wie in Erwartung auf oder Erinnerung an ein Betragen seitens der Gardisten, das unendlich entfernt war von allem, das selbst völlig Übersättigte als fade betrachten konnten.

»Natürlich ist auch einer von Barbaras Brüdern in der Armee«, sagte Miss Walpole-Wilson in einem Ton, als sei diese Tatsache dazu geeignet, den Schlag zu mildern.

Das Gespräch beschäftigte sich in einer ziellosen Weise weiter mit der Verlobung. Solche Dinge werden gewohnheitsmäßig von Blickwinkeln aus untersucht, die fast alles außer Acht lassen, was im Zusammenhang mit dem gemeinsamen Leben eines Paares als wirklich wesentlich zu betrachten ist; so dass es, wie gewöhnlich, schwer war, sich mit auch nur bescheidener Klarheit vorzustellen, wie diese Ehe ablaufen würde. Die wichtigen Fragen erschienen mir bereits hoffnungslos verworren, nicht nur durch Miss Walpole-Wilson und Mrs. Widmerpool, sondern auch wegen des anarchischen Durcheinanders, das das ganze Thema umschloss, und zwar besonders im Fall dieses betreffenden Paares: eine Art Phantasmagorie, die von meinem Geist Besitz ergriff angesichts der Vorstellung, die beiden seien Mann und Frau. Die äußeren Begleiterscheinungen, wie die Wohnung der Widmerpools sie lieferte, ermutigten noch irgendwie die wildesten Flüge der Fantasie, möglicherweise wegen einer nicht fassbaren moralischen Unzulänglichkeit, in der ihre Bewohner selbst zu existieren schienen. Barbaras Verlobung bildete den Gegenstand des Gesprächs während des ganzen Essens.

»Sollen wir die Herren jetzt mit ihrem Portwein allein lassen?«, fragte Mrs. Widmerpool, als dieser Gesprächsknochen endlich völlig abgenagt war.

Sie sprach die Wörter ›Herren‹ und ›Portwein‹ aus, als wolle sie spaßeshalber in Frage stellen, ob beide wirklich die richtigen Bezeichnungen seien. Widmerpool schloss die Tür, offensichtlich froh, die beiden Frauen für eine Zeitlang los zu sein. Ich fragte mich, ob er zuerst von Barbara oder von Gypsy sprechen würde. Zu meiner Überraschung erwies sich keine der beiden Frauen als der Grund, warum er so ungeduldig ein vertrauliches Gespräch mit mir wünschte.

»Du, ich bin bei Donners-Brebner ein wichtiges Stück nach

oben gerutscht«, sagte er. »Diese Rede bei dem Dinner der ›Incorporated Metals‹ hat Rückwirkungen gehabt. Der Chef war sehr zufrieden mit mir.«

»Hat er dir vergeben, dass du seinen Garten ramponiert hast?«

Widmerpool lachte laut über die Vorstellung, dass ihm wegen einer solchen Sache Vorhaltungen gemacht werden könnten.

»Weißt du«, sagte er, »manchmal gibst du mir das Gefühl, als lebtest du in einer völlig anderen Welt. Einen Mann wie Sir Magnus Donners schert doch ein solcher Unfall nicht. Er hat wichtigere Dinge im Kopf. Beispielsweise sagte er mir neulich, es sei ihm schnurzegal, ob ein Mann auf der Universität gewesen sei. Was er brauche, sei jemand, der sich auskenne und schnell denken und handeln könne.«

»Ich erinnere mich, dass er etwas Ähnliches sagte, als Charles Stringham bei Donners-Brebner anfing.«

»Stringham verlässt uns jetzt, wo er verheiratet ist. Meiner Meinung nach ist das auch gut so. Ich glaube, Truscott ist im Grunde derselben Auffassung. Die Leute reden so viel von ›Charme‹, aber ich versichere dir, in der Wirtschaft ist etwas anderes nötig. Vielleicht führt Stringham jetzt ein geregelteres Leben. Ich glaube, er war oft in ziemlich übler Gesellschaft.«

Ich fragte ihn, was Stringham jetzt tun werde, da er Donners-Brebner verlasse, aber Widmerpool wusste darüber nichts. Es gelang mir nicht, aus ihm herauszubringen, was genau seine Beförderung, über die er so zufrieden war, für ihn bedeute; doch ließ er erkennen, dass er in der nahen Zukunft wahrscheinlich ins Ausland gehen werde.

»Es ist anzunehmen, dass ich vielleicht mit Prinz Theodoric zu tun haben werde«, sagte er. »Ich glaube, du bist ihm vor kurzem begegnet.«

»Sir Gavin Walpole-Wilson könnte dir alles über Theodoric erzählen.«

»Ich glaube sagen zu dürfen, dass mir bessere Informationsquellen zur Verfügung stehen als ›gescheiterte‹ Diplomaten«, sagte Widmerpool selbstgefällig. »Ich bin kürzlich mit einem Mann zusammengebracht worden, den du wahrscheinlich von deiner Universitätszeit her kennst: Sillery – ›Sillers‹; auf seine Art so etwas wie ein Original, finde ich.«

Da ich mich nicht in der Stimmung fühlte, mit Widmerpool über Sillery zu reden, fragte ich ihn, was er von Barbara und Pardoe halte.

»Ich denke, das war wohl zu erwarten«, sagte er und wurde ein bisschen rot.

»Aber hast du das geahnt?«

»Meine Gedanken beschäftigen sich nun wirklich nicht mit solchen Dingen.«

Ich bezweifelte nicht, dass er damit die Wahrheit sprach. Er war einer jener Menschen, die andere nur in Beziehung zu sich selbst sehen können, so dass es ihn, während er in Barbara verliebt war, ganz offensichtlich nicht interessierte, darüber nachzudenken, welche anderen Männer ihm vielleicht im Wege stehen mochten. Barbara war entweder in seiner Gesellschaft, oder sie war fern von ihm, wobei der letztere Zustand eine Art Vakuum darstellte, an dem er kein Interesse hatte, außer in solchen Momenten wie dem bei den Huntercombes, als ihm Barbaras Entfernung schmerzlich ins Bewusstsein gebracht wurde. Als ich über diese Dinge nachdachte, fragte ich mich, ob man von mir selbst sagen könne, dass ich mich als empfindungsfähiger erwiesen habe. Doch meinte ich dann, dass es an der Zeit sei, einen Versuch zu machen, meine Neugier hinsichtlich jener anderen Geschichte zu befriedigen.

»Wie steht es mit der Sache, von der du auf Stourwater gesprochen hast?«

Widmerpool schob seinen Stuhl zurück. Er nahm seine Brille ab und rieb die Gläser. Ich hatte den Eindruck, er sei im Begriff, eine wichtige Ankündigung zu machen, ein wenig in dem Stil, wie der Premierminister auf den traditionellen Banketts des Londoner Oberbürgermeisters oder der Royal

Academy of Arts einen Aspekt der Regierungspolitik der Öffentlichkeit preisgibt.

»Ich bin froh, dass du das anschneidest«, sagte er langsam. »Ich war gespannt, ob du es tätest. Würdest du mir einen großen Gefallen tun?«

»Wenn ich kann – natürlich.«

»Erwähne das Thema nie wieder.«

»Gut.«

»Ich hab mich vielleicht unklug verhalten, aber ich hab auch etwas dabei gewonnen.«

»Wirklich?«

Ich hatte der Frage eine falsche Betonung gegeben. Widmerpool wurde wieder rot.

»Möglicherweise meinen wir nicht dasselbe«, sagte er. »Ich wollte sagen, dass ich eine neue Seite des Lebens kennengelernt habe – sogar neue politische Auffassungen.«

»Aha.«

»Ich werde dir noch etwas von mir erzählen.«

»Nur zu.«

»Keine Frau, die mich von der Arbeit ablenkt, wird in Zukunft je eine Rolle in meinem Leben spielen.«

»Ein weiser Entschluss, kann ich nur sagen.«

»Und noch etwas …«

»Ja?«

»Wenn ich du wäre, Nicholas – ich hoffe übrigens, du wirst mich in Zukunft Kenneth nennen; wir kennen einander inzwischen gut genug, um uns mit unseren Vornamen anzureden –, würde ich mich von dieser ganzen Gesellschaft fernhalten. Deacon und seine Clique. Die sind nicht gut für dich.«

»Deacon ist tot.«

»Was?«

»Ich bin heute Nachmittag bei der Trauerfeier gewesen. Er wurde eingeäschert.«

»Wirklich?«

Er wollte keine Einzelheiten wissen, und so lieferte ich ihm auch keine. Ich hatte jetzt das Gefühl, dass wir auf eine seltsame Weise Mitverschwörer seien, selbst wenn sich Widmerpool dessen vielleicht nicht bewusst war; und ich kam seinen Wünschen nur zu bereitwillig nach, den Mantel des Schweigens über die Angelegenheit zu breiten, über die wir uns gerade unterhalten hatten. Wir sprachen noch eine Zeitlang über andere Dinge, so über die Vorbereitungen, die getroffen werden mussten, wenn er ins Ausland ging. Nach einer Weile begaben wir uns schließlich in das Nachbarzimmer, wo Miss Walpole-Wilson gerade dabei war, von ihren Erlebnissen im Fernen Osten zu erzählen. Als ich dann, verhältnismäßig früh, aufbrach, berichtete sie noch immer von ihren Wanderungen über das Antlitz Asiens.

»Sie müssen bald wiederkommen«, sagte Mrs. Widmerpool. »Wir haben unseren Plausch über Bücher noch nicht gehabt.«

Während ich im Aufzug, der noch immer bedenklich stöhnte, über Widmerpool und seine Mutter und ihr gemeinsames Leben nachdachte, durchfuhr mich plötzlich die Erkenntnis, wer es gewesen war, dem Mrs. Andriadis geähnelt hatte, als ich ihr auf der Party in der Hill Street begegnete. Sie erinnerte mich, das sah ich jetzt, an zwei mir bekannte Personen; und obschon diese beiden sehr verschieden voneinander waren, wurden ihre Wesensmerkmale, oder wenigstens einige von ihnen, in ihr vereinigt. Diese beiden waren Stringhams Mutter und ihre frühere Sekretärin, Miss Weedon. Ich erinnerte mich an den Dialog zwischen Stringham und Mrs. Andriadis, als sie sich am Ende jener Nacht stritten. »Wie du wünschst, Milly«, hatte er gesagt; genauso, wie er, so konnte ich mir vorstellen, in seinen jüngeren Jahren zu Hause am Schluss irgendeines trivialen Disputs »Wie du wünschst, Tuffy« gesagt haben mochte.

Es war eine mondhelle Nacht. Dieser Teil der Stadt hat eine ganz eigene Atmosphäre und ist seinem Charakter nach ebenso weit von der historischen Düsternis der älteren Straßen Westminsters entfernt wie von der *louche*-Schäbigkeit und dem viktorianischen Verfall der weiten Plätze Pimlicos jenseits der Vauxhall Bridge Road. Aus irgendeinem Grund, vielleicht wegen der Höhe des Turms oder, wahrscheinlicher, wegen des für London unangemessen üppigen architektonischen Stils des gesamten Komplexes, vermittelte die direkte Umgebung der Kathedrale ein Gefühl der Benommenheit, einen Schwindel von alarmierender Intensität: Linien und Kurven aus rotem Backstein schienen sich in einer Art Strudel zu treffen, statt in normalen perspektivischen Formen angeordnet zu sein. Das war mir bereits aufgefallen, als ich an diesem Abend die Gegend von Norden her betreten hatte, und jetzt schien es fast so, als lösten sich die Gebäude von ihren Fundamenten und neigten sich langsam immer mehr nach vorn, bis sie schließlich völlig flach auf dem Boden liegen würden.

Man kann Stadien der Erfahrung vielleicht mit dem russischen Billard vergleichen, das (wie ich es später dann oft mit Jean getan habe) auf diesen kleinen grünen Tischen gespielt wird, in deren unsichtbarem Inneren nach einer vorgegebenen Zeit – eine Viertelstunde, glaube ich – das verborgene Gitter heruntergeht; danach kehren die weißen Bälle und der eine rote nicht mehr zu der Öffnung zurück, um erneut gespielt zu werden; und alle dann erzielten Punkte zählen doppelt. Dies ist vielleicht ein Bild für die Art, wie wir leben. Aus Gründen, die nicht immer sogleich durchschaubar sind, gibt es besondere Augenblicke, in denen die Ereignisse plötzlich eine Bedeutung annehmen, die wir vorher nicht erwartet haben, so dass das Leben, ehe wir wirklich wissen, wo wir sind, endlich mit vollem Ernst begonnen zu haben scheint und wir selbst, kaum des Wandels gewahr, unkontrollierbar hinunterjagen auf den schlüpfrigen Bahnen der Ewigkeit.

»Ein Tanz zur Musik der Zeit«

Bd. 1 – *Eine Frage der Erziehung*
Roman. Aus dem Englischen von Heinz Feldmann, 256 Seiten
Oktober 2015 – ISBN 978-3-941184-36-7

Bd. 2 – *Tendenz: steigend*
Roman. Aus dem Englischen von Heinz Feldmann, 296 Seiten
Oktober 2015 – ISBN 978-3-941184-37-4

Bd. 3 – *Die Welt des Wechsels*
Roman. Aus dem Englischen von Heinz Feldmann, 236 Seiten
Oktober 2015 – ISBN 978-3-941184-38-1

Bd. 4 – *Bei Lady Molly*
Roman. Aus dem Englischen von Heinz Feldmann, 264 Seiten
Oktober 2015 – ISBN 978-3-941184-39-8

Bd. 5 – *Casanovas chinesisches Restaurant*
Roman. Aus dem Englischen von Heinz Feldmann, 256 Seiten
März 2016 – ISBN 978-3-941184-40-4

Bd. 6 – *Die Wohlwollenden*
Roman. Aus dem Englischen von Heinz Feldmann, ca. 264 Seiten
Oktober 2016 – ISBN 978-3-941184-41-1

Bd. 7 – *Das Tal der Gebeine*
Roman. Aus dem Englischen von Heinz Feldmann, ca. 264 Seiten
März 2017 – ISBN 978-3-941184-42-8

Bd. 8 – *Die Kunst des Soldaten*
Roman. Aus dem Englischen von Heinz Feldmann, ca. 264 Seiten
Oktober 2017 – ISBN 978-3-941184-43-5

Bd. 9 – *Die Philosophen des Krieges*
Roman. Aus dem Englischen von Heinz Feldmann, ca. 264 Seiten
März 2018 – ISBN 978-3-941184-44-2

Bd. 10 – *Bücher schmücken ein Zimmer*
Roman. Aus dem Englischen von Heinz Feldmann, ca. 264 Seiten
Oktober 2018 – ISBN 978-3-941184-45-9

Bd. 11 – *Könige auf Zeit*
Roman. Aus dem Englischen von Heinz Feldmann, ca. 264 Seiten
März 2019 – ISBN 978-3-941184-46-6

Bd. 12 – *Der Klang geheimer Harmonien*
Roman. Aus dem Englischen von Heinz Feldmann, ca. 264 Seiten
Oktober 2019 – ISBN 978-3-941184-47-3